Kate Logan

Der Kuss des Todes

Kate Logan wurde 1971 in Seattle, Washington geboren. Schon als Kind liebte sie Rollenspiele und das Eintauchen in fremde Welten. Nach der Schule arbeitete sie viele Jahre in einer Bank, seit 2007 widmet sie sich ganz dem Schreiben. Neben der Schriftstellerei ist Schottland ihre große Leidenschaft. Kate Logan lebt in ihrer Wahlheimat München.

Kate Logan

Der Kuss des Todes

Ravensburger Buchverlag

Als Ravensburger Taschenbuch
Band 58345
erschienen 2009

Die Erstausgabe erschien 2007
unter dem Titel »Der Geist, der mich liebte«
beim Verlag Carl Ueberreuter, Wien

Umschlaggestaltung: Eva Bender
unter Verwendung eines Fotos
von Rhea Anna (getty images)
und eines Fotos von Joe Clemson (istock)

Printed in Germany

1 2 3 4 5 13 12 11 10 09

ISBN 978-3-473-58345-4

www.ravensburger.de

I

Das Haus an der Maple Street war ein Albtraum.

Nie werde ich diesen Tag im September vergessen, an dem ich es zum ersten Mal sah. Auf den ersten Blick wirkte es vollkommen normal. Auch auf den zweiten. Unglücklicherweise gehöre ich nicht zu den Leuten, die sich damit zufriedengeben. Ich musste schon immer alles ganz genau wissen.

Im Licht der untergehenden Sonne schimmerten die weißen Holzwände in flammendem Rot, als ich meinen roten VW-Käfer vor der Garage zum Stehen brachte.

Ich stellte den Motor ab, doch obwohl eine dreitägige Autofahrt – mit mehr als tausenddreihundert Meilen – hinter mir lag, hatte ich es plötzlich nicht mehr eilig, aus dem Wagen zu kommen. Mich erwartete ohnehin nur ein leeres Haus.

Schon der Anblick des Häuschens stimmte mich traurig. Das war alles, was von Tante Fiona geblieben war; ein Haus am Rande einer Kleinstadt – nicht mehr als ein Haufen alter Dachziegel und Holzbohlen. Für einen Moment war ich versucht, den Zündschlüssel umzudrehen, den Wagen zu wenden und so schnell wie möglich nach Minneapolis zurückzukehren. Doch das ging nicht. Erst musste ich mich um Tante Fionas Nachlass kümmern.

Alles, was ich besitze, vermache ich meiner Nichte, Samantha Mitchell. Die Worte des Testamentsvollstreckers versetzten mich selbst jetzt – zwei Wochen später – noch in Unglauben. Obwohl ich immer ein gutes Verhältnis zu Tante Fiona gehabt hatte, wäre ich nie auf den Gedanken gekommen, sie könne mir einmal ihren gesamten Besitz überlassen. Darüber hatten wir nie gesprochen. Genauer betrachtet gab es nicht viele Alternativen. Tante Fiona hatte keinen Mann und keine Kinder, und mein Vater – ihr Bruder – war bei einem Autounfall ums Leben gekommen, als ich neun war. Zwölf Jahre war das nun her, doch manchmal kam es mir vor, als wäre es erst gestern gewesen, dass die Polizisten an unserer Tür klingelten.

Ich glaube, Tante Fiona fühlte sich immer verpflichtet, die Lücke zu schließen, die Dad in meinem Leben hinterlassen hatte. Trotz der großen Entfernung gab es keine Ferien, keinen Feiertag und keinen Geburtstag, an dem sie mich nicht besucht hätte. Und natürlich war sie im Juni bei meiner College-Abschlussfeier gewesen. Sie war immer für mich da, besonders nachdem Mom wieder geheiratet hatte. Ich komme gut mit Brian zurecht, aber er ist eben nicht mein Dad.

Mein Blick fiel auf den Briefkasten neben der Einfahrt.

Ein rot lackiertes Blechungetüm, von dem allmählich die Farbe abblätterte. Ich fragte mich, wie viele Briefe von mir wohl im Laufe der Jahre darin gelandet waren. Obwohl

Tante Fiona erst siebenundvierzig war, als sie starb, hatte sie sich immer vehement gegen E-Mails gewehrt und darauf bestanden, zu telefonieren oder Briefe zu schreiben. Früher hatte ich sie oft damit aufgezogen, wie altmodisch das doch sei. Seit ihrem Tod bin ich froh, dass sie sich trotz all meiner Seitenhiebe nie davon abbringen ließ. So bleiben mir wenigstens ihre Briefe als Erinnerung.

Plötzlich fiel es mir schwer zu glauben, dass ich Tante Fiona über die Jahre zwar häufig gesehen hatte, selbst aber nicht ein einziges Mal bei ihr zu Besuch gewesen war. In erster Linie lag das wohl auch daran, dass Tante Fiona Minneapolis mochte. Sie sagte immer, es tue ihr gut, für einige Tage den Kleinstadtmief hinter sich zu lassen. Doch auch wenn sie sich gerne über das verschlafene Cedars Creek beklagte, hätte sie niemals in Betracht gezogen, fortzuziehen. Dafür hatte sie diesen Ort zu sehr geliebt.

Nun war ich also zum ersten Mal in meinem Leben in Cedars Creek. Zugleich war es das erste Mal überhaupt, dass es mich in eine Kleinstadt verschlug. Ich bin ein Großstadtmensch – schon immer gewesen. Ich mag die Anonymität dort und habe nichts dagegen einzuwenden, nur ein Gesicht unter vielen zu sein. Wenn ich etwas nicht mag, dann im Zentrum der allgemeinen Aufmerksamkeit zu stehen.

Tante Fionas Haus lag am Rande von Cedars Creek, sodass ich noch nicht viel von der Ortschaft gesehen hatte. Allein die Tatsache, dass es hier nicht einmal Hochhäuser gab, vermittelte mir das Gefühl, in einer anderen Welt zu sein. Keines der Häuser schien mehr als zwei Stockwerke zu haben. Aus der Entfernung wirkten die hellen Fassaden so idyllisch und altmodisch, dass ich mich fast in ein anderes Jahrhundert versetzt fühlte. Der Anblick eines Fabrikschlotes, der weißen Rauch in den Himmel spie, machte diesen Eindruck allerdings recht schnell wieder zunichte. Das musste die Crowley Distillery sein. Tante Fiona hatte mir von der Schnapsbrennerei erzählt, dem größten Arbeitgeber in Cedars Creek.

Obwohl mir noch immer nicht der Sinn danach stand, in ein leeres Haus zu gehen, in dem mich alles an Tante Fiona erinnern würde, öffnete ich jetzt endlich die Autotür und stieg aus. Hauptsächlich wohl, weil ich nach der langen Fahrt schon nicht mehr wusste, wie ich sitzen sollte.

Nach der Hitze im Auto (der Käfer hat keine Klimaanlage) war die frische Luft herrlich. Es war schon nach sechs und die Sonne würde bald untergehen. Dennoch war es für Mitte September noch erstaunlich warm.

Ich stand vor der offenen Wagentür und reckte meine steifen Glieder, während ich meine Augen über die Umgebung wandern ließ. Auf der gegenüberliegenden Straßenseite stieg das Land langsam an. Die Straße schlängelte sich einen bewaldeten Hügel hinauf, ehe sie im Schatten des Waldes außer Sicht verschwand. Bäume und Farne glühten in den feurigen Rot- und Orangetönen des Indian Summer. Ein starker Kontrast zum strahlend blauen Himmel. Tante Fiona hatte immer davon geschwärmt, wie wundervoll der

Herbst in Cedars Creek sei. Beim Anblick des Waldes bekam ich zum ersten Mal das Gefühl, dass sie nicht übertrieben hatte. Auf der Kuppe erspähte ich, halb hinter Bäumen verborgen, ein prächtiges Herrenhaus. Selbst von hier unten sah es riesig aus. Wie ein verwunschenes Haus aus dem Märchen. Bei dem Gedanken musste ich grinsen. Ich fragte mich, wer wohl dort leben mochte.

Womöglich würde ich es ja herausfinden.

Dieses Haus, der verschlafene Ort, einfach alles hier wirkte auf mich, die ich an die Hektik der Großstadt gewöhnt war, seltsam und fremd. Schwer vorstellbar, dass Seattle keine zwei Autostunden entfernt lag.

Ich nahm meinen Rucksack vom Beifahrersitz – meine restlichen Sachen würde ich später holen – und wandte mich dem Haus zu. Nach allem, was ich bisher gesehen hatte, war es das einzige Haus in der Straße. Das letzte Haus am Ortsrand. Großartig. Das würde es nicht gerade leicht machen, einen Käufer zu finden. Ich konnte mir nur schwer vorstellen, dass jemand so abgeschieden leben wollte.

Die ganze Straße war von hohen Ahornbäumen gesäumt, deren Blätter in herbstlichen Flammen standen. Rechts und links der Straße sah ich nichts weiter als wild wuchernde Wiesen voller Herbstblumen, immer wieder von vereinzelten Bäumen und Farnen durchbrochen. Auf der einen Seite gingen die Wiesen schließlich in den Hügel über. Auf der anderen Seite, in Richtung Cedars Creek, stand eine Kirche – das einzige Gebäude in der näheren Umgebung. Ein karmesinroter Holzbau mit weiß gestrichenen Kanten, der sich keine zweihundert Meter hinter Tante Fionas Haus aus dem Gras erhob. Trotz des kleinen Glockenturms hatte der Bau mehr Ähnlichkeit mit einer Scheune als einer Kirche.

Wenn ich die Augen zusammenkniff, glaubte ich, daneben einen Parkplatz und dahinter eine Straße ausmachen zu können.

Ich kramte den Schlüsselbund, den mir der Testamentsvollstrecker gegeben hatte, aus meiner Jeanstasche und ging zur Garage. Der Öffnungsmechanismus war einfach. Wenn man keine Fernbedienung hatte, steckte man den Schlüssel ins Schloss und schob das Tor nach oben. Das Schloss klemmte jedoch und ließ sich auch nach mehrfachen Versuchen nicht öffnen. Ich beschloss, es mir später anzusehen. Die Wahrscheinlichkeit, dass es jemand hier mitten im Nirgendwo auf meinen klapprigen Käfer abgesehen haben sollte, erschien mir ohnehin eher gering. Vermutlich musste ich den Wagen nicht einmal abschließen.

Ich schwenkte nach links und ging über einen schmalen gepflasterten Weg zum Haus. Obwohl der Rasen seit Tante Fionas Tod gewachsen war, wirkte der Vorgarten verglichen mit den hüfthohen Gräsern in der Umgebung noch immer erstaunlich gepflegt. Zwei große Ahorne warfen lange Schatten über den Rasen und auf das Dach der Veranda.

Die Holzbohlen knarrten leise, als ich die beiden Stufen erklomm und die Veranda überquerte. Die Hitze des Tages hatte sich unter dem Vordach aufgestaut. Kein Lüftchen regte sich. Erneut griff ich nach dem Schlüsselbund und steckte den Schlüssel ins Schloss. Ein leises Klicken erklang, dann drehte ich den Griff herum. Im Gegensatz zum Garagentor ließ sich die Haustür problemlos öffnen. Ich stieß sie auf und erwartete einen Schwall warmer, abgestandener

Luft. Stattdessen kroch mir ein kalter Luftzug entgegen. So kühl, dass ich eine Gänsehaut bekam. Überrascht von der plötzlichen Kälte wich ich einen Schritt zurück.

Da stand ich nun vor Tante Fionas Haus und wünschte mir, ich wäre schon viel früher gekommen. Wie gerne hätte ich sie noch einmal gesehen. Ich seufzte und straffte die Schultern, ehe ich mich endlich überwand und eintrat.

Die Luft war tatsächlich stickig und immer noch kühl. So kühl, dass ich unwillkürlich nach einer Klimaanlage Ausschau hielt. Das Ding musste auf arktische Kälte eingestellt sein! Hier im Flur ließ sich keine Klimaanlage entdecken. Womöglich würde ich sie später finden, wenn ich mich erst einmal genauer umgesehen hatte. Ich konnte nur hoffen, dass ich sie abschalten konnte, ehe ich mich erkälten würde.

Ich stand in einem kleinen Flur, an dessen hinterem Ende ich einen Blick auf das Wohnzimmer erhaschte. Zu meiner Rechten führte eine Tür in die Küche. Die Sohlen meiner Turnschuhe quietschten leise, als ich über das abgetretene, elfenbeinfarbene Linoleum ging. Meine Augen streiften über die Kücheneinrichtung, die Mom mit ihrer Vorliebe für Edelstahl und Chrom bestenfalls als rustikal bezeichnet hätte. Ich fand sie gemütlich. Die Vorhänge waren ein wenig ausgeblichen und die Kräuter und Blumen, die in kleinen Keramiktöpfen auf dem Fensterbrett standen, vertrocknet. Dennoch war das genau die Umgebung, in der ich mir Tante Fiona vorstellen konnte. Warm und herzlich. Ich war ebenso davon überzeugt, dass sie die mit Rüschen verzierte Küchenschürze, die an einem Haken neben der Tür hing, regelmäßig getragen hatte, wie ich daran glaubte, dass sie dieses Haus tatsächlich geliebt hatte. Alles hier trug ihre Handschrift. Die Blumenmalereien auf den Wandfliesen, die Sammlung knallbunter Kaffeetassen auf einem Regal, selbst der alte Teekessel, der auf einer der hinteren Herdplatten stand. Das alles war so sehr Tante Fiona, dass es wehtat.

Auf dem Weg zum Wohnzimmer kam ich an der Treppe vorbei, die nach oben führte. Mein Blick fiel auf die gerahmten Bilder, die am Fuß der Treppe an der Wand hingen. Viele davon zeigten meinen Dad; einen lächelnden Hünen mit dichtem braunem Haar und dunklen Augen, der den Eindruck erweckte, ihn könne nichts aus der Bahn werfen. Auf einigen schon reichlich vergilbten Exemplaren waren Dad und Tante Fiona als Kinder zu sehen. Und dann gab es noch eine Reihe Fotos, auf denen ich mich wiederfand. Geburtstage, Thanksgiving, Weihnachten, Abschlussfeiern. Als ich das Bild entdeckte, das Dad von mir in Disney World geschossen hatte, musste ich lachen. Es zeigte ein siebenjähriges sommersprossiges Mädchen mit geflochtenen Zöpfen und Zahnspange, das sich in einer überschwänglichen Umarmung an Mickymaus klammerte. Zahnspange und Zöpfe gehörten heute längst der Vergangenheit an. Stattdessen war ich dazu übergegangen, meine störrischen, schulterlangen Locken zu einem Pferdeschwanz zusammenzubinden. Das dichte braune Haar hatte ich ebenso von meinem Dad geerbt wie die dunklen Augen und den olivfarbenen Teint. Seine einschüchternde Körpergröße ist mir glücklicherweise erspart geblieben.

Noch immer grinsend ging ich ins Wohnzimmer. Die beigefarbenen Vorhänge waren zugezogen und hüllten den Raum in Halbdunkel. Die Luft war abgestanden. Im ersten Augenblick hatte ich das Gefühl, dass es hier wärmer war als auf dem Gang und in der Küche. Dann streifte mich erneut ein kühler Luftzug und die Gänsehaut kehrte auf meine Arme zurück. Irgendwo musste doch die Klimaanlage sein!

Meine Augen wanderten über die dunklen Holzmöbel, streiften das geblümte Sofa und einen klobigen Sessel in der Mitte des Raumes und fuhren über die getäfelten Wände und den offenen Kamin auf der Suche nach dem Gerät. Nichts! Nicht einmal ein Ventilator! Konnte ein Haus tatsächlich so zugig sein? So kalt – im Spätsommer? Wenn ich es verkaufen wollte, musste ich unbedingt die Ursache für die Kälte finden und abstellen. Aus dem Kamin kam sie jedenfalls nicht.

Mir war schon jetzt klar, dass es nicht einfach werden würde, das Haus zu entrümpeln und herzurichten. Allein der Gedanke, Tante Fionas Heim einem Fremden zu überlassen, schmerzte. Trotzdem blieb mir keine andere Wahl. Was sollte ich mit einem Haus in Cedars Creek? Mein Leben spielte sich im Augenblick noch in Minneapolis ab. Dort waren all meine Freunde. Doch bald schon würde ich nach Boston gehen, wo ein Job in der Marketingabteilung von Jameson Industries auf mich wartete. Die Zusage hatte ich am Tag meines College-Abschlusses bekommen. Ich war vor Freude völlig aus dem Häuschen gewesen. Während Mom entsetzt darüber war, dass ich Minneapolis verlassen und nach Boston ziehen wollte, hatte Tante Fiona meine Begeisterung uneingeschränkt geteilt. Sie war mir um den Hals gefallen und hatte immer wieder gerufen: *Das ist großartig, Sam!* Von allen Unternehmen, bei denen ich mich beworben hatte, war Jameson Industries meine erste Wahl gewesen. Dort konnte ich viel lernen, ehe ich mich eines Tages womöglich mit meiner eigenen Marketingfirma selbstständig machen würde. Ich sollte die Stelle in sechs Wochen antreten. Bis dahin hatte ich Zeit, Tante Fionas Nachlass zu regeln.

Ich hatte daran gedacht, eine Firma mit der Renovierung zu beauftragen und einen Makler mit dem Verkauf zu betrauen, doch ich fand, dass ich Tante Fionas Zuhause zumindest ein einziges Mal sehen sollte. Da ich ohnehin die nächsten Wochen freihatte, beschloss ich, mich selbst um alles zu kümmern. Beim Anblick der sperrigen alten Möbel fragte ich mich zum ersten Mal, ob ich das wirklich allein bewältigen konnte.

Grübelnd starrte ich vor mich hin und ließ zu, dass meine Gedanken von der bevorstehenden Arbeit zu Tante Fiona zurückkehrten. Nach meinem Dad war sie der zweite Mensch, der so urplötzlich aus meinem Leben gerissen worden war. Sie war kerngesund gewesen, das hatte sie immer wieder versichert. Dass sie an Herzversagen gestorben war, wollte mir noch immer nicht in den Kopf. Noch schlimmer jedoch war, dass ich nicht da war, als sie starb. Ich war mit meiner besten Freundin Sue für zwei Wochen in Florida gewesen, um unseren Abschluss zu feiern. Bei meiner Rückkehr war bereits alles vorüber. Selbst die Beerdigung hatte ich verpasst. Nur die Testamentseröffnung, für die Tante Fiona schon zu Lebzeiten eigens einen Anwalt in Minneapolis beauftragt hatte, hatte mir noch bevorgestanden.

Obwohl es noch immer erstaunlich kühl war, hatte ich auf einmal das Gefühl zu ersticken. Ich brauchte Luft! Mit zwei Schritten erreichte ich die Fensterfront und zog die Vorhänge zur Seite. Helligkeit flutete in den Raum. Ich öffnete die Schiebetür und trat nach draußen.

Die Abendsonne wärmte meine Haut und vertrieb die Kälte, die mich im Haus ergriffen hatte. Die gepflasterte Terrasse war groß genug, um einem Tisch mit ein paar Stühlen, einem abgedeckten Grill und einer Sonnenliege Platz zu bieten. Dahinter eröffnete sich der Blick auf einen ausladenden Garten. Blumenbeete säumten zu beiden Seiten die Rasenfläche in der Mitte. Ich bin kein Experte auf dem Gebiet, deshalb gelang es mir lediglich, die Rosenstöcke zu erkennen. Die restlichen Blumen, die ihre Köpfe in der Herbstluft hängen ließen, hatte ich zwar alle schon einmal gesehen, wusste aber nicht, wie sie hießen. Das Unkraut, das überall dazwischen aus dem Boden wucherte, konnte sogar ich als solches erkennen. Ich kann nicht gerade behaupten, mit dem berühmten grünen Daumen gesegnet zu sein. Sam Mitchell und Pflanzen, das sind zwei Welten, die nicht gut miteinander klarkommen. Mom behauptet sogar, es grenze bereits an ein Wunder, wenn künstliche Pflanzen in meiner Nähe überlebten. Das ist natürlich übertrieben, allerdings bekomme ich selbst die robustesten Pflanzen kaputt. Ich werde wohl nie lernen, welche Pflanzen wie viel Wasser brauchen. Entweder gebe ich ihnen zu wenig oder aber ich meine es zu gut und ersäufe sie. So oder so: Gäbe es eine Organisation gegen Pflanzenfolter, ich wäre der Staatsfeind Nummer eins.

Eine Holzhütte zog meinen Blick auf sich. Vermutlich ein Geräteschuppen. Auf der Rückseite wucherte hüfthohes Gras, durchzogen von Farnen und Bäumen, die ihre Schatten auf den Boden warfen. Dahinter sah ich in einiger Entfernung die roten Umrisse der Kirche. Ich nahm an, dass der Schuppen direkt an der Grundstücksgrenze erbaut war. Was dahinterlag, gehörte wahrscheinlich nicht mehr zu Tante Fionas Haus, sondern zur Kirche.

Ich trat von der Terrasse auf den Rasen und ging auf den Schuppen zu. Wenn ich Recht hatte, musste es dort einen Zaun oder eine Mauer geben. Irgendetwas, was die Grenze markierte.

Als ich den Schuppen beinahe erreicht hatte, konnte ich noch immer keinen Zaun erkennen. Wenn man nach einer Grenze suchte, musste man wohl die veränderte Vegetation als solche akzeptieren. Die lichte Reihe Douglasien – eine der wenigen Baumarten, die ich kannte – wirkte tatsächlich wie eine Trennungslinie. Geblendet von der Abendsonne kniff ich die Augen zusammen und spähte ins Halbdunkel am Fuß der Bäume. Zwischen Farnen und hüfthohem Gras glaubte ich, vereinzelte Schatten ausmachen zu können. Vielleicht Teile einer alten Mauer. Ohne meine Augen von den Schemen zu lösen, die dort dunkel aus dem Boden ragten, trat ich noch näher. Umrisse schälten sich aus dem Zwielicht, schief und halb in den Erdboden eingesunken. Ich blieb abrupt stehen. Moosüberwucherte Klumpen wuchsen in unregelmäßigen Abständen aus dem Boden. Was ich zunächst für die Überreste einer Mauer gehalten hatte, entpuppte sich als etwas vollkommen anderes. Schlagartig war die Kälte wieder da, von der ich geglaubt hatte, sie im Haus zurückgelassen zu haben. Eine schmerzhaft prickelnde Gänsehaut überzog meine Arme und meinen Rücken, als ich mit pochendem Herzen auf die Grabsteine starrte, die sich vor mir aus dem Grün erhoben.

2

Der Anblick des alten, verwilderten Friedhofs trieb mich ins Haus zurück. Drinnen war es noch immer kühl, doch plötzlich machte es mir weniger aus als noch vor ein paar Minuten. Ich warf die Terrassentür hinter mir zu und starrte aus dem Fenster. Mein Herz hämmerte noch immer wie wild und wollte sich nur sehr langsam beruhigen. Immer wieder versuchte ich mir einzureden, dass es Unsinn war, sich wegen eines Friedhofs aufzuregen. Ein Teil von mir war sogar bereit, das zu akzeptieren. Der andere Teil jedoch hatte bei Weitem zu viele Horrorfilme gesehen, um die Nähe der Toten einfach so zu verdrängen.

»Okay, Sam«, murmelte ich und erschrak, als meine Stimme empfindlich laut durch die Stille schnitt, »krieg dich wieder ein!« Immerhin war ich diejenige, die sich jedes Mal darüber beklagte, wie unglaubwürdig Horrorfilme doch waren. Trotzdem hatten sich sichtlich einige Geschichten ein wenig zu sehr in mein Hirn gebrannt.

Ich zwang mich, tief durchzuatmen. Was hatte ich schon gesehen? Ein paar völlig überwucherte, windschiefe Steinklumpen. So wie es dort ausgesehen hatte, wurde dieser Teil des Friedhofs bereits seit Jahrzehnten nicht mehr benutzt. Vermutlich waren selbst die Geister längst an Altersschwäche oder Langeweile gestorben. Die frischen Gräber mussten sich an einer anderen Stelle – weiter weg von meinem Haus – befinden. Irgendwie war der Gedanke beruhigend. Dann jedoch fragte ich mich, wie das möglich war. Sollten nicht gerade die ältesten Gräber nahe der Kirche sein? Ich schüttelte den Kopf und beschloss, den Gedanken nicht weiter zu verfolgen. Zumindest vorerst nicht.

Meine Einstellung zum Haus hatte sich jedoch grundlegend geändert. Es war jetzt weit mehr als Tante Fionas gemütliches Heim. Es war das Haus am Friedhof.

Ich versuchte zu überschlagen, wie lange mein Aufenthalt in Cedars Creek wohl dauern mochte. Selbst bei vorsichtigen Schätzungen – ohne das gesamte Haus zu kennen und zu wissen, wie gut meine Chancen standen, es an den Mann zu bringen – würde ich wohl mindestens die nächsten drei oder vier Wochen hier festsitzen. Ob ich doch einen Makler …? Nein! Den Gedanken, mir im Ort ein Zimmer zu mieten und nur tagsüber herzukommen, um im Haus zu arbeiten, verwarf ich ebenso rasch wieder. Tante Fiona hatte ihr ganzes Leben in diesem Haus verbracht. Was waren im Vergleich dazu schon ein paar Wochen?

Ein schriller Laut durchschnitt die Stille und ließ mich heftig zusammenfahren. Mein Handy! Ich fischte es aus der Jeanstasche und warf einen Blick auf das Display, bereit, den Anrufer wegzudrücken, falls es meine Mom war. Mir stand im Augenblick nicht der Sinn danach, mit ihr zu sprechen. Sie würde nur die leidige Diskussion fortführen, mit der sie seit Wochen versuchte, mich dazu zu bewegen, nicht nach Boston zu gehen. Als ich Sues Nummer sah, nahm ich das Gespräch erleichtert an.

»Hi, Sue.«

»Sam!«, schallte mir Sues Stimme blechern entgegen. Die Verbindung war nicht besonders gut. »Warum hast du dich nicht gemeldet? Ich habe seit drei Tagen nichts mehr von dir gehört!«

Ich seufzte. »Entschuldige. Ich war einfach zu müde. Wenn ich abends aus dem Auto gestiegen bin, wollte ich nur noch ins Bett.«

Am anderen Ende stieß Sue hörbar den Atem aus. Ich wusste, dass sie sich Sorgen um mich machte, und es tat mir leid, mich nicht früher gemeldet zu haben.

»Wo steckst du jetzt?«, fragte Sue.

»Cedars Creek. Bin gerade angekommen.«

Meinen Worten folgte eine kurze Pause. Dann fragte sie: »Und? Geht es dir gut? Kommst du klar?«

Für einen Moment war ich versucht, ihr die Wahrheit zu sagen. Ich wollte ihr erzählen, wie schwer es mir fiel, hier zu sein, und wie sehr ich den Gedanken hasste, alles fortzugeben, was einmal Tante Fiona gehört hatte.

Das Haus liegt an einem Friedhof!, wollte ich herausschreien, doch ich schluckte die Worte hinunter.

Sue war meine beste Freundin. Wenn sie auch nur das leiseste Anzeichen entdeckte, dass es mir nicht gut ging, würde sie sich augenblicklich auf den Weg zu mir machen. Selbst wenn das bedeutete, ihren Job in der Anwaltskanzlei, in der sie erst vor einer Woche angefangen hatte, aufzugeben. Das wollte ich nicht. Sie hatte ein Recht auf ihren Traumjob.

»Ich bin okay«, sagte ich schnell, um ihr keinen Grund zu geben, in Minneapolis alles stehen und liegen zu lassen und mir hierher ans Ende der Welt zu folgen.

Sue seufzte vernehmlich. »Du vergisst, dass ich dich seit einer Ewigkeit kenne. Komm mir also nicht mit dieser Mir-kann-nichts-etwas-anhaben-Tour. Ich weiß, dass du gerne mit deinem Sarkasmus und deinem losen Mundwerk darüber hinwegtäuschst, was wirklich in dir vorgeht, und manchmal glaube ich, du kannst dich damit sogar selbst täuschen. Bei mir gelingt dir das nicht. Also versuch es gar nicht erst.«

Manchmal war es wirklich ein Fluch, dass sie mich so gut kannte. »Du musst dir keine Sorgen machen.«

»Sam, bist du sicher, dass …«

»Ja«, unterbrach ich sie hastig. »Wenn etwas nicht in Ordnung wäre, würdest du es als Erste erfahren. Jetzt erzähl mir lieber, was es bei dir Neues gibt!«

Während der nächsten halben Stunde versorgte Sue mich mit allen Neuigkeiten, die sich während der letzten drei Tage zu Hause ereignet hatten. Sie erzählte mir von ihrem Date mit einem Typ aus der Kanzlei, den ich nicht kannte, und davon, wie glücklich sie mit ihrem Job war. Allein das bestätigte mich darin, den Mund zu halten und ihr nicht zu sagen, wie ich mich tatsächlich fühlte. Als ich schließlich das Gespräch beendete und das Handy auf den Couchtisch legte, erschien mir die plötzliche Stille erdrückend.

Ich stand auf und schaltete das Radio ein. Ein wenig Musik würde die Stille erträglicher machen. Doch ganz gleich, wie sehr ich mich auch bemühte, einen Sender einzustellen, es wollte mir nicht gelingen, mehr als ein statisches Rauschen zu empfangen. Gefrustet schaltete ich das Gerät wieder ab und holte stattdessen mein Gepäck aus dem Wagen. Ich hatte genügend Sachen dabei, um für einige Wochen über die Runden zu kommen. Der Hauptgrund jedoch, warum ich die lange Autofahrt auf mich genommen hatte, anstatt mich bequem in ein Flugzeug zu setzen, war, dass ich im Wagen jene Dinge aus Tante Fionas Erbe transportieren konnte, von denen ich mich nicht trennen wollte. Die Bilder im Flur würden mich ganz bestimmt nach Hause begleiten.

Inzwischen wurde es allmählich dunkel, sodass ich, als ich mit meinen Sachen ins Haus kam, zum Lichtschalter griff. Nachdem mich schon das Radio im Stich gelassen hatte, erwartete ich fast, dass das Licht auch nicht funktionieren würde. Das Haus am Friedhof ohne elektrisches Licht. Das wäre der Moment, in dem ich ganz bestimmt kehrtmachen und mir doch ein Zimmer im Ort suchen würde. Der Schalter klickte vernehmlich. Augenblicklich wurde es hell.

Erleichtert wuchtete ich meine beiden Reisetaschen die Treppen hoch und stellte sie erst einmal im Gang ab. Hier oben war es wesentlich wärmer. Vielleicht kam es mir, nachdem ich die schweren Taschen heraufgeschleppt hatte, auch nur so vor.

Vom Flur gingen vier Türen ab. An einer Wand stand

eine monströse Kommode, darüber hing ein ovaler Spiegel in einem schmiedeeisernen Rahmen. Ein wunderschönes, altmodisches Stück. Hinter mir knarrte eine Stiege. Ich fuhr herum. Keine Ahnung, was ich erwartet hatte. Natürlich war da nichts. Ich war allein in einem alten Haus. Die Treppen waren aus Holz, so wie das meiste hier. Holz knarrte nun einmal. Plötzlich kam ich mir lächerlich vor.

Kopfschüttelnd über meine eigene Angst öffnete ich die erste Tür. Dahinter lag ein geräumiges Schlafzimmer mit einem riesigen, begehbaren Kleiderschrank. Hier waren die Möbel heller als im Wohnzimmer. Die geblümten Tapeten waren zwar nicht mein Geschmack, verliehen dem Raum aber zusammen mit den bunten Läufern, die auf dem Parkett lagen, etwas Gemütliches. Über einem Schaukelstuhl hingen eine Jeans und eine weiße Bluse, darunter standen knallrote Sneakers, einer war zur Seite gekippt. Der Anblick traf mich ins Mark. Es sah aus, als sei Tante Fiona noch hier. Vielleicht würde sie gleich aus der Dusche steigen und in die Sachen schlüpfen, die sie sich zurechtgelegt hatte. Doch Tante Fiona würde nicht mehr kommen. Zum ersten Mal, seit ich die Nachricht ihres Todes erhalten hatte, schossen mir die Tränen in die Augen. Ein Teil von mir schien erst jetzt zu begreifen, dass sie tatsächlich nicht mehr da war.

Ein kühler Hauch strich über meine tränennasse Wange. Fast kam es mir vor wie eine Berührung. Dann jedoch erfasste mich schlagartig dieselbe Kälte, die ich schon unten verspürt hatte. Ich musste dringend etwas gegen die Zugluft unternehmen! Dann kam mir eine andere Idee. Was, wenn die Kälte weder etwas mit einer Klimaanlage noch mit schlechter Isolierung zu tun hatte? Was, wenn der Friedhof …

Ich weigerte mich, den Gedanken weiterzuverfolgen. Allein dass mich die Nähe des Friedhofs so sehr beschäftigte, war schon lächerlich. Dass die Kälte im Haus etwas damit zu tun haben könnte, war völlig bescheuert!

Ich wischte mir die Tränen ab und setzte meinen Erkundungszug fort. Neben dem Schlafzimmer fand ich ein Arbeitszimmer mit einem großen Schreibtisch. Ein wenig ungläubig blickte ich auf den PC darauf. Angesichts Tante Fionas Weigerung, E-Mails zu schreiben, war ich nicht einmal auf den Gedanken gekommen, sie könnte überhaupt einen PC besitzen. Sichtlich war sie fortschrittlicher gewesen, als ich immer angenommen hatte. Um den PC herum lagen unzählige Notizzettel, Zeitungsartikel und Schulbücher. Knallgelbe Post-its zierten eine Pinnwand darüber. Tante Fiona hatte an der Grundschule von Cedars Creek unterrichtet. Hier hatte sie wohl ihre Stunden vorbereitet.

Die Bücherregale waren so vollgestopft, dass einige Bücher sich schon übereinanderstapelten. Ich war versucht, einen genaueren Blick auf die Buchrücken zu werfen, verkniff es mir dann aber doch. Ich war müde und wollte bald ins Bett. Vorher wollte ich mir jedoch erst noch die restlichen beiden Räume ansehen. Die Regale würde ich spätestens dann in Augenschein nehmen, wenn ich entscheiden musste, was ich behalten und was ich weggeben sollte. Ich ignorierte den großen Schrank an der anderen Wand und kehrte auf den Gang zurück, um mich der nächsten Tür zuzuwenden. Dahinter lag das Badezimmer. Im Gegensatz zu den anderen Räumen roch die Luft hier nicht abgestanden, sondern angenehm frisch. Die Ursache dafür fand ich in einem Lufterfrischer, der zwischen einer Schale mit Muscheln, ein paar Teelichtern und einem kleinen Keramikleuchtturm auf dem Fensterbrett stand. Die hellgrauen Wandfliesen waren immer wieder mit knallblauen Mustern durchsetzt, deren Farbe sich auch in den Vorhängen, den flauschigen Läufern und der Spiegelumrandung wiederfand. Alles in allem war das Bad mit seiner großen Wanne, der gläsernen Duschkabine und der Handtuchheizung der modernste Raum im Haus.

Blieb nur noch ein weiteres Zimmer. Ich verließ das Bad wieder und trat auf die Tür am Ende des Ganges zu. Dort erwartete mich ein überraschend geräumiges Gästezimmer. Mir war sofort klar, dass ich mich hier einquartieren würde. Die Vorstellung, in Tante Fionas Schlafzimmer zu übernachten, hatte mir von Anfang an nicht sonderlich behagt. Umso erleichterter war ich beim Anblick dieses Zimmers. Bett und Möbel waren mit hellen Laken abgedeckt. Mit wenigen Handgriffen zog ich die Tücher fort. Noch während ich sie zusammenlegte, ließ ich meine Augen über die Möbel wandern. Ein kleiner Nachttisch mit Lampe. Eine große Holztruhe mit schweren Messingbeschlägen am Fußende des Bettes. Leere Bücherregale an den Wänden und ein großer Lehnsessel mit Fußhocker in einer Ecke des Raumes. Gleich neben der Tür stand ein altmodischer kleiner Sekretär, davor ein nicht besonders bequem aussehender Holzstuhl. Hinter einer Lamellentür fand ich einen leeren Wandschrank, in dem ich mühelos all meine Sachen unterbringen würde.

Ich warf die zusammengefalteten Laken auf die Truhe und holte meine Reisetaschen. Obwohl ich inzwischen hundemüde war, wollte ich zumindest noch auspacken. Da meine Klamotten größtenteils aus Jeans, T-Shirts und Pullis bestanden, brauchte ich nicht lange, bis alles verstaut war. Ich warf meinen Schlafanzug aufs Bett, schnappte mir meinen Kulturbeutel und ging ins Bad. Für einen Moment war ich versucht, mir ein Bad einzulassen, verschob das aber, da ich so müde war, dass ich fürchtete, in der Wanne einzuschlafen. Baden konnte ich auch morgen. Für jetzt taten es eine kurze Katzenwäsche und Zähneputzen.

Zurück im Zimmer tauschte ich Jeans und T-Shirt gegen den Schlafanzug, knipste die Nachttischlampe an und löschte das Deckenlicht. Als ich ins Bett schlüpfen wollte, fiel mein Blick aufs Fenster. Es war mittlerweile nach zehn und draußen war es längst finster. Das Spiegelbild, das meine Nachttischlampe auf die Scheibe warf, gefiel mir nicht. Es wirkte verzerrt und sah gar nicht mehr wie die kleine Lampe mit dem beigefarbenen Schirm aus. Das Ganze hatte viel mehr Ähnlichkeit mit einem Kopf als mit einer Lampe.

Okay, das genügte! Ich ließ die Bettdecke, die ich gerade zurückschlagen wollte, los und ging zum Fenster. Obwohl ich es in der Finsternis nicht erkennen konnte, wusste ich, dass sich unter meinem Zimmer der Garten erstreckte. Und dahinter der Friedhof. Plötzlich wirkte die Dunkelheit auf der anderen Seite der Scheiben so erdrückend, dass ich es nicht mehr über mich brachte hinauszusehen. Ich packte die Vorhänge und zog sie mit Schwung zu. Sofort fühlte ich mich besser. Dann fragte ich mich jedoch, ob ich die Haustür und – fast noch wichtiger – die Terrassentür abgeschlossen hatte. Ich war der Meinung, dass ich es getan hatte, doch mir war klar, ich würde keine Ruhe finden, solange ich mich nicht noch einmal davon überzeugt hatte. Obwohl ich mir vollkommen idiotisch vorkam, blieb mir keine andere Wahl: Ich musste einfach nachsehen.

Barfuß tappte ich über den Gang, natürlich nicht ohne überall Licht anzumachen. Schon nach wenigen Schritten waren meine Füße eiskalt und ich nahm mir vor, Socken anzuziehen, ehe ich ins Bett ging. Ich polterte die Treppen hinunter zur Wohnungstür und überprüfte das Schloss. Ordnungsgemäß verriegelt. Blieben noch die Tür zur Garage und die Terrassentür. Auf meinem Weg durch das Haus zog ich an jedem Fenster die Vorhänge vor. Selbst wenn ich mich nicht hier unten aufhielt, gefiel mir der Gedanke nicht, jemand könnte womöglich von draußen hereinschauen. Die Garagentür war verschlossen, die Terrassentür nicht. Mit einem heftigen Ruck legte ich den Riegel um und rüttelte an der Tür, um ganz sicherzugehen, dass sie auch wirklich zu war.

Ich benahm mich wie ein kleines Kind, das zum ersten Mal allein zu Hause war. »Als ob ein paar Vorhänge und Riegel etwas gegen Geister nützen würden«, murmelte ich. In sämtlichen Geistergeschichten, die ich kannte, glitten die Gespenster einfach durch Wände hindurch. Ich zuckte die

Schultern und fügte mit einem schiefen Grinsen hinzu: »Zumindest Zombies wird es aufhalten.«

Nachdem das Haus gesichert war, kehrte ich in mein Schlafzimmer zurück und fischte mir ein Paar Socken aus dem Schrank. Dann schlüpfte ich endlich ins Bett und knipste das Licht aus.

Obwohl ich müde war, konnte ich lange nicht schlafen. Alles um mich herum war mir fremd; Gerüche, Geräusche, selbst das Gefühl der Daunendecke auf meiner Haut. Jedes Geräusch schreckte mich auf. In Gedanken suchte ich ständig nach Ursachen. Das leise Knarren der Holzdielen. Das Säuseln des Windes, der ums Haus strich und raschelnd ins trockene Laub fuhr. Ein paar Katzen, die sich fauchend hinter dem Haus begegneten. Allmählich gelang es mir, alle Gedanken an Gespenster zu verdrängen. Dann schlief ich endlich ein.

Im Laufe der Nacht begann ich so heftig zu frieren, dass ich zitterte.

Noch immer im Halbschlaf und zu müde, um meine Augen zu öffnen, tastete ich nach der Decke. Ich musste sie im Schlaf von mir geworfen haben. Meine Finger fuhren über den Stoff und fanden die Decke dort, wo sie hingehörte. Hatte ich das Fenster offen gelassen und spürte nun die kalte Nachtluft? Nein, ich hatte es geschlossen aus Furcht vor …

»Hab keine Angst«, hauchte eine sanfte Stimme neben
 meinem Ohr.

Ich riss die Augen auf und starrte in die verschwommenen Züge eines Mannes, keine zwanzig Zentimeter von meinem Gesicht entfernt. Ein undeutlicher Schemen, der sich über mich beugte. Mit einem Schrei sprang ich aus dem Bett und fuhr bis an die Wand zurück. Ich riss die Lampe vom Nachttisch und hielt sie schützend vor mir in die Höhe, bereit, sie als Waffe einzusetzen. Mein Puls raste so heftig, dass ich glaubte, ich würde jeden Moment umkippen. Zitternd tastete ich über die Lampe, bis ich den Schalter fand. Als das Licht anging, kniff ich geblendet die Augen zusammen. Über dem Bett glaubte ich hellen Nebel zu erkennen, der sich langsam verflüchtigte, als würde er von einer unsichtbaren Brise auseinandergetrieben. Womöglich irrte ich mich auch, was den Nebel anging, denn es war so eisig, dass mein Atem dampfend in die Luft stieg. Mit dem Rücken an die Wand gepresst stand ich da und starrte in den Raum. Meine Finger klammerten sich noch immer um die Lampe, die jetzt Waffe und Lichtquelle in einem war. Ich hielt den Atem an, bis keine störenden Kondenswolken mehr aufstiegen. Dann suchte ich mit meinem Blick nach dem Eindringling. Doch da war niemand. Ich war allein.

*

Den Rest der Nacht verbrachte ich im hell erleuchteten Wohnzimmer. Hier unten war es kühl, aber längst nicht so kalt wie zuvor in meinem Schlafzimmer. Ich verschob den Sessel so weit, dass ich mit dem Rücken zur Wand sitzen konnte. Allein die Vorstellung, etwas – oder jemand – könnte sich von hinten an mich heranschleichen, war grauenhaft. In eine Decke gewickelt saß ich da, die Nachttischlampe noch immer als Waffe im Schoß, und gab mir redlich Mühe, nicht auf die geschlossenen Gardinen zu blicken.

Hab keine Angst. Hatte ich das wirklich gehört? Hatte ich wirklich einen Mann gesehen, der sich über mich beugte? Nach einer Weile kam ich mir reichlich albern vor. Ich hatte einen Albtraum gehabt, nichts weiter. Manchmal kamen mir meine Träume eben sehr real vor. Das war nicht das erste Mal, dass ich geträumt hatte, obwohl ich überzeugt war, längst wach zu sein. Vermutlich war ich erst in dem Moment wirklich aufgewacht, als ich aus dem Bett sprang.

Ich versuchte erfolglos, mich an das Gesicht zu erinnern, das ich gesehen – oder zu sehen *geglaubt* – hatte. Nur die Stimme war in meinem Gedächtnis hängen geblieben. Sie war mir so real erschienen, dass ich noch immer glaubte, sie zu hören. Ein sanfter, warmer Tonfall, der mich nicht mehr loslassen wollte. Wenn es ein Traum war, sollte die Erinnerung dann nicht langsam verblassen?

»Sam, du spinnst doch!«, schimpfte ich mit mir selbst. Ich war noch keinen Tag hier und begann schon Gespenster zu sehen. Ausgerechnet ich, die ich immer so viel Spaß an Horror- und Gruselfilmen hatte, fürchtete mich plötzlich vor Geistern?

»Es gibt keine Geister!«, rief ich, wenig begeistert darüber, dass ich nach ein paar Stunden des Alleinseins bereits begann, Selbstgespräche zu führen. Nicht auszudenken, in welchem Zustand ich mich befinden würde, wenn ich erst länger hier wäre!

Ich dachte daran, nach oben zurückzukehren, um mich

noch einmal genauer umzusehen. Bei dem bloßen Gedanken beschleunigte sich mein Herzschlag jedoch so sehr, dass ich vorsichtshalber davon absah. Ich redete mir ein, dass ich bei Tageslicht ohnehin mehr erkennen würde.

Wenn ich überhaupt jemanden gesehen hatte, dann wohl eher einen Einbrecher als einen Geist. Wobei mir nicht in den Kopf wollte, wie ein Mensch so schnell und lautlos hätte verschwinden können.

3

Am nächsten Morgen zog ich als Erstes alle Gardinen zurück, um die Sonne hereinzulassen. Ich verwandte einige Zeit darauf, nach Spuren zu suchen, doch ich fand nicht den geringsten Hinweis, dass außer mir noch jemand im Haus gewesen war. Alle Fenster und Türen waren nach wie vor verriegelt. Schließlich kam ich zu dem Schluss, dass alles doch nur ein Traum gewesen war, schnappte mir ein paar frische Sachen und ging unter die Dusche. Zu meiner Überraschung war das Bad der einzige Raum im Haus, in dem nicht eisige Kälte herrschte.

Trotz der durchwachten Nacht fühlte ich mich nach der Dusche langsam wieder wie ein Mensch. Ich hörte auf, mir Sorgen über Geister zu machen, und begann stattdessen, mein Augenmerk auf die Arbeit zu lenken, die vor mir lag.

Mir wurde schnell klar, dass ich die Tapeten in den oberen Stockwerken erneuern musste. Das Treppengeländer musste neu lackiert und die Holzböden mussten abgeschliffen und frisch versiegelt werden. Ebenso würde ich einige Wandpaneele ausbessern, Teppichböden austauschen und Wände neu streichen müssen. Das waren nur die Dinge, die ich auf den ersten Blick erkannte. Das ganze Ausmaß der anstehenden Arbeiten würde ich vermutlich erst ermessen können, wenn die Möbel raus waren.

Ich hätte gerne etwas gegessen, doch die einzigen nicht verdorbenen Lebensmittel, die ich finden konnte, waren ein paar Beutel Kamillentee und eine Packung Zwieback. Sofern man dabei überhaupt von Lebensmitteln sprechen konnte. Ich beschloss, das Frühstück erst mal ausfallen zu lassen und mir später in Cedars Creek etwas Essbares zu besorgen.

In aller Eile mistete ich Kühlschrank und Speisekammer aus und packte alles in einen großen Müllsack, den ich in die Tonne vor dem Haus stopfte, ehe ich mich daransetzte, eine Einkaufsliste zu schreiben.

Zunächst einmal brauchte ich Lebensmittel und Getränke. Sobald alles Nötige auf der Liste stand, machte ich mich auf die Suche nach Tante Fionas Werkzeugschrank. Das Haus hatte weder einen Keller noch einen Speicher, so fand ich in der Garage, wonach ich suchte. Abgesehen von einem Hammer, zwei Schraubenziehern und je einer Dose mit Schrauben und Nägeln gab es nichts weiter Brauchbares. Also setzte ich Werkzeug auf meine Liste. Ich brauchte einen Spachtel, um die alten Tapeten zu entfernen, außerdem einen Schraubenschlüssel, eine Bohrmaschine und noch allerhand Kleinkram. Danach kamen Pinsel und Farbe auf meine Liste, ebenso wie Abdeckplanen, Klebeband, Müllsäcke und eine Menge Kartons, in denen ich die Dinge verpacken wollte, die sich noch verwenden ließen. Außerdem musste ich herausfinden, wie ich die Möbel loswerden konnte, die ich nach der Renovierung nicht im Haus lassen wollte.

Bewaffnet mit der Liste und meinem Rucksack schnappte ich mir den Autoschlüssel und trat vor die Tür. Nach der Kälte im Haus traf mich die morgendliche Wärme überraschend. Beim Anblick der Sonne besserte sich meine Laune schlagartig.

Als ich die Tür abschloss, musste ich grinsen. Kein Mensch, schon gar kein Einbrecher, würde sich hier heraus verirren. »Zombieabwehr«, machte ich mich über mich selbst lustig, stopfte den Schlüssel in meine Jeanstasche und ging zum Wagen.

In gemächlichem Tempo folgte ich der Straße, bis mich – etwa auf Höhe der Kirche – ein verwittertes Blechschild in Cedars Creek willkommen hieß. Stolz verkündete es, dass der Ort 8457 Einwohner hatte. Ich fragte mich, ob das Schild wirklich jedes Mal aktualisiert wurde, wenn jemand geboren wurde, starb oder fortzog. Freiwillig hierherziehen würde wohl kaum jemand.

Kurz hinter dem Schild entdeckte ich eine Autowerkstatt und einen Wegweiser zum Cedars Creek Superstore. Mit etwas Glück war das die Kleinstadtversion eines Wal-Mart. Da ich vermutlich im Ort nur einen kleinen Gemischtwarenladen finden würde, beschloss ich, auf dem Rückweg dort vorbeizufahren, um meine Lebensmitteleinkäufe zu erledigen.

Cedars Creek war eine Kleinstadt wie aus dem Bilderbuch. Während die Häuser im übrigen Ort mit großem Abstand zueinander standen, rückten die hellen Fassaden an der Main Street enger zusammen. Es war Mittwoch und die meisten Menschen waren vermutlich arbeiten, denn auf der Straße herrschte nur wenig Verkehr. Selbst von hier aus konnte ich den weißen Qualm sehen, der am anderen Ende des Orts aus dem Schlot der Crowley Distillery in den blauen Himmel stieg.

Ich parkte meinen alten Käfer hinter einem nagelneuen schwarzen Jeep und stieg aus. Das Erste, was mir auffiel, war das Herrenhaus auf dem Hügel, das deutlich erkennbar über dem Ort thronte. Von dort oben musste man einen schönen Blick über Cedars Creek haben. Ich dachte daran, einmal ein Stück weit den Hügel hinaufzufahren, einfach nur, um zu sehen, ob die Aussicht so schön war, wie ich sie mir vorstellte, verschob das Unterfangen aber. Ehe ich an einen Ausflug in die Umgebung denken konnte, lag erst mal eine Menge Arbeit vor mir.

Ich blickte mich in der Main Street um und bemerkte ein gemütlich wirkendes Diner auf der anderen Straßenseite, genau der richtige Ort, um etwas gegen meinen Hunger zu tun. Das musste allerdings noch ein wenig warten. Zunächst wollte ich noch einige Dinge erledigen. Neugierig wanderte ich die Straße entlang. Zu meinem Erstaunen gab es hier alles, was man zum Leben benötigte. Nicht genug für einen ausgedehnten Einkaufsbummel, aber immerhin sah es nicht danach aus, dass ich elend an Unterversorgung zugrunde gehen würde. Neben dem Diner entdeckte ich den Gemischtwarenladen. An der Straßenecke stand ein Hotel. *Cedars Inn* verkündete die ausgeschaltete Leuchtschrift über dem Eingang. Ein Stück weiter sah ich ein Postamt, einen Friseursalon und ein paar kleinere Läden, darunter sogar eine Boutique. Neben einem italienischen Lokal mit rot-weiß karierten Vorhängen gab es ein chinesisches Restaurant namens *Green Dragon*. Wenige Schritte weiter kam ich zu meinem Erstaunen an einem Kino und einer zugegeben reichlich rustikal aussehenden Bar vorbei. Ein Schild wies den Weg zur Grundschule und einem Sportplatz, die vermutlich beide am Ortsrand lagen. Auf einem weiteren waren die Crowley Distillery und der Cedars-Creek-Superstore ausgeschrieben.

Alles in allem deckte sich das, was ich sah, ziemlich genau mit meiner Vorstellung von Kleinstädten. Und wenn auch nur die Hälfte von dem stimmte, was ich aus dem Fernsehen wusste, konnte ich mich schon mal von der Hoffnung verabschieden, Tante Fionas Angelegenheiten unbemerkt zu regeln. Ich war eine Fremde an einem Ort, an dem sich vermutlich jeder mit Namen und Lebensgeschichte kannte. Natürlich würde ich auffallen.

Egal wie weit ich der Straße folgte, das Haus auf dem Hügel war von jedem Punkt aus gut sichtbar. Wie ein Wächter, der seine schützende Hand über die Stadt hielt. Das gefiel mir. Ob Geister auch in seinen Aufgabenbereich fielen? Sofort war die Erinnerung an die letzte Nacht wieder da. Ich hörte die Stimme, die mir sagte, ich solle keine Angst haben, und spürte, wie die eisige Kälte durch meine Knochen kroch. Obwohl ich in der Sonne stand, fror ich plötzlich. Es fiel mir schwer, die Erinnerung abzustreifen. Trotzdem zwang ich mich, meine Aufmerksamkeit wieder auf das, was vor mir lag, zu richten. Ich hielt auf einen kleinen Heimwerkermarkt zu. Ein Polizeiwagen fuhr an mir vorüber und blieb ein Stück weiter vorne hinter einem weiteren Streifenwagen am Straßenrand stehen. Bisher hatte Cedars Creek all meine Kleinstadtvorstellungen erfüllt. Der Mann, der jetzt jedoch aus dem Wagen stieg, entsprach ganz und gar nicht dem Klischee des Provinzsheriffs. Ich hatte einen Mann um die fünfzig mit lichtem Haar und stattlichem Bauch erwartet. Oder wenigstens einen jüngeren, reichlich einfältig wirkenden Kerl. Stattdessen sah ich einen blonden Mann um die dreißig mit einem Kaffeebecher in der Hand. Er war groß und schlank und machte auf mich nicht den Eindruck eines schlichten Gemüts. Mein Blick folgte ihm über den Bürgersteig, bis er in einem Gebäude verschwand. *Büro des Sheriffs* stand über dem Eingang. Einen Eingang weiter verkündete ein Schild, dass dort die Stadtverwaltung untergebracht war.

Ich ging weiter und betrat schließlich den Heimwerkermarkt. Ein bärtiger Kerl im Flanellhemd stand an der Kasse und unterhielt sich mit zwei anderen, die gemütlich an der Theke lehnten. Als ich in den Laden kam, sahen sie kurz auf, vertieften sich aber sofort wieder in ihr Gespräch. Die Diskussion drehte sich um Schrauben und Gewinde, was vermutlich das Gegenstück zu Schuhen und Make-up bei uns Frauen war. Mich interessierte weder das eine noch das andere.

Unbehelligt streifte ich durch die Regale. Das Sortiment war solide – soweit ich das mit meinen nicht sonderlich fachmännischen Kenntnissen beurteilen konnte. Zu meiner Freude fand ich alles, was auf der Liste stand. Stück für

Stück schleppte ich die Sachen zur Ladentheke und legte meine Kreditkarte daneben.

»Sie habe ich hier noch nie gesehen«, sagte der Bärtige, während er begann, die Beträge einzutippen.

»Ich bin auch erst seit gestern hier.«

»Aha.« Mit einem Blick auf meine Waren und das Werkzeug fügte er grinsend hinzu: »Gefällt Ihnen Ihr Hotelzimmer nicht?«

Ich musste lachen. »Nein, nichts dergleichen. Ich renoviere Fiona Mitchells Haus.«

Augenblicklich wurde er ernst. »Fiona? Sind Sie …«

»Ich bin ihre Nichte. Sam Mitchell«, stellte ich mich vor.

»Tut mir leid, das mit Ihrer Tante«, meldete sich nun einer der beiden anderen Männer zu Wort. »Sie war ein guter Mensch. Ihr Tod hat uns alle überrascht.«

»Danke.« Ich wusste nicht, was ich sonst sagen sollte. Keine Ahnung, wie gut die Männer Tante Fiona gekannt hatten.

»Tja, dann mal willkommen in Cedars Creek. Ich bin Wilbur Perkins«, sagte der Bärtige und zog meine Kreditkarte durch den Kartenleser. »Ziehen Sie in Fionas Haus?«

Ich schüttelte den Kopf. »Wenn ich es hergerichtet habe, werde ich es wohl verkaufen. Sie kennen nicht zufällig jemanden, der ein Haus sucht?« Nicht dass ich viel Hoffnung hatte, jemand könne ein Haus wollen, das nicht nur in einer Stadt am Ende der Welt, sondern auch noch *außerhalb* dieser Stadt lag.

»Ich fürchte nein. Aber ich kann mich ja mal ein bisschen umhören.«

»Gerne. Haben Sie Umzugskartons, Mr Perkins?«

»Wie viele brauchen Sie?«

Ich hatte keine Ahnung. »Dreißig?«, schätzte ich vorsichtig.

»Besorge ich Ihnen.«

»Wann kann ich …«

»Sobald ich sie habe, bringe ich sie Ihnen vorbei, abends, nach Ladenschluss. Einverstanden?«

»Vielen Dank.«

Mr Perkins schob mir den Kreditkartenbeleg und einen Stift über die Theke. Während ich unterschrieb, packte er meine Einkäufe in braune Papiertüten. Als er fertig war, legte er den Beleg in seine Kassenschublade. Während ich noch überlegte, wie oft ich gehen musste, um alles zum Wagen zu bringen, richteten sich Mr Perkins' Augen auf die beiden Männer. Er deutete mit dem Kopf auf die Tüten. »Bill und Frank bringen Ihnen die Sachen zum Auto.«

Die beiden reagierten prompt. Jeder von ihnen klemmte sich zwei Tüten unter den Arm und schnappte sich dann noch einen Eimer Farbe. Alles, was mir zu tragen blieb, war ein kleiner Werkzeugkasten, für den ich mich entschieden hatte.

Ich verabschiedete mich von Mr Perkins und ging hinter Bill und Frank zur Tür.

»Ms Mitchell!«, rief Mr Perkins mir hinterher.

Ich blieb noch einmal stehen. »Ja?«

»Zurzeit treibt sich ein Landstreicher in der Gegend herum. Irgend so ein Drogenfreak. Sperren Sie Ihre Tür gut ab!«

»Danke. Werde ich tun.« Allein schon wegen der Zombies. Ich unterdrückte ein Grinsen, als ich mal wieder an die wandelnden Toten denken musste. Der Gedanke an einen Landstreicher behagte mir allerdings weit weniger. Was, wenn ich ihm bereits begegnet war – vergangene Nacht …? Nein! Ein Eindringling hätte Spuren hinterlassen. Was ich gesehen hatte, war entweder das Bild eines Traums oder ein Gespenst. Ich hoffte auf den Traum.

Ich nickte Mr Perkins noch einmal zu, dann folgte ich den beiden Männern nach draußen und führte sie zu meinem Käfer. Blitzschnell war alles eingeladen, und ehe ich michs versah, waren die beiden schon auf dem Rückweg zu Mr Perkins' Laden, um ihren Schwatz fortzusetzen.

Während ich noch überlegte, ob ich jetzt etwas essen oder erst meine Einkäufe hinter mich bringen sollte, fiel mein Blick auf ein großes Backsteingebäude. Das Ziegelrot hob sich so deutlich von den hellen Fassaden der anderen Häuser ab, dass ich mich fragte, warum es mir nicht schon vorhin aufgefallen war. *Bibliothek* verkündeten große graue Buchstaben über dem Eingang. Da kam mir eine Idee. Ich war in der Lage, einen Nagel in die Wand zu schlagen, Löcher zu bohren und würde sicher auch noch ein paar andere Dinge schaffen. Doch bei dem, was mich im Haus erwartete, konnte es bestimmt nicht schaden, wenn ich mir ein paar Do-it-yourself-Bücher besorgte.

Ich überquerte die Straße und betrat die Bibliothek durch einen der beiden Türflügel. Im Inneren war es kühl.

Allerdings längst nicht so kalt wie in meinem Haus. Im Eingangsbereich stand ein hufeisenförmiger Tresen aus dunklem Holz. Dahinter erstreckten sich unzählige Regalreihen. Dicke Teppiche dämpften meine Schritte, als ich zum Tresen ging.

Erst als ich näher kam, entdeckte ich die Blondine, die dahinter auf einem Bürostuhl saß und in einem Buch las. Sobald sie mich bemerkte, klappte sie das Buch zu, ohne es aus der Hand zu legen, und blickte mir Kaugummi kauend entgegen. Soweit ich es einschätzen konnte, war sie etwa in meinem Alter. Ihr Haar stand in Gel geformten Stacheln nach allen Seiten ab; das Platinblond ein krasser Kontrast zu ihrem knallroten Lippenstift und dem leuchtend grünen Lidschatten, der ihre katzenhaften Augen betonte. Silberne Ohrringe in Form von handtellergroßen Scheiben klirrten bei jeder Bewegung leise. Ihre Klamotten waren mindestens genauso schrill wie ihr Make-up. Sie trug eine silberne Kette um den Hals, deren Anhänger im gewagten Ausschnitt ihres bauchfreien, pinkfarbenen Tops verschwand, dazu ein Paar knallenge Jeans und einen nietenbesetzten schwarzen Ledergürtel.

»Kann ich dir helfen?«, fragte sie und ließ gleich darauf eine Kaugummiblase platzen.

»Bestimmt. Hast du was über Heimwerken?«

»Du bist neu hier.«

»Richtig. Sam Mitchell«, stellte ich mich vor.

»Hi. Ich bin Tess. Tess Adams. Eigentlich Teresa, aber jeder, der mich so nennt, bekommt Ärger.«

Grinsend legte ich meinen Rucksack auf den Tresen. Mir

ging es wie ihr. Auch ich zog die Kurzform meines Namens vor. »Dann brauch ich wohl zuerst einen Bibliotheksausweis, oder? Kannst du mir einen ausstellen?«

»Klar.« Tess nickte. »Du brauchst 'nen Ausweis. Aber das meinte ich gar nicht.« Jetzt legte sie ihr Buch zur Seite. *Die unsterbliche Seele – beschwören oder bannen?*, stand in dicken Lettern auf dem Cover. Esoterik. Nicht ganz meine Kragenweite. »Ich hab dich in Cedars Creek noch nie gesehen.«

Natürlich nicht, ich war ja die Neue, die sich nun überall den neugierigen Fragen und Blicken der Stadtbewohner stellen musste. Ich unterdrückte ein Seufzen und sagte: »Ich bin erst gestern aus Minneapolis gekommen.«

»Wow!« Tess' Augen leuchteten. »Was verschlägt einen Stadtmenschen in ein Nest wie dieses? Halt! Warte! Mitchell? Du bist mit …«

»Sie war meine Tante.«

»Tut mir leid. Ich habe sie sehr gemocht. Sie war oft hier, um sich Bücher für ihren Unterricht zu leihen.« Tess' Bedauern wirkte aufrichtig. »Wohnst du jetzt in ihrem Haus?«

»Nur bis es renoviert und verkauft ist.«

»Gott sei Dank!« Tess stieß einen derart erleichterten Seufzer aus, dass ich grinsen musste. »Ich hatte schon Angst, du würdest zu diesen Stadtflüchtlingen gehören, die sich nichts Schöneres vorstellen können, als auf dem Land zu wohnen.«

»Sicher nicht«, winkte ich ab. »Nichts gegen Cedars Creek, aber die Großstadt ist wohl eher mein Ding.«

»Eines Tages werde ich dieses Kaff auch verlassen und in

eine Stadt ziehen. Egal welche. Hauptsache, sie ist riesig! Sag mal, hast du Hunger? Wollen wir was essen gehen?«

»Musst du nicht arbeiten?«, fragte ich verwundert.

Tess lachte. »Das ist einer der Vorteile in einem Kaff wie diesem. Wenn ich den Laden zusperre, werden sich nicht viele Leute daran stören. Sie werden es nicht einmal merken. Der Bibliothekar ist noch die ganze Woche im Urlaub, also gibt es auch keinen Ärger.«

Warum nicht? Gegessen hatte ich ja auch noch nichts. »Okay. Gerne.«

»Na, dann los.« Tess sprang auf, packte einen Schlüsselbund und umrundete den Tresen. Dann schob sie mich auf die Tür zu. Wie angekündigt sperrte sie, kaum dass wir auf die Straße traten, die Bibliothek einfach hinter uns zu.

Wir gingen in das Diner, an dem ich schon zuvor vorbeigekommen war. Der Laden war tatsächlich so gemütlich, wie er von außen aussah. Ein wenig fühlte ich mich, als hätte mich jemand auf eine Zeitreise geschickt: auf direktem Weg zurück in die Fünfzigerjahre. Eine lange Theke mit runden Hockern, helle Tische, flankiert von rot gepolsterten Bänken, chromblitzende Serviettenspender auf dem Tisch und der Boden mit schwarzen und weißen Kacheln gefliest. All das hatte ich schon zuvor in unzähligen Filmen gesehen. Selbst die Musikbox fehlte nicht.

Etwa die Hälfte der Tische war belegt. Die meisten wohl von Arbeitern, einige waren vielleicht auch Angestellte der Stadtverwaltung, spekulierte ich aufgrund der Kleidung. Tess hielt auf einen Tisch am Fenster zu und ließ sich mit einem Seufzer auf die Bank fallen. Ich setzte mich ihr gegenüber. Wir hatten kaum nach den Karten gegriffen, als auch schon die Kellnerin kam. Sie war nicht mehr jung und ihr kurzes rotes Haar eindeutig gefärbt. Unter ihren Augen lagen tiefe Schatten, die im Neonlicht nur noch stärker hervortraten. Sie trug ein himmelblaues Kleid mit einer gerüschten, weißen Schürze. Ein weiterer Schritt zurück in die Fünfziger.

»Hi, ich bin Rose, eure Kellnerin. Was kann ich euch bringen?«

Tess lachte. »Rose, ich weiß, wer du bist.«

»Natürlich weißt du das, aber deine Freundin nicht.« Rose sah mich an. »Sie sind neu hier, nicht wahr?«

Da war sie wieder, die Frage, die ich heute von jedem zu hören bekam und wohl noch einige Zeit zu hören bekommen würde. Vermutlich so lange, bis ich wieder abreiste.

»Das ist Sam Mitchell. Sie ist Fionas Nichte«, kam Tess mir zuvor. Ich war dankbar, dass sie mir die Vorstellung abnahm. Wie oft würde ich diesen Satz während der kommenden Wochen noch sagen müssen? *Ich bin Sam Mitchell, Fionas Nichte.*

»Oh.« Rose stieß hörbar den Atem aus. »Kein so schöner Anlass, Cedars Creek zu besuchen. Ziehen Sie jetzt in ihr Haus?«

»Nur um es zu renovieren. Sobald es instand gesetzt ist, werde ich es verkaufen.«

»Sam kommt nämlich aus Minneapolis. Und sie will zurück in die Stadt«, fügte Tess so hastig hinzu, als hätte sie Angst, jemand könnte mich zum Bleiben überreden und ich müsste künftig in einer Kleinstadt versauern.

Rose nickte nur. »Wisst ihr schon, was ihr haben wollt?« Sie zückte einen kleinen Block und einen Bleistift und wir bestellten Coke und, nach einem raschen Blick auf die Karte, das Cheeseburger-Menü.

Unsere Getränke brachte uns ein Junge, der hinter dem Tresen stand und dort für die Orders zuständig war. Passend zu seiner Diner-Uniform trug er einen Schiffchenhut. Er stellte die Gläser vor uns auf den Tisch und schien nicht einmal zu bemerken, dass ich neu hier war. Eine angenehme Abwechslung. Seine Augen hingen die ganze Zeit über an Tess. Er war ein gut aussehender Kerl, vielleicht ein wenig bieder und allein deshalb ein starker Gegensatz zu Tess' schrillem Äußeren.

»Sag mal, Tess, treffen wir uns heute Abend?« Er zog zwei Strohhalme aus seiner Schürzentasche und legte sie neben unsere Gläser. »Vielleicht um acht?«

»Tut mir leid, Fletch, heute geht's nicht.«

»Wie wäre es dann mit morgen?«, hakte er nach.

Tess schüttelte den Kopf. »Vielleicht nächste Woche.«

»Okay.« Alles Selbstbewusstsein schien plötzlich aus seiner Stimme gewichen zu sein. Mit hängenden Schultern nickte er uns noch einmal zu und kehrte hinter den Tresen zurück. Nicht ohne Tess von dort immer wieder mit derart sehnsüchtigen Blicken zu beschießen, dass er mich an einen treuen Hund erinnerte.

»Dein Freund?«, fragte ich, kaum dass er den Tisch verlassen hatte.

»Nein. Das war Mike Fletcher. Rose' Sohn. Der läuft mir schon seit der Junior High nach.«

»Aber du magst ihn nicht?«

Tess grinste. »Doch, er ist süß.«

Ungläubig starrte ich sie an. »Du findest ihn süß und lässt ihn abblitzen?«

»Kerle sind doch alle gleich. Sobald sie bekommen, was sie wollen, lässt ihr Interesse nach und irgendwann sind sie weg.« Tess zog ihren Strohhalm aus der Papierhülle und versenkte ihn im Glas. »Auf diese Weise halte ich ihn bei der Stange.«

»Interessante Betrachtungsweise.« Ich dachte darüber nach, ob ich noch etwas dazu sagen sollte, entschied mich dann aber, lieber den Mund zu halten. In Liebesdingen war ich wohl kaum der geeignete Ratgeber. Bisher hatte ich noch nicht einmal eine feste Beziehung gehabt. Natürlich ging ich aus und traf mich auch mit Männern. Aber bisher war mir noch keiner begegnet, mit dem ich es länger als ein paar Abendessen und Clubnächte ausgehalten hätte. Seit ich klein war, liebe ich Märchen. Vermutlich hat das meine Vorstellung von Traummännern für den Rest meines Lebens verdorben. Es dürfte ziemlich schwer werden, einen Prinzen mit weißem Ross zu finden. Naja, so riesig waren meine Ansprüche auch wieder nicht. Pferd und Königreich waren zumindest keine Einstellungsvoraussetzungen. Gewisse Eigenschaften musste dieser Märchenprinz aber schon haben. Zu dumm nur, dass ich die nicht einmal selbst richtig benennen konnte. Ich konnte nur sagen, dass die Männer, die ich bisher getroffen hatte, sie nicht besaßen. Sue war der Meinung, ich würde immer viel zu schnell aufgeben und solle die Männer nicht gleich nach zwei oder drei Dates abschießen. Vielleicht hatte sie sogar Recht. Aber wozu denn Zeit verschwenden und darauf hoffen, dass ich mich doch noch verlieben würde, wenn ich nicht einmal ansatzweise Herzklopfen bekam? Tatsächlich war ich noch nie wirklich verliebt gewesen. Ich hatte viele Frösche geküsst und alle waren Frösche geblieben.

Noch während ich meinen Gedanken nachhing, brachte Rose die Burger. Sie waren wirklich lecker, vielleicht die besten, die ich je hatte. Selbst als wir längst aufgegessen hatten, saßen Tess und ich noch zusammen und redeten.

Tess war zwei Jahre jünger als ich. Gleich nach ihrem Highschool-Abschluss hatte sie in der Bibliothek zu arbeiten begonnen und war von zu Hause ausgezogen. Sie träumte davon, in einer Großstadt – welche, schien ihr tatsächlich egal zu sein – auf ein College oder eine Uni zu gehen, doch ihr fehlte das nötige Geld. Ihre Eltern hatten auch nicht genug, um sie zu unterstützen. Im Augenblick versuchte sie auszuloten, in welcher Stadt ihre Chancen am besten standen. Dort wollte sie sich einen Job suchen und ein Abendstudium beginnen. Sie wollte Parapsychologin werden.

»Du willst unheimliche Phänomene erforschen?«

Tess nickte begeistert. »Telekinese, okkulte Phänomene, Geistererscheinungen. All das!«

Ich musste an Tante Fionas Haus denken. »Glaubst du an Geister?«

»Zwischen Himmel und Erde gibt es mehr, als wir mit bloßem Auge sehen können«, verkündete sie im Brustton der Überzeugung.

Angesichts meiner Erlebnisse von letzter Nacht war ich beinahe geneigt, ihr zuzustimmen. »Bist du schon mal einem Geist begegnet?«

»Bis jetzt leider nicht.« Tess zog eine Grimasse. »Aber das heißt ja nicht, dass sie nicht existieren. Einen Filmstar hab ich auch noch nicht getroffen und die sollen sehr real sein.«

Auch eine mögliche Erklärung. Ich grinste, wurde aber rasch wieder ernst. Für einen Moment war ich tatsächlich versucht, ihr von den seltsamen Vorgängen im Haus zu erzählen – und von dem Friedhof dahinter. Doch sicher war nichts dran. Die Kälte war ein Problem der Architektur und alles andere hatte ich mir bestimmt nur eingebildet. Kein Wunder. Nach der langen Fahrt war ich müde gewesen, außerdem war die Umgebung fremd. Da sieht man schon mal Gespenster. Also behielt ich mein, hoffentlich eingebildetes, Geisterproblem für mich.

Eine Weile schwärmte mir Tess noch von diversen Autoren vor, deren Bücher zum Thema Parapsychologie sie besonders faszinierend fand, dann ging sie dazu über, mir alles über Cedars Creek zu erzählen. Binnen kürzester Zeit wusste ich, wer zur Schwatzhaftigkeit neigte, wer offen und ehrlich und vor wem man besser auf der Hut war. Nicht dass das für mich wichtig gewesen wäre, hatte ich doch nicht vor, länger zu bleiben, geschweige denn Kontakt zu den Bewohnern zu knüpfen. Trotzdem machte es Spaß, Tess zuzuhören. Ihre Geschichten waren witzig und unterhaltsam und ich begann ihre offene Art immer mehr zu mögen. Wir gönnten uns eine Runde Nachtisch: zwei große Stücke

Apfelkuchen und noch mehr Coke. Tess erzählte so viel über Cedars Creek und auch von sich selbst, dass ich bald das Gefühl bekam, nicht zum ersten Mal hier zu sein. Mir kam es vor, als würde ich Tess schon viel länger als nur ein paar Stunden kennen.

Natürlich quetschte sie mich über das Leben in der Stadt aus. Sie wollte wirklich alles wissen. Obwohl ich die Großstadt mochte, übertraf Tess' Begeisterung meine um Längen. Sie ereiferte sich so sehr, dass ich nur hoffte, sie würde nicht enttäuscht sein, wenn sie eines Tages in eine große Stadt zog und vielleicht feststellen musste, dass nicht alles so toll war, wie sie sich das vorstellte.

Als wir später das Diner verließen und ich Tess zurück zur Bibliothek folgte, um die Bücher zu holen, tauschten wir Telefonnummern aus und vereinbarten, uns bald wieder zu treffen. Es überraschte mich, wie schnell ich mich mit Tess angefreundet hatte. Auch wenn ich bis vor Kurzem kein Interesse an Kontakten gehabt hatte, gefiel mir plötzlich der Gedanke, zumindest eine Freundin hier zu haben.

Nachdem wir uns verabschiedet hatten, kehrte ich zum Käfer zurück. Ich warf die Bücher auf den Rücksitz und beschloss, dass es an der Zeit war, mir den Cedars-Creek-Superstore anzusehen.

Für einen Ort wie diesen war der Supermarkt erstaunlich groß. Hier gab es alles – naja, fast alles –, was ich in den großen Läden in Minneapolis auch bekam. Ich lud meinen Einkaufswagen mit Konserven, Getränken, tiefgekühlten und frischen Lebensmitteln voll, machte einen Abstecher zu den Süßigkeiten, um ein wenig Nervennahrung in meinen

Wagen zu packen, und ging schließlich zur Drogerieabteilung, um meine Bestände an Shampoo, Duschgel und anderem Kleinkram aufzustocken. Dann schob ich den inzwischen recht schwer lenkbar gewordenen Einkaufswagen zur Kasse.

Ein weißhaariger Mann packte meine Einkäufe in Plastiktüten und stellte sie wieder in den Wagen. Zum ersten Mal an diesem Tag fragte mich niemand, ob ich neu hier sei. Die Anonymität hatte mich wieder!

Als ich endlich alles in den Käfer geladen hatte, waren Kofferraum und Rücksitzbank voll. Für heute hatte ich sichtlich genug eingekauft. Höchste Zeit, zurückzufahren und mich an die Arbeit zu machen. Nach einem Blick auf die Uhr war mir allerdings recht schnell klar, dass ich heute nicht mehr allzu viel schaffen würde. Es war schon nach vier. Und wenn schon. Dann würde ich mir eben heute einen gemütlichen Abend vor dem Fernseher machen und morgen mit der Arbeit beginnen.

Ich warf den Kofferraumdeckel zu und setzte mich hinters Steuer. Als ich den Zündschlüssel herumdrehte, antwortete mir der Motor mit Schluckauf. Beim dritten Versuch sprang er an und ich konnte losfahren. Ich folgte dem Wegweiser einer Umgehungsstraße, die mich an Cedars Creek vorbeiführte. Wenn ich mich nicht völlig verschätzte, würde die Straße geradewegs zwischen dem Berg mit dem Herrenhaus und Tante Fionas Haus entlangführen.

Schnell ließ ich die letzten Häuser hinter mir und fuhr eine mit Ahornbäumen gesäumte Allee entlang. Das Ortsschild lag keine zwei Meilen hinter mir, da begann der

Motor zu stottern. Der Wagen wurde langsamer, bis er nur noch vorwärtsruckte und schließlich liegen blieb. Fluchend drehte ich den Schlüssel herum, doch der Motor gab nur noch ein heiseres Röcheln von sich.

Wie konnte das sein? Der Käfer hatte mich noch nie im Stich gelassen! Mein Blick fiel auf die Armaturen und blieb an der Tankanzeige hängen. Kein Benzin mehr. Der Käfer hatte nicht mich im Stich gelassen, sondern ich ihn. Er war einfach verdurstet. Ich Idiot hatte nach der langen Fahrt und der Aufregung der vergangenen Nacht schlicht vergessen zu tanken. Und jetzt saß ich mitten im Nirgendwo fest und konnte in den Ort zurücklaufen. Die Tankstelle war am anderen Ende von Cedars Creek. Bis ich mit einem Benzinkanister wieder beim Wagen war, würde eine Ewigkeit vergehen. Der tiefgekühlte Teil meiner Einkäufe wäre bis dahin verdorben.

Da fiel mir ein, dass ich Tess' Nummer hatte. Vielleicht konnte sie mir helfen. Ich griff in meine Tasche und wollte das Handy herausangeln, doch es war nicht da. Hektisch begann ich im Rucksack danach zu wühlen. Als ich es auch dort nicht fand, durchsuchte ich das Handschuhfach und sämtliche Ablagen. Selbst unter den Sitzen sah ich nach. Dann fiel mir wieder ein, wo es war. Es lag noch immer auf dem Couchtisch, wo ich es gestern nach dem Gespräch mit Sue hingelegt hatte. Na toll, also doch der Fußmarsch!

Über meine eigene Dummheit schimpfend stieg ich aus dem Wagen und blickte die Straße entlang. Wenigstens hatte ich Turnschuhe an, sodass mich meine Füße nach dem Marsch vielleicht nicht komplett umbringen würden. Ich warf die Autotür zu und wollte gerade abschließen, als ich Motorengeräusche hörte. Zwischen den Schatten konnte ich in einiger Entfernung einen Wagen ausmachen, der sich rasch näherte. Wer auch immer es war, ich würde ihn anhalten und den Fahrer bitten, mich zur Tankstelle zu bringen. Mit ein wenig Glück würde er mich vielleicht auch wieder zurück zu meinem Käfer mitnehmen. Wenn nicht, hatte ich zumindest nur die halbe Strecke zu laufen.

Mom hatte mich immer davor gewarnt, per Anhalter zu fahren, sodass ich selbst jetzt daran dachte, vielleicht doch lieber zu Fuß zu gehen als einen Fremden anzuhalten. Dann fiel mein Blick auf die Einkaufstüten, die sich auf dem Rücksitz stapelten. Die Hälfte davon würde ich wegwerfen können, wenn ich den Großstadtneurotiker herauskehrte und mich für den langen Spaziergang entschied. Ich war in einem Ort, in dem jeder jeden kannte. Was sollte da schon passieren?

Als der Wagen näher kam, machte ich einen Schritt auf die Straße und hob winkend beide Arme. Blinzelnd spähte ich gegen das Sonnenlicht, das durch die Baumkronen fiel und sich blendend hell in den Chromteilen des Wagens spiegelte. Zu meinem Erstaunen hatte ich ihn heute schon einmal gesehen. Es war der schwarze Jeep, hinter dem ich zuvor geparkt hatte.

Das Licht warf helle Reflexe auf die Windschutzscheibe, sodass ich den Fahrer dahinter nicht erkennen konnte. Zu meiner Erleichterung setzte er jedoch den Blinker und fuhr hinter meinem Käfer an den Straßenrand. Als sich die Wagentür öffnete, dröhnte mir *Have a nice Day* von Bon Jovi entgegen. Dann erhaschte ich einen ersten Blick auf den braunen Haarschopf eines Mannes. Kurz darauf umrundete er den Wagen und kam auf mich zu.

»Haben Sie Probleme, Miss?«

Sein Anblick verschlug mir für einen Moment die Sprache. In Gegenwart gut aussehender Männer fühlte ich mich immer ein wenig unsicher. Und gut aussehend war bei diesem Kerl die Untertreibung des Jahrhunderts! Seine Haut war braun gebrannt, das Gesicht auffallend ebenmäßig und die Augen von einem so satten Grün, dass jede Pflanze vor Neid verwelkt wäre. Seine aufrechte Haltung verlieh ihm fast schon etwas Aristokratisches. Nicht dass ich bisher vielen Aristokraten begegnet wäre – streng genommen noch keinem einzigen. Aber wenn jemand meiner Vorstellung von Adel entsprach, dann dieser Mann. Abgesehen von einer winzigen Narbe gleich unterhalb des Haaransatzes war er absolut makellos. Obendrein schien er nicht viel älter zu sein als ich.

Wenn er sich jetzt noch als mein Traumprinz entpuppte, konnte ich endlich aufhören, Frösche zu küssen. Hastig wischte ich den Gedanken beiseite. Was sollte dieser Unsinn? Vor mir stand ein Fremder, mit dem ich noch nicht einmal ein Wort gesprochen hatte, und schon malte ich mir aus, mit ihm in ein Märchenschloss zu ziehen. Die Landluft schien mir nicht sonderlich zu bekommen.

»Miss?«, riss er mich aus meinem Und-sie-lebten-glücklich-bis-an-ihr-Ende-Traum. »Kann ich Ihnen helfen?«

»Ja!«, rief ich hastig und wäre beinahe gestolpert, als ich ihm entgegenging.

»Vorsicht!« Er machte einen hastigen Schritt auf mich zu. Als er sah, dass ich mein Gleichgewicht schnell wieder zurückerlangt hatte, blieb er stehen. Mein Märchenprinz war auffallend groß und schlank. Statt einer weißen Rüstung trug er Jeans und einen eng anliegenden anthrazitfarbenen Rollkragenpulli. Obwohl er in dem Wollteil unglaublich schwitzen musste, sah ich keine einzige Schweißperle auf seiner Stirn. Meine Güte, der Kerl war perfekt!

»Passen Sie auf, Miss, nicht dass Sie sich ein Bein brechen! Die Krankenwagen brauchen in dieser Gegend ewig«, sagte er mit einem Lächeln, das für eine Zahnpastareklame wie geschaffen war. Seine Augen richteten sich auf meinen Wagen. »Panne?«

»Dümmer. Kein Benzin mehr.«

»Minneapolis«, bemerkte er nach einem Blick auf mein Nummernschild. »Sind Sie auf der Durchreise?«

Ich schüttelte den Kopf. »Ich bin für ein paar Wochen hier.«

»Das erste Mal aus der Stadt raus?« Ich nickte. Da sagte er: »Regel Nummer eins: immer einen Reservekanister dabeihaben. Die Tankstellen sind hier nicht so dicht gesät wie in der Zivilisation.«

»Und was ist Regel Nummer zwei?«

»Die verrate ich Ihnen, wenn Sie mir Ihren Namen sagen.« Sein Grinsen war so unwiderstehlich, dass ich gar nicht anders konnte. »Sam Mitchell, also«, wiederholte er, dann streckte er mir die Hand entgegen. »Ich bin Adrian Crowley. Genau genommen Adrian Crowley junior, aber das vergessen Sie besser gleich wieder. Freut mich sehr.«

Sein Händedruck war fest und warm. »Wie lautet nun Regel Nummer zwei?«, hakte ich nach.

»Sag ich Ihnen, sobald ich mir eine ausgedacht habe.« Er lachte. »Wohin wollten Sie denn?«

»In die Maple Street.«

»Das liegt fast auf meinem Weg. Was halten Sie davon, wenn ich Sie mitnehme?«

Eigentlich wollte ich in den Ort zurück. Aber ich konnte ihn schlecht zwingen, umzudrehen und mich durch die Gegend zu kutschieren. Als hätte er erraten, was ich dachte, fügte er hinzu: »Ich würde Sie gerne zur Tankstelle fahren, aber ich bin ein wenig in Eile.«

»Kein Problem. Wenn ich es schaffe, all das Zeug zum Haus zu bringen, ehe es auftaut, wäre mir schon sehr geholfen.« Ich würde später Tess anrufen und sie bitten, mich zuerst zur Tankstelle und dann zum Käfer zu fahren. Hauptsache, ich kam erst mal mit all dem Plunder zu Tante Fionas Haus.

»Dann lassen Sie uns mal umladen.« Ehe ich michs versah, öffnete Adrian meinen Kofferraum. »Sind Sie sicher, dass Sie nur ein paar Wochen bleiben wollen?«, fragte er mit Blick auf meine Einkäufe.

»Ganz sicher«, nickte ich grinsend. »Vor allem, da ich außer Regel Nummer eins keine weiteren kenne. Ist mir einfach zu gefährlich, ohne Gebrauchsanweisung hierzubleiben.«

Adrian lachte. »Wenn ich mir all das Zeug ansehe, hätte ich schwören können, Sie wollten erst ein Haus bauen und dann darin ein Restaurant eröffnen.«

Während er sich daranmachte, die Tüten aus dem Kofferraum in den Jeep zu verladen, räumte ich den Rücksitz frei. »Mit dem Restaurant liegen Sie falsch. Das ist alles für mich.«

»Aber ein Haus wollen Sie tatsächlich bauen, oder nicht?« Adrian wuchtete eine weitere Ladung Tüten aus dem Kofferraum und lud sie um. Ich trug einen Eimer Farbe und die Bücher zu seinem Jeep. Während ich inzwischen reichlich ins Schwitzen gekommen war, zeigte sich auf seiner Stirn noch nicht einmal ein leichter Glanz. Er nahm mir den Eimer ab und stellte ihn in den Wagen. »Heimwerken für Profis« las er den Titel des obersten Buches. »Sie machen mich neugierig, Sam. Sagten Sie nicht, Sie wären nur für ein paar Wochen hier? Was wollen Sie mit all dem Kram?«

»Renovieren.«

Adrian hatte die letzten Tüten verladen und warf den Kofferraumdeckel meines Käfers zu, dann wandte er sich zu mir um. »Maple Street sagten Sie, oder? Dort gibt es doch nur ein einziges Haus, gleich hinter der Kirche.«

Ich nickte. »Ich will es renovieren und verkaufen.«

»Mitchell«, wiederholte er meinen Namen. Er klang plötzlich so aufgeregt, als hätte er gerade den Heiligen Gral oder etwas Ähnliches gefunden. »Natürlich! Sie sind mit Fiona verwandt, nicht wahr?«

»Sie war meine Tante.«

»Tut mir leid.« Adrian öffnete mir die Beifahrertür und ließ mich einsteigen. »Sie war eine nette Frau. Umso mehr freut es mich, ihre Nichte kennenzulernen.«

Jeder hatte Tante Fiona nett gefunden. Da kam mir eine andere Idee. Adrians Alter könnte passen. »War sie Ihre Lehrerin?«

Adrian setzte sich hinters Steuer und ließ den Motor an. »Nein.«

»Andere Klasse?«

»Andere Schule.«

Ich betrachtete ihn stirnrunzelnd. »Hier gibt es mehr als eine Schule?«

»Meine Eltern haben sich getrennt, als ich vier war. Kurz darauf starb mein Dad«, erklärte er. »Ich zog mit meiner Mom nach New York. Dort bin ich aufgewachsen und zur Schule gegangen. Grundschule, Highschool, Uni. Alles dort.«

»Sie haben in New York gelebt? Was um alles in der Welt verschlägt Sie dann wieder hierher?«, platzte ich heraus und klappte erschrocken den Mund zu, als mir klar wurde, dass ich reichlich unhöflich war.

Adrian schien sich nicht daran zu stören. »Vor drei Monaten bat mich mein Großvater, nach Cedars Creek zurückzukehren. Er ist sehr alt und krank und er wünscht sich nichts mehr, als dass ich das Familienunternehmen übernehme und fortführe.«

»Die Crowley Distillery«, verkündete ich das Offensichtliche.

»Sie kennen sich also schon in Cedars Creek aus«, meinte er und wandte mir kurz den Kopf zu. »Womöglich schaffe ich es doch noch, Sie für eine Kleinstadt überlebensfähig zu machen.«

Plante mein Märchenprinz etwa schon unsere gemeinsame Zukunft? »Wie wollen Sie das anstellen?«

»Darüber könnten wir bei einem Abendessen nachdenken. Haben Sie morgen Abend schon etwas vor?«

Etwas vor? Abgesehen davon, dass ich irgendwie mein Auto zu einem Haus, das ich nebenbei noch komplett renovieren wollte, zurückbekommen musste? »Ich weiß nicht. Ich bin ziemlich beschäftigt. Vielleicht ein andermal?« War ich jetzt völlig übergeschnappt? Neben mir saß Mr Märchenprinz und wollte mit mir ausgehen und ich gab ihm einen Korb! Hatte ich mich nicht zuvor noch über Tess aufgeregt, als sie Mike Fletcher abblitzen ließ? Geschäftig forschte ich in den Windungen meines Hirns nach, warum ich jetzt selbst etwas derart Bescheuertes tat. Die Antwort war einfach: Die Vorstellung, dass mein Frosch vielleicht ausgerechnet in Cedars Creek darauf wartete, geküsst zu werden, gefiel mir nicht. Adrian Crowley würde diesen Ort wohl kaum verlassen. Hatte er mir nicht eben erst eröffnet, dass er die Firma seines Großvaters übernehmen sollte?

Der Gedanke, Adrian näher kennenzulernen und festzustellen, dass er tatsächlich der sein könnte, nachdem ich bisher erfolglos gesucht hatte, erschreckte mich. In Boston wartete ein toller Job auf mich! Den würde ich auf keinen Fall sausen lassen.

Adrian ließ nicht so leicht locker. »Schade. Aber auf ›ein andermal‹ komme ich zurück. Verlassen Sie sich darauf.«

Ich nickte, nicht fähig, ein Wort zu sagen. Plötzlich kam ich mir etwa genauso verrückt vor wie letzte Nacht, als ich mir einbildete, einen Geist gesehen zu haben. Ich gab Adrian einen Korb, nur weil ich bereits in der Vorstellung schwelgte, dass er mein Traummann sein könnte und damit mein Leben gehörig auf den Kopf stellen würde. Dabei kannte ich diesen Kerl noch nicht einmal!

Am Haus angekommen, wollte er mir helfen, meine Einkäufe ins Haus zu tragen.

»Sie sagten doch, dass Sie es eilig haben. Ich hab Sie schon viel zu lange aufgehalten. Stellen Sie es einfach vor die Garage. Ich schaff das schon.«

Er bedachte mich mit einem forschenden Blick. Schließlich nickte er und machte sich daran, die Tüten auszuladen. »Sind Sie sicher, dass ich nicht doch …?« Mit einer Tüte in der Hand deutete er auf die Haustür.

»Kein Problem.«

Da begann er alles vor dem Tor abzuladen. Natürlich hätte es kaum länger gedauert, die Sachen nach drinnen zu tragen, doch – Traumprinz hin oder her – der Gedanke, mit einem Fremden im Haus allein zu sein, behagte mir nicht.

Sobald alles ausgeladen war, blieb Adrian vor mir stehen. »Das waren die letzten Tüten«, verkündete er.

»Vielen Dank. Sie haben mir wirklich sehr geholfen.«

»War mir ein Vergnügen.« Da war es wieder, dieses charmante Lächeln. »Bis bald.« Er öffnete die Wagentür und stieg ein.

»Warten Sie!«, rief ich, ehe er die Tür schließen konnte. »Wo kann ich Sie finden?« Warum wollte ich das wissen? Hatte ich ihn nicht gerade selbst in die Wüste geschickt, als er sich mit mir verabreden wollte? Aber ich konnte den Traumprinzen nicht ebenso schnell wieder aus meinem Leben verschwinden lassen, wie er darin aufgetaucht war. »Nur für den Fall, dass Ihnen weitere Regeln für das Überleben in Kleinstädten eingefallen sind!«

»Zwei Möglichkeiten: entweder in einem kleinen Büro in der Distillery oder dort oben.« Er hob die Hand und deutete auf das Herrenhaus, das sich deutlich sichtbar auf der Hügelkuppe aus dem flammenden Blättermeer erhob. Mein Prinz hatte also tatsächlich ein Schloss. »Machen Sie's gut, Sam.« Er zog die Tür zu, ließ den Motor an und setzte zurück.

Ich blieb in der Einfahrt stehen und blickte dem schwarzen Jeep nach, bis er außer Sicht war. Erst dann schnappte ich mir die ersten Tüten und ging damit zum Haus. Als ich die Tür aufschloss, empfing mich dieselbe Kälte wie schon am Vortag. Ich schleppte meine Einkäufe rein. Die Lebensmittel verstaute ich im Kühlschrank und in der Speisekammer. Das Zeug aus dem Heimwerkermarkt ließ ich im Flur stehen. Das würde ich in den nächsten Tagen ohnehin ständig brauchen.

Inzwischen war es fast sechs. Daran, heute noch zu arbeiten, war tatsächlich nicht mehr zu denken. Da ich Tante Fionas Grab noch nicht gesehen hatte, beschloss ich, zum Friedhof zu gehen. Wäre mein Käfer hier gewesen, hätte ich womöglich die Straße genommen. So trat ich durch die Terrassentür in den Garten und nahm den kürzesten Weg über den alten Teil des Friedhofs.

Als ich zwischen den Bäumen in die Schatten trat, erwartete ich, dass es hier ebenso kalt wie im Haus sein würde. Zu meinem Erstaunen war es das nicht. Es wurde zwar ein wenig kühler, aber nicht unnatürlich kalt. Der Wind fuhr rauschend durch die Baumkronen und brachte Bewegung in die Schattengespinste auf dem Boden, als würden die Grabsteine selbst hin und her schwanken. Unwillkürlich beschleunigte ich meinen Schritt und war froh, als ich nach einer Weile auf einen gepflegten Kiesweg stieß. Ab hier waren die Gräber weniger verwildert. Ich trat ins Sonnenlicht und sah mich um. In einiger Entfernung kniete ein alter Mann vor einem Grabstein im Gras und brachte die Pflanzen in Ordnung. Womöglich konnte er mir sagen, wo ich Tante Fionas Grab finden würde.

Ich hatte ihn noch nicht ganz erreicht, da wandte er sich zu mir um. Es war derselbe Mann, der mir im Supermarkt meine Einkäufe verpackt hatte.

»Hallo, Miss«, grüßte er freundlich und stand auf. »Sie hab ich hier noch nie gesehen.«

»Nein, haben Sie nicht. Sagen Sie, wissen Sie, wo ich Fiona Mitchells Grab finde?« Um allen Fragen zuvorzukommen, fügte ich hastig hinzu: »Ich bin Samantha, ihre Nichte.«

»Freut mich, Sie kennenzulernen. Jim Henderson, und das«, er deutete auf das Grab zu seinen Füßen, »ist meine liebe Frau Mae.«

Was sollte ich darauf erwidern? Der Gedanke an den Tod bereitete mir schon immer Unbehagen. Dass dieser Mann mir seine verstorbene Frau vorstellte, erfüllte mich mit einem Gefühl von Beklommenheit. Fröstelnd schlang ich die Arme um meinen Oberkörper.

»Ist Ihnen kalt, Miss Mitchell?«

Ich schüttelte den Kopf. »Das liegt an diesem Ort. Tante Fionas Haus ist direkt auf der anderen Seite des Friedhofs. Das ist ein wenig unheimlich.« Da fiel mir etwas ein. »Wissen Sie, warum die alten Gräber nicht näher an der Kirche sind?«

»Das waren sie mal. Dann ist die Kirche abgebrannt, das ist bestimmt schon fast fünfzig Jahre her, und wurde hier neu aufgebaut. Die Bodenbeschaffenheit war wohl für das Fundament besser.« Mr Henderson zuckte die Schultern, dann deutete er an mir vorbei. »Sehen Sie dort drüben? Das Grab mit dem Rosenstrauch? Dort liegt Ihre Tante.«

»Danke, Mr Henderson.«

Er nickte lächelnd und wandte sich zum Gehen. Seine Schritte knirschten schwer auf dem Kies und verstummten abrupt, als er sich mir noch einmal zuwandte. »Den Friedhof brauchen Sie nicht zu fürchten. Er ist ebenso wenig unheimlich wie das Haus, in dem Sie wohnen. Wenn Sie etwas gruselig finden wollen, dann das da oben.« Er deutete auf das Herrenhaus am Hügel. Das Haus, in dem Adrian Crowley wohnte.

Ich runzelte die Stirn. »Was soll daran gruselig sein?«

»Das fragen Sie lieber jemanden im Ort. Die sind allesamt bessere Geschichtenerzähler als ich.« Er winkte mir noch einmal kurz zu, dann machte er kehrt und ging davon.

Während ich mir den Kopf darüber zerbrach, warum das Herrenhaus unheimlich sein sollte, ging ich zu Tante Fionas Grab. Der Anblick des einfachen, namenlosen Holzkreuzes ließ mich Mr Hendersons Worte über das Herrenhaus schlagartig vergessen. Hatte denn noch niemand einen Grabstein für Tante Fiona bestellt oder war er noch nicht fertig? Ich nahm mir vor, es herauszufinden und – wenn nötig – selbst einen in Auftrag zu geben. So wirkte das Grab, als würde sich niemand darum kümmern. Wenn ich Cedars Creek erst verlassen hatte, wäre das auch der Fall. Zumindest solange ich hier war, wollte ich dafür sorgen, dass das Grab gepflegt wurde. Bei meinem Talent mit Pflanzen wäre es wohl das Beste, ich würde mir professionelle Hilfe suchen. Einen Gärtner, am besten ein ganzes Geschwader, in der Hoffnung, sie könnten wieder wettmachen, was ich den Pflanzen vermutlich schon mit meiner bloßen Anwesenheit antat.

Ich holte mir eine Gießkanne und machte mich daran, das Grün zu wässern. Mehr als einmal fühlte ich mich versucht, mit Tante Fiona zu sprechen, und jedes Mal biss ich mir auf die Zunge und schluckte die Worte hinunter. Ich benahm mich seit gestern wunderlich genug, da musste ich nicht noch anfangen, mit meiner toten Tante zu sprechen.

Nachdem ich mich um die Pflanzen gekümmert hatte, stand ich eine Weile vor dem Kreuz und hing meinen Gedanken nach. Ich rief mir all die schönen Momente in Erinnerung, die ich gemeinsam mit Tante Fiona erlebt hatte. Plötzlich brannten Tränen in meinen Augen. Erst schämte ich mich dafür. Ich hasste es, in der Öffentlichkeit Gefühle zu zeigen. Zu meiner Erleichterung war ich allein auf dem Friedhof, sodass ich den Tränen unbemerkt freien Lauf lassen konnte.

Als die Dämmerung langsam über die Gräber herankroch, machte ich mich auf den Rückweg. Wenn ich eines nicht wollte, dann nach Einbruch der Dunkelheit noch hier zu sein.

Sobald ich wieder im Haus war, verriegelte ich sämtliche Türen, überprüfte mehrmals, ob sie auch wirklich geschlossen waren, und zog alle Vorhänge zu. Mr Henderson konnte sagen, was er wollte. Für mich war das Haus am Friedhof immer noch unheimlich.

Ich machte mir ein Erdnussbutter-Sandwich und setzte mich damit und mit einer Cola ins Wohnzimmer. In meinem T-Shirt begann ich schnell zu frieren. Da ich die Heizung nicht anschalten wollte – die hatte ich inzwischen immerhin gefunden –, holte ich mir stattdessen einen Pulli, entfachte ein Feuer im Kamin und schob den Sessel davor.

Ich hatte gerade gegessen, da klingelte mein Handy. *Unbekannter Teilnehmer* vermeldete das Display. Neugierig nahm ich das Gespräch an. »Hallo?«

»Sam? Hi, hier ist Tess!«

»Hallo, Tess.« Ich freute mich, ihre Stimme zu hören. Alles, was mich von dem Gedanken an eine weitere Nacht in diesem Haus ablenken konnte, war gut.

»Hast du morgen Abend schon was vor?« Als ich verneinte, fragte sie: »Wollen wir was essen gehen?«

»Warum nicht. Tess, kann ich dich um etwas bitten?«

»Schieß los!«

»Mein Wagen ist liegen geblieben.« Ich räusperte mich. Zuzugeben, dass mir das Benzin ausgegangen war, gab mir wieder das Gefühl, ein Trottel zu sein. »Könntest du mich vielleicht morgen abholen und mit mir an der Tankstelle vorbeifahren?«

»Klar. Die Bibliothek schließt um halb neun. Bis neun könnte ich bei dir sein.« Ich hörte ein lautes Knallen in der Leitung und war ziemlich sicher, dass sie gerade eine Kaugummiblase zum Platzen gebracht hatte. »Leg dir lieber gleich einen vollen Reservekanister in den Kofferraum. Hier sind …«

»… die Tankstellen nicht so weit verbreitet wie in der Stadt«, vollendete ich ihren Satz seufzend. »Das hab ich heute schon mal gehört. Muss also was dran sein.«

»Wie bist du überhaupt nach Hause gekommen so ganz ohne Auto?«

Ich erzählte ihr, wie ich den Wagen angehalten und Adrian mich nach Hause gefahren hatte.

»Adrian Crowley? Wow!«

Ja genau: Wow! »Was ist so Besonderes an ihm?«

»Abgesehen davon, dass er der bestaussehende Typ weit und breit und obendrein noch stinkreich ist? Gar nichts«, erwiderte sie gelassen. Dann schrie sie mir beinahe ins Ohr: »Spinnst du, Sam? Hast du was mit den Augen? Adrian Crowley ist der absolute Traum!«

Also doch!

Nachdem sie hörte, dass ich seine Einladung zum Essen ausgeschlagen hatte, drehte sie fast durch. Da half es auch nichts, sie daran zu erinnern, dass sie kurz zuvor dasselbe mit Mike gemacht hatte. Tess beharrte darauf, das sei etwas vollkommen anderes. Schließlich verabredeten wir, dass sie mich morgen Abend, sobald sie die Bibliothek zugesperrt hatte, abholen würde, damit wir den Käfer holen konnten.

Nachdem wir uns voneinander verabschiedet hatten, beschloss ich Mom anzurufen. Eine Weile plauderten wir über die Fahrt und darüber, wie es mir in Cedars Creek gefiel und wie viel Arbeit mich erwartete. Ehe ich michs versah, waren wir wieder beim eigentlichen Thema. Mom versuchte mal wieder, mir den Job in Boston auszureden. Da mir nicht der Sinn nach einem Streitgespräch stand, behauptete ich, müde zu sein und wünschte ihr eine gute Nacht.

Eine Weile saß ich einfach nur still da, das Handy noch immer in der Hand, und starrte in die knisternden Flammen im Kamin. Selbst das Feuer konnte die Kälte im Raum nur oberflächlich vertreiben. Ich seufzte. Wenn ich jemals wieder ein Haus erben sollte, so nahm ich mir fest vor, würde ich das Erbe ausschlagen.

Ich wollte das Handy zurück auf den Couchtisch legen, erinnerte mich jedoch, wie dringend ich es heute gebraucht hätte. Noch einmal wollte ich nicht in so eine blöde Situation geraten. Ich ging in den Flur und legte das Handy neben den Hausschlüssel auf die Treppe.

Da klingelte das Telefon. Nicht mein Handy, sondern das normale Telefon, das in der Küche an der Wand hing. Wer konnte das sein? Die Antwort bekam ich augenblicklich, als ich den Hörer abnahm. Mr Perkins aus dem Heimwerkermarkt war dran und verkündete mir erfreut, dass er meine Kartons bereits hatte und sie mir gleich noch vorbeibringen wollte. Natürlich sagte ich zu.

Nachdem ich aufgelegt hatte, fiel mir der Zettel mit Tess' Telefonnummer ein. Ich zog ihn aus meiner Tasche und hängte ihn an die Pinnwand neben dem Telefon. Im Handy hatte ich die Nummer bereits eingespeichert.

Mr Perkins kam keine halbe Stunde später mit einem riesigen Stapel Kartons. Er half mir, die unhandlichen Teile durch den Flur in die Garage zu tragen – das Tor funktionierte noch immer nicht – und verabschiedete sich dann sofort wieder.

Alles, was ich jetzt noch wollte, waren ein heißes Bad und mindestens zehn Stunden Schlaf. Ich überprüfte noch einmal, ob auch wirklich alle Türen und Fenster verschlossen waren, dann ging ich nach oben und ließ mir eine Wanne einlaufen.

Einmal mehr stellte ich verwundert fest, dass es im Bad tatsächlich wärmer war als im Rest des Hauses. Ich genoss die Hitze, die sogar Fenster und Spiegel beschlagen ließ, und blieb so lange in der Wanne liegen, bis mir fast die Augen zufielen. Allmählich kühlte auch das Wasser ab. Seufzend stieg ich aus der Wanne und wickelte mich in ein Handtuch. Zum ersten Mal seit meiner Ankunft fühlte ich mich halbwegs entspannt.

Das Gefühl der Ruhe verschwand abrupt, als ich das Badezimmer verließ. Die plötzliche Kälte auf dem Gang ließ mich frösteln. Hastig ging ich in mein Schlafzimmer, nicht ohne überall das Licht anzumachen. Daran, im Dunkeln durch das Haus zu gehen, wagte ich nicht einmal zu denken. Ich schloss die Tür hinter mir und kroch ins Bett. Kaum lag ich unter der Decke, tastete ich nach der Lampe, um sie auszuknipsen. Noch ehe ich den Schalter berührte, überlegte ich es mir anders. Nach den Erfahrungen der letzten Nacht wollte ich das Licht lieber anlassen. Dafür konnte ich mir nur gratulieren! Jetzt war ich endgültig zurück im Kleinkindalter!

4

In dieser Nacht schlief ich nicht besonders gut. Immer wieder wachte ich auf und jedes Mal rechnete ich damit, ein Gesicht über mir zu sehen, sobald ich die Augen öffnete. Doch abgesehen von der Kälte war da nichts.

Obwohl ich ziemlich gerädert war, stand ich früh auf. Nachdem ich geduscht hatte, fühlte ich mich gleich frischer und nach dem Frühstück war ich dann bester Dinge. Immerhin hatte ich diesmal keine schlechten Träume gehabt, die mir irgendwelche geisterhaften Erscheinungen vorgegaukelt hatten. Wenn ich es nächste Nacht auch noch schaffte, das Licht auszuschalten, standen meine Chancen nicht schlecht, morgen Früh ausgeruht aufzuwachen.

Während ich den Abwasch erledigte, überlegte ich, wo ich mit meinem Renovierungsmarathon starten sollte. Ich beschloss damit zu beginnen, Tante Fionas Sachen auszusortieren. Ich schnappte mir eine Flasche Wasser und zwei Kartons und ging ins Arbeitszimmer. Zu meinem Erstaunen war es dort warm. Das war mir schon ein paarmal aufgefallen. Manchmal war es, als erreichte ich einen Raum vor der Kälte. Dann war die Temperatur angenehm normal. Meistens dauerte es jedoch nicht lange, bis es schlagartig kalt wurde. Als sei mir die Kälte erst ein wenig später gefolgt. Auch jetzt musste ich nicht lange warten, ehe ich den kühlen Hauch spürte, der über mich hinwegstrich, fast wie eine Begrüßung.

Ich stellte das Wasser auf den Schreibtisch und wandte mich dem Bücherregal zu. Buch um Buch zog ich aus dem Regal und trennte nach *entsorgen* und *behalten*. Die wenigsten Bücher interessierten mich. Fachwissen für den Grundschulunterricht war nicht unbedingt das, was ich mir unter einer spannenden Bettlektüre vorstellte. Ich arbeitete mich recht schnell über die ersten drei Regalböden voran, dann kam ich zu den Romanen. Ab da ging es langsamer. Ich warf nicht nur einen Blick auf den Titel, sondern studierte jetzt auch die Klappentexte.

Als ich gerade *Die Schatzinsel* auf den Stapel, den ich behalten wollte, legte, klingelte es an der Tür. Da ich niemanden erwartete und keine Lust hatte, mich von einem Vertreter in ein endloses Verkaufsgespräch verwickeln zu lassen, ignorierte ich es und nahm das nächste Buch aus dem Regal. Zwei Bücher später klingelte es wieder. Vielleicht sollte ich nach unten gehen und den Vertreter zum Teufel jagen. Was, wenn es noch mal Mr Perkins mit mehr Kartons war? Gestern hatte er nichts davon gesagt, dass er noch Kisten bringen wollte. Trotzdem sprang ich auf und rannte die Treppe nach unten. Sobald ich das Arbeitszimmer verließ, war es wärmer. Sichtlich befand die Kälte es nicht der Mühe wert, mir zu folgen. Ich zuckte die Schultern und hoffte inständig, gleich wirklich nur Mr Perkins zu sehen. Vielleicht hatte er tatsächlich mehr Kartons und jetzt stand der Arme vor meiner Tür und ich ignorierte ihn einfach. Entweder Mr Perkins oder ein Zombie, dachte ich, und riss die Tür auf.

Mein Zombie sah verdammt gut aus.

»Adrian!«, rief ich erstaunt und trat auf die Veranda. »Was machen Sie denn hier?«

Eine Baseballkappe der New York Yankees warf einen langen Schatten auf sein Gesicht. Darunter stach sein Grinsen umso strahlender hervor. »Ich dachte, ich könnte heute nachholen, wofür ich gestern leider keine Zeit hatte«, sagte er und schwenkte einen roten Benzinkanister vor meiner Nase. »Oder haben Sie Ihren Käfer etwa schon geholt?«

Ich schüttelte den Kopf. »Das wollte ich heute Abend mit einer Freundin machen.«

»Lassen Sie es uns gleich erledigen.«

»Sie müssen sich wirklich nicht die Mühe …« Da sah ich, wie er missbilligend eine Augenbraue in die Höhe zog. Ich seufzte. »Also gut. Sekunde.« Ich holte schnell mein Handy, den Hausschlüssel und meinen Rucksack, dann trat ich wieder zu Adrian auf die Veranda und sperrte die Tür hinter mir zu. »Gehen wir!«

Ich folgte ihm zu seinem Jeep. Er öffnete mir die Beifahrertür, wartete, bis ich eingestiegen war, und schloss sie wieder hinter mir, ehe er den Wagen umrundete und selbst einstieg.

Während der Fahrt zur Tankstelle beobachtete ich ihn verstohlen. Es fiel mir noch immer schwer zu glauben, wie unheimlich gut er aussah und wie nett er war. Tess hatte sicher Recht, wenn sie mich für verrückt erklärte, dass ich ihm einen Korb gegeben hatte.

»Womit waren Sie gerade beschäftigt?«

Ich starre gerade ein perfektes Exemplar Mann an. »Bücher«, sagte ich hastig, bevor meine Gedanken auf meine Zunge finden konnten. »Ich habe begonnen, Tante Fionas Bücher auszusortieren.«

Adrian nickte. »Als Lehrerin hatte sie sicher eine Menge davon.«

»Wem sagen Sie das!«

Eine Weile unterhielten wir uns darüber, was ich alles renovieren wollte und ob es für den Verkauf besser wäre, die Teppichböden drinzulassen oder überall Parkett zu verlegen. Ich wollte ihn gerade fragen, wie er meine Chancen einschätzte, das Haus in dieser abgelegenen Gegend überhaupt loszuwerden, als wir die Tankstelle erreichten.

Adrian stellte den Motor ab und ging mit dem Reservekanister an den Zapfhahn. Ich stieg aus und gesellte mich zu ihm. Während ich beobachtete, wie die Zahlen, die Preis und Benzinmenge anzeigten, durchliefen, kramte ich nach meinem Geldbeutel. Wenn Adrian schon so nett war, mich hierherzufahren, wollte ich mich keinesfalls von ihm in die Verlegenheit bringen lassen, dass er auch noch mein Benzin bezahlte. Sobald er den Rüssel aus dem Kanister zog, warf ich noch einmal einen raschen Blick auf die Nummer der Zapfsäule und ging zur Kasse.

Als ich wieder zum Wagen kam, war der Kanister schon im Kofferraum verstaut und Adrian wartete neben der Beifahrertür, um mich einsteigen zu lassen. Der Weg von der

Tankstelle zu meinem Wagen war um einiges länger, als ich angenommen hatte. Selbst mit dem Auto waren wir gut fünfzehn Minuten unterwegs.

Adrian stellte mir eine Menge Fragen über mein Leben und meine Pläne. Seltsamerweise schaffte er es, dass ich mir dabei nicht vorkam, als wollte er mich aushorchen. Sein Interesse schmeichelte mir sogar. Einmal mehr hörte ich den Frosch quaken.

Schließlich hielt Adrian hinter dem Käfer am Straßenrand. Bewaffnet mit dem Benzinkanister folgte er mir zu meinem Wagen. Stechender Benzingeruch stieg mir in die Nase, als er den Kanister in den Tank des Käfers entleerte.

»Ich bin Ihnen wirklich sehr dankbar für Ihre Hilfe.«

Er grinste, verschloss zunächst den leeren Kanister und dann den Tankdeckel. »Ich habe nicht ganz uneigennützig gehandelt, wie ich gestehen muss.«

»Ach ja?«

»Hm.« Er nickte und trommelte mit den Fingern leicht gegen den Kanister. Fast schon hatte ich den Eindruck, er sei ein wenig nervös. »Sie haben mir gestern einen Korb gegeben. Das konnte ich nicht auf mir sitzen lassen. Das Benzin war der beste Grund, Sie wiederzusehen.«

»Ich verstehe. Vom Ehrgeiz zerfressen.«

»Besser hätte ich es auch nicht ausdrücken können.« Er sah mir in die Augen. »Wissen Sie, ich finde, dass Sie jetzt in meiner Schuld stehen. Mit einem Essen ließe sich das sicher wiedergutmachen. Ich lade Sie ein.«

»Moment!«, lachte ich. »Ich stehe in Ihrer Schuld und *Sie* wollen das Essen zahlen? Sind Sie sicher, dass Sie in

Buchführung aufgepasst haben? Soll und Haben, ausgeglichene Konten. Klingelt da was?«

Da lachte auch er. »Buchführung konnte ich noch nie leiden.«

»Ich auch nicht.«

»Heißt das, Sie gehen mit mir essen?« Er schien mein Zögern zu bemerken, denn augenblicklich fügte er hinzu: »Wenn Sie Angst haben, es als eine Verabredung zu betrachten, würde ich mich auch mit einem Mittagessen zufriedengeben. Was halten Sie davon?«

»Unter einer Bedingung.«

»Welche?«

»Ich zahle.«

Er dachte kurz nach, dann nickte er ernst. »Aber bilden Sie sich nicht ein, dass ich Sie jedes Mal zahlen lasse.«

»Jedes Mal«, wiederholte ich trocken.

»Natürlich. So ein alter Käfer schluckt eben eine Menge Benzin. Wenn Sie sich überwinden könnten, weiterhin das Tanken zu vergessen, verspreche ich, dass ich mindestens dreimal täglich die Straße entlangfahren und nach Ihnen Ausschau halten werde. Und jedes Mal, wenn ich Sie wieder gerettet habe, müssen Sie mit mir essen gehen.«

Ich musste schon wieder lachen. »Ihr Job scheint Sie ja unglaublich zu fordern.«

»Meine Arbeit besteht eben nicht nur aus einem schnöden Bürojob«, erwiderte er grinsend. »Als künftiger Firmenboss habe ich auch soziale Verpflichtungen, denen ich natürlich nachkommen muss. Wohltätigkeitsprojekte und dergleichen.«

»Ich frage jetzt lieber nicht, ob ich ein Wohltätigkeitsprojekt bin oder unter die Rubrik ›dergleichen‹ falle.«

»Vielleicht unter ›außerordentliche Vorkommnisse‹?«, schlug er vor. »Fahren Sie mir hinterher, zurück zur Main Street. Der Italiener dort ist wirklich gut.«

Ohne mir Gelegenheit zur Antwort zu geben, stieg Adrian in seinen Wagen und startete den Motor. Vielleicht hatte er Angst, ich könnte es mir doch noch einmal anders überlegen. Da ich das nicht vorhatte, setzte ich mich hinters Steuer, wendete den Käfer und folgte ihm in den Ort zurück.

Anfangs hatte ich tatsächlich daran gedacht, ihn erneut zu vertrösten. Nicht weil ich nicht mit ihm ausgehen wollte. Im Gegenteil: Ich mochte Adrian und fühlte mich in seiner Gesellschaft wohl. Aber in Tante Fionas Haus wartete schrecklich viel Arbeit auf mich. Wenn ich weiterhin jeden Mittag aus dem Haus ging, würde ich nie mit der Renovierung fertig werden. Andererseits war ich gerade mal zwei Tage hier. Ich hatte also noch viel Zeit vor mir, um alles zu erledigen.

Wie schon gestern war es auch jetzt kein Problem, einen Parkplatz zu finden. Als ich meinen Wagen am Straßenrand abstellte und ausstieg, fiel mein Blick auf das Herrenhaus auf dem Hügel. Adrians Haus. Hatte Mr Henderson nicht gesagt, dieses Haus sei unheimlich? Ich nahm mir vor, Adrian danach zu fragen. Jetzt folgte ich ihm erst einmal zu *Luigi*, dem kleinen Italiener mit den rot-weiß karierten Vorhängen. Innen war das Lokal mit dunklen Holzmöbeln ausgestattet, die ein etwas abgenutztes, aber trotzdem noch halbwegs mediterranes Flair verströmten. Der Geruch von Pizza lag in der Luft. Zu meinem Erstaunen war der Laden fast voll. Es gelang uns gerade noch, einen kleinen Tisch zu ergattern. Adrian nahm seine Baseballmütze ab und warf sie auf den freien Stuhl neben sich.

Die Speisekarte ignorierte er. Vermutlich war er schon oft genug hier gewesen, um sie auswendig zu kennen. Ich selbst verschwendete ebenfalls keinen Blick darauf. Wann immer ich bei einem neuen Italiener bin, bestelle ich Lasagne. Das ist mein Vergleichsgericht, anhand dessen ich von mir behaupte, erkennen zu können, ob die Küche etwas taugt.

Wir gaben unsere Bestellung bei einem langhaarigen Kellner auf und mussten nicht lange warten, bis er uns die Getränke brachte. Zwei Colas in dunkelroten Kunststoffbechern. Adrian hielt seinen in die Höhe. »Auf leere Tanks und nette Begegnungen.«

Ich prostete ihm mit meinem Becher zu. »Und auf Retter in der Not.«

Nachdem ich getrunken hatte, stellte ich meinen Becher auf den Tisch zurück. Für einen Moment fuhr ich mit dem Finger den Rand entlang. Seit ich vorhin das Haus gesehen hatte, ging es mir nicht mehr aus dem Kopf.

Ich blickte Adrian an. »Sie haben gestern gesagt, dass Sie auf dem Hügel wohnen«, begann ich und entschied mich mit der Tür ins Haus zu fallen. »Ist es dort nicht sehr unheimlich? Ich meine, das einzige, obendrein alte Haus weit und breit, inmitten eines schattigen Baumbestandes.« Was redete ich da? Er hatte sicher keinen Friedhof in seinem Garten!

Adrian runzelte die Stirn. »Warum sollte es unheimlich sein?«

»Na ja, ich … also mir ist gestern ein Mann auf dem Friedhof begegnet. Wir haben darüber gesprochen, dass ich es ein wenig gruselig finde, gleich hinter einem Friedhof zu wohnen. Da meinte er, das Haus auf dem Hügel sei viel gruseliger.«

»Aha. Und jetzt spielen wir: ›Mein Haus ist gruseliger als Ihres‹?«

»So ähnlich. Ja. Ist Ihr Haus das denn? Gruselig, meine ich.«

Er schüttelte den Kopf. »Kein bisschen. Obwohl natürlich schon Geschichten darüber im Umlauf sind. Aber ich nehme an, dass das für Häuser dieser Art einfach üblich ist.«

Jetzt, da es spannend wurde, brachte der Kellner unser Essen. Zum Glück stellte er uns nur die Teller vor die Nase und verschwand sofort wieder.

»Welche Geschichten?«, hakte ich nach, während ich mit der Gabel Löcher in meine Lasagne stach, damit sie schneller abkühlte.

»Offensichtlich haben Sie vor, mein Haus zu einem Spukhaus zu erklären. Na gut. Aber ich weiß nicht allzu viel darüber, also seien Sie nicht enttäuscht.« Er machte eine ernste Miene und beugte sich über den Tisch hinweg, näher zu mir. »Angeblich haben im siebzehnten Jahrhundert zwei Hexen darin gewohnt«, begann er in verschwörerischem Tonfall und hatte sichtlich Mühe, ein Grinsen zu unterdrücken. Während er meine Reaktion beobachtete –

und ich strengte mich wirklich an, ungerührt dreinzublicken –, säbelte er ein Stück Pizza ab und schob es sich genüsslich in den Mund. Ich platzte beinahe vor Neugier, doch Adrian nahm sich die Zeit, gründlich zu kauen. Ganz wie die Ärzte es immer empfehlen. Endlich sagte er: »Die Dorfbevölkerung – schwer zu glauben, aber damals war Cedars Creek wohl noch viel kleiner – hat es mitsamt den Hexen niedergebrannt. Dort oben gab es beinahe zweihundertfünfzig Jahre nichts weiter als die alten steinernen Fundamente. Bis mein Urgroßvater kam, um ein neues Haus darauf zu errichten.«

Augenblicklich schlug mein Wissen aus den unzähligen Horrorfilmen durch. »Bringt das nicht Unglück, auf einem zerstörten Fundament zu bauen?«

»Sam, Sie glauben das doch nicht wirklich, oder? Zugegeben, die Geschichte klingt unheimlich, aber mit dem Haus ist alles in Ordnung. Ich bin dort aufgewachsen und jetzt lebe ich seit ein paar Monaten wieder dort. Bisher bin ich weder Hexen noch Geistern begegnet.«

»Und sicher auch keinen Zombies«, ergänzte ich automatisch.

»Nein«, grinste er kopfschüttelnd. »Denen auch nicht.«

Wieder schnitt er ein Stück von seiner Pizza. Da fiel mir auf, dass ich die Lasagne noch gar nicht probiert hatte. Ich lud mir etwas davon auf die Gabel und schob es mir in den Mund. Keine Ahnung, was ich erwartet hatte. Vermutlich hatte ich geglaubt, dass es nur in Großstädten gute italienische Lokale gebe. Falls das meine Annahme war, wurde sie widerlegt. Die Lasagne war richtig gut.

»Ich schätze«, fuhr er kauend fort, »dass das bloß eine uralte Geschichte ist, mit der die Leute seit Generationen ihre Kinder erschrecken. Sie wissen schon, eine dieser Wenn-du-nicht-tust-was-ich-von-dir-will-kommt-die-böse-Hexe-und-frisst-dich-Geschichten. Um ehrlich zu sein, habe ich mich nie sonderlich dafür interessiert.«

Ich konnte kaum glauben, wie leicht er das Thema abtat. »Wollen Sie denn gar nicht wissen, was in dem Haus, in dem *Sie* heute leben, einmal passiert ist?«

Adrian schmunzelte. »Wenn die Geschichten tatsächlich gruselig sind, schlafe ich sicher besser, wenn ich sie nicht kenne.«

»Na, Ihre Ruhe möchte ich haben.« Hätte ich in einem Haus gewohnt, dessen frühere Besitzer Hexen waren, die noch dazu mitsamt dem Haus verbrannt worden waren, hätte ich vermutlich kein Auge mehr zugetan. Nicht dass ich in meinem eigenen Haus besonders gut schlief. Ich widmete mich wieder dem Essen, bis Adrian mich aus meinen Grübeleien über Hexen- und Spukhäuser riss.

»Darf ich Sie etwas fragen, Sam? Etwas Persönliches?«

Ich sah auf. War er plötzlich blasser als zuvor oder lag das am Licht? »Raus damit!«

»Wartet in Minneapolis jemand auf Sie?«

Meldete sich der Frosch gerade an, zum Prinzen geküsst zu werden? »Abgesehen von meiner Mom und meinen Freunden? Nein. Niemand.«

»Das ist gut.«

Plötzlich fühlte ich mich nicht mehr ganz so behaglich. War ich überhaupt bereit für den Traumprinzen? Da wurde mir bewusst, dass ich die falsche Frage stellte. Es müsste wohl eher lauten: War ich bereit, meinen Traumprinzen in einem Kaff am Ende der Welt zu finden – weit weg von Boston und Minneapolis? Ich wusste nicht recht, wie ich reagieren sollte. Verlegen senkte ich den Blick. Da sah ich, wie sich Adrians Finger um seine Gabel krampften. So hart, dass seine Knöchel weiß hervortraten. Als ich den Kopf hob und ihn anblickte, standen feine Schweißperlen auf seiner Stirn. Er war plötzlich aschfahl.

»Adrian? Ist alles in Ordnung?«

»Ist sicher gleich vorbei.«

So wie er die Worte zwischen zusammengebissenen Zähnen herauswürgte, klang das für mich nicht, als wäre es – was auch immer es war – gleich vorüber. »Sie sehen wirklich nicht gut aus. Soll ich einen Arzt rufen?«

Er schüttelte den Kopf. »Das ist nur ein Migräneanfall. Ich habe schon den ganzen Tag Kopfschmerzen. Ich wollte nicht, dass Sie das mitbekommen. Das sollte Ihnen nicht das Essen verderben.«

»Soll das heißen, Sie quälen sich hier schon die ganze Zeit ab, während ich Sie mit sinnlosen Fragen über … Sie hätten zu Hause bleiben sollen, wenn es Ihnen nicht gut geht!«

»Und dabei riskieren, dass Sie Ihren Wagen inzwischen selbst abholen und ich damit auf ein Essen mit Ihnen verzichten muss?«, konterte er entrüstet.

»Ich wäre auch so mit Ihnen essen gegangen, wenn Sie mich noch einmal gefragt hätten.«

»Wirklich?« Für einen Moment entspannten sich seine

Züge, ehe er unter einer erneuten Schmerzattacke die Augen zusammenkniff.

»Ja, wirklich. Und jetzt lassen Sie uns gehen.« Trotz seines Protestes zog ich ein paar zerknüllte Geldscheine aus meiner Hosentasche und legte sie auf den Tisch. Dann stand ich auf. »Kommen Sie!«

Tatsächlich packte er seine Baseballmütze und folgte mir wenn auch ein wenig widerwillig zur Tür. »So hatte ich mir das nicht vorgestellt«, grollte er, als wir auf die Straße traten, und setzte seine Mütze auf.

Ich musterte ihn eingehend. Er war noch immer bleich und kniff die Augen zusammen. Ich selbst hatte das Glück, nur selten Kopfschmerzen zu bekommen, und dann nie sonderlich stark. Von Sue wusste ich jedoch, dass das Licht grauenvoll in den Augen schmerzen konnte.

»Wollen Sie wirklich nicht zum Arzt?«, fragte ich, während wir zu unseren Autos gingen.

»Auf keinen Fall! Wie sieht das denn aus, wenn ich beim ersten Date gleich …« Mein giftiger Blick – eine Mischung aus: »Spiel nicht den Helden« und »Das ist kein Date« – ließ ihn verstummen. Dann schüttelte er den Kopf. »Das Beste wird sein, ich fahre einfach nach Hause und lege mich hin, bis es vorbei ist.«

So wie er aussah, machte ich mir Sorgen, dass er gar nicht bis zu seinem Haus kommen würde. »Ich fahre Sie lieber.«

»Danke, Sam, aber das ist nicht nötig. Ich schaff das schon.«

»Sind Sie sicher?«

Irgendwie brachte er trotz der Schmerzen sein strahlendes Lächeln zustande. »Ich habe diese Art von Kopfschmerzen von Zeit zu Zeit. Ich spreche aus Erfahrung, wenn ich Ihnen sage, dass ich weder umfallen noch mit dem Wagen gegen einen Baum fahren werde.« Plötzlich griff er nach meiner Hand. »Keine Angst, Sam. Mir passiert nichts.«

Ich starrte auf seine Hand, die sich nun sanft um meine schloss. »Versprechen Sie mir, dass Sie vorsichtig fahren!«, verlangte ich, als wir bei seinem Jeep ankamen.

Er gab meine Hand frei und hob drei Finger in die Luft. »Pfadfinderehrenwort!«

Damit gab ich mich zufrieden. Ich konnte ihn ja auch schlecht zwingen, sich von mir erst zum Arzt und dann nach Hause bringen zu lassen.

Adrian öffnete die Autotür, stieg aber nicht sofort ein. »Wenn Sie in den nächsten Tagen nichts von mir hören, hat das nichts damit zu tun, dass mir etwas passiert ist. Ich muss nur für ein paar Tage verreisen. Sie brauchen also nicht die Nationalgarde zu alarmieren.« Er seufzte. »Ich muss morgen Früh los, einen Kunden in San Francisco besuchen. Wenn ich wieder zurück bin, darf ich Sie dann anrufen?«

»Wenn Sie meine Nummer herausfinden.«

Er stieg in den Wagen und ließ den Motor an. »Fiona Mitchell steht im Telefonbuch.« Grinsend zog er die Tür zu und fuhr los.

Wie schon gestern vor meinem Haus sah ich dem Jeep nach, bis er außer Sicht verschwand. Zu meiner Erleichterung fuhr er weder Schlangenlinien noch sah sein Fahrstil sonst irgendwie merkwürdig aus. Vermutlich hatte Adrian Recht und ich brauchte mir tatsächlich keine Sorgen um ihn zu machen.

Nach dem etwas abrupten Ende unseres Mittagessens beschloss ich, Tess einen Besuch abzustatten. Die Geschichte der Hexen hatte mich neugierig gemacht. Wenn jemand etwas darüber wusste, dann sie!

Da ich kaum etwas von meiner Lasagne gegessen hatte, machte ich einen Abstecher ins Diner und orderte zwei Cheeseburger und zwei Colas. Beides zum Mitnehmen. Bewaffnet mit dem Essen ging ich zur Bibliothek. Tess saß hinter dem Tresen und las. Sie war ähnlich schrill gestylt wie gestern. Lediglich die knalligen Farben ihres Make-ups und der Klamotten waren andere.

»Entschuldigung, Miss! Ich suche etwas über das Leben in Kleinstädten.«

»Sam!« Tess klappte ihr Buch zu und legte es zur Seite.

Ich hielt die Tüte mit den Cheeseburgern in die Höhe. »Hunger?«

»Und wie!« Sie umrundete den Tresen und sperrte die Bibliothek ab.

»Du nimmst es nicht allzu genau mit den Öffnungszeiten, oder?«

»Es sind Ferien. Da kommen ohnehin nur Streber und Rentner. Die haben am nächsten Tag auch noch Zeit, sich ihre Bücher zu holen«, grinste Tess und deutete zu einem der Lesetische. »Setz dich. Wie war dein erster Renovierungstag?«

Ich ließ mich in einen der bequemen Stühle fallen. »Nicht ganz so effektiv, wie ich mir das vorgestellt hatte«, seufzte ich und öffnete die braune Papiertüte, die Rose mir gegeben hatte. Tess setzte sich mir gegenüber. Ich fischte die Burger heraus. Einen legte ich vor mir auf den Tisch, den anderen reichte ich ihr.

Tess wickelte ihren Burger aus und legte das Papier darunter. Dann griff sie nach der Cola. »Wie kommst du überhaupt hierher? Sollte ich dich nicht heute Abend abholen, damit wir deinen Käfer wieder fahrtauglich machen können?«

»Ursprünglich schon. Aber Adrian war schneller.«

Tess verschluckte sich fast an ihrer Cola. »Er war was?«

Ich erzählte ihr, wie Adrian plötzlich mit dem Kanister vor meiner Tür gestanden hatte und wie wir danach beim Italiener gelandet waren. »Und jetzt liegt er vermutlich mit einem kalten Tuch auf der Stirn in einem dunklen Zimmer und erholt sich von den Strapazen unseres Essens«, schloss ich meinen Bericht.

»Du bist gerade mal den zweiten Tag hier und hast schon den begehrtesten Junggesellen von ganz Cedars Creek an der Angel!«, platzte Tess raus. »Eine reife Leistung!«

»An der Angel?« Ich schüttelte den Kopf. »Wohl kaum. Wir waren essen, Tess. *Mittag*essen. Er hat mir keinen Antrag gemacht.«

Tess zuckte ungerührt die Schultern. »In den paar Monaten, die er hier ist, hab ich nicht gesehen, dass er mit einer Frau ausgegangen wäre – nicht mal mittags.«

Ich wollte nicht länger über Adrian sprechen. Schon gar

nicht über eine Zukunft, von der ich noch nicht einmal wusste, ob es sie überhaupt geben würde. Ob und wie sich die Dinge zwischen uns entwickelten, würde sich zeigen, wenn er aus San Francisco zurück war. Vorher wollte ich mich nicht in irgendwelchen Spekulationen verlieren. Zugegeben, seine Hartnäckigkeit schmeichelte mir. Trotzdem gehöre ich nicht zu den Frauen, die schmachtend neben dem Telefon sitzen und darauf warten, dass ihr Auserwählter endlich anruft.

Auch wenn Adrian jetzt nicht länger Gesprächsthema sein sollte, dann doch wenigstens etwas, was mit ihm in Zusammenhang stand. »Sag mal, Tess, was weißt du eigentlich über das Crowley-Haus?«

Tess, die gerade herzhaft in ihren Burger gebissen hatte, sah mich an. »Hat er dir Gruselgeschichten erzählt?«

»Nein, im Gegenteil. Ich war gestern auf dem Friedhof und habe dort jemanden getroffen, der meinte, das Haus auf dem Hügel sei unheimlich. Adrian hielt es für Blödsinn. Allerdings wusste er auch nichts Genaueres darüber zu sagen, außer dass es wohl etwas mit ein paar Hexen zu tun hat.«

»Also erst mal«, Tess zupfte eine Zwiebelscheibe aus ihrem Burger und warf sie auf das Papier, »ist es nicht das Crowley-, sondern das Baker-Haus. Das mit den Hexen stimmt. Die Geschichte ist wirklich spannend. Und traurig.« Plötzlich verstummte sie und sah mich prüfend an. »Weißt du wirklich nichts über die Baker-Schwestern?«

Ich schüttelte den Kopf.

»Hat dir deine Tante nie davon erzählt?«

Tante Fiona war durch und durch Lehrerin gewesen. Sie hatte immer nur das geglaubt, was sie sehen oder zumindest wissenschaftlich erklären konnte. »Tante Fiona hatte nie etwas für Geistergeschichten übrig. Jetzt erzähl schon!«

Tess seufzte. »Eigentlich ist das eine Geschichte für ein Lagerfeuer oder wenigstens für Kerzenschein. Nicht für Neonlicht.«

»Es geht hier doch auch nicht darum, mir Angst zu machen, sondern meine Neugierde zu stillen. Also raus mit der Sprache!«

»Gruselgeschichten sollen aber Angst machen«, sagte sie und schob sich den letzten Bissen ihres Burgers in den Mund. Ich hatte meinen noch nicht einmal aus dem Papier gewickelt. Was das Essen anging, schien das heute nicht mein Tag zu sein. Die Geschichten interessierten mich weit mehr als das Essen, das vor mir lag.

»Also schön.« Tess sah mich an und wartete, bis ich ihr mit einem ungeduldigen Nicken signalisierte, dass ich bereit war. Dann endlich begann sie: »Das alles geschah im Jahr sechzehnhundertdreiundneunzig. Damals war Cedars Creek ein noch viel kleineres Nest als heute. Die Menschen waren sehr gläubig und fürchteten alles, was anders war. Sie züchteten Vieh oder lebten von dem, was ihr Handwerk ihnen einbrachte. Die Frauen trugen einfache Kleider mit Schürzen und Spitzenhauben«, grinste sie, und ihr war deutlich anzusehen, wie absurd sie die Vorstellung fand.

Eigentlich wollte ich etwas über das Haus wissen, nicht darüber, was die Leute damals anhatten. Doch Tess war so sehr in ihrem Element, ihre Augen strahlten vor Begeisterung, dass ich sie nicht unterbrach.

»Die Häuser waren kleiner als heute und vollständig aus Holz. Auch das Haus auf dem Hügel, das heute Adrians Familie gehört, war natürlich viel kleiner. Dort wohnten die Baker-Schwestern. Prudence und Harmony. Die beiden hatten die dreißig längst hinter sich gelassen und waren immer noch nicht verheiratet. Allein dieser Umstand muss den Dörflern schon ein Dorn im Auge gewesen sein. Doch das war nicht das einzig Merkwürdige an den Schwestern.« Tess machte eine kurze Pause und griff nach ihrer Cola. Während sie trank, musterte sie mich sehr genau. Als wollte sie abschätzen, ob sie mich mit ihrer Geschichte in den Bann geschlagen hatte. Das hatte sie. Trotzdem zwang ich mich, den Mund zu halten und zu warten, bis sie ihren Becher abstellte und weitererzählte.

»Die beiden Baker-Schwestern«, fuhr sie endlich fort, »blieben am liebsten unter sich. Selbst zu ihrer anderen Schwester – Sarah –, die mit Melvin Larson verheiratet war und mit ihrem Mann und den Kindern im Ort lebte, hatten sie keinen Kontakt. Nach allem, was ich in den alten Chroniken fand, wollte auch Sarah mit den beiden nichts zu tun haben.

Prudence und Harmony empfingen keinen Besuch und niemand wagte sich zu ihrem Haus hinauf. Sie ließen sich nur selten im Ort sehen, und dann auch nur, um rasch ihre Einkäufe zu erledigen. Zu den Leuten waren sie höflich, grüßten, wenn sie an jemandem vorüberkamen, blieben jedoch nie stehen, um sich zu unterhalten. Nicht dass ich glaube, jemand hätte mit ihnen sprechen wollen. Obwohl sie nie an den gemeinsamen Aktivitäten der Dorfbewohner teilnahmen, kamen sie jeden Sonntag in die Kirche. Sie kamen stets als Letzte und waren die Ersten, die wieder gingen. Während der Messe saßen sie immer in der hintersten Reihe.

Natürlich begannen die Menschen mehr und mehr über die wunderlichen Schwestern und ihr seltsames Haus, das von jedem Platz in Cedars Creek zu sehen war, zu reden. Der Gemischtwarenhändler, bei dem die beiden immer einkauften, behauptete sogar, die Baker-Schwestern wären stets von Schwefelgeruch umgeben. Buhlen des Teufels seien sie! Das steht wortwörtlich so in der Stadtchronik.«

»Woher weißt du das so genau?«

»Du hast ja selbst gesehen, dass sich hier Fuchs und Hase Gute Nacht sagen. Ich werde nur selten von Kundschaft überrannt«, grinste Tess. »Das Stadtarchiv ist im Keller untergebracht, und manches, was dort liegt, ist spannender als jeder Roman.« Tess' Blick fiel auf meinen Burger. »Sag mal, willst du nichts essen?«

Ich schüttelte den Kopf. »Zu spannende Geschichte. Erzähl weiter!«

»Jedenfalls sprachen bald alle von einem seltsamen Geruch, der den Schwestern anhaftete.«

»Anhaftete?«, wiederholte ich. Das war nun wirklich kein Wort, das zu Tess passte.

»So steht es in den Chroniken. Willst du jetzt hören, wie es weitergeht, oder nicht?«

Ich nickte. Natürlich wollte ich das.

»Die Schwestern rochen komisch«, wiederholte sie. »Das und die Tatsache, dass sie einzelgängerische alte Jungfern waren, genügte, um die Hysterie in der Stadt zu schüren. Warum saßen sie in der Kirche immer ganz hinten? Weshalb beteiligten sie sich nicht am Dorfgeschehen? Wieso wollte nicht einmal ihre eigene Schwester etwas mit ihnen zu tun haben? Konnten die beiden womöglich Buhlen des Teufels sein, die nur in die Kirche gingen, um sozusagen den Feind im Auge zu behalten?

Die Menschen versammelten sich im Gemeindehaus und sprachen öffentlich darüber, was mit den Baker-Schwestern nicht stimmen mochte. Als das Ganze damals geschah, fanden ohnehin gerade überall im Land Hexenprozesse statt. Wen wundert es da, dass es nicht lange dauerte, bis jemand das Wort Hexe fallen ließ?

Auf eine Hexenprobe haben sie verzichtet. Der Schwefelgeruch war ihnen Beweis genug, dass die Schwestern mit dem Satan im Bunde sein mussten. Noch in derselben Versammlung erklärte man die Baker-Schwestern der Hexerei für schuldig.«

Natürlich wusste ich, dass es damals in vielen Orten Hexenverfolgungen und auch Verbrennungen gegeben hatte. Dennoch erstaunte es mich, dass selbst so ein beschaulicher Ort wie Cedars Creek eine dunkle Vergangenheit hatte. Dass sie die Hexen weder einem öffentlichen Prozess noch einer Hexenprobe unterzogen hatten, wertete ich als Zeichen dafür, wie viel Angst die Menschen vor den beiden Frauen gehabt haben mussten. »Haben sie die Schwestern auf dem Scheiterhaufen verbrannt?«

Tess schüttelte den Kopf. »Noch in derselben Nacht, gleich nach der Versammlung, zogen die Männer los, den Berg hinauf, zum Haus. Bewaffnet mit Öllampen, brennenden Fackeln und Werkzeug. Die Baker-Schwestern müssen längst tief geschlafen haben. Nirgendwo im Haus war Licht zu sehen. In den Chroniken steht, dass es totenstill war. Nur das Donnern des Hammers war zu hören, als die Dörfler Türen und Fenster mit Brettern vernagelten. Sobald alle Ausgänge verschlossen waren, brannten sie das Haus nieder. Prudence und Harmony erwachten und versuchten nach draußen zu gelangen. Sie schlugen gegen die vernagelten Türen und Fenster, doch es gab kein Entkommen mehr. Ihre gellenden Schreie erfüllten die Luft, bis bald nur noch das Knistern der Flammen zu vernehmen war.

Einige Tage später kam der Reverend zum Haus hinauf, um die Ruinen zu segnen und so endgültig von der unheiligen Gegenwart der Schwestern zu reinigen. Danach wagte sich lange Zeit niemand mehr auf den Hügel.«

»Bis Adrians Großvater kam und dort oben sein Haus gebaut hat«, fügte ich hinzu. Die Geschichte von Prudence und Harmony Baker war tragisch, doch kein Einzelfall für die damalige Zeit. »Zumindest verstehe ich jetzt, warum gerade die alten Menschen das Haus auf dem Hügel ein wenig gruselig finden.«

»Nein, verstehst du nicht«, widersprach Tess. »Jedenfalls noch nicht. Der Tod der Baker-Schwestern war nicht das Ende.«

»Nicht? Willst du mir sagen, dass sie zurückgekommen sind, um sich zu rächen?« Zombies! Ich wusste es!

»Schlimmer.«

Was konnte schlimmer sein als Zombies?

»Etwa ein Jahr, nachdem die Männer das Haus niedergebrannt hatten, spielten ein paar Kinder in den Hügeln. Völlig panisch kehrten sie an jenem Tag ins Dorf zurück und behaupteten, die Hexen seien noch am Leben. Sie konnten sie angeblich riechen!

Unter der Führung des Reverends brach eine Horde bewaffneter Männer auf, um dem Treiben der Hexen ein für alle Mal ein Ende zu bereiten. Sie suchten die Ruinen nach Hinweisen ab, ohne etwas zu finden. Erst auf der Rückseite des Hügels stießen sie auf den verräterischen Geruch des Satans. Sie folgten ihm. Doch statt der Hexen fanden sie eine Quelle, die dort dem Fels entsprang und darunter ein kleines, natürliches Becken füllte. Schwefelwasser.«

Ungläubig starrte ich Tess an. »Soll das heißen ...«

»Der Geruch, der die Baker-Schwestern umgab, hatte nichts mit dem Teufel zu tun, sondern nur damit, dass sie wohl regelmäßig in der Quelle gebadet hatten.«

»Das ist übel«, kommentierte ich.

»Aber es kommt noch schlimmer.«

Ein aufgebrachter Mob hatte unschuldige Menschen ermordet – was konnte jetzt noch kommen?

Tess trank noch einen Schluck von ihrer Cola, dann setzte sie ihre Geschichte fort. »Von da an ging es mit Cedars Creek bergab. Viele der Männer, die an der Verbrennung teilgenommen hatten, konnten mit der Schuld nicht leben und begingen Selbstmord. Der Ort wurde beinahe zu einer Geisterstadt mit nur noch wenigen Männern und einer

Menge Witwen mit ihren Kindern. Als die Kinder groß wurden, versuchten sie Cedars Creek wieder Leben einzuhauchen. Jemand hatte die Idee, die Schwefelquellen zu nutzen und das Dorf zu einem Kurort zu machen. Das ging gewaltig schief. Außer dem Schwefel war noch etwas anderes im Wasser. Etwas, was bis in die heutige Zeit nicht nachgewiesen werden konnte. Was auch immer es ist: Es machte die Menschen, die in den Quellen badeten, krank. Sie bekamen Ausschlag und heftige Krämpfe, die sie tagelang außer Gefecht setzten. Keine Ahnung, ob die Baker-Schwestern dagegen immun waren oder ob es erst nach ihrem Tod ins Wasser gelangt war. Damit war die Idee des blühenden Kurortes jedenfalls begraben und Cedars Creek einmal mehr vom Aussterben bedroht.

Erst als Cedric Crowley mit seiner Frau und seinen beiden kleinen Söhnen hierherzog, änderte sich das. Anfangs wohnte er mit seiner Familie am Ortsrand – dort, wo heute die Crowley Distillery steht. Zu Zeiten der Prohibition hatte er einen blühenden Handel mit Schnaps am Laufen. Er hat das Zeug heimlich in seinem Schuppen gebrannt und überallhin geliefert. Damit hat er sich eine goldene Nase verdient. Am selben Tag, an dem das Ende der Prohibition bekannt gegeben wurde, hat er mit dem Bau der Distillery begonnen. Genügend Geld – und auch Kunden – hatte er ja. Die Distillery ist schnell zum größten Arbeitgeber geworden. Aus der umliegenden Gegend sind Männer und Frauen nach Cedars Creek gezogen, um hier zu leben und zu arbeiten. Der Ort ist gewachsen. Als sein Handel immer weiter florierte, kaufte er der Gemeinde das ehemalige Anwesen der Baker-Schwestern ab und baute dort oben sein protziges Herrenhaus.« Tess beugte sich über den Tisch zu mir. »Wenn du mir versprichst, es niemandem zu sagen, verrate ich dir ein Geheimnis.«

Was konnte jetzt noch kommen? »Versprochen. Raus damit!«

Obwohl sie die Bibliothek abgeschlossen hatte, sah sich Tess nach allen Seiten um. Plötzlich fühlte ich mich wie ein Verschwörer, der plante, die Regierung zu stürzen oder etwas in der Art. Nachdem sie sich davon überzeugt hatte, dass tatsächlich niemand da war, begann sie zu sprechen. »Als Crowley sich damals die alten Fundamente des Hauses besah, entdeckte er einen alten Keller, verborgen unter den verkohlten und vom Grünzeug überwucherten Überresten des Hauses. Im Gegensatz zum restlichen Haus war der Keller gemauert. Darin fand er eine Handvoll alter Bücher. Allesamt über Hexerei!«

»Also waren die Baker-Schwestern tatsächlich Hexen?«, entfuhr es mir. »Woher willst du das wissen?«

»Im Keller der Bibliothek gibt es ein geheimes Archiv. Die Bücher liegen dort verschlossen und ohne Wissen der Öffentlichkeit. Cedric Crowley hat den Reverend gerufen. Auf seinen Wunsch hin wurden die Bücher dort im Archiv eingesperrt.«

»Warum hat er sie nicht vernichtet?«, fragte ich heiser.

Tess zuckte die Schultern. »Keine Ahnung. Vielleicht hatte er Angst, damit etwas Böses heraufzubeschwören?«, fragte sie mit dem Anflug eines Grinsens. »Oder er hat es versucht, aber die Bücher ließen sich nicht vernichten?«

»Du nimmst mich doch auf den Arm!«

»Ich schwöre, dass die Bücher dort liegen.« Tess schwieg, dann fragte sie: »Sag mal, hat dir deine Tante wirklich nie von den Baker-Schwestern erzählt?«

Ich schüttelte den Kopf. »Nein. Warum sollte sie? Tante Fiona hat nie viel von Spuk und übersinnlichem Hokuspokus gehalten.«

»Hokuspokus?«, schnappte Tess entrüstet. »Nach dem, was ich dir gerade erzählt habe, glaubst du immer noch nicht daran?«

Ich *wollte* nicht daran glauben. Das konnte ich mir nicht erlauben. In dem Moment, in dem ich zugab, dass mehr zwischen Himmel und Erde existierte, als ich mir erklären konnte, würde ich mich nicht mehr in mein Haus zurücktrauen. Denn dann bestand auch die Möglichkeit, dass es da tatsächlich spukte. Die Vorstellung eines schlechten Traums und übler Architektur gefiel mir weit besser als die, einen Geist im Haus zu haben. Fast schon war ich versucht, Tess davon zu erzählen. Ich wollte ihr von der Kälte und der Erscheinung berichten, die ich in der ersten Nacht über meinem Bett gesehen hatte. Aber ich hielt den Mund. Tess war so vernarrt in den Gedanken an Übersinnliches, dass sie natürlich davon überzeugt sein würde, es gehe in meinem Haus nicht mit rechten Dingen zu. Plötzlich kam ich mir albern vor. Ein Friedhof im Garten (na ja, nicht direkt darin, aber doch sehr nah dran) und ein altes Hexenmärchen, und schon war ich überzeugt, dass es in meinem Haus spuken musste. Dafür gab es eine Bezeichnung: leicht beeinflussbar. Genau! Das war ich. Okay, sonst traf das eigentlich nicht auf mich zu. Sue behauptete sogar, ich könne ausgesprochen stur auf meiner Meinung beharren. Aber das hier war etwas anderes. Es musste einfach so sein. Ein Psychologe hätte das sicher mit der fremden Umgebung, Heimweh oder einer verdrehten Kindheit erklären können. Was weiß ich. Irgendeinen Grund musste es ja geben!

»Sam? Hörst du mir eigentlich zu?«

Ich sah erschrocken auf. »Was?«

»Sind deine Gedanken bei Adrian oder warum antwortest du mir nicht mehr?«

»Ja, entschuldige. Ich war wohl ein wenig abgelenkt.« Sie in dem Glauben zu lassen, ich träumte von Adrian, war einfacher als ihr zu erklären, was gerade wirklich in mir vorging.

Tess grinste. »Er hat dich wohl auch an der Angel. Jedenfalls wollte ich gerade wissen, ob deine Tante wirklich kein Wort über die Hexen verloren hat?«

»Tante Fiona war Lehrerin. Sie glaubte an die Wissenschaft, nicht an Hexerei«, erklärte ich noch einmal. »Ich kann mich nicht mal erinnern, dass sie mir je ein Märchen oder eine Geschichte erzählte hätte, als ich noch klein war.«

Tess murmelte irgendwas von wegen Verdrängung. Dann platzte sie plötzlich heraus: »Deine Tante ist eine direkte Nachfahrin Sarah Larsons, der dritten Baker-Schwester! In ihren – und deinen – Adern fließt das Blut der Bakers! Deshalb hätte sie die Geschichte erzählen sollen!«

Ich zog eine Augenbraue in die Höhe. Davon hatte Tante

Fiona nie etwas erwähnt. Mir wurde auch schnell klar, warum das so war. »Mein Familienname ist Mitchell, nicht Larson.«

»Weil deine Familie von einer von Sarah Larsons Töchtern abstammt. Ist doch logisch, dass Töchter heiraten und den Namen ihres Mannes annehmen! Aber wenn du mir nicht glaubst, können wir ja einfach in den Geburtsregistern nachsehen.«

»Lass mich raten, die liegen auch in einem Keller in der Bibliothek.«

Tess blickte ein wenig schuldbewusst drein. »Ich gebe ja zu, dass mich die ganzen Unterlagen nichts angehen. Aber nachdem ich das Archiv mit den Hexenbüchern gefunden habe, war ich neugierig und hab ein wenig nachgeforscht. Dabei hab ich auch Sarah Larsons Stammbaum weiterverfolgt. Ihre Linie führt direkt zu deiner Tante Fiona. Und damit auch zu dir.«

»Und wenn schon. Sarah war ja nicht einmal eine Hexe. Du hast selbst gesagt, dass sie nichts mit ihren Schwestern zu tun haben wollte.« Tatsächlich war es mir ziemlich egal, ob ich mit dieser Sarah nun entfernt verwandt war oder nicht. Das Einzige, was mich wurmte, war, dass Tante Fiona mir eine derart spannende Geschichte vorenthalten hatte.

»Trotzdem ist es doch aufregend, oder?«

»Ja«, gab ich widerwillig zu.

Tess nickte zufrieden.

Eine Weile saßen wir uns schweigend gegenüber. Wieder fragte ich mich, ob ich ihr von dem erzählen sollte, was mich wirklich beschäftigte. Auch dieses Mal ließ ich es lieber bleiben. Nachdem Tess mir meine Verwandtschaft zu den Hexen eröffnet hatte, geriet unsere Unterhaltung ein wenig ins Stocken. Nicht etwa, weil ich mir darüber Sorgen machte, sondern weil meine Gedanken immer wieder zu Tante Fionas Haus zurückwanderten. Ich ertappte mich bei der Frage, ob die Kälte im Haus etwas mit den Hexen zu tun haben könnte! Jedenfalls war ich so geistesabwesend, dass ich auf Tess' Fragen nur noch unzusammenhängende Antworten gab.

»Was beschäftigt dich?«, fragte Tess, als ich wohl wieder mal eine falsche Antwort gegeben hatte.

»Die Geschichte spukt mir im Kopf herum«, behauptete ich. »Hexen, die dann scheinbar doch keine sind, was die unglücklichen Männer in den Selbstmord treibt. Und Jahrhunderte später stellt sich dann heraus, dass vielleicht doch was dran war. Unheimlich. Wie kann Adrian in diesem Haus leben?«

»Du hast doch selbst gesagt, er will lieber nichts über die Geschichte der Hexen wissen. Wahrscheinlich liegt es daran. Das Glück des Ahnungslosen.«

Ich warf einen Blick auf die Uhr über dem Eingang. Es war schon fast drei. »Wenn ich noch was im Haus schaffen will, sollte ich jetzt gehen«, sagte ich und stand auf.

Tess packte den Müll zusammen und stopfte ihn in die Tüte. »Schade. Das heißt dann wohl, ich muss den Laden wieder aufmachen.«

»Du wirst die letzten paar Stunden schon noch überstehen.«

»Wir sehen uns später!« Sie sperrte die Tür auf und ließ mich raus.

Bis ich zu Hause ankam, war es beinahe halb vier. Ich war versucht, die Arbeit auf morgen zu verschieben, und mich stattdessen mit einem Buch auf die Veranda zu setzen, um ein wenig die Sonne zu genießen, zwang mich dann aber doch die Treppe hinauf. Wenn ich jedes Mal neue Ausreden fand, um meine Arbeit zu verschieben, statt endlich damit anzufangen, würde ich in zehn Jahren noch in Cedars Creek sitzen. Ich holte mir eine Strickjacke gegen die Kälte und ging ins Arbeitszimmer. Die nächsten beiden Stunden verbrachte ich vor Tante Fionas Bücherregal. Ich war so vertieft, dass mir nicht einmal die Kälte etwas ausmachte. In kürzester Zeit hatte ich sämtliche Bücher und auch alle vorhandenen Schulunterlagen sortiert. Das war dann doch der geeignete Augenblick, um für heute Schluss zu machen.

Jetzt konnte ich doch noch ein paar Sonnenstrahlen genießen. Aber vorher wollte ich duschen und mir etwas Frisches anziehen. Ich hatte so viele Bücher geschleppt, dass ich ganz schön ins Schwitzen gekommen war.

Vor mich hin summend, suchte ich mir ein paar Klamotten zusammen und verschwand im Bad. Wie gewohnt war es hier angenehm warm. Das hob meine Laune zusätzlich.

Ich wusste nicht einmal genau, warum ich plötzlich so fröhlich war. Vielleicht lag es an Tess. Und ein bisschen womöglich auch an Adrian. Ich hatte mich darauf eingerichtet, in Cedars Creek allein zu sein, ohne jemanden zu haben, mit dem ich sprechen konnte; der einzige Kontakt zur Außenwelt das Telefon, mit dem ich hin und wieder Mom und Sue anrufen würde. Seit meiner Begegnung mit Tess war bei mir keinen Moment lang das Gefühl aufgekommen, einsam zu sein. Die Arbeit – von der ich zugegebenermaßen noch nicht allzu viel erledigt hatte – und die Gesellschaft von Tess und Adrian hatten mich sogar von meiner Trauer um Tante Fiona abgelenkt. Bei der Gelegenheit nahm ich mir vor, später Sue anzurufen. Ich musste ihr unbedingt von Adrian erzählen!

Ich drehte die Dusche auf und ließ schon mal das heiße Wasser laufen, während ich aus meinen Sachen stieg. Heißer Wasserdampf erfüllte die Luft. Ich freute mich über die Wärme.

Nachdem ich mir ein Badetuch hingelegt hatte, ging ich endlich unter die Dusche und genoss das heiße Wasser. Während ich meine Haare wusch und mich einseifte, dachte ich über Tess' Hexengeschichte nach. Ich war demnach die Nachfahrin einer Hexe, dabei hatte ich nicht einmal rote Haare. Ich konnte ja mal versuchen, ob ich womöglich die dunklen Künste meiner Ururahninnen geerbt hatte. Vielleicht ließe sich das Haus ja mit ein wenig Hexerei schneller herrichten. Ein bisschen Abrakadabra und fertig. Ich wäre im Handumdrehen zurück in Minneapolis. Grinsend schüttelte ich den Kopf. Vermutlich würde es mir nicht erspart bleiben, selbst anzupacken. »Und wenn schon«, murmelte ich in den aufsteigenden Dampf und wusch mir das Duschgel vom Körper. »Ein bisschen Arbeit hat noch keinem geschadet.« Dann hielt ich kurz inne. »Ich führe schon wieder

Selbstgespräche.« Ich zuckte die Schultern, drehte das Wasser ab und öffnete die Duschkabine. Heißer Dampf waberte durch den Raum wie dichter Nebel. Wenn ich nur die anderen Räume ebenso schön warm bekommen könnte.

Ich wickelte mich in das Badetuch und knotete es unter den Achseln fest, ehe ich meine Haare mit einem kleineren Handtuch trocken rubbelte. Summend stieg ich aus der Dusche auf den flauschigen Läufer und griff nach meiner Haarbürste. Etwas hatte sich verändert. Im ersten Moment wusste ich nicht, was es war, doch als ich es begriff, verstummte ich schlagartig. Im Badezimmer war es kalt geworden. Zum ersten Mal.

»Scheiße!«, fluchte ich leise, als die Kälte meine Füße entlangkroch. Gänsehaut breitete sich über meine Arme und meinen Rücken aus, so heftig, dass es mich fast schüttelte. Unwillkürlich zog ich mein Handtuch enger. Das war doch lächerlich! Warum ließ ich bloß zu, dass ein blöder Luftzug mir die Laune verdarb? Das war ein Baufehler, kein Spuk! Das würde ich mir jetzt ein für alle Mal beweisen!

»Okay, du Gespenst, oder was immer du bist«, rief ich mit mühsam unterdrücktem Grinsen in den Dunst. »Wenn du dein Unwesen schon in meinem Haus treibst, dann hab wenigstens den Mut, mir zu sagen, wer du bist!«

Nichts geschah.

Natürlich nicht. Was sollte auch passieren?

»Na los!«, rief ich, mutiger geworden. »Was ist? Traust du dich nicht? Wer zum Teufel ...«

Ein eisiger Hauch nahm mir den Atem. Dann, als würde

ein unsichtbarer Finger schreiben, erschienen plötzlich Buchstaben auf dem beschlagenen Spiegel. Ein einziges Wort:

Nicholas

Ich starrte auf den Schriftzug. »Es gibt keine Geister«, murmelte ich, doch meine Stimme zitterte. Alles in mir schrie danach, kehrtzumachen und davonzulaufen. Aber meine Beine waren wie gelähmt. Ich war unfähig, den Blick vom Spiegel zu nehmen. Zu groß war meine Furcht, mich im Raum umzusehen. Was, wenn niemand hier war? Kein Einbrecher. Kein Eindringling. Nichts. Was sollte ich dann tun?

Langsam verzog sich der Dampf. Doch selbst als die Buchstaben zu verblassen begannen und mir bald nur mein eigenes, ziemlich bleiches Gesicht aus dem Spiegel entgegensah, glotzte ich immer noch auf die Stelle, an der ich glaubte, einen letzten Hauch des Namens erkennen zu können.

Erst jetzt wurde mir bewusst, dass die Kälte gewichen war. Die Raumtemperatur war wieder gestiegen. Wer oder was auch immer hier gewesen war, war jetzt fort. Nur langsam fiel die Erstarrung von mir ab. Sobald ich wieder in der Lage war, mich zu bewegen, zog ich mich hastig an. Ich hatte alles, nur keine Schuhe. Wie hätte ich auch ahnen können, dass ich nach dem Duschen aus dem Haus fliehen musste? Ich legte die Hand auf den Türgriff, ohne ihn zu drehen. Mein Herz hämmerte noch immer wie wild. Was würde mich draußen erwarten? Unzählige Szenen aus Horrorfilmen zuckten in rascher Abfolge durch meinen Kopf. Eine schrecklicher als die andere. Ich wollte nur noch weg! Ehe ich die Badtür öffnete, atmete ich noch einmal tief durch. Es fiel mir immer schwerer, meine wachsende Panik zu kontrollieren.

»Jetzt oder nie!« Ich riss die Tür auf und stürzte auf den Gang hinaus. Die Kälte war hier. *Er* war hier. Nicholas.

Was für ein Blödsinn! Niemand war hier! Zugluft – *eine Menge* Zugluft – und Tess' Hexengeschichte ließen mich durchdrehen. Das war alles. Aber was war mit der Schrift auf dem Spiegel? Einbildung!

»Nicholas?«, rief ich leise, um mir zu beweisen, dass ich allein war.

Augenblicklich erhob sich ein kühler Hauch, streifte über meinen Arm und brachte Bewegung in die Gardinen. Das war genug! Mit einem Schrei stürmte ich die Treppe nach unten, packte Rucksack und Turnschuhe und floh aus dem Haus. Ich schlug die Tür hinter mir zu, ohne abzusperren. Damit hätte ich höchstens einen Zombie abhalten können, aber keinen Geist.

Ich rannte zum Wagen, warf meine Sachen auf den Beifahrersitz und startete den Motor. Mit quietschenden Reifen setzte ich auf die Straße zurück, riss das Lenkrad herum und brauste davon.

5

Zu meinem Glück gab es in der Maple Street keinen und in den angrenzenden Straßen nur wenig Verkehr. Andernfalls hätte ich mit Sicherheit einen Unfall gebaut, denn ich nahm erst wieder etwas von meiner Umgebung wahr, als ich die Tankstelle am Ortsrand erreichte. Ich fuhr auf den kleinen Parkplatz und blieb dort stehen.

Eine ganze Weile saß ich hinter dem Steuer und wartete darauf, dass mein Herzschlag sich wieder beruhigte. Als mein Puls mir nicht länger in den Ohren dröhnte, griff ich mit zitternden Fingern nach meinen Schuhen und zog sie an.

Dann lehnte ich mich im Sitz zurück und schloss die Augen. Was sollte ich jetzt tun? Da kam mir ein anderer, beunruhigender Gedanke: Was, wenn er mir gefolgt war? Ich riss die Augen wieder auf und sah mich um. Halb erwartete ich, jeden Augenblick die Kälte zu spüren. Doch das geschah nicht. Bisher war mir die Kälte noch nie außerhalb des Hauses begegnet. Vielleicht konnte er das Haus ja nicht verlassen.

Und was sollte ich jetzt tun? Da saß ein Geist in meinem

Haus! Ich konnte doch jetzt unmöglich zurückfahren und einfach so tun, als sei nichts geschehen!

Tess!

Sie würde mir helfen. Vielleicht konnte ich bei ihr übernachten, bis ich eine Lösung für mein Problem gefunden hatte. Vielleicht konnte ein Priester das Haus segnen oder den Geist austreiben. Egal was, Hauptsache, ich hatte das Haus danach für mich allein.

Nachdem ich mich endlich wieder halbwegs beruhigt hatte, ließ ich den Motor an und fuhr zur Bibliothek. Es überraschte mich nicht wirklich, dass sie geschlossen war. Diesmal lag es allerdings nicht an Tess, sondern wirklich an den Öffnungszeiten. Zum ersten Mal fiel mir auf, dass es bereits dämmerte. Fluchend stand ich auf dem Gehweg und fragte mich, was ich jetzt tun sollte. Da erinnerte ich mich an ihre Telefonnummer. Ich ging zum Käfer zurück und kramte mein Handy aus dem Rucksack. In dem Moment, als ich das Handy in die Hand nahm, klingelte es. Ich fuhr erschrocken zusammen und hätte es um ein Haar fallen lassen. Erschrocken starrte ich auf das Gerät. Auf dem Display stand Sues Nummer. Ich lehnte den Anruf ab und drückte die Kurzwahltaste so lange, bis Tess' Nummer erschien. Dann hielt ich mir das Handy ans Ohr und wartete auf das Freizeichen. Es klingelte fast zehnmal und ich fürchtete schon, Tess sei nicht zu Hause, als endlich jemand ranging.

»Tess«, rief ich, ehe sie etwas sagen konnte. »Ich brauche dich. Dringend! Können wir uns treffen?«

»Sam? Bist du das?«

»Ja. Bitte. Es ist sehr wichtig!«

»Ist etwas passiert?« Eine kurze Pause, dann: »Komm zu mir nach Hause.« In knappen Worten beschrieb sie mir den Weg. Sobald ich wusste, wo ich hinmusste, legte ich auf und stieg wieder in den Wagen. Sie wohnte in der Hampton Road, keine drei Straßen von der Bibliothek entfernt. Trotzdem fuhr ich mit dem Auto. Sobald ich die Main Street hinter mir ließ, rückten die Häuser weiter auseinander. Jedes einzelne Haus hier war von einem kleinen Garten umgeben. Die meisten hatten eine Garage. Ich hielt direkt vor dem Eingang, sprang aus dem Wagen und rannte zur Tür. Ich war noch immer so aufgeregt, dass ich nicht mal fähig war, die Klingel zu drücken. Statt also zu klingeln, klopfte ich lautstark gegen die Tür. Einen Augenblick später öffnete Tess.

»Du meine Güte, Sam! Du bist ja ganz bleich! Komm erst mal rein.« Sie packte mich am Arm und zog mich ins Haus. Ein schattiger Flur empfing mich. So kühl, dass ich einen Moment zurückschreckte, bevor ich begriff, dass es nichts weiter als der Wechsel zwischen langsam schwindendem Tageslicht und schattigem Gebäude war. Keine unnatürliche Kälte wie in meinem Haus.

Tess schob mich in ihr Wohnzimmer. Dort war es angenehm warm. Ich atmete erleichtert durch. Es gab keine Couch, stattdessen lagen eine Menge großer, terrakottafarbener Sitzkissen um einen niedrigen Tisch aus dunklem Palisander verteilt.

»Setz dich! Ich hole dir was zu trinken.«

Wie von selbst ließ ich mich in die Kissen sinken. Meine

Augen wanderten die beige gestrichene Wand entlang, über einen Schrank und eine Glasvitrine voller Kleinkram. Überall auf den Regalen standen Bücher, dazwischen unzählige Kerzen. Auf einem Beistelltisch entdeckte ich eine Duftlampe, daneben lagen Räucherstäbchen. Bunte Stoffe in warmen Farben zierten Teile der Wände ebenso wie die Fenster und über mir hing ein riesiger Fächer aus Bambus an der Wand. Alles in allem erinnerte das Zimmer mehr an ein orientalisches Gemach als an ein Wohnzimmer. Zumindest lenkte mich der Anblick für eine Weile ab.

Schließlich kehrte Tess mit zwei Gläsern und einer Flasche 7up zurück und ließ sich im Schneidersitz neben mir nieder.

»Was ist passiert?«, fragte sie, während sie einschenkte.

Wie sollte ich das erklären, ohne dass sie mich für durchgedreht hielt? Was, wenn gar nichts geschehen war und ich mir alles nur eingebildet hatte? Nein, der Schriftzug war ebenso real gewesen wie die Kälte!

»Ich glaube …«, setzte ich an, dann versagte mir die Stimme. Ich griff nach meinem Glas und leerte es in einem Zug. »In meinem Haus spukt es!«, platzte ich heraus.

Statt zu lachen, wie ich erwartet hatte, sah Tess mich ernst an. »Wie lange weißt du das schon?« Dass sie nicht einmal ansatzweise an meinen Worten zu zweifeln schien, war das Schlimmste.

»Ich habe es schon in der ersten Nacht geahnt.« Anfangs stockend und nur sehr zögernd erzählte ich ihr von der Kälte im Haus, dem Friedhof dahinter und von der ersten Nacht, als ich geglaubt hatte, ein Mann würde sich über mein Bett beugen. »Ich habe gedacht, ich hätte schlecht geträumt. So was passiert mir manchmal. Dann kommt es mir ganz real vor. Aber dann, vorhin im Bad …« Nachdem ich einmal begonnen hatte, sprudelten die Worte jetzt nur so aus mir heraus. Selbst wenn ich gewollt hätte, hätte ich nicht länger den Mund halten können. Meine Worte überschlugen sich derart, dass Tess mich mehrmals unterbrach und mir sagte, ich solle langsamer sprechen. Als ich schließlich mit meinem Bericht fertig war, ließ sie sich die Geschehnisse im Bad noch zweimal beschreiben. Sie stellte keine Fragen, hörte einfach nur zu und blickte nachdenklich auf die Wand.

»Ich wusste nicht, was ich tun sollte. Darum …«

»Darum bist du zu mir gekommen. Gut so!« Sie griff nach meiner Hand und drückte sie. »Wir werden gemeinsam herausfinden, was dein Geist will.«

»Was?« So hatte ich mir das aber nicht vorgestellt. »Ich dachte eher daran, ihn zum Teufel zu jagen!«

Tess schüttelte den Kopf. »Das kannst du nicht machen.«

»Ich kann was nicht?« Meine Furcht wich langsam, und was blieb, war zu meinem eigenen Erstaunen Wut. »Der Kerl spukt in meinem Haus! Ich kann ihn vor die Tür setzen, wann ich will!« Vorausgesetzt, ich fand einen Weg, das zu tun. »Am Ende bringt er mich noch um!«

»Ich glaube nicht, dass du in Gefahr bist«, überlegte Tess laut. »Wenn er dir etwas Böses wollte, hätte er nicht seinen Namen auf den Spiegel geschrieben, sondern dich gleich umgebracht.«

»Sehr beruhigend. Vielen Dank.«

»Ich will damit nur sagen, dass ich nicht glaube, dass er gefährlich ist. Für mich sieht das eher so aus, als hätte er einfach nach einem Weg gesucht, sich bemerkbar zu machen.«

»Und jetzt, da er es geschafft hat, will ich, dass er verschwindet!« Ich sprach davon, einen Geist aus meinem Haus zu werfen, und das, obwohl ich bis vor einer Stunde noch nicht einmal an Geister geglaubt hatte! Plötzlich musste ich mir auf die Zunge beißen, um nicht in hysterisches Gelächter auszubrechen. Das alles war so absurd!

»Geister sind nicht ohne Grund in der Welt der Lebenden«, erklärte Tess. »Wir müssen herausfinden, was ihn umtreibt, und ihm helfen, sein Problem zu beheben. Dann wird er Frieden finden und du hast dein Haus wieder für dich.«

Bei ihr klang das so einfach, als hätte ich bloß ein Ungezieferproblem. Ein wenig Gift auf die Sorgen und Nöte des Geistes gesprüht und schon war mein Problem gelöst. »Tess, ich werde nicht in dieses Haus zurückgehen, solange nicht eine Horde Priester mit einem Dutzend Eimern voll Weihwasser und einem Stapel Bibeln dort war und alles gereinigt hat!«

»Du machst dir zu viele Sorgen.«

Ich riss ungläubig die Augen auf. In meinem Haus spukte es, natürlich machte ich mir Sorgen! Nur mühsam gelang es mir, sie nicht anzuschreien. Ich holte tief Luft, dann sagte ich: »Wenn es dir nichts ausmacht, würde ich gerne die Nacht über hierbleiben.« Andernfalls musste ich mir ein Hotelzimmer suchen. »Und morgen gehe ich zur Kirche.«

»Für das, was wir vorhaben, ist die Nacht am besten geeignet.«

»Was wir vorhaben?« Ich runzelte die Stirn. »Was haben wir denn vor?« Eigentlich wollte ich es gar nicht wissen.

»Wir werden deinen Geist – Nicholas – beschwören und ihn fragen, was los ist.«

Jetzt klappte mir der Kiefer runter. »Das ist nicht dein Ernst!«

»Er wird uns nichts tun, Sam.«

»Woher willst du das wissen? Was, wenn er nur darauf wartet, dass jemand bescheuert genug ist, ihn zu beschwören?« Nicht dass ich gewusst hätte, welche genauen Auswirkungen eine Beschwörung hatte. Aber allein die Ahnung dessen, was alles passieren *könnte*, ließ mich fast die Wände hochgehen.

Tess sprang auf. »Ich packe nur schnell ein paar Sachen zusammen, dann fahren wir zu dir.«

Ich brachte keinen Ton raus, konnte sie nur anstarren und fassungslos zusehen, wie sie eine Tasche holte und allerlei Tand, darunter Kerzen, Zündhölzer und Räucherstäbchen, darin verschwinden ließ. »Du willst das wirklich tun«, stellte ich tonlos fest, als sie endlich fertig war.

Tess seufzte, dann ließ sie sich vor mir auf die Knie sinken. »Du willst ihn doch loswerden, oder? Glaub mir, das ist der einzige Weg. Ich kann dir besser helfen als jeder Priester.«

Es klang überzeugend. Die Sache hatte allerdings einen

kleinen Schönheitsfehler und auf den würde ich Tess jetzt aufmerksam machen. »Wie oft hast du so etwas schon gemacht?«

»Es gibt immer einen ersten Versuch.«

Das war kein kleiner Schönheitsfehler, das war ein riesiger Schandfleck! »Heilige Scheiße«, murmelte ich.

Tess grinste. »Komm, bringen wir es hinter uns und schicken deinen Geist schlafen.«

Keine Ahnung, wie meine Beine das fertigbrachten, aber irgendwie schaffte ich es, aufzustehen und Tess aus dem Haus zum Käfer zu folgen. Inzwischen war es dunkel geworden. Dunkelheit und Gespenster. Das ließ sich nur schwerlich noch übertreffen. Vielleicht sollte ich den Wagen auf dem Weg zum Haus einfach gegen einen Baum fahren, dann konnten wir dem Geist gleich von Angesicht zu Angesicht begegnen!

»Halt bei der Bibliothek an. Ich muss noch schnell etwas holen.«

Ich hatte kaum den Käfer zum Stehen gebracht, da sprang Tess auch schon aus dem Wagen. Einen Moment später war sie im Gebäude verschwunden. Drinnen ging eine Lampe an. Während ich wartete, versuchte ich nicht in Panik zu geraten. Schon als Kind hatte ich mich aus allen Spielereien mit übersinnlichem Zeug rausgehalten. Ich hatte weder bei den gespielten Séancen meiner Freunde mitgemacht noch je meine Finger auf ein Hexenbrett gelegt. Meine Angst, dass etwas passieren könnte, das ich nicht sehen wollte, war immer viel zu groß gewesen. Dabei war damals nicht einmal ein Geist in der Nähe!

Als Tess zurückkehrte, hielt sie ein Buch in der Hand. »Gebrauchsanweisung«, meinte sie leichthin.

»Ich dachte, du weißt, was du tust!«

»Weiß ich auch. Trotzdem schadet es nicht, es noch einmal genau nachzuschlagen.«

Mein Blick fiel auf das Buch. Es sah sehr alt aus. Der braune Lederumschlag war abgewetzt und die Seitenränder vergilbt. »Das ist aber keines eurer normalen Leihexemplare, oder?«

Tess grinste. »Ich hab dir doch heute von den Büchern erzählt, die im Baker-Haus gefunden wurden.«

»Das geheime Archiv.« Und als Tess nickte, fügte ich hinzu: »Wie geheim kann es sein, wenn du Zugang dazu hast?«

»Davon weiß niemand«, gestand sie. »Es gibt nur drei Schlüssel. Einen hat der Bürgermeister, einen der Reverend und den dritten der Bibliothekar.«

»Und weil der Bibliothekar im Urlaub ist, hat er ihn dir gegeben?« Das konnte ich mir nur schwer vorstellen.

»Natürlich nicht. Er macht den Schlüssel immer vom Schlüsselbund ab, ehe er mir den Bund übergibt. Allerdings hat er ihn mal liegen lassen.«

»Du hast ihn geklaut?«, fragte ich ungläubig.

»Aber nicht doch!« Tess ließ entrüstet eine Kaugummiblase platzen. Dann grinste sie. »Ich hab mir bloß einen nachmachen lassen. Jetzt schau nicht so. Ich war neugierig! Und eines kannst du mir glauben: Die Bücher, die dort unten liegen, sind um einiges interessanter als alles, was du dir ausleihen kannst!«

»Das glaub ich sofort.«

Resigniert ließ ich den Motor an und fuhr los. Der Gedanke an den Baum wurde immer verlockender. In das Haus zurückzumüssen, war schon grauenvoll. Dann auch noch eine Beschwörung zu veranstalten, gab mir fast den Rest. Ich redete mir ein, dass Tess Recht hatte. Bisher hatte der Geist mir nichts getan. Warum sollte sich das ändern?

Nicholas. Lautlos sagte ich immer wieder seinen Namen, in der Hoffnung, es sei weniger gruselig, wenn ich mir nur bewusst machte, dass er nicht einfach ein Geist war, sondern eben auch einen Namen hatte. Es änderte nicht viel. Als ich schließlich vor der Garage hielt, war ich immer noch nicht vollständig überzeugt, dass dieser Geist – Nicholas – uns nichts Böses wollte.

Der Motor war noch nicht ganz aus, da sprang Tess schon aus dem Wagen. Ich hatte es deutlich weniger eilig als sie. Im Gegensatz zu ihr war ich dem Geist ja schon begegnet. Mit zitternden Beinen folgte ich ihr zur Tür. Ich wollte schon nach meinem Schlüssel suchen, da erinnerte ich mich, dass ich gar nicht abgesperrt hatte. Nachdem ich noch einmal tief durchgeatmet hatte, stieß ich die Tür auf. Augenblicklich war die Kälte da. Ich fuhr zurück und stieß gegen Tess, die hinter mir stand.

»Bleib ganz ruhig«, raunte sie mir ins Ohr. Laut sagte sie: »Hallo, Nicholas. Wir sind hierher gekommen, um dir zu helfen.«

Ehe ich etwas sagen oder tun konnte, schob sie mich ins Haus und schloss die Tür hinter uns. Fahrig tastete ich nach dem Lichtschalter. Es wurde sofort hell. Mein Blick schoss den Flur entlang durch das Wohnzimmer zum Fenster. Dahinter lag die Dunkelheit – und der Friedhof. Mit großen Schritten eilte ich zum Fenster und zog die Vorhänge zu. Ziemlich dämlich angesichts der Tatsache, dass ich den Geist ja bereits *im* Haus hatte. Trotzdem fühlte ich mich ein wenig besser, wenn ich die Dunkelheit draußen nicht sehen musste.

Um mich von meiner Panik abzulenken, wandte ich mich an Tess. »Willst du was trinken?« Eine ganz banale Frage, doch das war genau das, was ich jetzt brauchte. Etwas völlig Belangloses, Normales, das mich kurz vergessen ließ, was wir tun wollten.

Tess nickte. »Ja bitte!«

Sie wirkte noch immer kein bisschen nervös. Ich sah, wie sie die rot geschminkten Lippen bewegte, und hörte sie murmeln, zu leise, als dass ich sie verstanden hätte. Trotzdem war mir klar, dass sie mit dem Geist sprach. Ich verschwand in der Küche. Die Kälte folgte mir.

Mit einem Ruck zog ich auch hier die Vorhänge zu, dann holte ich zwei Gläser und eine Flasche Cola. »Du kannst mir nachlaufen, so viel du willst«, knurrte ich die Kälte an, als sie mir auch auf dem Weg zurück ins Wohnzimmer nicht von der Seite wich. »Ich werde dich schon noch los!«

Tess hatte inzwischen begonnen, ihren Tand auszupacken und auf dem Tisch zu verteilen. In der Mitte stand eine Tonschale mit getrockneten Kräutern. Es roch nach Rosmarin und einigen anderen Dingen, die ich nicht eindeutig identifizieren konnte. Als ich mit den Getränken kam, war sie gerade dabei, mit Kreide ein Pentagramm auf den Tisch zu malen. Die Tonschale bildete das Zentrum.

Ich stellte die Gläser auf den Kamin und schraubte die Flasche auf. »Sollte das Pentagramm nicht um uns herum sein?« So machten sie es immer im Fernsehen, um sich vor Geistern und Dämonen zu schützen. Das funktionierte jedes Mal. Zumindest so lange, bis der Idiot der Gruppe versehentlich die Linien verwischte und den Schutzkreis durchbrach.

»Das ist nur eine Hollywood-Erfindung«, sagte Tess, ohne ihr Werk zu unterbrechen. »Ein riesiges Pentagramm macht optisch einfach mehr her. Für das, was wir vorhaben, brauchen wir es nicht. Wir wollen ja keinen Dämon oder so beschwören.«

Nein, nur einen Geist.

Tess war mit ihrer Zeichnung fertig und stellte die Kerzen an den Eckpunkten des Pentagramms auf. Sie warf mir ein Päckchen Streichhölzer zu. »Zünd sie schon mal an, ich gehe nur noch einmal das Ritual durch.«

Das Wort *Ritual* jagte mir einen Schauer über den Rücken. Trotzdem fischte ich ein Zündholz aus der Schachtel. Ich war in das Haus mit dem Geist zurückgekehrt. Jetzt konnte ich mich ihm genauso gut gleich ganz stellen. Meine Finger zitterten, als ich das Zündholz am Schachtelrand entlangriss. Ich brauchte drei Versuche, bis es brannte, und dann noch zwei weitere Hölzer, bevor es mir gelang, den ersten Docht zu entzünden.

Tess bemerkte nichts von meiner Aufregung. Sie saß im Schneidersitz vor dem Tisch und blätterte in ihrem Buch, als wäre es die Gebrauchsanweisung für einen Geschirrspüler, den sie in Betrieb zu nehmen gedachte.

Endlich brannten alle fünf Kerzen. Tess sah auf. »Und jetzt noch das Räucherstäbchen.«

Ich hörte auf, Zündhölzer zu foltern, und hielt das Räucherstäbchen stattdessen über die Kerze. Eine kleine Flamme züngelte an der Spitze und erlosch gleich darauf wieder. Ein dünner weißer Rauchfaden stieg kräuselnd auf. Der Geruch von Patchouli erfüllte die Luft. »Wo soll das hin?«

»Stell es am besten mit dem Unterteller auf den Kamin. Da ist es uns nicht im Weg.«

»Im Weg? Brauchen wir es nicht hier?«

Tess schüttelte den Kopf. »Das ist für die Beschwörung nicht notwendig. Ich mag nur den Geruch.«

Ich nickte dümmlich und stellte das Räucherstäbchen nebst Teller zur Seite.

Tess klappte das Buch zu. »Mach das Licht aus und setz dich zu mir.«

Nur widerwillig tat ich, was sie verlangte. Für den Geist mochte es keinen Unterschied machen, ob es im Zimmer hell oder dunkel war. Für mein Seelenleben dagegen schon. Bei Licht – und ich meine helles, elektrisches Licht und nicht den spärlichen Schein von fünf geradezu lächerlich kleinen Kerzen – fühlte ich mich weitaus sicherer.

Ich wollte mich neben Tess auf den Boden setzen, doch sie deutete auf die andere Seite des Tisches. Sobald ich saß, streckte sie die Arme über den Tisch, sodass sie einen Halbkreis um das Pentagramm bildeten. »Nimm meine Hände.«

Ich folgte ihrem Beispiel und tat, was sie verlangte. Jetzt hatten wir einen Kreis. »Was auch immer passiert«, wies Tess mich an, »verhalt dich einfach ruhig und warte ab. Mach keine hektischen Bewegungen.«

Damit fiel panische Flucht wohl aus. Ich wollte etwas sagen, brachte aber keinen Ton raus, also nickte ich nur. Tess löste eine Hand, zündete ein weiteres Streichholz an und warf es in die Kräuterschale. Hellgrauer Rauch stieg daraus auf und verteilte sich mit dem Geruch der Kräutermischung im Raum. Gleich darauf griff Tess wieder nach meiner Hand und richtete ihren Blick auf die kleine Rauchsäule.

»Beim Geiste Hekatehs und den Knochen der zwölf Behüter: Wir rufen die Seele, die ruhelos durch dieses Haus streift. Komm zum Licht und zeige dich uns.«

Bleib bloß weg!, war alles, was ich denken konnte, während Tess ihre Worte ein ums andere Mal wiederholte. Sie sagte noch andere Dinge, doch ich war so sehr damit beschäftigt, mir inständig zu wünschen, gar nichts möge geschehen, dass ich nicht weiter zuhörte. Abgesehen davon begannen meine Beine einzuschlafen und ich musste mich darauf konzentrieren, still zu sitzen. Eine Weile konnte ich an nichts anderes denken als daran, wie ich mit eingeschlafenen Beinen davonlaufen sollte. Sicher, Tess hatte gesagt, ich solle keine hektischen Bewegungen machen. Trotzdem sah ich in der Beschwörung und dem Versuch, den Geist zu

befreien, lediglich Plan A. Weitaus besser gefiel mir der eigens von mir zurechtgelegte Plan B: kopflose Flucht!

»Beim Geiste Hekatehs und den Knochen der zwölf Behüter«, intonierte Tess ein weiteres Mal. »Zeige dich, geplagte Seele, und lasse dich von uns befreien!« Plötzlich schrie sie: »Komm ins Licht und zeige dich, Nicholas!«

Ein Luftzug ließ die Kerzen flackern. Entsetzt schloss ich die Augen, nur um sie sofort wieder aufzureißen, als ein kühler Hauch über meinen Nacken fuhr. Dann war es vorbei. Die Kälte war fort. Schlagartig stieg die Temperatur im Wohnzimmer an.

Tess sah mich an. Nach einer Weile gab sie meine Hände frei und sagte: »Er ist fort. Ich kann den Geist nicht mehr spüren.«

Ich stieß den Atem aus. »Meinst du wirklich?«, fragte ich skeptisch, obwohl auch ich nichts mehr spürte.

Tess nickte. »Andernfalls hätte er sich uns jetzt zeigen müssen.« Sie lächelte mir aufmunternd zu. »Das war noch einfacher, als ich dachte. Sieht ganz so aus, als hätte bloß etwas den Fluss behindert, auf dem sein Geist ins Jenseits surfen konnte. Mit unserem Ritual haben wir ihm den Weg freigeräumt.«

Ich konnte nicht so recht daran glauben, dass es tatsächlich so leicht gewesen sein könnte. Vorsichtig stand ich auf und machte ein paar wacklige Schritte auf meinen eingeschlafenen Beinen, hin zum Lichtschalter. Halb erwartete ich, dass nichts passieren würde, doch das Licht ging sofort an, als ich den Schalter umlegte.

Tess pustete die Kerzen aus und löschte die brennenden Kräuter. Dann stand sie auf.

»Du willst doch nicht etwa schon gehen, oder?«, fragte ich erschrocken.

»Nur bis zum Kamin.« Sie deutete auf die vollen Gläser, die ich zuvor dort abgestellt hatte. »Oder willst du, dass ich verdurste?«

Ich grinste erleichtert und schüttelte den Kopf. »Natürlich nicht. Ich dachte nur …«

»Du dachtest, ich würde mich sofort verdrücken und dir den ganzen Spaß überlassen, falls dein Geist zurückkommt.« Als sie meine erstarrte Miene sah, lachte sie. »Mach dir keine Sorgen, Sam. Der kommt nicht mehr.« Mit dem Glas in der Hand ließ sie sich in den Sessel fallen. »Ich werde trotzdem noch eine Weile bleiben, bis auch du überzeugt bist, dass du nichts mehr zu befürchten hast.«

Wir redeten über Gott und die Welt. Irgendwann holte ich eine Packung Cracker aus der Küche. Als selbst nach einer Weile nicht der geringste Hauch Kälte zu spüren war, entspannte ich mich endlich. Nach elf, die Cracker waren bis auf den letzten Krümel verspeist, stand Tess auf.

»Ich muss morgen Früh arbeiten. Fährst du mich nach Hause?«

»Bist du sicher, dass du schon gehen willst?«

Sie nickte. »Du musst dir wirklich keine Sorgen mehr machen. Er ist weg.«

So ganz überzeugt war ich nicht. Dass die Kälte nicht mehr hier war, sagte mir allerdings, dass sie wohl Recht hatte. »Gehen wir.«

Ich fuhr Tess in den Ort und ließ sie vor der Bibliothek raus. Ich bot ihr an, sie danach noch nach Hause zu bringen, doch sie meinte, das sei nicht nötig. Nachdem sie mir noch ein paar beruhigende Worte gesagt hatte, machte sie kehrt und verschwand in der Bibliothek, um das Buch zurückzubringen.

Einen Moment saß ich noch reglos da und starrte auf die Straße vor mir. Dann fuhr ich zum Haus zurück. Inzwischen war es fast Mitternacht. Krampfhaft bemühte ich mich, das Wort *Geisterstunde* aus meinem Kopf zu bannen. Natürlich erfolglos.

Als ich die Tür aufschloss, machte ich mich darauf gefasst, dass mir die gewohnte Kälte entgegenschlagen würde, doch dieses Mal blieb sie aus. Ich trat in den Flur und schlüpfte aus meinen Schuhen. Danach stand ich eine Weile einfach nur da, wartete und lauschte. Obwohl tatsächlich nicht das Geringste darauf hindeutete, dass dieser Nicholas noch hier war, machte mich der Gedanke an ihn immer noch nervös. Schon das leiseste Ächzen einer altersschwachen Diele ließ mich erschrocken zusammenfahren. Vermutlich würde es noch eine ganze Weile dauern, bis ich wieder ruhig schlafen konnte.

Ich beschloss, diese Nacht aufzubleiben. Nur um ganz sicherzugehen. Wenn nichts mehr geschah, konnte ich in der kommenden Nacht beruhigt schlafen. Heute jedoch würde ich es mir im Sessel bequem machen. Vielleicht lief ja etwas im Fernsehen.

Vorher wollte ich noch ins Bad, um mir die Zähne zu putzen. Ich hatte Angst davor, nach oben zu gehen. Trotzdem zwang ich mich Schritt für Schritt die Treppen hinauf. Halb erwartete ich, dass es wieder kalt werden würde, doch auch oben blieb die Temperatur normal. Vor der Badtür hielt ich inne. Es dauerte eine Weile, bis ich den Mut fand, sie so weit zu öffnen, dass ich mit der Hand nach dem Lichtschalter tasten konnte. Erst nachdem das Licht an war, wagte ich es, die Tür ganz aufzustoßen. Sofort schoss mein Blick zum Spiegel, suchte nach der verräterischen Schrift. Doch da war nichts. Erleichtert atmete ich aus und trat endlich über die Schwelle. Während ich mir die Zähne putzte, wanderte mein Blick unentwegt im Raum hin und her, immer auf der Suche nach irgendetwas Verdächtigem. Allmählich begann ich Tess zu glauben, dass der Geist tatsächlich gebannt war.

Nachdem ich fertig war, ging ich in mein Schlafzimmer, um mir eine Decke zu holen. Ich stand schon mitten im Zimmer, als mich die Kälte packte. Dann sah ich ihn! Er saß im Sessel und blickte mir entgegen!

6

Für die Dauer einiger – sehr schneller – Herzschläge stand ich einfach nur da und starrte ihn an. War das der Landstreicher, vor dem Mr Perkins mich gewarnt hatte? Die Kälte sprach dagegen. Ich hatte mich erstaunlich gut unter Kontrolle – von meinen Beinen einmal abgesehen, die sich vehement weigerten, kehrtzumachen und mit mir zu flüchten. Dafür waren meine Knie zu weich. In den nächsten Sekunden würden meine Beine unter mir einknicken. Ich tastete nach der Lehne des Stuhls vor dem Sekretär und stützte mich daran ab. Natürlich ohne meinen Blick auch nur für den Bruchteil einer Sekunde von dem Mann im Sessel zu nehmen. Obwohl ich ihn nun schon seit einer gefühlten Ewigkeit anstarrte, hätte ich noch immer nicht sagen können, wie er genau aussah. Meine Finger klammerten sich um die Stuhllehne, während ich krampfhaft versuchte, mir ein Bild von ihm zu machen. Allerdings sträubte sich mein Verstand hartnäckig dagegen, mehr aufzunehmen als die Tatsache, dass er dichtes schwarzes Haar und sehr helle Haut hatte. Dann stand er auf. Gott, war der groß! Als er näher kam, musste ich zu ihm aufsehen. Näher! Ich drehte mich ruckartig um und wollte aus dem Raum stürzen. Dabei wäre ich um ein Haar gegen die Tür geknallt, die hinter mir zugefallen war. Ich griff nach dem Türknauf und verfehlte ihn. In meinem Rücken kam der Geist näher. Ich konnte fühlen, wie die Kälte durchdringender wurde! Panisch fuhr ich herum, packte den Stuhl und schlug damit nach ihm. Er war so nah, dass mein Angriff ihn gar nicht verfehlen konnte, doch das Möbelstück sauste geradewegs durch ihn hindurch! Alles, was ich spürte, war ein kühler Hauch an meinen Fingerspitzen. Entsetzt ließ ich den Stuhl fallen. Obwohl ich ihn nicht wirklich getroffen hatte, wich der Geist einen Schritt zurück. In seinen Zügen lag weder Wut noch Furcht. Wovor sollte er sich auch fürchten? Mein Angriff konnte ihm sichtlich nichts anhaben. Zumindest hatte ich mir ein wenig Raum verschafft. Genügend, um die Tür aufzureißen. Ich stolperte auf den Gang hinaus, die Treppen hinab und rannte Hals über Kopf davon. Hinter mir glaubte ich, eine Stimme zu hören. Falls da auch Worte waren, gingen sie in dem hoffnungslosen Durcheinander unter, das durch meinen Kopf tobte.

Als ich wieder einen halbwegs klaren Gedanken fassen konnte, stand ich barfuß auf dem Rasen vor dem Haus. Ich starrte auf die Tür und wartete darauf, dass der Geist mir folgen würde, doch das tat er nicht. Nachdem ein paar Minuten verstrichen waren, in denen er sich nicht zeigte, beruhigte sich mein Herzschlag ein wenig. Ich begann auf dem Rasen auf und ab zu laufen, während ich fieberhaft darüber nachdachte, was ich jetzt tun sollte. Tess anrufen!, schoss es mir durch den Kopf. Sowohl mein Handy als auch das Telefon waren im Haus. Genau wie der Geist. Plötzlich wurde ich wütend. Ich kam aus der Großstadt! Dort fürchtete man sich vor Räubern, Vergewaltigern und Psychopathen! Vielleicht noch vor Straßengangs! Aber ganz bestimmt nicht vor Geistern!

Mein Angriff war einfach durch ihn hindurchgegangen, hatte ihn nicht einmal berühren können. Wenn ich ihn nicht berühren konnte, bedeutete das im Umkehrschluss, dass er das ebenfalls nicht konnte. Keine Berührung – keine Gefahr!

Zornig ballte ich die Hände zu Fäusten. Der Kerl saß in meinem Haus! Wenn er nicht vorhatte, es zu kaufen, was ich ernsthaft bezweifelte, musste er verschwinden!

Ich stürmte ins Haus zurück, die Treppe nach oben. Zugegeben, das war vielleicht nicht die beste Idee, aber im Augenblick wusste ich mir einfach nicht anders zu helfen. Ich war wütend und müde. Aber vor allem hatte ich genug davon, mich in meinem eigenen Haus zu fürchten. *Wenn er dir etwas Böses wollte, hätte er nicht seinen Namen auf den Spiegel geschrieben, sondern dich gleich umgebracht*, hatte Tess gesagt. An diese Worte klammerte ich mich jetzt. Ich ließ die Treppe hinter mir und überquerte den Gang. Ehe ich es mir noch einmal anders überlegen konnte, stieß ich die Tür zum Schlafzimmer auf und trat ein. Die Kälte ließ meinen Mut ein wenig gefrieren. Trotzdem zwang ich mich, stehen zu bleiben und den Geist anzusehen.

Er hatte sich wieder in den Sessel gesetzt. Als hätte er erwartet, dass ich zurückkommen würde! Er saß einfach nur still da und erwiderte meinen Blick schweigend. Zum ersten Mal nahm ich mir die Zeit, ihn genauer zu betrachten. Er war jung, höchstens fünfundzwanzig – soweit man das bei einem Gespenst sagen konnte. Dass er groß und schwarzhaarig war, wusste ich ja schon. Jetzt sah ich, dass er Jeans und ein schwarzes Hemd mit aufgestelltem Kragen trug. Dazu Turnschuhe aus Segeltuch. Seine Kleider sahen aus, als wäre er gerade den Fünfzigern entsprungen. Was sollte das für ein Geist sein? In Turnschuhen! Wo war das Bettlaken, wo die rasselnden Ketten? Der konnte unmöglich echt sein! Vielleicht war es doch der Landstreicher. Aber diese Annahme hatte der Stuhl, der durch seinen Körper gezischt war, bereits widerlegt. Mein Blick streifte über sein Gesicht, wanderte über die kantigen Züge eine gerade Nase hinauf zu einem Paar dichter, dunkler Brauen. Einen Atemzug später schaute ich in die erstaunlichsten blauen Augen, die ich je gesehen hatte. So klar und strahlend, dass ich ihn nur weiter anstarren konnte. Zumindest bis mir bewusst wurde, was ich da tat. Ich stand einem Geist gegenüber und bewunderte seine Augen! War ich eigentlich noch zu retten?

»Du bist eine Illusion!«, war das Erste, was mir einfiel, nachdem ich endlich meine Sprache wiedergefunden hatte.

Er schüttelte den Kopf. »Ich bin ebenso real wie du«, sagte er mit jener warmen, volltönenden Stimme, die ich schon in der ersten Nacht gehört hatte.

»Ach ja? Ich könnte wetten, wenn jemand anderes hier heraufkäme, würde er dich nicht sehen!«

»Die Wette würdest du gewinnen.«

»Ha!«, rief ich triumphierend. »Das ist dann wohl der

Beweis, dass ich mir deine Anwesenheit nur einbilde! Ich spinne einfach, seit ich hier bin! Das ist alles.«

Ein Lächeln umspielte seine Mundwinkel und zauberte kleine Grübchen auf die Wangen. »Andere können mich nur deshalb nicht sehen, weil du mich beschworen hast.«

Ich hatte von Anfang an gewusst, dass ich mir mit dieser Beschwörung nur Ärger einhandeln würde. Jetzt nahm ich all meinen Mut zusammen und schmetterte ihm entgegen: »Und ich habe es nur getan, um dir zu sagen, dass du weggehen sollst. Hau ab! Verschwinde aus meinem Haus!«

»Nein.«

Ich starrte ihn an. Hatte er gerade Nein gesagt? »Gut!«, fuhr ich ihn in Ermangelung einer besseren Antwort an. »Dann geh eben ich!« Ich machte kehrt und stürmte auf die Tür zu.

»Sam, warte!«

Ich hielt inne. Mein Name klang aus seinem Mund vollkommen anders, als ich ihn je wahrgenommen hatte. Irgendwie weicher.

Ratlos sah ich ihn an. Da saß ein Geist in meinem Schlafzimmer, der sich weigerte zu gehen, und ich hatte nicht die geringste Ahnung, wie ich ihn wieder loswerden sollte.

»Die Kälte«, begann ich, weil mir nichts Besseres einfallen wollte, »das warst du.«

»Tut mir leid, das kann ich nicht beeinflussen.« Er wirkte aufrichtig zerknirscht.

Ich erinnerte mich an die eisige Kälte im Badezimmer, als
er seinen Namen auf den Spiegel geschrieben hatte. »Wenn du mir noch mal ins Bad folgst, werde ich … Es gibt be-

stimmt irgendein Ritual, mit dem man dich wieder loswird!«

»Es war nur dieses eine Mal.« Er hatte sich noch immer nicht von der Stelle gerührt. »Das war die einzige Möglichkeit, dich auf mich aufmerksam zu machen, nachdem es mir in der ersten Nacht nicht gelungen ist.«

»Nicht gelungen«, echote ich. »Ich hätte beinahe einen Herzinfarkt bekommen!« Deutlich erinnerte ich mich an den Schemen, der sich über mich gebeugt hatte – und an die sanfte Stimme, die mir zuflüsterte, ich solle keine Angst haben. Immerhin hatte er versucht, mich zu beruhigen.

»Setz dich doch«, bat er, »dann erkläre ich dir alles.«

Ich fuhr mir mit der Hand über den Nacken. Eine Weile stand ich nur da und starrte ihn unbehaglich an. Nach meiner Ankunft in einer Kleinstadt und dem Haus am Friedhof sprach ich jetzt auch noch mit einem Geist. Das war eindeutig ein neuer Tiefpunkt in meinem Leben. »Bei einem Geist zu sitzen gefällt mir wirklich nicht«, gestand ich schließlich.

Er wirkte verblüfft. »Du hast drei Tage mit mir im selben Haus verbracht, und nur weil du mich jetzt auch sehen kannst, willst du davonlaufen? Setz dich!« Ein wenig sanfter fügte er hinzu: »Bitte.«

Ohne ihn aus den Augen zu lassen, ließ ich mich mit angezogenen Knien auf dem Bett nieder. Der Sessel wäre mir lieber gewesen, aber da saß ja er. Und der Stuhl lag am anderen Ende des Raumes. »Okay, lass uns das mal klarstellen: Ich kann dich sehen, weil ich dich beschworen habe. Bedeutet das, Tess würde dich auch sehen?«

Er nickte.

»Warum hockst du dann hier oben herum und erschreckst mich zu Tode, statt dich uns am Ende dieses blöden Rituals zu zeigen, wie es sich gehört hätte?«, bohrte ich weiter.

Ein breites Grinsen ließ seine Augen nur noch mehr strahlen. »Man könnte fast glauben, du bist wütend.«

»Wütend?«, fuhr ich ihn an. »Ich bin stinksauer! Hast du überhaupt eine Ahnung, welche Angst du mir während der letzten Tage eingejagt hast – vor allem mit dieser Spiegelaktion!«

Jetzt wurde er schlagartig ernst. »Ich hatte nicht vor, dich zu erschrecken. Es ist nur nicht ganz einfach für einen Geist, sich bemerkbar zu machen, ohne dass jemand erschrickt.«

Da musste ich ihm Recht geben. »Mag sein, aber warum erst jetzt? Warum nicht gleich nach dem ganzen Beschwörungsfirlefanz?«

»Ich wollte mich deiner Freundin nicht zeigen.«

Prima. Ich hatte also auch noch die Exklusivrechte auf dieses Gespenst. »Können wir vielleicht noch eine Frage klären, die mich wirklich sehr beschäftigt?« Ich wartete gar nicht erst auf seine Antwort, sondern schob die drängende Frage gleich hinterher: »Bist du gefährlich?«

Er sah aus, als würde er jeden Augenblick losprusten. Zugegeben, meine Frage war reichlich dämlich. Welcher psychopathische Massenmörder würde seinem Opfer darauf schon ehrlich antworten? Irgendwie schaffte er es dann doch, nicht zu lachen. »Sam, ich habe nicht vor, dir etwas zu tun. Alles, was ich will, ist deine Hilfe.« Plötzlich wirkte er traurig. »Ich möchte endlich Frieden finden. Weil du in meiner Gegenwart ständig frierst, wusste ich, dass du meine Anwesenheit spüren kannst. Deshalb habe ich versucht, dich auf mich aufmerksam zu machen.«

»Gibt es niemand anderen, der dir helfen kann?«, konterte ich trotzig.

»Ich fürchte nein«, seufzte er. »Ich bin in einem engen Umkreis an den Friedhof gebunden. Weiter als bis zu deinem Vorgarten komme ich nicht. Natürlich habe ich im Laufe der Jahre versucht …«

»Im Laufe der *Jahre?*«, entfuhr es mir. »Wie lange spukst du hier schon rum?«

»Seit 1955.«

Das erklärte die Klamotten. »Wow!« Mehr brachte ich nicht raus.

»Jedenfalls habe ich im Laufe der Jahre wirklich versucht, jemanden auf mich aufmerksam zu machen. Erfolglos. Die Leute, die den Friedhof besuchen, sind zu sehr in ihre Trauer versunken, um mich zu bemerken. Der alte Pfarrer war nicht feinfühlig genug und der jetzige, Reverend Jones, ist meistens betrunken und interessiert sich nur für seinen Whiskey.« Er zuckte die Schultern. »Und sonst ist niemand hier.«

Niemand. Plötzlich musste ich an Tante Fionas Herzinfarkt denken. Was, wenn …? Plötzlich wurde mir eiskalt. Viel kälter noch, als mir je in seiner Nähe gewesen war. Mein Mund wurde trocken. Obwohl ich die Antwort fürchtete, musste ich es einfach wissen. »Hast du versucht, die Frau, die vor mir hier war, auf dich aufmerksam zu machen?«

»Fiona?« Er schüttelte den Kopf. »Ich war oft hier, doch sie konnte meine Anwesenheit nicht spüren. Ich bin auch erst ständig in diesem Haus, seit du hier bist. Davor bin ich umhergestreift.« Plötzlich fragte er: »Bist du sehr traurig wegen deiner Tante?«

Die Frage überraschte mich. Ich erinnerte mich daran, wie ich beim Anblick von Tante Fionas Schlafzimmer zu weinen begonnen hatte. Kurz darauf war ein kühler Hauch an meiner Wange gewesen. Hatte er mich etwa trösten wollen? »Ja, bin ich.«

»Vielleicht hilft es dir, wenn ich dir sage, dass sie nicht krank war.«

»Woher willst du das wissen?« Mit ihrem behandelnden Arzt hatte er wohl kaum gesprochen.

»Als sie das Haus verließ, da habe ich … Ich habe nichts gespürt. Ihr fehlte nichts.«

Ich runzelte die Stirn. »Was willst du damit sagen?«

»Ich weiß nicht, woran sie gestorben ist«, begann er vorsichtig, als sei ihm plötzlich klar geworden, dass er sich auf unsicherem Grund bewegte. »Vermutlich ein Unfall. Etwas, was sehr plötzlich kam. Ich will damit auch nur sagen, dass es sehr schnell gegangen sein muss und sie sicher nicht gelitten hat. Ich weiß, das macht sie nicht wieder lebendig, aber vielleicht ist es …«

»Ein Trost?«

Er nickte.

Natürlich war es besser zu wissen, dass Tante Fiona

nicht leiden musste. Aber noch lieber wäre es mir gewesen, wenn sie einfach nicht gestorben wäre. »Zu wissen, dass es schnell ging, hilft ein wenig. Aber in einem Punkt irrst du dich. Es war kein Unfall, sondern ein Herzinfarkt.«

Er sah ruckartig auf. »Das ist nicht möglich! Als sie das Haus verließ, habe ich nichts gespürt!«

»Was meinst du mit ›nichts gespürt‹?« Seine merkwürdigen Andeutungen gepaart mit meinem Halbwissen machten mich allmählich nervös. Ganz abgesehen davon, dass er ein Geist war!

Er fuhr sich mit der Hand durchs Haar. Eine seltsam menschliche Geste. Mehr jedoch erstaunte mich, wie unruhig er plötzlich wirkte. Als er auch noch aufstand und begann, vor mir auf und ab zu laufen, hielt ich es nicht mehr aus.

»Hör auf damit!«

Er blieb stehen und wandte sich mir zu. »Entschuldige. Ich weiß nicht, wie ich dir das erklären soll …«

»Am besten genauso schonungslos, wie du mich mit deiner Anwesenheit konfrontiert hast.«

»Wenn Menschen krank sind und bald sterben müssen, spüre ich das.« Ich klappte den Mund auf, um etwas zu sagen, doch er schnitt mir das Wort ab. »In all den Jahren hatte ich ausreichend Gelegenheit, diese Fähigkeit zu erproben. Viele Friedhofsbesucher sind alt, einige krank. Sobald ich ihre Krankheit fühlen kann, dauert es nicht mehr lange, bis die Beerdigung stattfindet.«

»Aber … das bedeutet …« Ich hatte nicht die geringste Ahnung, was es bedeutete.

»Es bedeutet«, fuhr er fort, »dass Menschen, deren nahenden Tod ich nicht spüren kann, entweder einen Unfall haben oder …«

… oder das Opfer eines anderen »unvorhergesehenen, von außen auf sie einwirkenden Ereignisses« werden, schoss mir die Definition von Unfall durch den Kopf. Mir fiel im Moment allerdings nur ein Ereignis ein, das noch auf diese Beschreibung passen wollte: Mord.

Das war vollkommen absurd! »Meine Tante wurde weder erschossen noch erschlagen, erstochen oder sonst was. Ihr Herz hat einfach aufgehört zu schlagen. Ganz plötzlich. Das hat auch der Arzt gesagt, der ihren Tod festgestellt hat. Also hör auf, mich auf irgendwelche abstrusen Ideen zu bringen, nur weil deine Geistersinne – oder wie auch immer man das nennt – nicht richtig funktionieren!«

Er seufzte und kehrte zu seinem – zu *meinem* – Sessel zurück. »Ich wollte dir keine Angst machen. Vielleicht hast du Recht und ich kann einen Herzinfarkt, der einfach so aus heiterem Himmel kommt, tatsächlich nicht spüren. Dafür müsste ich wohl genauer forschen, welche Arten von Krankheiten ich … Vergiss es einfach. Es tut mir leid.«

Ich nickte nur. Mir stand nicht der Sinn danach, über Tante Fiona und seine fragwürdigen Fähigkeiten zu reden. Da fiel mir etwas anderes ein. »Du hast doch gesagt, dass ich dich nur wegen dieser Beschwörung sehen kann. Was war mit der ersten Nacht? Warum konnte ich dich da sehen?«

»Atem«, sagte er schlicht.

»Was?«

»Jetzt, da du mich beschworen hast, kannst du mich sehen – allerdings nur nach Einbruch der Dunkelheit.«

»Soll das heißen, bei Tag wirst du wieder unsichtbar?«, fiel ich ihm ins Wort.

Er nickte. »Ich kann dich sehen und hören, doch du wirst von meiner Nähe nicht mehr bemerken als die Kälte. Während der Nacht kannst du mich sehen, aber du kannst mich nicht berühren«, erklärte er mit einem Blick auf den Stuhl, den ich nach ihm geworfen hatte. »Umgekehrt kann auch ich nichts berühren. Wenn ich allerdings den Atem eines Lebenden in mich aufnehme, kann ich mich zu einem gewissen Grad materialisieren – auch ohne deine Beschwörung.«

»Das war es, was du im Bad gemacht hast?« Da war dieser eisige Hauch gewesen, der mir den Atem genommen hatte.

Wieder nickte er. »In der ersten Nacht, als du geschlafen hast, habe ich es auch versucht. Ich hätte damit rechnen müssen, dass du erschrickst und mir nicht genügend Zeit bleibt, um dich zu beruhigen. Je weniger Atem ich nehme, umso schneller lässt die Wirkung nach.«

»Warum hast du dann nicht mehr genommen?«

»Zu gefährlich.« Seine blauen Augen ruhten auf mir, ernst und beinahe ein wenig besorgt. Einen Moment lang schwieg er, als suche er nach den richtigen Worten, mit denen er die Spielregeln seines Geisterdaseins erklären konnte. Schließlich fuhr er fort: »Warmen menschlichen Atem zu spüren ... das Gefühl, wieder lebendig zu sein ... körperlich. Es ist so stark, dass du unwillkürlich immer mehr willst. Du willst kein kalter, lebloser Schemen mehr sein. Du willst fühlen und leben. Atmen. Mit jedem Atemzug, den du aufnimmst, wächst das Bedürfnis nach Leben und damit die Gefahr, zu viel Atem zu nehmen.«

Ich starrte ihn an. »Soll das heißen, du könntest wieder lebendig werden, wenn du einem Lebenden den Atem … wenn du ihn *aussaugst*?«

»Ich müsste töten, um wieder leben zu können.«

Heiliger Strohsack! Ich war froh, dass ich saß, denn meine Beine fühlten sich plötzlich ziemlich wacklig an. Er hätte mir jederzeit mein Leben nehmen können!

»Die Versuchung ist sehr groß.« Er ließ mich noch immer nicht aus den Augen, als wollte er meine Reaktion abschätzen. »Aber ich bin kein Mörder. Deshalb habe ich es nur diese beiden Male gemacht – und immer nur sehr wenig. Ich könnte dir nie etwas antun, Sam.«

Zu meinem eigenen Erstaunen glaubte ich ihm. Andernfalls hätte er sich den ganzen Aufwand, meine Aufmerksamkeit zu gewinnen, sparen können. Für ihn wäre es um einiges einfacher gewesen, mich auszusaugen und auf diesem Weg wieder lebendig zu werden. Sichtlich hatte er sich in der Gewalt. Allmählich begann ich, ihm zu vertrauen. »Kann ich dich etwas fragen?«

»Was willst du wissen?«

»Gibt es Zombies?«

Offenbar war die Frage bescheuert genug, um ihn erneut zum Lachen zu bringen. Trotzdem – vor mir saß ein Geist! Und das, obwohl ich nie an Geister geglaubt hatte! Ich wollte einfach sichergehen, dass ich – wenn es das nächste

Mal an der Tür klingelte – nicht plötzlich doch einem Zombie gegenüberstand.

»Nein, Sam«, lachte er vergnügt. »Es gibt keine Zombies. Zumindest bin ich noch keinem begegnet.«

Das erleichterte mich. Plötzlich musste ich gähnen, und als ich ihn wieder ansah, verschwammen seine Umrisse vor meinen Augen. War ich so müde, dass ich nicht mehr vernünftig geradeaus schauen konnte? Blinzelnd versuchte ich, ihn zu fixieren.

»Es liegt nicht an dir«, sagte er. »Das ist die Dämmerung. In wenigen Augenblicken wirst du mich nicht mehr sehen können.«

Ich sah zum Fenster, wo ich – nebenbei bemerkt – vergessen hatte, die Vorhänge zuzuziehen. Tatsächlich zeigte sich am Horizont ein erster heller Streifen, der rasch näher zu kriechen schien. Und mit jeder verstreichenden Sekunde wurde mein Gespenst durchscheinender. Bald konnte ich durch ihn hindurch die Sessellehne erkennen und dann war er nur noch ein heller Nebel, in dem ich seine Züge nicht mehr ausmachen konnte.

»Nicholas?« Es war das erste Mal, dass ich ihn beim Namen nannte. »Ich weiß nicht einmal, wer du bist.«

»Das erzähle ich dir nach Einbruch der Dunkelheit.« Seine Stimme klang als leises Echo durch den Raum. Dann war die Kälte, die mich umgab, das einzige Anzeichen, dass er noch da war.

7

Nachdem ich Nicholas nicht mehr sehen konnte, saß ich eine ganze Weile still da und starrte auf den Sessel, in dem ich ihn noch immer vermutete. Wie verhielt man sich in Gegenwart eines Geistes? Sollte ich jetzt, da ich wusste, dass er mich immer noch hören konnte, weiter mit ihm sprechen? Das kam mir albern vor. Fast noch blöder als die Selbstgespräche, die ich während der letzten Tage immer wieder geführt hatte. Andererseits fand ich es unhöflich, ihn die ganze Zeit anzuschweigen. Ich löste das Problem, indem ich mich in meine Decke wickelte und augenblicklich einschlief.

Als ich später aufwachte, war es bereits Nachmittag. Ich aß etwas und machte mich dann über meine Arbeit her. Eigentlich stand mir keineswegs der Sinn danach, Schränke auszusortieren. Viel lieber wollte ich wissen, wer Nicholas war, wo er herkam und wie er gestorben war. Die Arbeit half mir lediglich, die Zeit bis zum Abend totzuschlagen.

Ganz gleich, wo ich auch unterwegs war, die Kälte war mein ständiger Begleiter. Nur im Bad ließ er mich, wie versprochen, allein. Seltsamerweise gefiel es mir, Nicholas an meiner Seite zu wissen.

Ich dachte daran, Tess anzurufen und ihr von Nicholas zu erzählen. Es war ihre Beschwörung gewesen. Sie hatte ein Recht darauf, zu erfahren, dass es tatsächlich funktioniert hatte. Allerdings wusste ich nicht, wie Nicholas darauf reagieren würde. Er hatte sich Tess letzte Nacht nicht zeigen wollen. Vielleicht wollte er nicht, dass sie von seiner Anwesenheit erfuhr.

Als später mein Handy klingelte, zuckte ich erschrocken zusammen. Was, wenn es Tess war? Was sollte ich ihr sagen? Doch es war Sue. Sie beklagte sich darüber, dass ich ihren Anruf gestern weggedrückt hatte. Ich entschuldigte mich dafür und erklärte ihr, dass ich das Telefon für einen Notfall gebraucht hatte. Auf ihre Frage, was für ein Notfall das gewesen sei, faselte ich etwas von einem Wasserrohrbruch und einem dringend benötigten Klempner. Ich hatte sie noch nie angelogen. Aber ich konnte ihr unmöglich sagen, dass ein Geist in meinem Haus umging und ich dringend jemanden hatte anrufen müssen, der später mit mir eine Beschwörung durchführte. Wir sprachen eine Weile über belanglose Dinge. Meine Renovierungsarbeit im Haus, ihren Job und ein weiteres Date mit diesem Kerl, den ich nicht kannte. Als ich schließlich auflegte, kam mir Sue unglaublich weit weg vor. Ich konnte es kaum erwarten, nach Hause zurückzukehren. Wenn wir erst wieder gemeinsam um die Häuser zogen, würde sich die alte Vertrautheit rasch wieder einstellen. Das redete ich mir zumindest ein. Die Wahrheit war, dass ich große Angst davor hatte, dass es zwischen uns nie wieder wie früher werden würde. Vielleicht war das ja albern, aber Sue und ich hatten uns bisher immer alles erzählt. Heute hatte ich gelogen. Ich wusste, sie würde mir die Sache mit Nicholas nicht glauben. Sie würde mich für verrückt halten. Deshalb behielt ich seine Anwesenheit für mich. Zum ersten Mal, seit wir uns kannten, stand ein Geheimnis zwischen uns. Das war kein schönes Gefühl. So etwas wollte ich nicht noch einmal erleben.

Ich wählte Tess' Nummer.

»Hi, Tess, ich bin es«, begrüßte ich sie, als sie abnahm.

»Sam!« Sie kaute ihren üblichen Kaugummi. »Alles klar bei dir?«

»Ja«, sagte ich ein wenig gedehnt, »alles bestens.« Ich wusste immer noch nicht, wie ich ihr von Nicholas berichten sollte, ohne dass sie bei Einbruch der Dämmerung vor meiner Tür stand, um ihn wie ein Ausstellungsstück zu bestaunen. »Wegen dieser Beschwörung …«, begann ich.

»Du brauchst dir wirklich keine Sorgen mehr zu machen. Der kommt nicht wieder.«

Doch, er würde wiederkommen. Zumindest hoffte ich das. »Tess, er war da. Als ich nach Hause kam, saß er in meinem Schlafzimmer.«

»Was?«, rief sie so laut, dass ich das Handy ein Stück vom Ohr weghalten musste. »Du hast ihn gesehen? Ist er noch da? Wo ist er? Was will er? Hat er dir was getan? Wie sieht er aus?«

Sie bombardierte mich mit einer nicht enden wollenden

Flut an Fragen, wie sie noch nie über mich hereingebrochen war. Plötzlich musste ich grinsen. »Soll ich dir auch antworten oder willst du einfach weiterfragen?«

»Antworten! Ich will Antworten! Sam, wo bist du? Bist du verletzt?«

»Ich bin zu Hause und es geht mir gut«, beruhigte ich sie.

Eine Kaugummiblase zerplatzte an meinem Ohr. Dann hörte ich, wie sie erleichtert den Atem ausstieß. »Erzähl mir alles!«

Das tat ich.

Meinem Bericht folgte ein langes Schweigen, dann sagte Tess: »Wow!« Selten hat ein einzelnes Wort ehrfürchtiger geklungen als in diesem Moment. »Und wie sieht er nun aus?«, fragte sie nach einer Weile.

Ich beschrieb ihn ihr.

»Okay, nun kenne ich seine Haarfarbe, seine Augenfarbe und seine Größe. Ich will aber wissen, wie er aussieht! Sieht er *gut* aus, Sam?«

»Äh.« Ich räusperte mich. Das war nun nicht gerade die Art von Frage, die ich gerne in seiner Gegenwart beantworten wollte. Streifte mich in diesem Augenblick ein kühler Luftzug oder bildete ich mir das nur ein? Plötzlich fühlte ich mich wieder wie ein pubertierender Teenager. Zu meinem Entsetzen spürte ich, wie mir die Hitze in die Wangen schoss. Sicher war ich jetzt knallrot und er konnte es sehen! Tatsache war, dass er unglaublich gut aussah, auch wenn mir das erst jetzt wirklich bewusst wurde. Diese Augen!

»Sam! Was ist denn nun?« Dann lachte sie plötzlich. »Du hast Angst, dass er dich hören kann, nicht wahr?«

»Ja«, gestand ich.

»Er gefällt dir also.«

Mein beharrliches Schweigen brachte Tess noch mehr zum Lachen. »Ich frag nicht weiter. Versprochen. Aber ich möchte ihn gerne sehen.«

»Tess, ich weiß nicht, ob ...« Wie sollte ich ihr das erklären?

»Du weißt nicht, ob es ihm recht ist«, erlöste sie mich aus meiner Not. »Keine Sorge, ich falle nicht heute Abend bei dir ein. Aber du könntest ihn fragen. Vielleicht finden wir zusammen einen Weg, ihm seinen Frieden zu schenken. Immerhin verstehe ich ein bisschen was von Geistern.«

Plötzlich gefiel es mir nicht mehr, von ihm als Geist zu sprechen. Es erschien mir irgendwie respektlos. Ein Geist war ein weißes Bettlaken, das vielleicht mit ein paar Ketten klirrte und nachts durch alte Burgen spukte. Nicholas war doch ... Ja, was war er? Er war ein Mann. Die Richtung, die meine Gedanken einschlugen, gefiel mir nicht. Ich dachte schon den ganzen Tag viel zu oft an ihn. Okay, das war jetzt wirklich nicht ungewöhnlich. Es kam schließlich auch nicht allzu häufig vor, dass man die Nacht in Gesellschaft eines ... Wie sollte ich ihn denn nun nennen, wenn nicht Geist? Verblichener? Wie bescheuert klang das denn! Toter Mann? Auch respektlos. Ich verschob die Frage auf später.

»Ich werde mit ihm sprechen, Tess.«

»Prima!« Sie klang nicht, als rechnete sie damit, dass

er ihr eine Abfuhr erteilen könnte. »Kommst du zurecht, Sam?«

Da war ich mir selbst noch nicht so sicher. »Ich glaube schon«, sagte ich nach einer Weile. »Ich ruf dich an, wenn es etwas Neues gibt. Bis dann.«

Nachdem ich aufgelegt hatte, machte ich mich wieder über die Schränke her, packte Sachen in Kisten und schob Kisten in Ecken, um Platz für neue zu schaffen. Während der ganzen Zeit waren meine Gedanken bei Nicholas. Tatsächlich fürchtete ich mich nicht mehr vor ihm. Das merkte ich vor allem daran, dass sich mein Sarkasmus ein wenig gelegt hatte. Sarkasmus war bei mir immer ein sicheres Anzeichen für Stress oder Angst.

Ich war so beschäftigt, sowohl mit der Arbeit als auch mit meinen Gedanken, dass ich gar nicht merkte, wie die Zeit verflog. Keuchend schob ich eine schwere Kiste zur Seite. Als ich mich herumdrehte, um nach einer weiteren zu greifen, stand plötzlich eine Gestalt vor mir. Ich fuhr zusammen und wäre beinahe rücklings über die Kisten gefallen. Er streckte die Arme nach mir aus, um mir zu helfen, doch ich spürte nicht mehr als einen kühlen Luftzug. Dann fand ich zum Glück mein Gleichgewicht wieder.

»Nicholas!« Ich stieß den Atem aus. »Verflucht, hast du mich erschreckt!«

»Entschuldige. Ich schätze, das sollte ich noch üben.«

Blinzelnd sah ich ihn an. »Üben?«

»Mich bemerkbar zu machen, bevor dich der Schlag trifft.«

»Keine schlechte Idee.« Als mir bewusst wurde, dass ich noch immer in seine Augen starrte, riss ich meinen Blick los. »Kommst du mit nach unten? Ich habe Hunger.«

Er trat einen Schritt zur Seite, um mich vorbeizulassen. Ich hätte einfach durch ihn hindurchgehen können, doch das brachte ich nicht über mich. Es hatte sich merkwürdig genug angefühlt, wie er gerade vergebens versucht hatte, nach mir zu greifen.

Nicholas folgte mir in die Küche. Ich kochte mir eine Kanne Tee – mein Mittel gegen die Kälte – und belegte mir ein Sandwich. Bewaffnet mit Teller, Tasse und Teekanne ging ich ins Wohnzimmer und ließ mich in den Sessel fallen. Nicholas setzte sich auf die Couch.

»Wie machst du das?«, fragte ich unvermittelt.

»Wie mache ich was?«

»Du sagst, du kannst nichts berühren, aber du sitzt auf einer Couch oder im Sessel, du gehst über Böden und Treppen. Wie funktioniert das?«

Er lächelte. »Dir entgeht nichts, was? Die Wahrheit ist, ich tue nur so, als würde ich sitzen.«

Ich hob eine Augenbraue. »Als würde *ich* vorgeben, auf einem unsichtbaren Stuhl zu sitzen, dabei halte ich nur meine Beine im passenden Winkel? Ist das nicht tierisch unbequem?«

Wieder dieses Lachen, das seine Augen so strahlen ließ. »Sam, ich bin ein Geist. Für mich gibt es kein bequem und unbequem.«

»Heißt das, dass du tatsächlich durch Wände gehen kannst?«

»Überrascht dich das?«

»Kann ich es sehen?«

Statt zu antworten, stand er auf und ging geradewegs auf die Wand zu, die das Wohnzimmer von der Küche trennte. Je näher er der Wand kam, desto schneller wurde er und im nächsten Moment schien es, als würde er mit der Wand verschmelzen. Dann war er verschwunden. Einen Atemzug später trat er an derselben Stelle wieder in den Raum.

»Das ist wirklich unglaublich!«

Nicholas kehrte zur Couch zurück und setzte sich wieder. »Für mich ist das ebenso normal, wie es für dich normal ist, etwas zu berühren.«

Damit mochte er Recht haben. Aber Gegenstände konnte ich jeden Tag berühren und ich konnte auch ständig beobachten, wie andere es taten. Dass jemand durch eine Wand ging, sah ich zum ersten Mal.

Ich biss von meinem Sandwich ab. Gerne hätte ich ihm auch etwas angeboten. Tatsächlich kam ich mir wenig gastfreundlich vor, auch wenn mir natürlich klar war, dass er weder Essen noch Trinken brauchte. »Erzähl mir etwas von dir«, bat ich, während ich aß.

»Was willst du wissen?«

Ich dachte kurz nach. Natürlich wollte ich alles über ihn wissen, wollte aber nicht unhöflich sein. »Wie bist ... was ist ...« Die Frage wollte mir einfach nicht über die Lippen kommen.

»Wie ich gestorben bin?«

Ich nickte. Mein Blick fiel auf das Sandwich in meiner

Hand. Ich konnte unmöglich hier sitzen und essen, während Nicholas mir von seinem Tod erzählte. Eine solche Geschmacklosigkeit wäre wohl nur noch zu überbieten gewesen, wenn ich statt des Sandwiches eine Tüte Popcorn gehabt hätte. Hastig legte ich das Sandwich auf den Teller zurück.

»Es war ein Unfall«, begann er nach einer Weile. Sein Blick war auf einen Punkt gerichtet, der nicht in diesem Raum lag, sondern irgendwo in der Vergangenheit. Im Jahr 1955. »Ich stritt mich mit meinem Bruder um ein Buch. Jeder von uns hielt ein Ende gepackt und zerrte daran. Wir standen auf dem Flur, im obersten Stock unseres Hauses. Er entriss mir das Buch. Dabei geriet ich ins Stolpern und verlor das Gleichgewicht. Ich prallte mit dem Rücken gegen das Fenster und brach durch die Scheibe. Ich weiß noch, wie ich fiel. Es war ein merkwürdiges Gefühl, schwerelos, schwebend. Für einen Moment glaubte ich, mir könne nichts geschehen.« Plötzlich wirkte er so traurig, dass ich unwillkürlich die Hand nach ihm ausstreckte. Meine Finger glitten über seinen Handrücken, ohne etwas zu berühren. Trotzdem drehte er die Hand und umfasste meine Finger. Es war ein seltsam unwirkliches Gefühl, ganz kühl und leicht. Nicholas mochte nicht körperlich sein, doch durch die Kälte, die ihn umgab, konnte ich ihn dennoch spüren. Ich ließ meine Hand, wo sie war. In der Luft schwebend, umgeben vom Hauch seiner Finger. Da hob er den Kopf und lächelte traurig. »Das Nächste, woran ich mich erinnere, ist meine eigene Beerdigung. Ich stand inmitten meiner Familie, sah, wie sie weinten und trauerten. Ich rief ihnen zu, dass mit mir alles in Ordnung sei, dass sie sich keine Sorgen zu machen brauchten und ich doch hier wäre. Niemand hörte mich. Niemand sah mich. Sie ließen meinen Sarg hinab und bedeckten ihn mit Erde, erst nur einzelne Schaufeln, dann immer mehr ... Das war ... schlimm.« Plötzlich stockte er und sah mich entsetzt an. »Sam! Um Gottes willen, nicht weinen!«

Jetzt erst bemerkte ich, dass mir Tränen über die Wangen liefen. Ich zog meine Hand zurück und wischte sie ab. »Entschuldige. Ich wollte nicht ... Das ist eine sehr traurige Geschichte.«

»Jeder muss irgendwann sterben. Manche sind sehr alt und schlafen einfach ein, andere sind krank oder haben – wie ich – einen Unfall. Deshalb musst du doch nicht traurig sein.«

In einem hatte er Recht. Der Tod traf jeden. Was mich daran so traurig machte, war auch nicht die Tatsache, dass er gestorben war. Viel schlimmer fand ich, was er *danach* erlebt hatte. Zu sehen, wie meine Familie vor meinem Grab steht und um mich trauert, stand nicht gerade ganz oben auf meiner Wunschliste.

»Ich hätte dir das nicht erzählen sollen«, sagte er.

»Nein, bitte. Ich will das wissen. Ich muss doch wissen, wer du bist und wie du hierherkommst. Wie soll ich dir helfen, wenn ich deine Geschichte nicht kenne?«

»Du bist wirklich etwas ganz Besonderes.« Der Blick, mit dem er mich auf einmal bedachte, ließ mein Herz schneller schlagen.

»Unsinn!«, wehrte ich ab.

»Nichts Unsinn. Das ist mir schon am ersten Tag aufgefallen. Nicht nur, dass du sensibel genug warst, meine Anwesenheit überhaupt zu spüren, obendrein bist du auch noch mutig und entschlossen. Wie viele Leute kennst du, die in ein Zimmer zurückgekehrt wären, wenn sie wissen, dass dort ein Geist sitzt?«

»Das ist eine unfaire Frage«, beschwerte ich mich. Seine Komplimente machten mich ganz verlegen. »Ich kenne niemanden, der bisher einem Geist begegnet wäre. Wie soll ich da einen Vergleich ziehen?«

»Ich will damit auch nur sagen, dass du Dinge getan hast, die alles andere als selbstverständlich sind. Für mich bist du etwas Besonderes.«

Ich spürte, wie ich rot wurde, und sah seinen Blick. »Könntest du vielleicht einfach weitererzählen, bevor die ganze Situation noch peinlicher wird?«

Nicholas unterdrückte ein Lächeln, dann wurde er sofort wieder ernst. »Aber bitte nicht mehr weinen, ja?« Er seufzte. »Die Beerdigung war nicht schön. Noch scheußlicher war es jedoch zu sehen, welche Vorwürfe Adrian sich machte.«

»Adrian?«, fiel ich ihm ins Wort.

»Mein Bruder.«

Das musste ein Zufall sein. »Ich kenne auch einen Adrian. Hier in Cedars Creek. Er ist der Erbe der Crowley Distillery.«

Nicholas starrte mich wie vom Donner gerührt an. »Wie alt ist er?«

»Keine Ahnung. Etwa so alt wie ich.«

»Dann muss er mein Großneffe sein.«

Adrian Crowley junior. So hatte er sich vorgestellt. Ein deutlicher Hinweis, dass es schon einmal einen Adrian in seiner Familie gegeben haben musste. »Du bist also ein Crowley?«

»Mein Vater war Cedric Crowley, der Begründer der Distillery.«

»Dann muss Adrians Großvater dein Bruder sein«, überlegte ich laut.

»Weißt du, wie es ihm geht?«

Ich rief mir ins Gedächtnis zurück, was Adrian mir über seinen Großvater erzählt hatte. »Soweit ich gehört habe, ist er schon ziemlich alt und krank. Adrian – der junge Adrian – ist eigens auf seinen Wunsch hin aus New York nach Cedars Creek zurückgekehrt, um die Distillery zu übernehmen.«

»Adrian – mein Bruder – ist diesen Sommer dreiundsiebzig geworden.«

Zum ersten Mal fragte ich mich, wie alt Nicholas sein mochte. Bisher wusste ich nur, in welchem Jahr er gestorben war.

»Ich bin 1928 geboren«, sagte er, als könne er meine Gedanken lesen.

Ich rechnete kurz nach. Vor mir saß ein Achtundsiebzigjähriger mit dem blendenden Aussehen eines jungen Mannes! Wenn man jetzt noch bedachte, dass er seit über fünfzig Jahren tot war ... Ich schüttelte den Kopf. Das brachte mich entschieden zu nah an die Grenzen meiner Vorstellungskraft. »1928«, wiederholte ich leise.

Eine Weile konnte ich ihn nur ansehen, dann bat ich ihn, mir zu erzählen, was nach seinem Tod geschehen war und auf welchen Wegen er versucht hatte, sich anderen bemerkbar zu machen. Wieder und wieder gingen wir alles bis ins Detail durch. Doch mir wollte einfach kein Grund einfallen, warum er keinen Frieden finden konnte.

Als am Horizont langsam die Dämmerung heraufzuziehen begann, sagte Nicholas: »Jetzt haben wir genug über mich geredet. Ich würde gerne etwas über dich wissen. Erzähl mir von dir und von deinem Leben.«

»Es wird gleich hell.«

»Dann eben morgen Nacht.«

»Kommt nicht infrage!«, protestierte ich. »Die Nacht ist viel zu kurz, und kaum kann ich mich mit dir unterhalten, bist du wieder unsichtbar! Die Zeit reicht so schon kaum, dich kennenzulernen!«

»Dann erzähle ich eben in der Nacht und du tagsüber«, schlug er vor.

»Was?«, schnappte ich. »Ich soll mit jemandem sprechen, den ich nicht sehen kann? Ich würde mir wie ein völliger Idiot vorkommen! Seit ich hier bin, führe ich schon genug Selbstgespräche!«

»Und ziemlich unterhaltsame noch dazu«, bemerkte er grinsend.

Peinlich berührt erinnerte ich mich an das eine oder andere Gespräch, das ich mit mir über Zombies und Gespenster geführt hatte. »Hauptsache, du hattest deinen Spaß«, grollte ich.

»Ich möchte einfach mehr über dich wissen, Sam. Ist das

so schwer zu verstehen?« Er begann schon wieder durchscheinend zu werden. Das Letzte, was ich von ihm sah, waren seine unglaublich blauen Augen, in denen immer noch die Bitte geschrieben stand, etwas von mir zu erzählen. Dann war er fort.

»Meinetwegen«, seufzte ich. »Du sollst deinen Willen haben. Aber erst will ich ein paar Stunden schlafen.«

8

Aus den paar Stunden Schlaf wurden gerade mal drei. Ich erwachte kurz nach neun, weil mir die Sonne so grell ins Gesicht schien, dass ich sie einfach nicht länger ignorieren konnte. Trotz meiner Müdigkeit hatte ich es zwar noch geschafft, mich in mein Bett zu schleppen, hatte aber einmal mehr vergessen, die Vorhänge vorzuziehen.

Stöhnend setzte ich mich auf. »Okay, Nicholas, hier hast du die erste Information über mich: Ich bin ein ausgemachter Morgenmuffel.«

Ein kühler Luftzug streifte meine Wange, als wolle er mich necken.

»Mach dich ruhig über mich lustig«, knurrte ich und stand auf, um ins Bad zu gehen.

Während ich mir die Zähne putzte, fiel mir ein, dass ich vollkommen vergessen hatte, mit ihm über Tess zu sprechen. Ich wusste also immer noch nicht, ob es ihm Recht war, wenn ich sie zu einem Treffen einlud. Das war der zweite Punkt auf der Tagesordnung meiner Selbstgespräche. Sobald ich aus dem Bad kam, warf ich die Frage in den Raum und bat ihn, sie mir später zu beantworten. »Tess versteht eine Menge von … Ich weiß nicht mal, wie man das Zeug nennt. Ist das Esoterik?« Ich zuckte die Schultern. »Jedenfalls ist die Beschwörung ihr zu verdanken. Sie hat eine Menge Bücher über … Geister und so. Vielleicht kann sie uns helfen, einen Weg zu finden, dich zu befreien.«

Während des Frühstücks sagte ich kein Wort. Mit vollem Mund Selbstgespräche zu führen, wäre mir noch schlimmer vorgekommen, als es ohnehin schon war. Erst als ich später oben im Arbeitszimmer stand und mich daranmachte, die Möbel von der Wand zu rücken, damit ich Platz hatte, die Tapeten von den Wänden zu spachteln, begann ich wieder zu sprechen. Na ja, sprechen war wohl ein wenig zu viel gesagt. Abgehackte Sätze traf es wohl eher. Ich kam mir einfach immer noch dämlich vor. Abgesehen davon geriet ich von der ganzen Möbelrückerei reichlich außer Puste. Bald war mir so heiß, dass ich mir nicht einmal mehr sicher war, ob Nicholas überhaupt noch in der Nähe war. Trotzdem redete ich weiter. Ich erzählte ihm, dass ich aus Minneapolis kam – nur für den Fall, dass er das Nummernschild am Käfer noch nicht gesehen hatte –, und sprach eine Weile darüber, wie ich dort lebte. Anfangs fiel es mir wirklich enorm schwer, einfach so vor mich hin zu reden und nicht zu wissen, ob er noch da war oder längst vor Langeweile die Flucht ergriffen hatte. Was erzählt man über sich, wenn einem niemand Fragen stellt?

Als ich einmal mehr ins Stocken geriet und unsicher wurde, spürte ich einen kühlen Hauch, diesmal an meinem Arm. Als wollte er mir sagen: Sprich weiter, ich bin noch da. Seine Nähe zu spüren, machte es mir leichter. Irgendwie schaffte ich es sogar, mir vorzustellen, er würde auf der Kante des Schreibtischs sitzen und mir zuhören.

Da kam mir plötzlich ein Gedanke, wie er sich mir zumindest ein wenig verständlich machen konnte. »Wenn du neben mir bist, kann ich das spüren. Auf diese Weise könntest du meine Fragen zumindest mit Ja und Nein beantworten«, überlegte ich laut. »Wenn du über meine linke Hand streifst, bedeutet es Ja. Die Rechte heißt Nein.« Ich sah mich im Raum um, versuchte zu erahnen, wo er war. »Einverstanden?«

Einen Herzschlag später wurde die Luft an meiner linken Hand kühl. Also Ja. »Klasse! Hast du darüber nachgedacht, was ich über Tess gesagt habe?« Wieder die linke Hand. »Und? Ist es dir Recht, wenn ich sie heute Abend herhole?« Noch einmal links. Ich nickte zufrieden.

Bis zum Mittag wusste Nicholas über alle meine Freunde Bescheid. Er kannte meine Lieblingsfächer in der Schule und während des Studiums, wusste, welche Filme ich besonders mochte, was für Musik ich hörte und welche Farben mir gefielen. Ich beichtete ihm sogar, wie fremd Sue mir bei unserem gestrigen Gespräch erschienen war.

Als ich einmal nach unten ging, um mir eine neue Flasche Wasser zu holen, kam ich an den Familienfotos vorüber. Ich blieb stehen und deutete auf eines der Bilder. »Das ist mein Dad«, erklärte ich. »Er starb, als ich neun war. Autounfall mit Fahrerflucht.« Nicholas war ganz nah, das konnte ich spüren. Ich hatte mich erstaunlich schnell an seine Gegenwart gewöhnt, und zu meiner eigenen Überraschung fühlte ich mich in seiner Nähe wohl – selbst wenn ich ihn nicht sehen konnte. Ich rede nur selten über Dad, wenn überhaupt, und nur mit Leuten, die mir nahestehen. Jetzt erzählte ich Nicholas davon, wie sehr Dads Tod mein Leben verändert und welche Mühe sich Tante Fiona in all den Jahren gegeben hatte, ihn zumindest ein wenig zu ersetzen. Ich sprach über Mom und Brian und darüber, wie meine Kindheit gewesen war. Zweigeteilt. Die eine Hälfte mit Vater, die andere ohne. Es dauerte eine ganze Weile, bis ich mich wieder von den Fotos losreißen und an meine Arbeit zurückkehren konnte. Mit einem Spachtel bewaffnet rückte ich wieder den Tapeten zu Leibe.

»Ich habe einen Job in Boston bekommen. In zwei Monaten kann ich anfangen«, berichtete ich stolz. »Das ist die Chance für mich, um aus erster Hand etwas über Marketing zu lernen! Wer weiß, vielleicht mache ich mich mit dem Wissen, das ich mir dort aneigne, eines Tages selbstständig.« Ich seufzte und spachtelte umso verbissener weiter. »Mom will nicht, dass ich gehe. Sie versucht ständig mich zu überreden, in Minneapolis zu bleiben. Neulich hat sie sogar in meinem Namen bei einer Firma angerufen und für mich ein Vorstellungsgespräch vereinbart. Kannst du dir das vorstellen? Seit sie weiß, dass ich nach Boston ziehe, liegen wir uns dauernd in den Haaren.«

Im Laufe des Nachmittags wurde es für mich immer selbstverständlicher, mit Nicholas zu sprechen. Bald war ich so weit, dass es mir komisch vorgekommen wäre, nichts zu sagen, als würde ich seine Anwesenheit komplett ignorieren.

Ich redete unentwegt und spachtelte wie eine Besessene.

Bis die Spachtel brachen. Fluchend warf ich sie in einen Haufen Tapetenschnipsel, der sich auf dem Boden türmte, und lief die Treppe nach unten.

»Ich fahre in den Heimwerkermarkt!«, rief ich Nicholas zu und packte meinen Hausschlüssel. »Bin bald zurück!« In der Tür blieb ich noch einmal kurz stehen. »Ich bringe Tess gleich mit!«

*

Auf dem Weg in den Ort hielt ich kurz bei der Tankstelle und tankte den Wagen voll. Nur für alle Fälle. Es war seltsam, plötzlich allein zu sein. Ich musste sogar den Drang unterdrücken, weiterhin meine »Selbstgespräche« zu führen. Einzig die Wärme deutete darauf hin, dass Nicholas tatsächlich nicht bei mir war. Zu meiner Überraschung fand ich das bedauerlich.

Da ich noch eine Menge Tapeten vor mir hatte, kaufte ich gleich drei Spachtel. Mr Perkins bot mir an, mir noch mehr Kartons zu beschaffen, falls ich welche brauchen würde. Er wickelte mir die Spachtel in eine braune Papiertüte und winkte mir zum Abschied fröhlich zu. Ich verließ den Laden und ging zur Bibliothek. Inzwischen wurde es dunkel.

Es war bereits kurz vor acht und ich war beinahe erstaunt, dass Tess noch nicht abgeschlossen hatte. Sicher, offiziell war ja bis halb neun geöffnet, aber das war nun wirklich kein Hindernis für Tess.

Als ich ihr eröffnete, dass ich sie abholen wollte, um sie

Nicholas vorzustellen, war sie vor Freude aus dem Häuschen – und sperrte sofort zu.

»Tess, es eilt nicht.«

»Eilt nicht? Spinnst du?«, rief sie und ließ eine Kaugummiblase platzen. »Es ist schon fast dunkel! Abgesehen davon will ich dir vorher noch etwas zeigen. Los! Komm mit!« Sie packte mich bei der Hand und zog mich mit sich.

Mir fiel zum ersten Mal auf, dass ich noch nie weiter als bis zum Empfangstresen in die Bibliothek vorgedrungen war. Selbst die Bücher übers Heimwerken hatte Tess mir nach vorne gebracht. Jetzt führte mich Tess einen von hohen Regalen gesäumten Gang entlang. An seinem Ende bogen wir nach links und folgten einem anderen Gang, bis wir plötzlich vor einer breiten Holztreppe standen, die nach oben führte.

»Wo wollen wir überhaupt hin?« Ich fand es ganz und gar nicht den geeigneten Zeitpunkt für eine Führung.

»Ich will dir zeigen, warum ich die größte Hoffnung für dein Gespenst bin!« Sie griff in ihren Ausschnitt, zog einen Schlüssel heraus und hielt ihn triumphierend vor mir in die Höhe.

»Du bewahrst den in deinem BH auf?« Ich schüttelte ungläubig den Kopf.

»Geheimer Schlüssel für geheimes Archiv an geheimem Ort«, grinste sie.

»Aha. Und was machst du zu Hause damit?«

»Schlüsselkasten.« Sie schob mich an der Treppe entlang bis zu einer Tür darunter. Einen Moment später hantierte sie klirrend mit einem Schlüsselbund. Dann stieß Tess die

Tür auf. Dahinter fiel eine schmale Treppe in die Dunkelheit ab. Feuchte Kälte stieg uns entgegen.

Tess knipste das Licht an und stieg die Stufen hinunter. Ich folgte ihr. Der Gang war schmal und gerade hoch genug, dass ich aufrecht gehen konnte, ohne mir den Kopf anzustoßen. Das leise Knarren der Holzstufen begleitete jeden unserer Schritte. Dann lagen die Stufen hinter uns und wir standen auf alten, staubigen Holzdielen. Spinnweben füllten die Ecken und umgaben sogar die Deckenlampen. An der einen oder anderen Stelle glaubte ich, irgendwelches Krabbelgetier davonhuschen zu sehen.

Vom Gang zweigten mehrere Türen ab. Sie waren allesamt aus vom Alter dunkel gewordenem Holz und verzogen von Feuchtigkeit. Die Wände waren fleckig, der Boden staubig. Die Lampen, die im Abstand von mehreren Metern an der Decke angebracht waren, schafften es kaum, alles zu beleuchten. »Ziemlich unheimlich hier«, murmelte ich und erschrak, als meine Stimme von den Wänden zurückgeworfen wurde.

Tess hatte mich gehört. »Das sagt ausgerechnet jemand, in dessen Haus ein Geist sein Unwesen treibt«, lachte sie.

»Da fand ich es am Anfang genauso gruselig.«

»Das sind bloß Lagerräume. Die Stadtchroniken, alte Regale, Tische, Stühle. All so ein Zeug«, erklärte sie. »Hinter der letzten Tür wird es richtig interessant.«

Also folgte ich Tess zur letzten Tür. »Wieso bewahrt man alte Bücher in einem feuchten Keller auf? Doch nicht, damit die Würmer zwischen den Seiten Partys feiern.«

Tess bedachte mich lediglich mit einem Das-wirst-duschon-sehen-Blick. Wir waren inzwischen an der letzten Tür angekommen. Sie war nicht einmal verschlossen. »Wahrscheinlich denkt Mr Owens, dass es mir hier unten zu unheimlich ist und ich deshalb sowieso nie hierherkomme.«

Ich nahm an, dass dieser Mr Owens der glückliche Bibliothekar war, der gerade irgendwo im Urlaub weilte und keine Ahnung hatte, wie häufig seine Bibliothek geschlossen war. »Tja, dann kennt er dich wohl nicht gut genug«, bemerkte ich trocken.

Tess öffnete die Tür. Das Licht vom Gang reichte kaum bis zur Schwelle. Alles, was dahinterlag, verschwand in der Dunkelheit. Tess fand den Lichtschalter so zielsicher, dass ich mich fragte, wie oft sie hierherkam. Müdes gelbes Licht tastete sich durch den Raum, ohne die Wände zu berühren. Auf der linken Seite stapelten sich einige Tische. Rechts standen ein paar Regale an der Wand, zugehängt mit langen, einstmals weißen Leintüchern. Das traf schon eher meine Vorstellung von Gespenstern.

Mir fielen unzählige Filme ein, in denen immer dann etwas passierte, wenn sich Menschen an Orten aufhielten, die sie nichts angingen. Was für ein Blödsinn! Unwillkürlich schüttelte ich den Kopf. Ja, dachte ich, genauso blöd wie Geister.

Tess ging zielstrebig auf eines der Leintücher zu und schlug es zur Seite. Dahinter kam nicht, wie ich erwartet hatte, ein Regal zum Vorschein, sondern eine weitere Tür.

Die Oberfläche war aus irgendeinem Metall. Keine Ahnung, ob es Stahl war oder etwas anderes. Diese Tür hier zu sehen, war erstaunlich genug. »Das sieht ja aus wie …«

»... wie ein Tresor«, vollendete Tess meinen Satz und rückte der Tür mit ihrem Geheimschlüssel zu Leibe. Sie brauchte beide Hände, um sie aufzuziehen, so schwer war sie. Sichtlich war es wirklich eine Art Tresortür.

Wieder tastete sie nach dem Lichtschalter, und dieses Mal erklang zu meiner Überraschung das dumpfe Brummen einer Neonröhre. Kaltes Licht durchflutete eine kleine, mit Metall ausgeschlagene Kammer. Tiefe Regale säumten die Wände und füllten, abgesehen von einem schmalen Gang in der Mitte, den ganzen Raum. Der Geruch von altem Staub lag in der Luft. Keine Spur von Feuchtigkeit und auch kein bisschen Moder. Es war sogar warm hier. Und so eng, dass man Platzangst bekommen konnte.

»Der Raum hat eine eigene Belüftung, durch die Temperatur und Luftfeuchtigkeit geregelt werden. Die Stahlwände schützen vor Feuer«, erklärte Tess. »Hier lagern die wertvollen Stücke – und die, die keiner sehen soll.« Sie schob mich in die Kammer hinein bis zum anderen Ende. »Diese Regale«, sagte sie mit einer Handbewegung, die den gesamten hinteren Teil des Raumes einschloss, »sind voll mit Büchern über Hexerei, Geister und okkultes Wissen. Hier lagern Schätze, so was hast du noch nicht gesehen!«

Hatte ich doch. Zumindest das eine Buch, dessen abgewetzter Lederrücken ein wenig aus der Reihe von unterschiedlich hohen und breiten Buchrücken herausstand. Es war das Buch, das Tess zur Beschwörung dabeigehabt hatte.
»Warum zeigst du mir das alles?«

»Weil ich will, dass du mir vertraust. Ich will, dass du weißt, ich rede nicht nur esoterischen Mist, sondern habe tatsächlich das nötige Werkzeug zur Hand, um deinen Geist zu befreien«, sagte sie ernst und unterstrich ihre Aussage mit einer Kaugummiblase. »Bevor etwas davon zum Einsatz kommt, müssen wir allerdings erst herausfinden, warum er keinen Frieden finden kann.«

Seit der geglückten Beschwörung hatte ich meine Meinung über Geister gründlich geändert. Tess hätte mir die Kammer nicht zeigen müssen. Ich hätte ihr auch so geglaubt, dass sie es schaffen würde, Nicholas zu helfen. Allerdings fiel mir etwas anderes auf. »Könntest du ihn bitte nicht ständig *meinen* Geist nennen!«

»Aber er ist in deinem Haus. Also gehört er dir. Betrachte ihn einfach als Teil deines Erbes.«

»Tess, er ist ein eigenständiges Wesen! Ein Mensch! Er gehört niemandem außer sich selbst! Und schon gar nicht gehört er zu meinem Erbe. Er ist ja nicht einmal an das Haus gefesselt, sondern kam erst mit meiner Ankunft dorthin. Freiwillig.«

Sie sah mich erstaunt an. »Heiliger Strohsack, Sam! Ich wollte dir doch nicht auf die Füße steigen. So wie du für deinen … für ihn eintrittst, könnte man glatt meinen …«

»Was könnte man meinen?«

Tess grinste. »Magst du ihn?«

»Natürlich mag ich ihn! Er ist ein netter …« Ich brach ab, als ich begriff, welche Art von Mögen Tess meinte. »Nein! So ist es nicht!«

Tess entgegnete nichts, doch ihr Blick sprach Bände. »Lass uns gehen.«

Wir verließen die Stahlkammer. Tess sperrte sorgfältig

ab und verstaute den Schlüssel wieder in ihrem Geheimversteck. Während wir die Stufen hochstiegen, dachte ich über ihre Worte nach. Wie kam sie nur auf den Gedanken, Nicholas könne für mich mehr als nur eine arme Seele in Not sein? Sicher, er war attraktiv und nett, warmherzig und zugleich voller Entschlossenheit. Moment! Was dachte ich da überhaupt? Ich schob alle Gedanken, in denen ich in Nicholas etwas anderes als einen ruhelosen Geist sah, weit von mir.

Um mich abzulenken, fragte ich: »Wann kommt dieser Mr Owens zurück?«

»Montag.«

»Das ist ja schon in drei Tagen!«, entfuhr es mir. »Wie willst du die Bücher unter seinen Augen klauen?«

»Ausleihen, Sam. Nicht klauen.« Grinsend wedelte sie mit dem Schlüsselbund vor meiner Nase. »Du weißt doch, dass ich sehr viel von flexiblen Öffnungszeiten halte. Wenn wir ein *spezielles* Buch brauchen, holen wir es uns eben in der Nacht.«

Also doch klauen.

Ehe Tess ihre Tasche nahm, warf sie noch einen Blick in den Spiegel und richtete die gegelten blonden Stacheln. Dann packte sie ihren Kram zusammen und bat mich, sie zu ihrem Haus zu fahren, damit sie ihren Wagen holen konnte. Ich bot Tess an, sie im Käfer mitzunehmen und später auch wieder zurückzufahren, doch sie winkte ab und meinte, ich solle die Zeit lieber nutzen, um ein paar Stunden zu schlafen. Müde genug sähe ich jedenfalls aus.

Ich gab mich geschlagen und wartete, bis sie ihren Wagen, einen alten weinroten Honda, aus der Garage geholt hatte. Als wir in der Maple Street ankamen, war es bereits dunkel.

Sobald Tess ihren Wagen neben meinem abgestellt hatte, gingen wir zum Haus.

»Nicholas? Ich bin zurück! Tess ist auch hier!«, rief ich, als ich die Tür öffnete. »Nicholas?«

»Ich bin hier.«

Er trat aus dem Wohnzimmer in den Gang. Einmal mehr war ich erstaunt, wie real er wirkte. Und doch würde meine Hand durch ihn hindurchgehen, wenn ich versuchte, ihn zu berühren.

Neben mir knallte eine Kaugummiblase. Tess war so fasziniert, dass sie keinen Ton sagte. Sie stand einfach nur da und starrte ihn an. Nie zuvor hatte ich sie so schweigsam erlebt.

Nicholas grinste mich an. »Geht es ihr gut?«

»Wow!«, stieß Tess endlich hervor. Ich war mir nicht sicher, ob es die Tatsache war, einem Geist gegenüberzustehen, die sie so staunen ließ, oder ob es an Nicholas' Aussehen lag.

Tess' Schweigsamkeit endete ziemlich schnell. »Ich will alles über dich wissen!«, sagte sie und ging auf ihn zu. Ich bin sicher, sie hätte ihn ins Wohnzimmer geschoben, wenn sie in der Lage gewesen wäre, ihn zu berühren. Stattdessen trat Nicholas einen Schritt zur Seite und folgte ihr dann – nicht ohne mir vorher noch ein amüsiertes Grinsen zuzuwerfen.

Im Wohnzimmer setzten wir uns – mit Ausnahme von

Tess. Sie schaffte es nicht, ruhig zu bleiben. Statt sich zu uns zu setzen, lief sie vor dem Kamin auf und ab, wobei sie es fertigbrachte, Nicholas nicht aus den Augen zu lassen. Selbst dann nicht, wenn sie ihm eigentlich gerade den Rücken zuwandte.

Sie fing sofort damit an, ihn auszuquetschen. Wie Donnerschläge prasselten die Fragen auf ihn herab, immer wieder begleitet vom Platzen ihrer Kaugummiblasen. Mehr Blasen als gewöhnlich. Das wertete ich als ein deutliches Zeichen von Aufregung. Nicholas antwortete ihr mit stoischer Ruhe. Von Zeit zu Zeit warf er mir belustigte Seitenblicke zu. Für seine Gelassenheit konnte ich ihn nur bewundern. Ich selbst war bald ziemlich genervt. Mir wäre es lieber gewesen, mit ihm allein zu sein und mehr über ihn zu erfahren. Dinge, die ich noch nicht wusste.

Anfangs wollte Tess viel darüber wissen, wie es war, ein Geist zu sein. Fragen wie: Wie fühlt es sich an? Spürst du Kälte? Wärme? Kannst du überhaupt fühlen? Wie steht es mit Emotionen? Was kannst du alles tun? Hast du besondere Fähigkeiten? So etwas wie Superkräfte? Vielleicht einen Röntgenblick?

Sie bohrte immer weiter, bis Nicholas ihr lachend ins Wort fiel und ihr sagte, er sei ein Geist, kein Superheld. Danach kriegte Tess sich ein wenig ein. Sie schaffte es sogar, sich zu uns zu setzen.

Ich holte uns etwas zu trinken, und als ich ins Wohnzimmer zurückkehrte, war sie dazu übergegangen, Nicholas all jene Fragen zu stellen, mit denen ich ihn bereits gelöchert hatte. Sie machte sich sogar Notizen. Wieder und wieder ließ sie ihn von seinem Tod, den Umständen, die dazu geführt hatten, und dem, was danach passiert war, berichten. So lange, bis ich es nicht mehr ertragen konnte, den Schmerz in seiner Stimme zu hören, wenn er davon erzählte. Ich ging in die Küche und kümmerte mich um den Abwasch, den ich während der vergangenen Tage ohnehin viel zu sehr vernachlässigt hatte. Nachdem ich alles gründlich aufgeräumt hatte, setzte ich Wasser auf und kochte Tee. Statt ins Wohnzimmer zurückzukehren, hockte ich mich mit meiner Tasse an den Küchentisch und starrte vor mich hin.

»Sam?« Plötzlich stand Nicholas vor mir. »Ist alles in Ordnung?«

»Ich bin nur müde.«

Er hob die Hand und strich über meine Wange. Kühl. Nicht fassbar. »Du schläfst zu wenig.«

»Wundert dich das?«

Er ging vor mir in die Hocke und sah mir in die Augen. »Ich bin wirklich froh, dass ich dich habe«, sagte er leise. »Ohne dich …«

»… würdest du immer noch nach einem Weg suchen, dich jemandem bemerkbar zu machen.«

»Das meine ich nicht.«

Was er meinte, erfuhr ich nicht, denn in diesem Moment kam Tess in die Küche und wedelte mit ihrem Notizblock. »Ich werde das alles auswerten«, sagte sie und klang dabei mehr wie eine Anwältin als eine angehende Parapsychologin. »Schau nicht so, Sam. Das wollte ich einfach schon immer mal sagen«, grinste sie und ihre Wangen glühten vor

Begeisterung. Für sie musste die Begegnung mit Nicholas das Größte sein. »Ich werde mich einfach hinsetzen und über das nachgrübeln, was Nicholas mir erzählt hat. Und ich werde ein wenig in meinen Büchern stöbern. Vielleicht finde ich etwas, was uns weiterhilft. Sobald ich etwas mehr weiß – oder wenn mir weitere Fragen einfallen –, melde ich mich.«

Ich blinzelte. »Du willst schon gehen?«

»Schon?« Tess machte eine Kaugummiblase und ließ sie platzen. »Es ist fast vier Uhr morgens. Im Gegensatz zu dir muss ich morgen arbeiten.«

Ich war erstaunt, wie schnell die Zeit vergangen war. »Es ist Samstag. Willst du etwa heute die Bibliothek aufsperren, um deine Fehlstunden nachzuholen?«, neckte ich sie.

Tess schüttelte lachend den Kopf. »Bestimmt nicht. Aber in die Bibliothek will ich trotzdem. Ich werde das Wochenende nutzen, um mir das Archiv vorzunehmen. Vielleicht finde ich ja was, bevor Mr Owens am Montag wieder zur Arbeit kommt. Macht's gut, ihr beiden!«, rief sie und winkte zum Abschied mit ihrem Block.

Sie verschwand aus der Küche, kurz darauf hörte ich, wie die Haustür hinter ihr zufiel, und wenig später heulte der Motor des Hondas auf. Dann war es wieder still.

»Das ist vielleicht ein verrücktes Huhn«, grinste Nicholas. »Aber ich mag sie.«

»Tess ist großartig. Ohne sie könnte ich dich nicht sehen.
Wusstest du, dass sie mich zu dieser Beschwörung zwingen musste?«

»Dein Widerwille ist mir nicht entgangen. Ich kann mich auch gut daran erinnern, was du zu mir gesagt hast, als du mit den Gläsern ins Wohnzimmer gegangen bist. Du kannst mir nachlaufen, so viel du willst, hast du gesagt. Und dann: Ich werde dich schon noch los.«

Ich sah ihn erstaunt an. »Merkst du dir alles, was ich von mir gebe, wortwörtlich?«

Sein Lachen erfüllte die Luft. »Vieles. Du klangst ziemlich entschlossen. Zum Glück hat Tess ihren eigenen Kopf und hat sich von dir nicht von ihrem Vorhaben abbringen lassen. Allein dafür bin ich ihr schon dankbar.« Wieder spürte ich den Hauch seiner Hand. Dieses Mal auf meinen Händen, als wollte er sie umfassen und festhalten. Da war er wieder, dieser ernste, fast schon fürsorgliche Blick. »Du solltest wirklich ein wenig schlafen.«

Ich protestierte. Nachdem ich den ganzen Tag über von mir erzählt hatte, war mir durch Tess' Verhör bis jetzt jede Möglichkeit genommen worden, Nicholas weitere Fragen über sein Leben zu stellen. Und jetzt sollte ich auf die wenige Zeit verzichten, die mir noch blieb, bevor es hell wurde?

Nicholas ignorierte meinen Protest einfach. »Wir gehen jetzt nach oben.« Obwohl er mich nicht berühren konnte, schaffte er es, mich in mein Schlafzimmer zu bugsieren. Genau genommen köderte er mich mit dem Versprechen, mir mehr über sich zu erzählen, wenn ich nach oben ging. Er erinnerte mich sogar daran, diesmal die Vorhänge zuzuziehen. Dann scheuchte er mich ins Bad. Als ich kurz darauf in meinem Schlafanzug zurückkehrte, saß er bereits im Sessel. Ich hockte mich im Schneidersitz aufs Bett und sah ihn an. Das Letzte, woran ich mich erinnerte, waren seine blauen Augen, die voller Wärme auf mir ruhten.

*

Ich erwachte kurz vor Mittag.

Die Kälte, die zu meinem ständigen Begleiter geworden war, war nicht da. »Nicholas?« Ich setzte mich auf. »Bist du hier?«

Ein kühler Hauch an meiner Wange brachte mich zum Lächeln. Beruhigt ließ ich mich in die Kissen fallen und schlief sofort wieder ein. Nachdem ich in den vergangenen Tagen nur wenig geschlafen hatte, forderte mein Körper jetzt sein Recht.

Als ich das nächste Mal aufwachte, lag ich unter der Bettdecke. Ich konnte mich nicht erinnern, mich zugedeckt zu haben. »Warst du das?«, murmelte ich. Eine Berührung an meiner linken Hand. Also ja. »Ich dachte, du kannst nichts berühren.« Dann die Erkenntnis: »Mein Atem.«

Wieder ein kühler Hauch an meiner linken Hand.

Im ersten Moment war ich ein wenig erschrocken. Ich erinnerte mich deutlich genug, was er über den Atem der Lebenden und darüber, wie schwer es sei, dem Drang des Lebens zu widerstehen, gesagt hatte. Mein anfänglicher Schrecken wich schnell. Nicholas hatte sich unter Kontrolle. Diese Erkenntnis beruhigte mich und erfüllte mich mit wohliger Wärme.

In den nächsten Tagen schlief ich ein wenig mehr – allerdings nie in der Nacht. Ich wollte keine Sekunde verschwenden, die ich in Nicholas' Gegenwart verbringen konnte. Im Gegensatz zu ihm konnte ich ihn ja nur während der Nachtstunden sehen. Mein Schlaf ging also auf Kosten meiner Arbeit. Statt zu renovieren, schlief ich bis zum frühen Nachmittag, ging dann ins Bad, machte mir etwas zu essen und stürzte mich dann für drei oder vier Stunden in die Arbeit.

Anfangs dachte ich häufig daran, Mom und Sue anzurufen. Einmal tat ich es sogar und wählte Moms Nummer. Es war ein kurzes Gespräch. Mom war erstaunt, wie fröhlich ich trotz all der Arbeit, von der ich ihr berichtete, klang. Ich konnte ihr schlecht erzählen, dass meine Fröhlichkeit nichts mit der Arbeit, sondern mit Nicholas zu tun hatte. Also sprach ich nur über belanglose Dinge. Natürlich brachte sie die Sprache recht schnell wieder auf Boston und darauf, wie wenig ihr der Gedanke gefiel, dass ich nach meiner Rückkehr aus Cedars Creek gerade mal ein paar Tage in Minneapolis sein würde, bevor ich endgültig abreisen wollte. Damit war die gute Stimmung zwischen uns mal wieder zum Teufel und das Gespräch recht schnell beendet.

Mit Sue war es noch schlimmer. Immer wenn ich mir vornahm, sie anzurufen – zweimal hatte ich das Telefon schon in der Hand –, ließ ich es dann doch bleiben. Ich wusste einfach nicht, was ich ihr erzählen sollte. Sie belügen oder ihr Dinge verschweigen, die mir wichtig waren, nur weil ich nicht wusste, wie ich ihr die Gegenwart eines Geistes erklären sollte, wollte ich nicht. Also zog ich es vor, lieber gar nicht mit ihr zu sprechen.

Ich lernte zu unterscheiden, wann die Kälte nur Nicholas' Nähe war und wann eine Berührung. Wenn er sehr nah war, umgab mich die Kälte von allen Seiten wie ein Mantel. Wenn er mich jedoch berührte, konzentrierte sich das auf eine einzige Stelle. Wie ein Eiswürfel auf der Haut, prickelnd und fast schon ein wenig lebendig. Zu meinem Erstaunen gewöhnte ich mich immer mehr daran und fror längst nicht mehr. Alles, was ich brauchte, war ein Pulli anstelle eines T-Shirts.

An den Abenden saßen wir auf der Veranda vor dem Haus. Ich trank Eistee und genoss die Wärme des vergangenen Tages. Nicholas erzählte von seiner Kindheit und davon, wie es war, in einem riesigen Haus aufzuwachsen. Er sprach viel über seine Eltern, aber noch mehr über seinen Bruder, und mir wurde rasch klar, wie sehr er ihn geliebt hatte – immer noch liebte. Als der Ältere hatte Nicholas sich immer ein wenig für Adrian verantwortlich gefühlt und versucht, ihn zu beschützen. Dabei beschrieb er Adrian als einen warmherzigen und offenen Menschen, dem immer sofort alle Herzen zugeflogen waren, während Nicholas sich lieber im Hintergrund gehalten hatte.

Die beiden waren nicht nur Brüder, sondern auch beste Freunde gewesen. Etwas, was ich mir sehr schön vorstellte. Ich selbst hatte mir immer Geschwister gewünscht und vielleicht hätte auch ich eine kleine Schwester oder einen Bruder gehabt, wenn Dad nicht so früh gestorben wäre.

Aus meinem Freundeskreis kannte ich einige Fälle, bei denen es immer wieder zu heftigen Eifersüchteleien kam, weil einem Geschwisterteil mehr Aufmerksamkeit zuteilwurde als dem anderen. Nicholas schien sich nicht daran gestört zu haben. Er erweckte den Eindruck, als wäre er mit der Rolle des zurückhaltenden, ernsten Bruders zufrieden gewesen. Abgesehen davon fiel es mir schwer zu glauben, dass Adrian mehr Beachtung gefunden haben sollte als er.

Wenn ich ihm zu seinen Lebzeiten begegnet wäre ... Meine Aufmerksamkeit wäre ihm sicher gewesen. Es war seine ganze Art. Diese Ruhe und Ausgeglichenheit, die ihn ständig umgab. Trotzdem konnte er auch energisch sein – das bewies er immer dann, wenn er von mir verlangte, dass ich mich ausruhen sollte. Ich mochte seinen Humor und die Wärme, mit der er mich behandelte. Ganz besonders aber mochte ich seine unglaublich blauen Augen und diesen Blick, mit dem er es regelmäßig schaffte, meine Knie in Pudding zu verwandeln.

Ich merkte schnell, dass die Blicke zwischen uns intensiver wurden. Ebenso seine Versuche, mich zu berühren, und mein Drang, ständig in seiner Nähe zu sein. Nachdem wir stundenlang miteinander gesprochen hatten – ich bei Tag, er in der Nacht –, hatte ich das Gefühl, ihn seit Langem zu kennen. Zwischen uns war eine Vertrautheit gewachsen, die mir mit jedem Tag wichtiger wurde. Schon wenn ich ihn ansah, schlug mein Herz schneller. Das erschreckte mich. Ich war bereit, Frösche zu küssen in der Hoffnung, eines Tages meinen Prinzen zu finden. *Lebende* Frösche, keine toten!

9

Eine Woche nach meiner Ankunft in Cedars Creek war die Renovierung nicht gerade weit fortgeschritten. Die Tapeten im Arbeitszimmer waren ab, Tante Fionas Kleider in Kartons verpackt und das Schlafzimmer so weit wie möglich ausgeräumt. Ich hatte die Möbel auseinandergeschraubt und die Einzelteile in der Mitte des Raumes gestapelt, bis ich wusste, was ich damit tun sollte. Während ich darüber nachdachte, machte ich mich mit einem Spachtel bewaffnet über die geblümten Tapeten her.

Wenn ich mir klar machte, dass der Flur und mein eigenes Schlafzimmer noch vor mir lagen ebenso wie das Wohnzimmer und die übrigen unteren Räume, dann wurde mir angst und bange. Mir blieben immer noch einige Wochen, ehe ich in Boston sein musste. Die Renovierung würde ich schon noch schaffen. Allerdings konnte es sein, dass ich den Verkauf des Hauses aus Zeitmangel doch einem Makler überlassen musste.

Seit dem Abend, an dem Tess Nicholas ihrem peinlich genauen Verhör unterzogen hatte, hatte ich nur wenig von ihr gehört. Sie hatte mich ein paarmal angerufen, um mich über ihre Fortschritte zu informieren. Tatsache war, dass es keine Fortschritte gab. Dank Nicholas hatte Tess jetzt einen ähnlich ausgefüllten Tagesablauf wie ich. Tagsüber arbeitete sie in der Bibliothek und abends und in der Nacht ackerte sie sich durch ihre Bücher und das Internet, auf der Suche nach etwas, was uns helfen konnte. Sie studierte Fälle von Geistererscheinungen und anderen unheimlichen Phänomenen und suchte nach Parallelen. Bisher ohne Erfolg. Die meisten Geister, von denen ihre Bücher berichteten, waren ermordet worden und suchten nach Gerechtigkeit. Keine einzige der Geschichten, die sie bisher entdeckt hatte, passte zu Nicholas' Leben – oder zu seinem Tod.

So entschlossen ich anfangs auch gewesen sein mochte, Nicholas wieder loszuwerden, so froh war ich jetzt jedes Mal, wenn Tess mir sagte, es gebe nichts Neues. Mir wurde schnell klar, dass ich ihn vermissen würde, wenn er nicht mehr hier wäre. Da half auch der Gedanke, dass er seit fünfzig Jahren tot war und hier längst nichts mehr zu suchen hatte, nicht weiter.

Nachdem ich den ganzen Nachmittag wie ein Pferd geackert hatte, ging ich hungrig zum Kühlschrank, nur um festzustellen, dass er so gut wie leer war. Es gab nicht mal mehr ein Stück Brot im Haus. Höchste Zeit einzukaufen.

Ich kritzelte hastig eine Liste zusammen mit all den Dingen, die mir ausgegangen waren, verabschiedete mich von Nicholas und fuhr zum Supermarkt.

Als ich den Laden – bepackt mit einer Unmenge von

Tüten – wieder verließ, wurde es bereits dunkel. Ich summte fröhlich vor mich hin und freute mich darauf, Nicholas zu *sehen*, wenn ich nach Hause kam. Rasch lud ich alles ins Auto und fuhr zurück in die Maple Street.

Zu Hause angekommen, stellte ich den Wagen vor der Garage ab – das Tor hatte ich in all den Tagen immer noch nicht repariert – schnappte mir die ersten Tüten und ging zum Haus.

Hinter mir durchdrang ein Knirschen die Dunkelheit. Es klang wie Schritte, vom Rasen gedämpft. Ich fuhr herum. Keine zwei Meter von mir entfernt stand ein Mann. Er war groß und breit gebaut. Sein Gesicht lag im Schatten der Ahornbäume verborgen, sodass ich es nicht erkennen konnte. Was ich jedoch überdeutlich sah, war der Lauf der Pistole, der sich auf mich richtete. Ich ließ die Tüten fallen. Brot, Wurst und Joghurt rollten über den Rasen.

»Sperr die Tür auf!«, bellte er. Als ich mich nicht sofort rührte, kam er näher und wedelte mit der Pistole vor mir herum. »Na los! Mach schon! Oder soll ich dich erst erschießen und mir dann deinen Schlüssel nehmen?«

Niemand würde es hören, wenn er mich auf offener Straße erschoss. Kein Nachbar, keine Polizei. Niemand. Nur Nicholas. Aber der konnte nichts tun, um mir zu helfen. Er war ein Geist.

Ganz langsam drehte ich mich um und ging zum Haus. Der Landstreicher! Das musste der Landstreicher sein, vor dem mich Mr Perkins gewarnt hatte. Ich hatte damit gerechnet, dass er womöglich umherziehen und Leute anbetteln oder bestehlen würde. Nicht damit, dass er eines

Abends mit einer Pistole vor mir stehen könnte. Ich hatte ein Pfefferspray, doch das war irgendwo im Rucksack. Unerreichbar für mich.

»Hören Sie«, begann ich, als ich die Stufen zur Veranda hochstieg, »ich werde Ihnen mein Geld geben und keine Polizei rufen, in Ordnung? Sie haben keinen Grund, mich mit dieser Waffe …«

»Halt's Maul!«, herrschte er mich so heftig an, dass ich erschrocken zusammenzuckte. »Und jetzt mach endlich die verdammte Tür auf!«

Obwohl wir hier vollkommen allein waren, sah er sich immer wieder nach allen Seiten um. Jetzt, da er hinter mir auf die Veranda trat, konnte ich sein Gesicht im Schein der Außenbeleuchtung erkennen. Bleich und aufgedunsen, die Augen glasig. Es war der Blick eines Drogenabhängigen auf der Suche nach dem nächsten Kick. Diese Erkenntnis machte mir mehr Angst als die Pistole in seiner Hand. Bei Räubern und Einbrechern konnte man versuchen, sie so weit zu beruhigen, dass sie nichts weiter taten, als das Geld zu nehmen und wieder zu verschwinden. Drogenabhängige jedoch waren unberechenbar. Besonders wenn sie auf Entzug waren.

Als er vorhin hinter mir aus der Dunkelheit getreten war, war ich erschrocken. Trotzdem war es mir gelungen, meine Angst einigermaßen zu kontrollieren. Jetzt jedoch, da ich begriff, dass ich es mit jemandem zu tun hatte, der mich vielleicht einfach nur erschießen würde, weil er gerade einen miesen Trip hatte, gelang es mir kaum noch, die aufkommende Panik zu unterdrücken. Gleichzeitig entbehrte die

Situation nicht einer gewissen Ironie. Ich hatte einen Geist im Haus, der mir nichts tun wollte. Stattdessen lief ich nun Gefahr, bei einem Raubüberfall zu sterben.

Ich war ein Großstadtmensch und ich kannte die Gefahren dort, war sogar einmal auf offener Straße ausgeraubt worden. Doch nie zuvor hatte jemand eine Pistole auf mich gerichtet.

Mit zitternden Fingern griff ich in meine Jeanstasche.

»Was machst du da?« Er stand jetzt so dicht hinter mir, dass ich seinen Atem in meinem Nacken spüren konnte. Und den kalten Lauf seiner Waffe, den er mir nun gegen die Schläfe drückte. Ein metallisches Klicken dröhnte in meinem Ohr, als er die Waffe entsicherte.

»Bitte«, presste ich hervor. »Ich wollte nur den Schlüssel aus meiner Tasche …« Ich konnte nicht weitersprechen. Die Angst schnürte mir die Kehle zu. Ich biss mir auf die Lippe, um das erschrockene Wimmern zurückzuhalten, das in mir aufstieg. Mein Puls raste, das Blut rauschte mir in den Ohren und mein Herz hämmerte donnernd gegen meinen Brustkorb. Schwarze Punkte tanzten vor meinen Augen und verdichteten sich immer mehr, dass ich fürchtete, einfach ohnmächtig zu werden. Wenn ich jetzt umkippte, würde er mich garantiert erschießen. Einfach aus Wut. Ich zwang mich, ein paarmal tief durchzuatmen, bis ich nicht mehr das Gefühl hatte, gleich umzufallen. Inzwischen war ich in Schweiß gebadet.

»Sperr auf!«, brüllte er in mein Ohr, und als ich nicht sofort reagierte, packte er mich am Arm und riss mich von der Tür fort. Gleichzeitig holte er mit seiner Waffe aus und schlug mich nieder. Ich hätte nicht einmal genau sagen können, wo er mich traf. Irgendwo am Kopf, ich glaube an der Schläfe. Im einen Moment war ich noch zurückgetaumelt, im nächsten spürte ich einen Schlag am Kopf, so heftig, dass mir die Beine wegknickten. Ich fiel die Treppen hinunter und schlug auf dem Rasen auf. Plötzlich war er über mir. Ich sah noch, wie er mir den Schlüssel aus der Hosentasche riss. Dann wurde es um mich herum schwarz.

Aber es wurde nicht still. In meinem Kopf tobte ein Lärm, der es mir schwer machte, ungestört bewusstlos zu sein. Ich wollte die Augen nicht öffnen, wollte nicht noch einmal in den Lauf der Waffe blicken. Wenn er mich schon erschoss, dann wollte ich es wenigstens nicht sehen. Dafür, dass ich nicht bei Bewusstsein war, schossen mir erstaunlich viele Gedanken durch den Kopf. Das war der Augenblick, in dem ich begriff, dass mich der Schlag nur kurz hatte wegtreten lassen. Aber wo kam der Lärm her?

Benommen öffnete ich nun doch die Augen.

Nicholas kniete über mir. Sein Blick zuckte zwischen mir und dem Landstreicher, der sich gerade an der Tür zu schaffen machte, hin und her. Ich sah, wie er die Lippen bewegte. Trotzdem dauerte es noch einen Moment länger, bis ich erkannte, dass er für den Lärm in meinem Kopf verantwortlich war.

Jetzt beugte er sich tief über mich, bis sein Gesicht direkt über meinem war. Endlich verstand ich, was er sagte: »Ausatmen!«

Das tat ich. Allerdings ein wenig flach.

»Mehr! Schnell!«

Ich stieß die Luft aus meinen Lungen, diesmal, so fest ich konnte. Dann gleich noch einmal und noch einmal. Ich schloss die Augen und konzentrierte mich nur darauf, zu atmen. In dem Augenblick jedoch, als ich Nicholas' Lippen auf meinem Mund und seine Hände an meinen Schultern spürte, stockte mir der Atem.

Dann war die Berührung fort. Ich riss die Augen auf. Nicholas war aufgesprungen und stürzte sich auf den völlig überraschten Einbrecher. Mein Atem hatte ihn auch für den Landstreicher sichtbar gemacht. Der versuchte, die Pistole auf Nicholas zu richten, doch Nicholas bekam den Arm mit der Waffe zu fassen und drückte ihn nach unten. Es kam zu einem Gerangel. Wie erstarrt verfolgte ich den Kampf. Der Einbrecher versuchte immer noch, seine Pistole freizubekommen. Ich fragte mich, was passieren würde, wenn er Nicholas in diesem halb materiellen Zustand erschoss. Konnte man einen Toten noch einmal töten? Würde ich ihn womöglich dann nicht mehr sehen können? Konnte es ihn von seiner Ruhelosigkeit befreien, wenn er noch einmal starb?

Plötzlich löste sich ein Schuss. So laut und ohrenbetäubend, dass ich aufschrie. »Nicholas!« Bei dem Gedanken, ihm könne etwas zugestoßen sein, wurde mir heiß und kalt. Dann sah ich, wie er seinem Gegner die Pistole entriss. Der Landstreicher befreite sich aus seinem Griff und rannte davon. Nicholas folgte ihm ein paar Schritte, die Waffe in der Hand, dann machte er kehrt und rannte zu mir zurück.

»Sam!« Er ließ die Pistole achtlos fallen. Einen Atemzug später kniete er neben mir. »Ist dir etwas passiert? Hat er dich verletzt?«

Meine Stimme versagte mir den Dienst. Ich konnte nur den Kopf schütteln. Seine Augen wanderten über meine Schläfe, wo mich der Schlag getroffen hatte. »Das sollte sich ein Arzt ansehen.«

»Nicholas. Der Schuss.« Ich war noch immer so erschrocken, dass ich keinen vernünftigen Satz rausbrachte.

»Ist nur in die Luft gegangen.« Ein wenig zögernd streckte er die Hand nach mir aus, dann zog er mich an sich. Sein Griff war erstaunlich kräftig. Fest und unglaublich warm. Von der Kälte, die ihn sonst umgab, war nichts geblieben. Es war das erste Mal, dass er mich wirklich berührte. Ein unglaublich gutes Gefühl. Ich konnte ihn *spüren* und *riechen*. Mein Gott, er roch so gut! Zitternd klammerte ich mich an ihn.

Sein Kinn ruhte auf meinem Haar. »Er wird dir nichts mehr tun. Ich bin bei dir«, sagte er sanft. »Hab keine Angst.«

»Habe ich nicht.« Nicht, seit er hier war.

»Warum zitterst du dann so?«

Ohne mich aus seinen Armen zu lösen, sah ich auf. Da war er wieder, dieser unglaublich intensive Blick. Die ernste Sorge in seinen Augen, gepaart mit Wärme und der Bereitschaft, mit mir zu lachen oder auch zu weinen, je nachdem, wonach mir gerade war. Selbst im Dunkeln schienen seine Augen zu strahlen, und plötzlich hatte ich das Gefühl, darin zu ertrinken.

»Sam?«

»Ich wünschte, es könnte immer so sein. Ich wünschte, du und ich …«

»Ich weiß.« Er zog mich noch enger in seine Arme, bis ich glaubte, jeden Muskel seines Körpers zu spüren. Seine Hände strichen über meinen Rücken und mein Haar. Noch immer konnte ich meinen Blick nicht von seinen Augen lösen. Da beugte er sich zu mir herab und küsste mich. Seine Lippen waren warm und voller Leben. Wenn ich nicht schon auf dem Boden gesessen hätte, hätten meine Knie jetzt garantiert unter mir nachgegeben. Sein Kuss raubte mir den Atem. Nur der Kuss. Nicholas selbst nahm nichts davon. Noch während seine Lippen auf meinen lagen und ich seine Arme um mich herum spürte, merkte ich eine Veränderung. Ganz langsam, als triebe der Wind Wolken auseinander, löste sich sein Griff. Die Wärme verging und machte der kühlen Hand des Geistes Platz. Bald blieb nur noch die Erinnerung an seine Berührung. Für eine Weile jedoch hatte ihn mein Atem tatsächlich ins Leben zurückgeholt.

Ich setzte mich ins Gras, zog die Knie an und starrte auf meine Beine. Nicholas saß dicht neben mir. Ich konnte ihn sehen. Aber nicht mehr spüren. Jetzt bekam ich Kopfschmerzen. Ich hob die Hand und tastete nach meiner Schläfe. Die Berührung ließ mich zusammenzucken, und als ich meine Finger betrachtete, sah ich das Blut daran. Kein Wunder, dass mir der Kopf dröhnte.

»Du solltest jetzt den Sheriff rufen, und dann wird es höchste Zeit, dass sich ein Arzt deine Schläfe ansieht.« Kühl streifte er über meinen Arm. Das war nicht das, was ich wollte. Nicht nachdem ich seine Wärme gespürt hatte. »Ich würde es selbst tun, aber …«

Ich sah ihn an. In seinen Augen spiegelten sich dieselben Wünsche, dasselbe Verlangen und dieselbe Frustration wider, die auch ich empfand. »Ich weiß«, sagte ich leise.

Dann griff ich nach meinem Handy und rief den Polizeinotruf an. Kaum hatte ich aufgelegt, sagte ich: »Der Sheriff wird gleich hier sein.«

»Dann ruf jetzt den Arzt.«

Ich hatte zwar Kopfschmerzen, aber nicht den Eindruck, dass mir etwas Ernstes fehlte. Aber es gab etwas, was mich weitaus mehr beschäftigte als mein Schädel. »Warum hast du mich geküsst, Nicholas?«

»Kannst du dir das nicht denken?«

Ich nickte. »Weil du die Situation ausnützen wolltest.«

»Sam!«

Er klang so aufrichtig entrüstet, dass ich trotz Kopfschmerzen lachen musste.

Der Sheriff ließ nicht lange auf sich warten. Das Erste, was ich sah, war das Blaulicht, als der Streifenwagen die Maple Street entlangkam. Wenigstens auf die Sirenen hatte er verzichtet. Das Geheul hätte meinem Kopf sicher nicht gefallen. Je näher die Lichter kamen, desto mehr konnte ich erkennen. Tatsächlich waren es zwei Autos, die kurz darauf vor meinem Haus hielten. Das Blaulicht tauchte den Rasen und das Haus in zuckendes Licht, das mal größer und dann wieder kleiner wurde. Der Sheriff stieg aus dem vordersten Wagen. Da stand ich auf und ging ihm entgegen. Als er näher kam und ich seine blonden Haare und das jugendliche Gesicht erkannte, erinnerte ich mich daran, ihn schon einmal gesehen zu haben. Gleich am Tag nach meiner Ankunft, auf der Main Street.

»Ms Mitchell?«, rief er schon von Weitem. »Ich bin Ed Travis, der Sheriff.«

»Der Mann ist dort entlanggelaufen.« Ich deutete in die Richtung, in die er verschwunden war, nachdem Nicholas ihn vertrieben hatte. »Er hat mich mit einer Waffe bedroht und versucht in mein Haus einzudringen.«

Der Sheriff gab seinen Männern ein Zeichen. Einer stieg aus. Er zog seine Waffe und folgte dem Weg, den ich ihm zeigte. Der andere fuhr im Schritttempo die Straße entlang.

»Haben Sie keine Angst, den kriegen wir.« Sheriff Travis blieb vor mir stehen. »Können Sie mir in der Zwischenzeit erzählen, was passiert ist?«

»Sicher.« Mein Blick wanderte zu Nicholas, der mir gefolgt war. Statt des Kusses hätten wir uns lieber überlegen sollen, was ich dem Sheriff über den Kampf erzählen sollte. Andererseits hätte ich um nichts auf der Welt auf diesen Kuss verzichten wollen. Nicholas war seit über fünfzig Jahren tot, dennoch küsste er, als hätte er nie etwas anderes getan.

»Sie sind verletzt.«

Die Stimme des Sheriffs riss mich aus meinen Gedanken. »Das ist nur ein Kratzer.« Hoffte ich jedenfalls.

»Ich habe einen Verbandskasten im Wagen. Setzen Sie sich auf die Veranda, ich hole ihn.«

Ehe ich widersprechen konnte, machte er auch schon kehrt. Zumindest gab mir das ein wenig Zeit, um mit Nicholas zu sprechen. »Was soll ich ihm sagen?«, flüsterte ich.

»Du musst dafür sorgen, dass er dem Kerl kein Wort glaubt, falls sie ihn fassen und er von mir zu erzählen beginnt.« Nicholas' laute Stimme ließ mich zusammenzucken. Ich wollte schon »Leiser!« rufen, als mir bewusst wurde, dass ja nur ich ihn hören konnte. Es war ein merkwürdiges Gefühl, flüstern zu müssen, während er ganz normal sprach.

Ich setzte mich auf die Stufen und fragte mich, was passieren würde, wenn die Polizei die Pistole auf Fingerabdrücke untersuchen würde. Hinterließen halb materielle Geister überhaupt Abdrücke? Falls ja, wären sie zumindest in keiner Datenbank zu finden. Der Sheriff würde annehmen, ein anderer – vielleicht der Verkäufer – hätte die Waffe zuvor in Händen gehabt. Um Nicholas brauchte ich mir jedenfalls keine Sorgen zu machen. Meine Augen ruhten noch immer auf ihm, als der Sheriff mit dem Verbandskasten zurückkehrte. Er leuchtete mir mit seiner Taschenlampe ins Gesicht und besah sich meine Schläfe.

»Sie haben Recht, Ms Mitchell. Das ist wirklich nur ein Kratzer. Ich werde ihn reinigen und Ihnen ein Pflaster verpassen. Aber wenn Sie merken, dass Ihnen schlecht wird oder dass Sie verschwommen sehen, sollten Sie morgen unbedingt zum Arzt gehen.« Er zog ein Paar Einweghandschuhe über und machte sich schweigend daran, meine lädierte Schläfe zu verarzten.

In Minneapolis hätte ein Polizist das nie im Leben gemacht. Noch ein Punkt, in dem sich die Kleinstadt von meiner Heimat unterschied. Allerdings kann ich nicht behaupten, dass es mir unangenehm gewesen war, dass Sheriff Travis darauf verzichtete, einen Krankenwagen zu rufen. Ich hasse Krankenhäuser, und wenn ich kann, vermeide ich sie.

Zu meiner Erleichterung dauerte es nicht lange, dann war der Sheriff so weit fertig, dass er mir ein kleines Pflaster auf die Schläfe kleben konnte. Er streifte die Handschuhe ab und schloss seinen Verbandskasten. »Fühlen Sie sich gut genug, um mir zu erzählen, was passiert ist, oder wollen Sie lieber morgen in mein Büro kommen?«

»Ich möchte es gerne gleich hinter mich bringen.« Polizeireviere – oder Büros von Kleinstadtsheriffs – lagen mir ebenso wenig wie Krankenhäuser. Als wären meine Worte eine magische Formel, hielt der Sheriff plötzlich Kugelschreiber und Block in Händen. Ein Bein auf der Treppe, den Block auf dem Oberschenkel, Kugelschreiber bereit, stand er da und wartete, dass ich ihm erzählte, was geschehen war.

Ich hätte nicht geglaubt, dass es mir so schwerfallen würde, darüber zu sprechen. Doch sobald ich damit begann, war es, als durchlebte ich alles noch einmal. Ich glaubte den Lauf an meiner Schläfe zu spüren und die Angst, die mich fast gelähmt hatte. Meine Hände zitterten. Immer wieder warf ich einen Blick zu Nicholas, der die ganze Zeit über nicht von meiner Seite wich. Seine Nähe gab mir die nötige Kraft.

»Ich glaube, er war betrunken oder auf Drogen. Dieser Blick war ... Jedenfalls stammelte er unzusammenhängendes Zeug. Als wäre noch jemand bei mir.« Irgendwie musste ich dem Sheriff ja erklären, warum der Landstreicher – falls sie ihn fassten – von einem schwarzhaarigen Mann berichtete, der plötzlich aus dem Nichts erschienen war und ihn angegriffen hatte. »Er schlug mich nieder und entriss mir meinen Schlüssel. Einen Moment später ließ er seine Pistole fallen und rannte davon, als wäre der Teufel persönlich hinter ihm her.«

»Der Teufel also«, bemerkte Nicholas trocken.

Um ein Haar hätte ich ihm geantwortet. Ich biss mir gerade noch rechtzeitig auf die Zunge und rettete mich in ein Husten. »Die Pistole liegt da drüben, auf dem Rasen. Ich habe sie nicht angefasst.«

Sheriff Travis bedachte mich mit einem seltsamen Blick, als wäre ihm nicht entgangen, dass mein Hustenanfall keinen natürlichen Ursprung hatte. Dann zückte er einen durchsichtigen Plastikbeutel und ging zu der Stelle, auf die ich deutete. Mit geübtem Griff ließ er die Pistole in dem Beutel verschwinden, ohne sie dabei mit blanken Fingern zu berühren. Er verschnürte den Beutel und kam zu mir zurück. »Zumindest ist er jetzt nicht mehr bewaffnet.« Er dachte kurz nach, dann fragte er: »Kennen Sie jemanden im Ort, wo Sie übernachten könnten?«

»Schon. Ja. Aber das ist nicht nötig.« Ich sah kurz zu Nicholas. »Mir passiert schon nichts.«

»Wie Sie meinen. Aber schließen Sie vorsichtshalber alle Fenster und Türen gut ab. Meine Männer suchen nach ihm, aber bis wir ihn haben …« Das Knacken seines Funkgeräts unterbrach ihn. »Entschuldigen Sie.« Er nahm es zur Hand und meldete sich. Zuerst hörte ich nur Rauschen. Nach ein paar Sekunden gelang es mir, eine Stimme zu erkennen. Ich konnte noch nie verstehen, wie Menschen es schafften, mit diesen Dingern vernünftig zu kommunizieren. Wenn ich auf so ein Teil angewiesen wäre, könnte ich mich ebenso gut gleich eingraben lassen. Ich würde bestenfalls die Hälfte von dem verstehen, was mir der am anderen Ende sagen wollte.

Jetzt allerdings vernahm ich deutlich die Worte: »Wir haben ihn, Ed.«

Dann wieder ein Rauschen und Knacken.

»Er sitzt im Straßengraben und fleht Tommy an, dass wir ihn um Gottes willen mitnehmen sollen. Können Sie sich das vorstellen, Sheriff? Ich glaube, der Kerl ist auf Entzug«, erklang die Stimme aus dem Funkgerät kurz darauf erneut. »Der erzählt die ganze Zeit was von einem Mann, der plötzlich aus dem Nichts erschienen ist und ihn angegriffen hat.«

Der Sheriff drückte einen Knopf. »Kassiert ihn gleich ein. Travis, Ende.«

»Verstanden. Deputy Wallace, Ende.«

Das Knacken verstummte und der Sheriff steckte sein Funkgerät wieder an den Gürtel. »Sie haben es gehört, Ms Mitchell. Wir haben ihn. Sie können also beruhigt schlafen. Der tut niemandem mehr was.«

Obwohl ich mir sicher war, dass der Kerl sich nach Nicholas' Angriff niemals wieder in meiner Nähe hätte blicken lassen, erleichterte mich das Wissen, dass er nicht mehr frei herumlief. »Danke, Sheriff. Für alles.«

Er nickte und zum ersten Mal lächelte er, was ihn augenblicklich sympathisch erscheinen ließ. »Vergessen Sie nicht, zum Arzt zu gehen, falls Sie sich nicht gut fühlen.« Er nahm seinen Verbandskasten und den Beutel mit der Pistole und war schon drei Schritte gegangen, ehe er sich noch einmal umwandte. »Ach, Ms Mitchell, können Sie in den nächsten Tagen in mein Büro kommen, um Ihre Aussage zu unterschreiben?«

»Sicher.«

Zum Abschied tippte er mit zwei Fingern an seine Hutkrempe, ging zum Wagen und stieg ein. Kaum hatte er den Motor angelassen, schaltete er das Blaulicht ab. Mein Vorgarten versank in Dunkelheit. Schweigend saß ich neben Nicholas und beobachtete, wie die Schlusslichter des Streifenwagens langsam in der Nacht verschwanden.

»Ist dir schlecht?«, fragte Nicholas plötzlich. »Siehst du verschwommen?«

»Es geht mir gut«, sagte ich, ohne ihn anzusehen. »Ich fühle mich nur ziemlich erschlagen.«

Es war seltsam. Ich mochte zwar nicht in der Lage sein, ihn zu berühren, seinen forschenden Blick jedoch glaubte ich deutlich zu spüren.

»Bist du sicher?«

»Ja.« Nun sah ich ihn doch an. »Ich habe mich noch gar nicht bei dir bedankt, dass du mich gerettet hast.«

»Doch, hast du«, sagte er lächelnd.

Ich musste an den Kuss denken und daran, welche Gefühle Nicholas' Nähe immer häufiger in mir auslöste. Die Diagnose fiel mir nicht schwer. Ich zeigte all die Symptome, von denen Sue und meine anderen Freundinnen immer erzählten. Abgesehen von der leichten Nervosität, die ich in Gegenwart eines interessanten Mannes verspürte und die eher an die Aufregung eines Vorstellungsgesprächs erinnerte, hatte ich bisher nichts davon gekannt. Weder das Zittern noch das Herzklopfen oder das Gefühl, vor Glück überzulaufen, wenn er in der Nähe war. Und schon gar nicht den Wunsch, ihn ständig berühren zu wollen. All das war neu und verwirrend. Aber auch wunderschön. Gleichzeitig machte es mir Angst. Hatte wirklich erst ein Geist erscheinen müssen, damit ich mich zum ersten Mal in meinem Leben verliebte?

Selbst nachdem der Sheriff schon lange fort war, saßen Nicholas und ich noch immer auf den Verandastufen. Die Gefühle, die er in mir auslöste, überforderten mich. Das Wissen, dass es keine Zukunft für uns gab, stimmte mich traurig.

»Sam? Was ist los? Du wirkst plötzlich so bedrückt.«

Ich seufzte. »Ich musste gerade daran denken, dass du bald nicht mehr hier sein wirst.«

»Noch bin ich es aber.« Ich spürte eine prickelnde Kälte, als er näher heranrückte.

»Ja, aber sobald Tess einen Weg gefunden hat …«

»Weißt du«, fiel er mir ins Wort, »ich bin mir gar nicht mehr so sicher, ob das, was wir machen, das Richtige ist.«

»Du willst doch nicht ewig weiter herumspuken!« Angesichts meiner Wortwahl klappte ich erschrocken den Mund zu. »Entschuldige, spuken ist vielleicht nicht … aber …«

Nicholas ging nicht auf mein Vokabelproblem ein. »Vielleicht will ich gar nicht mehr von hier fort.«

Ich starrte ihn ungläubig an. »Willst du nicht?«

»Nicht mehr.«

Da war er wieder, dieser Blick, der es mir so schwer machte, rational und klar zu denken. Trotzdem versuchte ich mein letztes bisschen Vernunft zusammenzukratzen. »Aber sehnst du dich nicht danach, endlich Ruhe zu finden? Wünschst du dir nicht …«

»Alles, was ich mir wünsche, ist, dich berühren zu können. Wie vorhin.«

Mein Herz begann zu rasen. Gleichzeit war da diese Stimme in meinem Verstand, die lautstark rief, dass es krank war, sich zu einem Geist – einem Toten! – hingezogen zu fühlen. Und tatsächlich, das konnte nicht normal sein! Ich sah zu Boden. Das Herzklopfen musste aufhören! Um das zu erreichen, versuchte ich mir vorzustellen, wie Nicholas' Körper unter der Erde verweste. Maden. Matsch. Skelett. Staub. Ich gab mir alle Mühe, mir die ekelhaftesten Bilder auszumalen, in der Hoffnung, es würde mich abschrecken. Doch als ich schließlich den Kopf wieder hob, war alles, was ich sah, der durchdringende Blick seiner unglaublichen Augen. Das wischte sofort jeden Gedanken an einen verwesenden Leichnam fort.

Plötzlich fiel es mir schwer, mir vorzustellen, dass das, was ich vor mir sah, nicht sein Körper war, sondern lediglich eine Art Projektion. Tess würde vermutlich die richtigen Worte kennen, um Nicholas' Zustand zu beschreiben. Fachbegriffe waren mir egal. Tatsache war, dass mir Nicholas nicht wie ein Geist vorkam.

Um mich abzulenken, fragte ich: »Warst du verheiratet?« Vielleicht nicht die brillanteste aller Fragen, die ich hätte stellen können – schon gar nicht die unverfänglichste. Aber jetzt war es zu spät. Abgesehen davon interessierte mich die Antwort.

Obwohl sein Leben über fünfzig Jahre zurücklag, war ich erleichtert, als er den Kopf schüttelte. »Auch nicht verlobt«, sagte er, »und ich habe auch keine Frau geliebt. Ich musste erst sterben, damit das geschehen konnte.«

Ich wollte etwas erwidern, doch seine Worte hatten mir die Sprache verschlagen. Mit einer Frage, die mich nur von meinen eigenen Gefühlen ablenken sollte, hatte ich mich nur noch tiefer in Schwierigkeiten gebracht. Ich war in einen Geist verliebt, der obendrein noch meine Gefühle erwiderte. Aber ich konnte ihn nicht berühren! Gab es etwas, was noch frustrierender sein konnte?

Ich musste mich dringend ablenken! »Wenn du ein Zombie wärst, könnte ich dich wenigstens berühren.« Ich schrie innerlich auf. Was sollte das für eine Ablenkung sein?!

»Wenn ich ein Zombie wäre«, gab Nicholas zurück, »würde ich dich auffressen.«

Ich fuhr auf. »Halt! Du hast doch gesagt, es gibt keine Zombies! Woher willst du dann wissen, dass sie Menschen auffressen? Bist du sicher, dass es ...«

Er begann zu lachen. »Sam«, sagte er grinsend, als er sich wieder gefangen hatte. »Ich stamme aus den Fünfzigern, nicht aus dem Mittelalter. Selbst zu meiner Zeit gab es schon Zombiefilme. Abgesehen davon sieht sich Reverend Jones ständig solche Filme an, wenn er betrunken ist. Ich besitze also durchaus eine moderne Bildung, wenn du so willst.«

»Oh«, sagte ich dümmlich.

10

In dieser Nacht schlief ich. Nicht dass ich das gewollt oder Nicholas mich dazu gezwungen hätte. Aber nachdem wir schließlich ins Haus gegangen waren und ich auf der Couch saß, schlief ich einfach ein. Vielleicht war es der Schrecken, der mir nach dem Überfall noch immer in den Knochen saß, der mir buchstäblich die Füße wegzog. Vielleicht war ich auch einfach nur müde.

Ich träumte eine Menge wirres Zeug. Vieles davon hatte mit dem Kuss zu tun. Und natürlich mit Nicholas. Ein Landstreicher und eine Pistole kamen nicht vor. Stattdessen sah ich mich bei meiner eigenen Hochzeit. Allein mit einem Brautstrauß vor einem Grab stehend. Nicholas Crowley stand auf dem Grabstein vor mir. Ein betrunkener Pfarrer, dem der Hals einer Whiskeyflasche aus der Tasche seines Jacketts ragte, vollzog die Trauung. Neben ihm stand ein Bettlaken und klirrte unter schaurigem Heulen mit den Ketten. Wenigstens kam kein Zombie darin vor.

Nüchtern betrachtet wäre dieser Traum sicher unterhaltsam gewesen. Angesichts meiner Situation fand ich ihn weniger komisch. Ich war jung! Ich sollte ausgehen und reisen. Die Welt sehen, etwas erleben. Erfahrungen sammeln. Stattdessen verliebte ich mich in einen Geist, der an einen sehr engen Umkreis gefesselt war! Was war mit Boston? Meinen Plänen für die Zukunft? Ich konnte doch nicht alles über den Haufen werfen wegen eines ... eines ... eines Toten!

Aber was war mit meinen Gefühlen? Konnte ich wirklich ignorieren, was Nicholas in mir auslöste?

Ich musste dringend ein wenig Ordnung in mein Gefühlschaos bringen. Im Haus würde mir das nicht gelingen. Nicht solange Nicholas ständig an meiner Seite war. Selbst tagsüber, wenn ich ihn nicht sehen konnte, würde ich nicht die nötige Ruhe finden. Abgesehen davon wollte ich nicht, dass er sah, wie sehr mich das quälte.

An diesem Morgen verbrachte ich mehr Zeit im Bad als üblich. Ich war froh, allein mit mir und meinen Gedanken zu sein. Beim Verlassen des Bades war mir klar, dass ich für ein paar Stunden aus dem Haus musste. Heute würde es keine »Selbstgespräche« geben. Ich brauchte Zeit, um nachzudenken. Abgesehen davon würde mir ein Spaziergang sicher guttun.

Ich ging nach unten und schlüpfte in meine Turnschuhe. Da spürte ich, dass Nicholas an meiner Seite war. Während der letzten Tage hatte ich ständig mit ihm gesprochen, hatte ihm gesagt, was ich vorhatte, was ich dachte oder mir wünschte. Seit ich heute Morgen aufgewacht war, hatte ich noch keinen Ton gesagt. Das war ihm gegenüber nicht fair. Er hatte ein Recht zu erfahren, was in mir vorging. Immerhin betraf es ja auch ihn. Abgesehen davon machte er sich bestimmt Sorgen und schob meine Schweigsamkeit vielleicht sogar auf die Kopfverletzung. Meinem Kopf ging es gut. Im Augenblick bereitete mir mein Herz mehr Kopfzerbrechen.

Vor der Tür blieb ich stehen. »Mir ist nicht schwindlig und auch nicht schlecht«, sagte ich in den Flur hinein, »und es tut auch nicht weh.« Zumindest nicht der Kopf. »Ich will nur ein wenig spazieren gehen.« Ein kühler Hauch streifte über meinen Arm, als wolle er sagen »Gehen wir«. Ich schüttelte den Kopf. »Nicholas, ich wäre gerne allein. Ich muss nachdenken.«

Wieder ein leiser Luftzug, diesmal an meiner Wange. Fragend. Oder bildete ich mir das ein? Wenn er lebendig wäre, müsste ich jetzt nicht raten, was er von mir wollte. Dann könnte ich ihm einfach erklären, was in mir vorging. Er könnte Fragen stellen, ich würde ihm antworten. Wir könnten reden, streiten und uns berühren. Ich wollte es ihm gerne erklären, doch wie konnte ich, wenn ich nicht einmal seine Reaktion sah? Natürlich hätte ich bis zum Abend warten können. Aber ich glaubte nicht, dass ich es so lange aushalten würde. Meine Gefühle zerfraßen mich innerlich. Die Hilflosigkeit, die ich plötzlich empfand – seine und meine –, machte mich wütend, und als ich noch einmal seine nicht greifbare Berührung an meiner Wange spürte, wich ich zurück.

»Hör auf damit!«, fuhr ich ihn an. Genauer gesagt den leeren Flur vor mir. Doch ich wusste ja, dass er da war. »Was ist so schwer daran zu verstehen, dass ich jetzt allein sein will?« Jetzt war ich wirklich unfair. Ich wusste nicht einmal, ob seine Berührung ein Protest dagegen sein sollte, dass ich ihn gerade nicht in meiner Nähe haben wollte oder lediglich eine stumme Zustimmung. Vielleicht war es ja auch nur ein Trost oder der Ausdruck seiner eigenen Hilflosigkeit. Die Situation wuchs mir mehr und mehr über den Kopf. Ich wusste nicht, was ich sagen, denken oder wie ich reagieren sollte. Also tat ich das Naheliegendste: Ich ließ meinen Zorn an ihm aus. »Verdammt, du bist tot! Hör endlich auf, dich wie ein lebendes Mitglied dieser Gesellschaft zu verhalten!« Augenblicklich verschwand die Kälte von meiner Wange. Ich konnte förmlich spüren, wie er unter meinen Worten zurückfuhr.

»Nicholas, es tut mir leid«, sagte ich leise. »Ich wollte nicht ... es ist nur ...« Lass es endlich raus! Wenn ich es nicht tat, würde ich platzen. »Ich empfinde mehr für dich, als gut für mich ist. Das macht mir Angst.«

Das war gesagt. Es gab keine Reaktion auf meine Worte, was entweder daran lag, dass ich ihn nicht sehen konnte oder aber daran, dass ich sofort herumfuhr und aus dem Haus stürmte.

Mein erster Impuls war, zum Friedhof zu gehen. Wenn es einen ruhigen Ort gab, dann doch wohl den! Ich hatte jedoch Angst, dass er mir folgen würde. Selbst wenn ich seine Nähe vielleicht nicht spürte, weil er genügend Abstand hielt, so wollte ich auch nicht, dass er mich beobachtete. Abgesehen davon brauchte ich jemanden, mit dem ich über mein Problem sprechen konnte. Jemand Lebendigen. Tess!

Statt also zum Friedhof zu gehen, schwenkte ich nach

links zum Käfer und fuhr in den Ort. Dort erwartete mich ein ungewöhnlicher Anblick. Die Bibliothek war geöffnet! Doch hinter dem Empfangstresen saß nicht Tess, lesend und Kaugummi kauend, sondern ein fremder Mann mit strähnigem grauem Haar.

Als ich eintrat, hob er den Kopf. Seine Brille war nach vorne gerutscht, sodass er mich nun über den Rand hinweg anblickte.

»Kann ich Ihnen helfen, Miss?«

»Sie sucht mich, Mr Owens.« Plötzlich sprang Tess zwischen den Regalen vor. Ihre blonden Stacheln ragten wie ein Hahnenkamm empor. Ein Auftritt, der den Bibliothekar dazu veranlasste, die ohnehin schon faltige Stirn noch mehr in Runzeln zu legen.

»Sie haben aber jetzt keine Mittagspause, Ms Adams«, tadelte er.

»Ist ja auch geschäftlich.« Bevor ich noch etwas erwidern konnte, zog Tess mich zwischen die Regale. »Kommen Sie, Ms Mitchell. Die Bücher, die Sie suchen, sind sicher dort hinten. Ich zeige es Ihnen.«

Sie führte mich zu einem Lesetisch am anderen Ende der Bibliothek, durch unzählige Regalreihen vom Empfangstresen abgeschottet, und ließ sich in einen Stuhl fallen.

»Mein Leben ist die Hölle!«, stöhnte sie und streckte die Füße von sich. »Was für ein Sklaventreiber!« Dann fiel ihr Blick auf das Pflaster an meiner Schläfe. »Hattest du einen Unfall?«

»Überfall«, korrigierte ich.

»Was?« Tess setzte sich senkrecht auf. »Ist dir was passiert?« Plötzlich stand sie vor mir, griff nach meinen Armen und schob mich zu einem Stuhl. »Setz dich erst mal. Du musst mir alles haarklein erzählen. Geht es dir gut? Hast du Schmerzen?«

»Mir fehlt nichts«, erklärte ich, sobald ich saß. Ich hätte mir denken können, dass Tess nach dem Pflaster fragen würde. Aber ich war nicht hier, um über den Überfall zu sprechen. Nur wusste ich nicht, wie ich mein Problem auf den Tisch bringen sollte. »Hast du schon etwas gefunden, was uns weiterhelfen kann?«

»Nein, noch nicht.« Ihre Ohrringe klirrten leise, als sie den Kopf schüttelte. »Alles, was ich weiß, ist, dass es irgendetwas gibt, was ihn hier gefangen hält. Eine ungelöste Aufgabe. Na ja, irgendwas in der Art. Wenn die Aufgabe gelöst ist, findet er seinen Frieden. Wir müssen nur herausfinden, *was* genau es ist, was ihn hier hält.«

Kurz gesagt: Wir waren genauso schlau wie vorher.

Tess zog sich einen Stuhl heran. »Jetzt hör auf, mir auszuweichen! Was ist passiert? Raus mit der Sprache!«

Sie würde ohnehin keine Ruhe geben, ehe sie die Geschichte nicht kannte. Also erzählte ich ihr von dem Überfall und davon, wie Nicholas mich gerettet hatte. Von dem, was danach zwischen Nicholas und mir geschehen war, erzählte ich noch nichts. »Sie haben den Kerl letzte Nacht noch verhaftet«, schloss ich meinen ziemlich kurz gefassten Bericht.

 Es war das erste Mal, dass ich Tess sprachlos erlebte. Eine Weile saß sie nur da, kaute auf ihrem Kaugummi und starrte mich an. Sie vergaß sogar, Kaugummiblasen zu machen. »Und du bist sicher, dass es dir gut geht?«, fragte sie endlich.

Ich nickte. Sagen konnte ich nichts, denn in Wahrheit ging es mir nicht gut. Was aber nichts mit dem Überfall zu tun hatte. Tess sah mich so lange an, dass ich unruhig wurde. »Was? Warum schaust du so?«

»Du siehst ganz schön erledigt aus, Sam. Kann es sein, dass du dir ein wenig zu viel zumutest?«

»Da ist die Arbeit im Haus und in der Nacht ist Nicholas bei mir ... Ich weiß gar nicht, wann ich schlafen soll.« Das klang selbst in meinen Ohren lahm.

»Nur weil Nicholas da ist, bedeutet das doch nicht, dass du nicht schlafen kannst!«

Das war mir auch klar. Ich *wollte* nicht schlafen. Keine Sekunde in seiner Nähe wollte ich versäumen. Wenn er da war, wenn ich ihn sehen konnte, dann wollte ich jeden Augenblick auskosten. Ich wollte seine blauen Augen sehen, das ernste Gesicht, die Grübchen, wenn er sich über etwas amüsierte. Aber vor allem wollte ich eines: ihn berühren!

»Tess, er hat mich geküsst!«, platzte ich heraus.

»Ist er zurück? Wann hast du ihn getroffen?«

Ich sah sie verwirrt an. Dann wurde mir klar, wen sie meinte. »Nicht Adrian. Nicholas. Nicholas hat mich geküsst!«

»Ach du Scheiße!« Da war sie endlich, die Kaugummiblase des Erstaunens, groß wie ein Baseball und ohne das geringste Geräusch beim Zerplatzen. Ihr ging einfach die Luft aus. Eine Weile sah Tess mich nur an. Sie wirkte besorgt. »Du weißt, dass er nicht mehr hier sein wird, wenn wir einen Weg gefunden haben, ihm seinen Frieden zu geben. Du weißt, dass …«

»… dass es keine Zukunft gibt?« All die Stunden, in denen ich mir gewünscht hatte, ihn zu berühren, seine Nähe zu spüren, und dann der Kuss letzte Nacht. Seine Arme, sein Körper, seine Lippen. Ich hatte ihn tatsächlich berührt. Diese Wärme. »Das ist das erste Mal in meinem Leben, dass ich verliebt bin«, sagte ich in die plötzliche Stille hinein. »Und dann schaffe ich es nicht einmal, mir einen lebenden Mann zu suchen!«

Tess sah mich nun aufrichtig bestürzt an. Als wäre ich eine Laborratte mit Ausschlag. »Du warst noch nie verliebt? Wirklich? Keine Schmetterlinge? Kein Kribbeln im Bauch? Nichts?«

Ich schüttelte den Kopf. »Nein. Noch nie.«

»Und was ist mit Adrian?«

Wenn ich während der letzten Tage an Adrian gedacht hatte, dann nur in Zusammenhang mit Nicholas' Verwandtschaft. Der Adrian Crowley, der mich beschäftigt hatte, war Nicholas' Bruder gewesen, nicht dessen Enkel. »Ich mag Adrian. Er ist toll. Aber das Gefühl, das Nicholas in mir auslöst, war von Anfang an ein anderes.« Bei Adrian hatte ich mich gefragt, ob er sich womöglich als mein Traumprinz entpuppen *könnte*. Bei Nicholas hatte ich mir diese Frage nie gestellt. Er war es einfach. Das war erschreckend. Wie verkorkst musste man sein, wenn einem die lebenden Männer nicht genügten?

»Sam, du musst ihn dir aus dem Kopf schlagen.«

»Ms Adams!«, dröhnte Mr Owens' raue Stimme vom

Empfangstresen zwischen den Regalen hindurch. »Könnten Sie sich womöglich überzeugen lassen weiterzuarbeiten?«

»Ich arbeite doch, Mr Owens!«, rief Tess zurück und zwinkerte mir zu.

»Soll ich kommen und nachsehen? Ich brauche Sie hier vorne. Sofort!«

Tess verdrehte die Augen und erhob sich gemächlich. »Bin gleich da!«

Der Umgangston der beiden widerlegte alles, was ich bisher über die Ruhe in Lesesälen gehört und auch am eigenen Leib erfahren hatte.

»Ich muss weitermachen, sonst brummt er mir eine Extraschicht auf, um seine alten Schinken im ersten Stock zu katalogisieren.« Ihr Blick zuckte kurz die Regalreihen entlang und kehrte dann zu mir zurück. »Kommst du klar?«

»Sicher.« Ich stand auf und folgte ihr durch den Gang zur Tür.

»Komm heute Abend zu mir, dann können wir über alles reden«, raunte Tess, als sie mir die Tür öffnete. Laut fügte sie hinzu: »Tut mir leid, Ms Mitchell, dass wir nicht haben, wonach Sie suchen.« Dann schob sie mich zur Tür hinaus.

Ein wenig verdattert stand ich plötzlich wieder auf dem Gehsteig und blinzelte gegen das helle Sonnenlicht an. Plötzlich musste ich grinsen. Tess mochte zwar ein wenig schräg sein, aber sie war zweifelsohne eine echte Freundin.

Während ich ziellos die Straße entlangging, dachte ich über ihre Worte nach. Ich sollte mir Nicholas aus dem Kopf schlagen. Damit hatte sie ganz bestimmt Recht. Die Frage war nur, wie ich das anstellen sollte. Wie konnte ich ihn vergessen, wenn er Tag und Nacht um mich war?

Die Antwort auf meine Frage begegnete mir ein paar Meter weiter die Straße entlang in Form von Adrian, der gerade mit einem Becher Kaffee in der Hand das Diner verließ. Als er mich entdeckte, überzog sofort ein strahlendes Lächeln seine Züge. Nach drei großen Schritten stand er vor mir.

»Sam! Schön Sie zu sehen!« Sein Blick fing sich in meinen Augen. »Sie sehen ein wenig mitgenommen aus. Ist alles in Ordnung?«

Nichts war in Ordnung. Aber er würde dafür sorgen, dass die Dinge wieder ins rechte Lot gerieten. Der Plan, den ich mir in Bruchteilen von Sekunden zurechtlegte, war folgender: Ich würde künftig eine Menge Zeit mit Adrian verbringen. Mindestens so lange, bis Nicholas fort war. Je weniger ich in Nicholas' Nähe wäre, umso leichter würde es mir fallen, ihn zu vergessen. Adrian sollte mir dabei helfen. Was sprach schon gegen ihn? Er war jung, sah gut aus, war charmant und nett und obendrein noch reich. Vor allem aber war er lebendig. 1:0 für Adrian.

»Sam?«, wiederholte er, als ich noch nicht geantwortet hatte. »Geht es Ihnen nicht gut?«

»Doch«, sagte ich hastig. »Ich habe nur ... Heimweh. Mir fehlen meine Familie und natürlich meine Freunde.«

»Da fällt mir Regel Nummer zwei für das Überleben in Kleinstädten ein.«

»Ach?«

Er nickte ernsthaft, hakte sich bei mir unter und ging mit

mir die Straße hinunter. »Darin geht es um den sogenannten Kleinstadtkoller und wie man ihn vermeiden kann. Ist übrigens eine ganz einfache Lösung.«

»Jetzt bin ich neugierig.«

»Sie brauchen Gesellschaft. Am besten die eines jungen, gut aussehenden Kerls.« Sein Grinsen wurde breiter. »Da aber leider gerade keiner hier ist, müssen Sie wohl mit mir vorliebnehmen.«

Tiefstapler.

Eine Weile gingen wir nebeneinanderher. Adrian hatte meinen Arm immer noch nicht losgelassen und plauderte munter drauflos. Er sprühte so sehr vor guter Laune, dass sich meine Stimmung ein wenig besserte.

»Was ist, Sam, soll ich Sie nach Hause fahren?«

»Vielen Dank, aber ich bin selbst mit dem Wagen hier.« Was dachte er, dass ich den ganzen Weg zu Fuß gegangen war? Oder dass jemand in seiner Abwesenheit eine U-Bahn gebaut hätte? Ich war schon wieder ungerecht. Das war sichtlich heute die Spezialität des Tages.

Adrian schien von meinen Stimmungsschwankungen nichts zu bemerken. »Ich dachte eher daran, hinter Ihnen herzufahren. Ich weiß ja nicht, wann Sie das letzte Mal getankt haben. Aber eigentlich hatte ich darauf gehofft, dass Sie vielleicht vorher noch einen Kaffee mit mir trinken würden.«

Ich sah auf den Becher in seiner Hand. »Was stimmt mit dem nicht?«

Er begann zu lachen. »Sam, Sie sind wirklich ein harter Brocken. Der Kaffee ist gut, aber ich würde ihn glatt in den nächsten Busch kippen, wenn ich dafür die Gelegenheit bekäme, mit Ihnen auszugehen.«

Bisher war ich jedes Mal, wenn wir uns begegneten, weder geschminkt gewesen noch hatte ich meine Haare besonders hergerichtet oder schicke Klamotten an. Was also fand ein Mann wie er an mir, dass er derart beharrlich war? »Sie sind ziemlich hartnäckig.« Eigentlich schon fast zu hartnäckig für meinen Geschmack, aber darum ging es nicht. Ziel dieser Übung war es schließlich, Nicholas zu vergessen.

»Ich finde es schön, mit jemandem sprechen zu können, der nachvollziehen kann, wie es ist, die Großstadt zu vermissen.«

Aha! Das war es also. Seine Form von Kleinstadtkoller.

»Abgesehen davon mag ich Sie und würde Sie wirklich gerne näher kennenlernen.«

Ups. »Ich mag keinen Kaffee«, rutschte es mir heraus. Schlagartig verschwand sein Grinsen. In diesem Moment tat er mir leid. »Gibt's bei *Luigi* vielleicht Eis?«

Adrians Miene hellte sich wieder auf. »Das Beste im Ort. – Na ja, und das einzige, von den Packungen im Supermarkt mal abgesehen.«

»Worauf warten wir dann noch?«

Zu meiner Überraschung hatte das Lokal hinter dem Haus einen kleinen, von Farnen und Bäumen umkränzten Garten. Dort standen drei Tische mit rot-weiß karierten Tischdecken, passend zu den Gardinen im Inneren. Wir suchten uns einen Tisch in der Sonne und bestellten zwei große Portionen Pistazieneis mit Sahne.

Das Eis war wirklich gut und Adrian ausgesprochen unterhaltsam. Mit seinen Geschichten und Scherzen schaffte er es für eine Weile sogar, mich von Nicholas abzulenken. Zumindest so lange, bis er seinen Großvater erwähnte. Adrian senior. Nicholas' Bruder. Der alte Mann hatte während Adrians Abwesenheit einen Schwächeanfall erlitten.

»Jedenfalls musste ich meinen Aufenthalt in San Francisco früher als geplant beenden und gestern Abend nach Cedars Creek zurückkehren«, erzählte er gerade.

»Geht es Ihrem Großvater denn jetzt wieder besser?«

Adrian seufzte. »Er ist ein alter Mann und er ist krank. Schon seit einer ganzen Weile kann er das Haus nicht mehr verlassen. Trotzdem hat er immer weitergearbeitet. Wichtige Unterlagen hat er sich ins Haus kommen lassen, um sie dort zu studieren und zu unterzeichnen. Am nächsten Tag hat sie jemand wieder abgeholt. Das war, bevor ich kam. Heute erledige ich seine Arbeit. Trotzdem will er immer wissen, was um ihn herum geschieht. Manchmal sitze ich abends stundenlang bei ihm und lasse mich von ihm über die Distillery und die Menschen dort ausfragen. Für ihn ist es schlimm, nicht mehr richtig am Leben teilhaben zu können. Aber das wird sich wohl nicht mehr ändern.«

»Das tut mir leid.«

Adrian rührte in seinem Eisbecher herum. »Zumindest kann er auf ein erfülltes Leben zurückblicken.«

Das war weit mehr, als Nicholas gegönnt gewesen war. Da war er wieder! Nicholas. Wenn er nicht in meinem Haus spukte, dann in meinen Gedanken! Ich zwang mich, Adrian anzusehen. Wie gut er aussah! Kein Zweifel möglich. Doch jedes Mal, wenn ich in seine Augen sah, war ich enttäuscht, dass sie nicht blau waren. Es war zum Aus-der-Haut-Fahren! Ich ertappte mich sogar dabei, dass ich in Adrians Zügen nach einer Ähnlichkeit zu Nicholas suchte. Immerhin waren die beiden verwandt. Doch sie glichen sich wie Feuer und Wasser. Wo Nicholas kantig und rau war, war Adrian weich. Kein Bartansatz, keine harten Züge, nur weiche Linien und glatte Haut.

Plötzlich wollte ich wissen, was Adrian über seinen verstorbenen Großonkel wusste. »Ich habe gehört, Ihr Großvater hatte einen Bruder.«

Adrian sah auf. »Nicholas«, sagte er tonlos.

Ich erinnerte mich daran, wie liebevoll Nicholas über seinen Bruder gesprochen hatte. »Es muss schlimm für Ihren Großvater gewesen sein, seinen geliebten Bruder so früh zu verlieren.«

»Geliebter Bruder?« Alle Fröhlichkeit war schlagartig aus seinen Zügen gewichen. »Wohl kaum.«

Seine Reaktion verwirrte mich. »Aber ich dachte …«

»Was dachten Sie?«, erwiderte er beißend. »Dass jemand, der bei dem Versuch, seinen eigenen Bruder zu töten, ums Leben kommt, ein geliebter Mensch sein könnte?«

Mir fiel der Eislöffel aus der Hand. »Er hat was?« Ich war mir nicht sicher, ob ich die Frage tatsächlich ausgesprochen hatte. Zumindest hörte ich meine eigenen Worte kaum, denn in meinem Kopf rauschte es plötzlich heftig. *Versucht seinen eigenen Bruder zu töten* … Das konnte unmöglich wahr sein!

Adrian hob meinen Löffel auf, legte ihn auf den Tisch

und winkte dem Kellner, damit er mir einen frischen bringen konnte. Nicht dass ich den Löffel noch gebraucht hätte. Mir war die Lust auf Eis gründlich vergangen. Ich verschränkte die Finger unter dem Tisch, um das plötzliche Zittern meiner Hände zu verbergen. Es kostete mich unendliche Mühe, gelassen zu klingen. »Wollen Sie mir davon erzählen?«

»Sam, das ist nicht unbedingt eine geeignete Geschichte für einen schönen Nachmittag.«

»Nein, bitte! Ich würde es gerne hören!« Ich musste wissen, was er über Nicholas zu sagen hatte. »Das heißt, wenn Sie darüber sprechen wollen.«

»Aber sagen Sie hinterher nicht, ich hätte Sie nicht gewarnt«, seufzte er und lehnte sich im Stuhl zurück. Es dauerte eine Weile, ehe er zu sprechen begann. »Mein Großvater war immer sehr beliebt. Er war der jüngere der beiden Brüder. Adrian senior. Nach ihm bin ich benannt. Grandpa war mir immer näher als jeder andere. Sogar näher als Dad. Das liegt wohl daran, dass wir uns sehr ähnlich sind. Wir denken in vielen Dingen gleich. Abgesehen davon bin ich ihm wie aus dem Gesicht geschnitten. Dad hat das schon bei meiner Geburt bemerkt, deshalb hat er mir Großvaters Namen gegeben. Sie sollten das Porträt sehen, das über dem Kamin hängt. Es zeigt Grandpa, als er etwa in meinem Alter war. Aber es könnte ebenso gut mein Bild sein.«

»Das klingt ja, als wäre Ihr Großvater so etwas wie ein älterer Zwilling.«

»Irgendwie ist er das wohl.« Adrian griff nach seinem Löffel und drehte ihn zwischen den Fingern hin und her. »Grandpa hat nie verwunden, was sein Bruder ihm angetan hat. Nicholas war sein ganzes Leben lang eifersüchtig auf ihn. Obwohl er der Ältere der beiden war, stand er immer in Grandpas Schatten. Wo immer Grandpa hinkam, zog er alle Aufmerksamkeit auf sich. Ich glaube, Nicholas konnte damit nicht umgehen. Deshalb hat er beschlossen, seinen Bruder zu töten. Er wollte ihn aus dem Fenster stürzen, doch Grandpa hat sich gewehrt. Dabei ist Nicholas zu Tode gekommen. Die Menschen in Cedars Creek denken, es war ein Unfall. Meine ganze Familie denkt das. Ich bin der Einzige, dem Grandpa erzählt hat, was damals wirklich geschehen ist.«

Mir wurde übel. Adrians Gesicht verschwamm vor meinen Augen.

»Sam! Um Gottes willen, Sie sind ja leichenblass!«

Kunststück. Der Geist in meinem Haus – Nicholas – war ein Mörder! Plötzlich war Adrian neben mir und legte mir eine Hand auf den Arm. Seine Finger fühlten sich so kühl an, dass ich zusammenzuckte, weil ich zunächst an Nicholas' Berührung denken musste. Es dauerte einen Moment, ehe mir klar wurde, dass seine Finger nur so kalt waren, weil er kurz davor noch seinen Eisbecher gehalten hatte.

»Sam?«

Benommen blinzelte ich ihn an. »Entschuldigung. Ich … mir …«

»Ich hätte Ihnen das nicht erzählen sollen.«

»Nein! Ich musste das wissen!«, entfuhr es mir.

Adrian runzelte die Stirn. »Sie *mussten*?« Seine Hand ruhte noch immer auf meinem Arm. »Was meinen Sie damit?«

»Ihr Großonkel … er … ich …« Ich konnte nicht anders, ich musste es ihm einfach sagen. Sonst wäre ich vermutlich umgefallen. Aber wie sagte man etwas, das sich für einen Außenstehenden völlig verrückt anhören musste? »Sein Geist geht in meinem Haus um«, würgte ich hervor.

Adrian stand weder auf, um davonzulaufen, noch griff er nach dem Handy, um mir ein Zimmer in der Klapsmühle zu reservieren. Ich erntete nicht einmal den mitleidigen Blick, mit dem man Durchgeknallte üblicherweise bedenkt. Er sah mich nur an. Vollkommen ernst. Schweigend.

»Adrian, ich weiß, wie sich das für Sie anhören muss, aber …«

Jetzt begann er zu lachen. Er lachte so lange und so heftig, dass ihm die Tränen kamen. »Sie hätten mich fast drangekriegt!«, keuchte er, nachdem er sich langsam wieder beruhigte. »Sie sind unglaublich!«

»Was … aber …« Ich klappte den Mund zu und zwang mich zu einem – extrem schiefen – Lächeln. Es war besser, nicht weiter zu versuchen, ihm klarzumachen, dass ich nicht scherzte. Er würde mir nicht glauben. »Gut, nicht wahr?«

Bis vor ein paar Minuten hatte ich noch geglaubt, mein größtes Problem bestehe darin, mich in einen Toten verliebt zu haben. Und jetzt …?

11

Nach Adrians Lachanfall schaffte ich es, noch eine Weile mit ihm zu plaudern. Im Nachhinein hätte ich nicht mehr sagen können, wie ich das überhaupt hatte durchstehen können. Ich wusste nicht einmal mehr genau, worüber wir gesprochen haben, denn die ganze Zeit über hatte mich nur eine Frage beschäftigt: Wie schnell konnte ich verschwinden, ohne dass er mich für komplett übergeschnappt halten würde?

Um von ihm fortzukommen, hatte ich ihm allerdings versprechen müssen, mit ihm zu Abend zu essen. Heute. Bei ihm, im Haus auf dem Hügel. Ohne meine Zusage hätte er mich nicht so einfach entwischen lassen. Er wollte mich später abholen.

Während der ganzen Zeit konnte ich nur daran denken, dass ich dringend mit Tess sprechen musste. Sobald ich mich von Adrian losgeeist hatte, rannte ich zur Bibliothek. Tess war allerdings nicht da. Mr Owens hatte sie in einen der Nachbarorte geschickt, um ein paar Bücher abzuholen.

Ich versuchte sie auf dem Handy anzurufen, doch sie

hatte es abgeschaltet. Auf sie zu warten war sinnlos. Also kehrte ich zu meinem Wagen zurück.

Lange Zeit saß ich einfach nur reglos hinter dem Lenkrad und fragte mich, was ich jetzt tun sollte. Es gab mehrere Optionen. Eine war, einfach den Motor anzulassen und so weit von Cedars Creek fortzufahren wie nur möglich. Doch das brachte ich nicht über mich. In meinem Haus saß der ruhelose Geist eines Mörders. Was, wenn er einen Weg fand, anderen zu schaden?

Nicholas war kein Mörder! Falls überhaupt, hatte er es bestenfalls versucht. Wer sagte mir denn, dass Adrians Geschichte der Wahrheit entsprach? Hatte er nicht selbst gesagt, er sei der Einzige, dem sein Großvater von der Sache erzählt habe? Vielleicht war Adrian senior ja derjenige, der die Tatsachen verdrehte. Wenn Nicholas wirklich versucht hätte, ihn umzubringen, welchen Grund sollte Adrian senior haben, niemandem – außer seinem Enkel – davon zu erzählen?

Nicholas hatte mir nie etwas getan. Letzte Nacht hatte er mir sogar das Leben gerettet. Während der vergangenen Tage hatte ich ihn als einen fürsorglichen und sanften Menschen kennengelernt, und nur weil mir Adrian die Geschichte eines alten Mannes erzählte, war ich plötzlich bereit, an allem zu zweifeln, was mir mein Herz über Nicholas sagte?

Es gab nur einen Weg: Ich musste selbst herausfinden, was an der Geschichte dran war. Auf meine Weise. Falls sich herausstellte, dass Nicholas tatsächlich versucht hatte, seinen Bruder zu töten, gab es für mich zumindest keinen

Grund, ihn zu fürchten. Er konnte mir nichts tun, denn dazu müsste er mich erst einmal berühren können.

Sollte sich zeigen, dass an den Anschuldigungen etwas dran war, hatte ich den Grund für seine Ruhelosigkeit gefunden – und das, ohne je ein einziges Buch über Geister gelesen zu haben: Schuldgefühle.

Nachdem es mir endlich gelungen war, mein Entsetzen zu überwinden und meinen Verstand wieder zu benutzen, fühlte ich mich um einiges besser. Tief in meinem Herzen *wusste* ich, dass Nicholas niemals dazu fähig wäre, jemanden zu ermorden oder es auch nur zu versuchen. Das passte einfach nicht zu ihm. Trotzdem gab es noch eine – wenn auch sehr leise – Stimme in mir, die mich warnte, auf der Hut zu sein. Das wollte ich tun, auch wenn ich nicht glaubte, dass es nötig sein würde.

Mit ausgesprochen gemischten Gefühlen kehrte ich in die Maple Street zurück.

Sobald ich das Haus betrat, spürte ich die Kälte. Einen Moment später begrüßte mich ein kühles Prickeln an meinem Arm. Obwohl ich mir vorgenommen hatte, mich zusammenzureißen, fuhr ich erschrocken zurück. Sofort spürte ich, wie die Kälte ein wenig von mir wich, weniger undurchdringlich schien. Als hätte Nicholas sich ein Stück zurückgezogen. Nach dem Auftritt, den ich heute Morgen hingelegt hatte, kam ihm mein Verhalten vielleicht nicht einmal allzu sonderbar vor.

 Es war inzwischen Nachmittag. Einmal mehr hatte ich es geschafft, den halben Tag mit Nichtstun zu vertrödeln. So ganz stimmte das nicht. Immerhin war ich heute sehr beschäftigt gewesen, wenn schon nicht mit Renovieren, dann zumindest damit, mir von meinen eigenen Gefühlen und ein paar alten Geschichten ordentlich den Boden unter den Füßen wegziehen zu lassen.

Ich begann mich allmählich zu fragen, wie ich es schaffen wollte, die arglose Fassade aufrechtzuerhalten und Nicholas gleichzeitig über Adrian auszufragen. Dafür war Diplomatie gefragt, und die war noch nie meine Stärke gewesen. Ich neige eher dazu, nicht lange um den heißen Brei herumzureden und stattdessen gleich mit der Tür ins Haus zu fallen. Das durfte mir auf keinen Fall passieren! Ich wollte unbedingt verhindern, dass Nicholas erfuhr, was ich wusste – und von wem ich es wusste.

Um mich abzulenken, stürzte ich mich wieder auf meine Tapeten. Wie lange kratzte ich jetzt eigentlich schon an den blöden Wänden herum? Schwer vorstellbar, dass ich je damit fertig werden würde. Wie auch, wenn ich mich mit Geistern, Verehrern und Geschichten über Mord herumschlagen musste!

Während ich spachtelte, war Nicholas in meiner Nähe, allerdings nie so nah, dass ich seine Berührung – oder das, was bei ihm einer Berührung am nächsten kam – spürte. Gut so! Dass er sich auf Abstand hielt, machte es leichter. Allmählich reifte ein Plan in mir. Wenn ich ihn dieselbe Geschichte immer und immer wieder erzählen ließ, musste ich doch merken, ob er sich irgendwann verhaspelte oder unterschiedliche Versionen erzählte. Falls das geschah, hätte ich den Beweis, dass Adrian Recht hatte. Allerdings hatte Nicholas bereits mehrfach von seinem Tod erzählt. Erst mir, dann Tess. Dabei war mir nichts Verdächtiges aufgefallen. Seufzend bearbeitete ich die Wand weiter. Dann musste ich mein Augenmerk eben auf Adrian senior lenken und dafür sorgen, dass Nicholas über ihn sprach. Je mehr ich ihn mit seinem Bruder konfrontierte, desto wahrscheinlicher war es, dass irgendwann seine Gefühle mit ihm durchgingen und er sich doch noch verriet. Ich musste dann nur noch so tun, als hätte ich nichts davon bemerkt. Das wäre der schwierigste Teil.

Das alles war Blödsinn! Wütend warf ich den Spachtel in eine Ecke und stampfte die Treppen nach unten, um mir etwas zu trinken zu holen. Nicholas würde sich nicht verraten, weil er nichts getan hatte. Er war kein Mörder! Niemals!

Allein die Vorstellung, er könne versucht haben, seinem eigenen Bruder etwas anzutun, fühlte sich vollkommen falsch an. Das war nicht der Nicholas, den ich kannte! Der Mann – Geist –, den ich kannte, erzählte mit strahlenden Augen von seinem Bruder, nicht mit einem Gesicht, das vor Neid verkniffen war.

Als ich mit einer Wasserflasche nach oben zurückkehrte, war ich endgültig zu der Überzeugung gelangt, dass Nicholas nichts Böses getan hatte. Erleichtert – und ein wenig beschämt darüber, dass ich so an ihm gezweifelt hatte – machte ich mich wieder an die Arbeit.

Eine ganze Weile vor Einbruch der Dunkelheit begann ich mich für den Abend zurechtzumachen. Nachdem ich geduscht hatte, stand ich in meinem Schlafzimmer und blickte ratlos auf die Klamottenauswahl, die ich auf dem Bett ausgebreitet hatte. Schließlich entschied ich mich für einen langen orange geblümten Sommerrock und eine weiße Bluse. Dazu ein Paar Riemchensandalen. Ich warf Nicholas aus dem Schlafzimmer, um mich ungestört anziehen zu können. Eine Erklärung, wofür ich den ganzen Aufwand betrieb, lieferte ich ihm nicht.

Als ich mich später im Spiegel betrachtete, die Haare ordentlich frisiert und hochgesteckt, leicht geschminkt und schick angezogen, fühlte ich mich einen Moment lang richtig gut. Lächelnd betrachtete ich mein Spiegelbild. Ob ich Nicholas so gefallen würde?

Das Lächeln verschwand schlagartig. Was machte ich hier? Statt mich auf den Abend mit Adrian zu freuen, dachte ich an Nicholas! Die Angst, die ich nach Adrians Geschichte verspürt hatte, war längst verflogen. Was blieb, war dasselbe Herzklopfen, mit dem ich heute Morgen das Haus verlassen hatte. Ich schlüpfte aus den Sandalen, pfefferte die Schuhe frustriert in eine Ecke und ließ mich aufs Bett fallen. Keine Minute später sprang ich wieder auf und lief barfuß die Treppen nach unten, um mein Handy zu holen. Ich wählte die Nummer der Auskunft und ließ mich mit der Distillery verbinden. Kurz darauf hatte ich Adrians Sekretärin in der Leitung, die mir sagte, dass Mr Crowley nicht im Haus sei. Da hätte ich auch selbst draufkommen können. Immerhin war er davor schon die ganze Zeit mit mir unterwegs gewesen. Vermutlich kaufte er gerade ein oder traf irgendwelche anderen Vorbereitungen für den Abend. Ich fragte die Sekretärin nach Adrians Handynummer, doch sie wollte sie mir nicht geben. »Bedaure, das ist vertraulich«, sagte sie nur kühl und legte auf. Ich wählte ein weiteres Mal die Nummer der Auskunft und ließ mich mit Adrians Privatanschluss verbinden. Als das Freizeichen ertönte, schlug mir das Herz bis zum Hals. Was sollte ich ihm sagen? Am besten die Wahrheit. Aber was war die Wahrheit? Sorry, Adrian, aber ich liebe Ihren Großonkel, der nebenbei bemerkt tatsächlich in meinem Haus spukt? Wohl kaum. Also die nicht ganz so komplette Wahrheit. Ich würde ihm sagen, dass ich nicht mit ihm ausgehen konnte und dass ich mich nicht so für ihn interessierte, wie er sich das vorstellte. Natürlich höflich und nett verpackt. Je nachdem, wie es lief, hatte ich noch immer die Möglichkeit, ihm meine Freundschaft anzubieten. Sofern er sie haben wollte. Zu meinem Ärger hob auch nach dem zehnten Klingeln niemand ab. Wo steckte der Kerl? Ich wartete noch eine Weile, zählte jedes Klingeln und flüsterte immer wieder: »Geh ran!« Nachdem mein Ohr schon im Takt mittuten konnte und sich noch immer niemand meldete, speicherte ich die Nummer und trennte die Verbindung.

Dann würde ich ihm sagen, dass ich nicht mit ihm ausgehen konnte, wenn er mich abholen kam. So viel Ehrlichkeit hatte er verdient. Ich kehrte ins Schlafzimmer zurück, tauschte Rock und Bluse gegen Jeans und T-Shirt und löste meine Haare.

»Kannst du mir bitte sagen, was mit dir los ist?«

Ich fuhr erschrocken zusammen, als Nicholas plötzlich in der Tür stand. Die Dämmerung war aufgezogen, ohne dass ich es bemerkt hatte.

Er lehnte im Türstock, als wäre er ein lebender Mann. Ein Blick in seine Augen genügte und meine Knie wurden weich. »Nicholas«, begann ich, »ich glaube, ich muss dir etwas erklären.«

»Nicht nötig.« Er machte einen Schritt auf mich zu, blieb dann aber stehen. »Ich hatte den ganzen Tag Zeit nachzudenken. Sam, ich war egoistisch und das tut mir leid. Ich habe dich geküsst, weil ich mir nichts mehr gewünscht habe, als das zu tun. Dabei habe ich keine Sekunde daran gedacht, was das für dich bedeutet.«

Was es bedeutete? Es bedeutete mir alles! Ich schwieg.

»Du bist jung. Vor dir liegt noch dein ganzes Leben und du solltest den Teufel tun, das an mich zu verschwenden. Ich …« Er ballte die Hände zu Fäusten. »Ich will nicht, dass du einsam und traurig bist, wenn ich nicht mehr hier bin.«

Ich wollte widersprechen, wollte ihm sagen, dass wir doch noch gar nicht wussten, ob es uns überhaupt gelingen würde, einen Weg zu finden, ihm seinen Frieden zu schenken, doch er ließ mich nicht zu Wort kommen.

»Genieße dein Leben. Zieh nach Boston, so wie du es dir wünschst. Such dir einen Mann – einen lebendigen Mann – und gründe mit ihm eine Familie. Werde glücklich. Das ist alles, was ich möchte.«

Ich konnte ihm nicht länger in die Augen sehen. Der Schmerz und die ausweglose Liebe, die ich darin fand, taten so unglaublich weh. Das zu sehen und gleichzeitig zu wissen, dass er Recht hatte, machte mich fertig.

»Was ist, wenn wir keinen Weg finden …?«

»Sam, ich habe die letzten fünfzig Jahre …« Er brach ab
und ich wette, er hatte »überlebt« sagen wollen. »Ich bin schon so lange hier und es macht mir nichts aus. Ich spüre

keinen Schmerz, werde nicht krank, habe keinen Streit mit den Nachbarn. Nichts. Ich bin einfach nur da. Und das kann ich auch weiterhin sein.«

Was konnte er weiterhin sein? Einsam? Es mochte sein, dass ihm äußere Einflüsse nichts anhaben konnten, dennoch hatte er Gefühle. Nicht auszudenken, wie es für ihn sein musste, Tag für Tag allein zu sein, ohne seine Empfindungen mit jemandem teilen zu können!

Unten klopfte es an der Tür. »Das ist Adrian.« Verdammt. Ich drückte mich an Nicholas vorbei. »Bin gleich wieder da.«

»Nein!«

Ich hielt inne. »Nein?«

»Sag ihm nicht ab. Geh mit ihm aus.«

Ich betrachtete ihn aus zusammengekniffenen Augen, suchte in seinem Gesicht nach Anzeichen, wie ich seine Worte zu deuten hatte. Was ich in seinen Augen fand, erstaunte mich. Es war dieselbe Strategie, die ich mir noch heute Morgen selbst überlegt hatte. Mit Adrian auszugehen, um Nicholas zu vergessen.

»Woher weißt du …?«

»Dass du ihm absagen willst? Du hast ihm schon wie eine Verrückte hinterhertelefoniert, um ihn wieder loszuwerden.« Sein Blick fiel auf den Rock und die Bluse, die ich achtlos aufs Bett geworfen hatte. »Es ist wirklich nicht zu übersehen, dass du es dir anders überlegt hast. Aber das solltest du nicht.«

Seine Worte verschlugen mir die Sprache. Er liebte mich und trotzdem versuchte er, mich in die Arme eines anderen zu treiben, damit ich glücklich wurde. War das nun selbstlos oder bloß völlig bescheuert?

Unten klopfte es wieder. Ich ging an Nicholas vorbei zur Treppe. Es war sicher das Beste, dieses Haus so schnell wie möglich zu verkaufen und dann nichts wie weg! Auf nach Boston! Ohne Nicholas und ohne Adrian.

Als ich die Tür öffnete, war ich fest entschlossen, Adrian fortzuschicken.

»Hallo, Sam«, begrüßte er mich mit fröhlichem Grinsen. »Sind Sie fertig?«

»Also, um ehrlich zu sein …«

»Sagen Sie nicht, Sie haben es sich anders überlegt.« Er klang aufrichtig enttäuscht.

»Nein. Ich bin nur noch nicht ganz fertig«, sagte ich hastig und trat einen Schritt von der Tür weg. »Kommen Sie rein.«

Als ich Adrian in den Flur führte, fiel mein Blick auf Nicholas. Er stand wie angewurzelt oben auf der Treppe und starrte Adrian an. Ich hatte nicht die geringste Vorstellung davon, wie es für ihn sein musste, nach so vielen Jahren zum ersten Mal wieder ein Mitglied der eigenen Familie zu sehen. Sichtlich war es nicht leicht.

»… gesehen, Sam?«

»Was?« Blinzelnd sah ich Adrian an.

»Ich habe nur gefragt, ob Sie ein Gespenst gesehen haben«, erklärte Adrian. »Oder warum starren Sie die ganze Zeit die Treppe hinauf?«

»Nein, nein«, sagte ich hastig. Es fiel mir entsetzlich schwer, so zu tun, als sei Nicholas nicht hier. Meine Augen wanderten immer wieder zu ihm. Etwas an seiner Art gefiel mir nicht. Seine Haltung war angespannt, die Züge ernst und seltsam verkniffen. Wenn er mir jetzt sagen wollte, ich solle doch nicht mit Adrian ausgehen, würde ich ihn erwürgen!

»Sam, schick ihn fort!« Nicholas kam ein Stück die Treppe herunter.

Das durfte nicht wahr sein! Wusste er überhaupt, was er wollte? Um ein Haar hätte ich ihn angefahren. Mir fiel gerade noch ein, dass Adrian hier war und ich schlecht vor ihm mit Nicholas sprechen konnte. Ohne Nicholas aus den Augen zu lassen, sagte ich hastig zu Adrian: »Ich habe nur gerade überlegt, wo ich meine Jacke hingelegt habe.«

»Da bin ich ja beruhigt. Ich hatte schon befürchtet, Sie würden wieder behaupten, der Geist meines Uronkels ginge um.«

»Geist?« Ich lachte nervös. »Unsinn!«

Nicholas kam noch ein Stück näher. »Sam, du darfst auf keinen Fall mit ihm ausgehen!«

»Was?«, entfuhr es mir.

»Was sagen Sie?«, fragte Adrian.

»Du sollst nicht mit ihm ausgehen!«, herrschte Nicholas so laut, dass ich zusammenzuckte. So hatte ich ihn noch nie gesehen. War das Eifersucht? Zorn? Der Blick, mit dem er Adrian bedachte, war derart hasserfüllt, dass ich es mit der Angst zu tun bekam. Noch nie hatte Nicholas so bedrohlich gewirkt.

»Sam!« Wieder Adrian.

Ich wusste gar nicht mehr, wo ich hinsehen sollte. Oder

wem ich laut antworten durfte und wem nicht. Etwas stimmte nicht mit Nicholas. Obwohl ich ihn nur ausgesprochen widerwillig aus den Augen ließ, wandte ich mich schließlich Adrian zu. »Ja?«

»Sie wirken ein wenig verwirrt.«

Gleichzeitig brüllte Nicholas: »Schick ihn fort!«

»Sam?« Adrian berührte meinen Arm. Ich fuhr erschrocken zusammen. Da nahm er mich bei den Schultern und zwang mich, ihn anzusehen. Im Hintergrund schrie Nicholas so laut, dass ich seine Worte nicht einmal mehr verstehen konnte. Hätte Adrian mich nicht festgehalten, dann hätte ich mir die Ohren zugehalten, um sein Gebrüll nicht mehr hören zu müssen. »Sam, sehen Sie mich an! Sind Sie noch immer so verwirrt von der Geschichte, die ich Ihnen erzählt habe?«

»Geschichte?« Es dauerte einen Moment, bis ich begriff, doch da war es auch schon zu spät.

»Von meinem Großonkel Nicholas, der versucht hat Grandpa zu ermorden. Erinnern Sie sich?«

Oh ja, das tat ich. Jetzt brach die Hölle über mich herein. Adrian hatte die Worte kaum ausgesprochen, da brüllte Nicholas: »Ich bin kein Mörder!« Nicht dass Adrian ihn hätte hören oder seine Anwesenheit sonst wie hätte bemerken können. Die Leidtragende war ich. Ich hörte das Gebrüll und ich sah, wie Nicholas mit zwei Sätzen die Treppen überwand und sich auf Adrian stürzte. Natürlich ging sein Angriff durch Adrian hindurch. Dennoch versuchte er es weiter. Währenddessen wandte sich der ahnungslose Adrian in aller Ruhe den Fotos zu, die dort an der Wand hingen.

»Sind Sie das?« Adrian deutete auf das Foto aus Disney World, während Nicholas etwas schrie, was sich wie »verdammter Bastard« anhörte, und vergeblich versuchte, ihn zu fassen zu bekommen.

Ich nickte hastig. »Warum gehen Sie nicht schon zum Wagen?«, stieß ich hervor und zuckte zusammen, als Nicholas nach Adrian schlug. Ich glaubte zu hören, wie die Luft unter seinem Schlag zischte, doch seine Faust ging wieder geradewegs durch Adrian hindurch. Ich packte Adrian am Arm und schob ihn zur Tür. »Ich hole nur meine Jacke. Bin gleich da.« Kaum war Adrian draußen, warf ich die Tür hinter ihm zu und fuhr zu Nicholas herum. Er hatte sich immer noch nicht beruhigt. Schnaubend vor Zorn stand er da, doch immerhin war er Adrian nicht gefolgt.

»Bist du irre?«, fuhr ich ihn an und griff nach meiner Jacke. Um nichts auf der Welt wollte ich hierbleiben, solange Nicholas sich so aufführte.

Nicholas kam auf mich zu. Ich wich vor ihm zurück. »Sam! Bleib hier!«

Nicht solange er mir derart Angst machte. Ich wollte zur Tür und spürte, wie die Kälte mir folgte. »Du darfst nicht mit ihm gehen! Das ist mein Bruder!«

Ich erstarrte. Ganz langsam drehte ich mich zu ihm herum. »Weißt du überhaupt, was du da redest?« Konnten Geister wahnsinnig werden? Mir war nur klar, dass ich hier rausmusste, ehe ich ebenfalls durchdrehte. Ich wandte mich wieder der Tür zu. Nur noch zwei Schritte nach draußen. Eisige Kälte schnitt durch meinen Körper, als Nicholas durch mich hindurchglitt und sich mir in den Weg stellte.

Was wollte er tun? Verhindern, dass ich nach dem Türknauf griff? Er konnte mich nicht aufhalten. Er konnte mich ja nicht einmal berühren! Plötzlich sprang er vor, geradewegs auf mich zu. Ich schrie. Das war mein Fehler. Nicholas atmete tief ein, nahm meinen Atem in sich auf, und einen Moment später spürte ich eine leichte Berührung an meinem Arm. Dann packte er mich und zog mich zu sich heran. Ich versuchte mich zu befreien, doch er war zu stark. Dieses Mal war es kein Kuss, als er seine Lippen auf meine presste.

Begierig nahm er meinen Atem in sich auf. Ich riss die Augen auf und kämpfte gegen ihn an, doch während sein Griff immer fester wurde, ließen meine Kräfte rasch nach. Alles, was ich denken konnte, war, wie sehr ich mich doch in ihm getäuscht hatte. Dieser Mann war gefährlich! Und jetzt nahm er meinen Atem. Er würde mich umbringen! Je mehr er nahm, desto schwächer fühlte ich mich. Meine Knie wurden weich und ich wäre gestürzt, wenn er mich nicht so unerbittlich festgehalten hätte. Ich erhaschte einen Blick in seine Augen, sah die Gier nach Leben darin, und plötzlich erinnerte ich mich daran, was er gesagt hatte: Ich müsste töten, um wieder leben zu können.

Ich fühlte mich schwach. Dunkle Flecken tanzten vor meinen Augen, Geräusche drangen nur noch gedämpft zu mir durch, als hätte mir jemand Watte in die Ohren gestopft. Seine Züge begannen zu verschwimmen. Ein Stöhnen kroch über meine Lippen, als ich kraftlos versuchte, ihn von mir zu schieben. Dann gab er mich so abrupt frei, dass ich fast auf den Boden geknallt wäre.

»Verzeih mir«, keuchte er und wich einen Schritt zurück.

Schwer atmend starrte ich ihn an, dann riss ich die Tür auf und lief stolpernd nach draußen. Fort von seiner kühlen Berührung hinaus in die Wärme des Abends. Ich rannte quer über den Rasen zu Adrians Wagen, der vor dem Haus am Straßenrand stand. Hinter mir brüllte Nicholas etwas. Seine Worte gingen im Rauschen meiner Panik unter. Obwohl ich fürchtete, er würde mir folgen, sah ich mich nicht um. Stattdessen konzentrierte ich mich darauf, nicht über meine eigenen Beine zu stolpern. Auf der Straße angekommen, umrundete ich den Jeep, riss die Beifahrertür auf und sprang in den Wagen.

»Fahren wir!«, rief ich atemlos. »Schnell!« Meine Augen zuckten zur Haustür, doch Nicholas war nicht zu sehen. Wo zum Teufel war er? Er hatte die ganze Zeit über versucht, Adrian anzugreifen, und jetzt, da er materiell genug war, dass er ihm etwas anhaben konnte, war er nirgendwo zu sehen!

Adrian ließ den Wagen an und fuhr los. Meine Augen glitten die Straße entlang, suchten überall nach Nicholas. Ich wusste, dass er sich nur in einem begrenzten Umkreis um den Friedhof herum bewegen konnte. Wie groß genau sein Bewegungsradius war, wusste ich jedoch nicht. Erst als Adrian auf die Straße bog, die den Hügel hinaufführte, sank ich erleichtert in den Sitz zurück. Ich konnte es noch immer nicht fassen: Nicholas hatte tatsächlich versucht, mich umzubringen!

12

Es war nicht leicht, Adrian davon zu überzeugen, dass ich nicht übergeschnappt war. Natürlich stellte er Fragen. Kein Wunder bei meinem seltsamen Verhalten. Von Nicholas und seinem Angriff auf mich wusste er ja nichts.

Anfangs war ich versucht, ihm die Wahrheit zu sagen. So aufgewühlt, wie ich war, hätte ich damit lediglich den Eindruck untermauert, durchgedreht zu sein. Vielleicht würde ich ihm später, wenn ich mich wieder etwas gefangen hatte, davon erzählen. Jetzt jedoch rettete ich mich in eine Lüge über einen heftigen Streit mit meiner Mutter. Das leidige Thema Boston. Ich schaffte es, die Sache so darzustellen, als hätte ich das Gespräch mit Mom in dem Augenblick beendet, als er bei meinem Haus ankam. Kein Wunder also, dass ich noch immer so verwirrt gewesen war.

»Schlimm, wenn ausgerechnet jemand, der einem so nahesteht, nicht begreifen kann, dass man sein eigenes Leben leben muss«, seufzte er, nachdem ich mit meiner Lügengeschichte fertig war. Er schenkte mir ein aufmunterndes Lächeln. »Kopf hoch, Sam. Das wird schon wieder. Manchmal gibt es eben Dinge, die man tun muss, auch wenn andere es nicht verstehen.«

Was ich nicht verstand, war Nicholas' Verhalten.

Den Rest des Weges schwiegen wir. Ich war ihm dankbar, dass er mir keine bohrenden Fragen stellte und auch nicht versuchte mich aufzuheitern. Denn dann wäre ich vermutlich auf der Stelle in Tränen ausgebrochen.

Adrian stellte den Wagen direkt vor dem Haus ab und öffnete mir die Tür. Das Haus war riesig. Mindestens fünfmal so groß wie mein eigenes. An den Hausecken hingen die Überwachungskameras einer Alarmanlage und in der Nähe des Eingangs entdeckte ich die dazugehörige Warnsirene. Vor Landstreichern musste man sich hier nicht fürchten.

Als ich ausstieg, nahm Adrian meine Hand und führte mich über die überdachte Veranda zur Tür. Er ignorierte den goldenen Klingelknopf und stieß einen der beiden Türflügel auf. Dahinter eröffnete sich eine große Eingangshalle, erhellt von einem gewaltigen Kronleuchter, der von der hohen Decke hing. Böden und Wände waren mit dunklem Holz getäfelt. Im Zentrum der Halle führte eine breite Treppe nach oben und mündete in den Schatten einer Galerie.

»Alter englischer Stil«, erklärte Adrian, als er meinen ehrfürchtigen Blick sah. »Der Architekt stammt tatsächlich aus England, genau wie der Geist, den wir extra haben importieren lassen.«

Ich zuckte zusammen.

Adrian schüttelte verdrossen den Kopf. Ohne meine

Hand loszulassen, kam er ein Stück näher. »Sie sind wirklich ganz schön durch den Wind. Ich hoffe, das gibt sich im Laufe des Abends.«

»Bestimmt.«

»Haben Sie Hunger?«

Essen war so ziemlich das Letzte, wonach mir im Moment der Sinn stand. »Sehr«, log ich.

»Hervorragend. Ich werde uns ein ausgezeichnetes Dinner zaubern.«

»Sie können kochen?«

»Nein«, sagte er lachend, »aber ich weiß, wie man das Zeug beim Chinesen bestellen kann. Und – was fast noch wichtiger ist – ich kann auch Weinflaschen öffnen! Kommen Sie.« Noch immer meine Hand haltend, führte er mich in ein Wohnzimmer. Nur dass dieser Raum nichts mit dem in meinem Haus gemein hatte. Das Zimmer erinnerte mich eher an ein Museum voller antiker Möbelstücke und alter Kostbarkeiten als an einen Raum, in dem man sich abends vor dem Fernseher auf die Couch warf und die Füße auf den Tisch legte. So wie der Tisch aussah, war er aus Mahagoni oder Teakholz. Da hätte ich mich nicht einmal getraut, ein Glas drauf abzustellen, von meinen Füßen ganz zu schweigen. Die dunkle Ledercouch wirkte so Ehrfurcht gebietend, dass ich nie auf den Gedanken gekommen wäre, es mir darauf mit einer Tüte Chips gemütlich zu machen. Die Teppiche sahen ebenso antik und wertvoll aus wie der Rest des Zimmers. Das Auffälligste jedoch war das Gemälde über dem Kamin. Es zeigte Adrian, wie er an eben jenem Kamin lehnte mit einem Glas Brandy in den Händen.

»Das ist Grandpa«, erklärte er, als er meinen Blick bemerkte.

»Im Ernst?«

Er nickte.

»Jetzt weiß ich, was Sie meinten, als Sie von großer Ähnlichkeit sprachen.« Die beiden waren einander wie aus dem Gesicht geschnitten. War das der Grund, warum Nicholas so ausgerastet war? Weil er tatsächlich dachte, Adrian – junior – sei sein Bruder? Sein Anblick musste Nicholas wirklich erschüttert haben, wenn er dabei sogar vergessen hatte, dass sein Bruder weit über siebzig war.

Adrian führte mich durch einen Durchgang in ein Esszimmer. Auf der spiegelblank polierten Oberfläche des Tisches lag eine Speisekarte. Das Liefermenü des Green Dragon. Adrian angelte sie vom Tisch und hielt sie mir vor die Nase. »Suchen Sie sich was aus.«

Ich warf nur einen flüchtigen Blick auf die Karte. »Chop Suey.«

»Prima. Ich auch.« Er nahm mir die Karte aus der Hand und ging damit zum Telefon, das auf der Anrichte stand. Ein altmodisches Gerät mit Wählscheibe, das aussah, als stammte es direkt aus den Dreißigerjahren. Adrians Blick ruhte kurz auf mir, als wollte er sich vergewissern, dass ich ihm nicht einfach davonlief, dann nahm er den Hörer ab und wählte die Nummer, die auf der Karte stand.

Während er unsere Bestellung durchgab, streifte ich weiter durch den Raum. Es schien, als wäre die Zeit hier vor Jahrzehnten stehen geblieben. Kein einziges modernes Stück. Alles aus altem dunklem Holz, die Bezüge der Sitzmöbel aus Leder, Lampen und Leuchter aus Kristall. Dazu Spitzentischdecken und auf dem Boden teure Teppiche, vermutlich Perser.

»Schrecklich, oder?« Plötzlich stand Adrian neben mir. »Grandpa liebt Antiquitäten. Mein Geschmack ist das nicht. Ich hätte es lieber hell und gemütlich, weniger wie in einem Museum.«

»Ist Ihr Großvater nicht da?«

»Wahrscheinlich ist er oben. Er schläft viel. Vielleicht kommt er später noch runter, dann stelle ich Sie ihm vor. Möchten Sie etwas trinken? Rotwein?«

»Gerne.«

»Kommen Sie. Setzen wir uns ins Wohnzimmer.«

Ich stand ein wenig verloren im Raum, während Adrian in der Küche verschwand. Kurz darauf kam er mit zwei vollen Weingläsern zurück. Eines davon reichte er mir. Er warf einen Blick zur Couch. »Wissen Sie was, ich habe das Ungetüm noch nie leiden können«, sagte er und ließ sich vor der Couch auf dem Teppich nieder. Das Weinglas stellte er vor sich auf den Tisch. Ich setzte mich zu ihm.

Adrian benahm sich großartig. Den größten Teil der Unterhaltung bestritt er allein, ohne sich ein einziges Mal zu beklagen. Er erzählte viel von New York, vor allem aber sprach er von der Firma und wie sich sein Leben verändert hatte, seit er nach Cedars Creek gekommen war.

Schon nach dem ersten Schluck Wein stellte ich fest, dass ich den Alkohol heute nicht sehr gut vertrug. Kein Wunder nach der ganzen Aufregung. Mir wurde sofort übel und ein wenig schwindlig, sodass ich lediglich aus

Höflichkeit hin und wieder zum Glas griff und vorgab, daran zu nippen. Die Übelkeit ließ sich jedoch nicht mehr so leicht vertreiben.

Als dann das Essen kam, nahm Adrian es an der Tür in Empfang. Zu meinem Erstaunen siedelten wir nicht ins Esszimmer um, sondern blieben, wo wir waren. Wir saßen auf dem Boden und aßen mit Stäbchen aus Pappschachteln. Es gefiel mir, dass Adrian trotz der spießigen Umgebung so unkompliziert war. Alles, was ich bisher im Haus gesehen hatte, zeigte deutlich, dass die Crowleys eine Menge Geld hatten. Dennoch benahm sich Adrian nicht anders als jeder meiner Freunde. Er ließ sich den Reichtum seiner Familie weder anmerken noch protzte er mit dem, was er hatte. Stattdessen schwärmte er von der kargen Studentenbude, die er sich in New York mit vier Freunden geteilt hatte.

Das Chop Suey war gut, trotzdem rührte ich es kaum an. Ich hatte einfach keinen Appetit. Dafür aß Adrian umso mehr. Nachdem er mit seinem Essen fertig war, machte er sich über die Reste meiner Portion her.

»Trinken Sie wenigstens Ihren Wein.« Er war mit dem Essen fertig und warf die Stäbchen in die leere Pappschachtel. »Der ist wirklich gut. Kaum zu glauben, dass ich den im Superstore aufgetan habe.« Er griff nach meinem Glas und reichte es mir. Dann nahm er sein eigenes, um mit mir anzustoßen. Trotzdem brachte ich es nicht über mich, davon zu trinken. Wieder nippte ich nur kurz daran, ehe ich das Glas auf den Tisch zurückstellte.

Ich lehnte mit dem Rücken an der Couch und lauschte

Adrians Erzählungen. Mir war heiß und ich fühlte mich nicht sonderlich gut. Ich hatte schon oft gehört, dass Menschen, die etwas Erschreckendes erlebt hatten, später, wenn der Schock langsam nachließ, zusammenklappten. Dass das jetzt auch mir passieren könnte, gefiel mir nicht sonderlich.

Adrian, der noch immer neben mir saß, wandte sich mir zu und sah mich an. Sein Blick war so intensiv, dass mir ganz warm wurde. Es wollte mir nicht gelingen, meine Augen von seinen zu lösen. Auch nicht, als er näher rückte und sich zu mir beugte. Ich spürte seine Hand in meinem Haar, als er mich zu sich heranzog. Dann küsste er mich. Es war ein sanfter Kuss, vorsichtig und ein wenig zögernd, als fürchtete er, ich würde ihn abweisen. Tatsächlich dachte ich daran, das zu tun. Schließlich jedoch erwiderte ich seinen Kuss. Schon bei unserer ersten Begegnung hatte ich in ihm einen Traumprinzen sehen wollen. Wäre Nicholas nicht in meinem Haus erschienen, hätte sich daran nichts geändert. Ich wollte, dass es wieder so war! Ich wollte Nicholas – seinen Angriff, seine ganze Anwesenheit, die verdammten blauen Augen – vergessen und einfach so tun, als wäre nie ein anderer als Adrian da gewesen.

Adrian vertiefte seinen Kuss und zog mich enger an sich. Seine Hand glitt über meinen Rücken und meine Taille, erforschte langsam meinen Körper. Mein Herzschlag beschleunigte sich, ein heftiges Kribbeln breitete sich in meinem Bauch aus. So sollte es immer sein. Als ich begriff, dass ich damit nicht Adrian, sondern Nicholas meinte, rückte ich von ihm ab.

»Entschuldigen Sie, ich wollte Sie nicht überfallen.«

Ich schüttelte den Kopf. »Es liegt nicht an Ihnen. Ich habe Sie gern, Adrian. Es ist nur …« Wieso dachte ich immer noch an Nicholas? Er hatte mich angegriffen!

»Jetzt sagen Sie bitte nicht, wir können Freunde sein. Das würde mir das Herz brechen.«

»Nein. Doch. Also ich meine, ich hätte Sie gerne als Freund, aber auch …« Ich redete völligen Blödsinn. »Es geht mir einfach zu schnell. Können Sie mir ein wenig Zeit geben?« Bis ich mir über meine eigenen Gefühle im Klaren bin? Helfen Sie mir, Nicholas zu vergessen! Am liebsten hätte ich geheult, so frustriert war ich von der ganzen Situation.

»Sie sehen wirklich nicht gut aus, Sam. Sie sind sehr blass. Möchten Sie sich lieber hinlegen?« Ich muss ihn derart erschrocken angesehen haben, dass er hastig den Kopf schüttelte. »Ich verspreche, ich werde Sie nicht verführen. Zumindest nicht, solange Sie das nicht auch wollen.« Er klopfte mit der Hand auf die Sitzfläche der Couch. »Hier, machen Sie es sich bequem. Legen Sie die Beine hoch und schließen Sie die Augen. Ich kann auch die Fenster aufmachen. Vielleicht hilft Ihnen ein wenig frische Luft.«

»Danke, ist schon in Ordnung. Wirklich. Es tut mir nur leid, dass ich so eine lausige Gesellschafterin bin.«

»Ich würde Sie nicht mal gegen Tom Peterson, den besten Alleinunterhalter von ganz Cedars Creek, eintauschen wollen!«

»Das spricht nicht unbedingt für die Qualität dieses Tom.«

Adrian lachte. »Sehen Sie, Sie bringen mich trotzdem zum Lachen. Warum also sollten Sie eine schlechte Gesellschafterin sein?« Er wurde wieder ernst. »Nimmt Sie der Streit mit Ihrer Mutter immer noch so mit?«

Einmal mehr war ich versucht, ihm die Wahrheit zu erzählen. Ich wusste nur immer noch nicht, wie ich das anstellen sollte, ohne als völliger Idiot dazustehen. Während ich noch darüber nachdachte, wie ich das Problem lösen konnte, klingelte es. Ich schrak zusammen. Mein erster Gedanke war, dass Nicholas gekommen war, um Adrian und mich zu töten. Klar, und dazu würde er klingeln. Am Ende hatte er sich von Adrians Sekretärin noch einen Termin geben lassen und stand jetzt in Adrians Kalender: halb elf, Treffen mit Geist von Uronkel zu Kampf auf Leben und Tod.

Die Vorstellung war vollkommen albern. Als Adrian aufstand, um zur Tür zu gehen, hätte ich ihm trotzdem beinahe hinterhergeschrien, er solle auf keinen Fall öffnen. Doch Nicholas konnte den Umkreis des Friedhofs nicht verlassen! Wenn ich jetzt etwas sagte, würde ich mich endgültig zum Trottel machen. Ich hielt den Mund und beobachtete, wie Adrian in die Eingangshalle entschwand.

Keine Minute später kehrte er zurück. Er war nicht allein, und seine Miene zeigte deutlich, wie enttäuschend er das fand.

»Tess!«, rief ich erstaunt. Sie sah ähnlich abgehetzt aus, wie ich mich fühlte. Ihre Wimperntusche war verwischt, als hätte sie geweint, und die Haare waren nicht so sorgfältig gestylt wie sonst. Außerdem kaute sie keinen Kaugummi. Da stimmte was nicht! Nicholas! »Ist etwas passiert?«

»Sam, es gab einen schrecklichen Unfall. Mike …«, schluchzte sie.

Ich hätte mit allem gerechnet. Zum Beispiel damit, dass sie mir sagte, Nicholas habe versucht, sie umzubringen. Dass ihr Auftauchen etwas mit Mike zu tun haben könnte, wäre mir im Leben nicht in den Sinn gekommen. Ich hatte also die ganze Zeit über Recht gehabt und Mike war ihr wichtiger, als sie zugeben wollte.

»Kannst du bitte mit mir zum Krankenhaus kommen? Ich möchte nicht allein sein.«

»Natürlich.« Ich stand auf.

»Ms Adams, ich weiß nicht, ob es so gut ist, wenn Sam Sie jetzt begleitet«, wandte Adrian ein. »Sie fühlt sich nicht besonders gut und sollte sich lieber hinlegen. Soll ich Sie vielleicht fahren?«

Ich schüttelte den Kopf. »Schon in Ordnung, Adrian.« Ich zwang mich zu einem Lächeln. »Danke. Für das Essen und Ihre nette Gesellschaft.«

Adrian begleitete uns zur Tür. Tess ging schon nach draußen, da griff er noch einmal nach meiner Hand und hielt mich zurück. »Ich würde mich freuen, wenn wir das bald einmal wiederholen könnten. Vielleicht wenn Sie sich wieder ein wenig besser fühlen?«

Ich nickte. »Gerne.« Wenn wir uns wiedersahen, hatte ich ihm eine Menge zu erklären. So viel stand fest. Er beugte sich zu mir herab und küsste mich auf die Wange, dann kehrte er ins Haus zurück und schloss die Tür hinter sich.

Ich rannte hinter Tess zum Honda, der mit laufendem Motor und eingeschalteten Scheinwerfern in der Auffahrt stand. Tess stieg gerade ein, als ich sie erreichte.

»Was ist passiert, Tess?«

»Ich erzähl's dir unterwegs.«

Ich hatte die Wagentür kaum hinter mir geschlossen, da preschte sie auch schon los. Sie fuhr wie eine Wahnsinnige die kurvige Straße entlang. So rasant, dass ich es mit der Angst zu tun bekam. »Tess! Fahr langsamer!« Sie ging vom Gas, allerdings nur ein klein wenig. Für meinen Geschmack – und auch den jedes Verkehrspolizisten – war sie immer noch viel zu schnell unterwegs. In kürzester Zeit lag der Hügel fast hinter uns.

»Was ist mit Mike? Was für ein Unfall?«

»Mike geht es gut.«

»Was? Aber du hast doch –«

Obwohl sie noch immer wie eine Irre die Straße entlangraste, sah sie mich an. In der Dunkelheit ließ die verschmierte Wimperntusche ihre Augen riesig wirken. »Ich wollte dich nur von Adrian fortbekommen.«

»Du wolltest was?« Meine Übelkeit war verflogen, zumindest jener Teil, der nichts mit Tess' rasantem Fahrstil zu tun hatte. Plötzlich wurde ich zornig. Wusste heute niemand, was er wollte? Erst sagte mir Nicholas, ich solle ausgehen, dann wollte er mich davon abhalten – mal ganz davon abgesehen, dass er versucht hatte, mich umzubringen. Und jetzt kam Tess mit derselben Nummer an! Auch sie hatte mich zuvor doch ständig gedrängt, Adrian nicht von der Angel zu lassen. »Gab es hier in der Gegend irgendeinen Chemieunfall oder etwas in der Art?«, rief ich ungehalten. »Oder warum drehen hier alle durch?«

»Adrian will dich umbringen.«

»Was? Spinnst du jetzt vollkommen?«

»Sam, das ist kein Spaß. Nicholas sagt …«

Nicholas! »Weißt du eigentlich, was du da redest? Wenn hier jemand versucht hat, mich umzubringen, dann war das Nicholas!« Ganz sicher nicht Adrian, mit dem ich mehrere Stunden verbracht hatte. Vollkommen unversehrt, nebenbei bemerkt.

»Nicholas hat …«

»Halt sofort an!«, verlangte ich.

»Sam, bitte.«

Ich hielt es nicht mehr aus. Das alles war einfach zu viel. Vermutlich würde ich mich morgen für mein Verhalten bei Tess entschuldigen müssen – und das auch reumütig tun –, aber im Moment wollte ich sie nicht mehr sehen. Weder sie noch sonst wen. »Du sollst augenblicklich stehen bleiben!« Sie stieg so abrupt auf die Bremsen, dass es mich in den Sicherheitsgurt presste. Mit quietschenden Reifen kam der Wagen zum Stehen.

»Sam, ich will dir nur helfen! Du musst …«

»Danke, verzichte.« Ich löste den Gurt und riss die Wagentür auf. Hinter mir protestierte Tess lautstark, doch ich war nicht mehr gewillt, ihr zuzuhören. Am Ende hatte sie vor, mich zurück zu meinem Haus zu bringen. Dorthin, wo Nicholas mich erwartete. »Ich kann dir nur eines raten, Tess: Halt dich von meinem Haus fern! Nicholas ist gefährlich!« In einem Anflug von schlechtem Gewissen fügte ich hinzu: »Wir sprechen morgen in Ruhe über alles. Jetzt kann ich einfach nicht mehr. Das ist mir echt zu viel!« Dann schlug ich die Tür zu und marschierte zum Fußweg, der ein paar Meter von der Straße entfernt verlief.

Eine Weile fuhr Tess noch in Schrittgeschwindigkeit neben mir her. Sie kurbelte sogar das Fenster herunter und versuchte mich zum Einsteigen zu bewegen. Ich schüttelte nur den Kopf und ignorierte sie. Schließlich fuhr sie davon. Ich blieb stehen und wartete, bis ich ihre Rücklichter nicht mehr sehen konnte. Erst dann ging ich weiter.

Ich dachte daran, zu Adrian zurückzugehen. Zwei Dinge hielten mich davon ab: Zu meinem großen Erstaunen war eines davon Tess' Warnung. Das andere war die simple Tatsache, dass ich nach der rasanten Fahrt näher an meinem als an Adrians Haus war. Nicht dass ich das Bedürfnis gehabt hätte, in mein Haus zurückzukehren. Ich schob die Hand in meine Hosentasche und ertastete einen harten Gegenstand. Meinen Autoschlüssel. Ich beschloss, den Wagen zu holen und nach Cedars Creek zu fahren. Dort würde ich mir ein Zimmer für die Nacht suchen. Morgen Früh würde ich weitersehen.

Warum müssen dunkle Fußwege so unheimlich sein? Die Blätter, die bei Tag so farbenprächtig und lebendig wirkten, waren jetzt dunkel und tot. Schwere, schwarze Schatten verschlangen den Weg vor mir. Allmählich bekam ich es mit der Angst zu tun. Jedes Rascheln, jedes noch so kleine Säuseln des Windes ließ mich erschrocken zusammenzucken. Ich erwartete, dass jederzeit Nicholas hinter einem Baum hervortreten und sich mir in den Weg stellen würde. Jeder Schritt, der mich dem Haus in der Maple Street näher brachte, fiel mir schwerer als der davor. Der bloße Gedanke, ich könne Nicholas erst sehen, wenn es zu spät war, nagte an mir.

Als Tante Fionas Haus in Sicht kam, wurde ich langsamer. Ich hielt mich im Schatten der Bäume und schlich vorsichtig näher. Sobald ich auf dreißig Meter heran war, blieb ich stehen. Ich drückte mich dicht an einen Baumstamm und spähte zum Haus. Dort war alles ruhig. Ich nahm jedes Fenster, jeden Winkel des Vorgartens und der Veranda ins Visier. Suchte nach einem Schatten, einer Bewegung oder Silhouette. Ich hielt nach allem Ausschau, was nur im Entferntesten auf Nicholas' Anwesenheit hindeutete. Da war nichts. Trotzdem wartete ich weiter. Ich wollte ganz sichergehen, dass er sich nicht in den Schatten verbarg und mir auflauerte. Falls er das tat, würde er sich – wenn ich Glück hatte – früher oder später durch eine Bewegung verraten. Vorausgesetzt, ich sah im richtigen Moment an die richtige Stelle.

Es fiel mir noch immer schwer zu glauben, was während der letzten Stunden alles geschehen war. Gestern Nacht hatte er mir noch das Leben gerettet. Er hatte mich geküsst! Heute war er der Feind. Ich krallte meine Finger so fest in die Baumrinde, dass es schmerzte. Trotzdem ließ ich nicht los. Es tat gut, etwas zu haben, an dem ich mich festhalten konnte.

Nachdem ich ungefähr eine halbe Stunde damit verbracht hatte, das Haus zu beobachten, kam ich zu dem Schluss, dass ich es endlich riskieren musste. Andernfalls würde ich nie den Mut finden und mich noch immer an den Baum klammern, wenn längst die Sonne aufging. Der Gedanke an Tageslicht hatte etwas Beruhigendes. Wie lange würde es noch dauern, bis es hell wurde? Viel zu lange, entschied ich. Es konnte höchstens kurz nach Mitternacht sein.

Endlich löste ich meine inzwischen völlig verkrampften Finger von der Baumrinde und zog den Autoschlüssel aus meiner Hosentasche. Ich nahm ihn so in die Hand, dass ich ihn sowohl als Waffe benutzen als auch sofort den Wagen damit aufschließen konnte. Im ersten Moment kam mir der Gedanke an eine Waffe lächerlich vor. Was sollte ich damit gegen einen Geist ausrichten? Dann wurde mir jedoch bewusst, dass es durchaus Sinn ergab. Solange Nicholas ein Geist war, konnte ich ihn nicht berühren – er mich allerdings auch nicht. Wenn er mich jedoch noch einmal angriff und durch meinen Atem greifbar wurde, konnte ihm eine Waffe möglicherweise doch schaden. Ich umfasste den Schlüssel fester. Sicher war sicher.

Geduckt schlich ich mich an die Garagenauffahrt heran. Ich kam mir vor wie ein Geheimagent. Nur dass hinter mir kein Einsatzkommando auf meinen Befehl wartete, um mir den Hintern zu retten, falls es brenzlig wurde. Wenn ich ein Agent war, dann war ich wohl eher auf jener Art von Mission, bei der die Auftraggeber vorher Dinge sagen wie: »Sie sind auf sich gestellt. Wenn etwas schiefgeht, haben wir nie von Ihnen gehört.«

Agent Sam Mitchell auf ihrer Mission ohne Wiederkehr erreichte das Heck des Käfers und hielt inne. Mit eingezogenem Kopf lauschte ich in die Dunkelheit. Nichts. Lediglich das Säuseln des Windes, begleitet vom Rauschen der Blätter. Irgendwo miaute eine Katze. Ich vergewisserte mich ein letztes Mal, dass ich den Schlüssel richtig herum in der Hand hielt. Wenn ich etwas aus Horrorfilmen gelernt hatte, dann einen Autoschlüssel a) richtig herum und b) sehr, sehr fest zu halten. Ich würde mich nicht von einem Verfolger bis zum Auto jagen lassen, um dann – wie die dummen Gänse in den Filmen – den Schlüssel unter hysterischem Gekreische fallen zu lassen, wenn ich versuchte den Wagen aufzuschließen.

Mit dem Schlüssel in der linken Hand, die Rechte zur Sicherheit um die linke Hand geschlossen, tauchte ich aus meinem Versteck auf und huschte um das Auto herum zur Fahrertür. Es stellte sich schnell heraus, dass die Sache mit den herunterfallenden Autoschlüsseln nicht gänzlich aus der Luft gegriffen war. Ich ließ den Schlüssel zwar nicht fallen, aber meine Hand zitterte so sehr, dass ich Schwierigkeiten hatte, ihn ins Schloss zu bekommen. Dabei war nicht einmal ein Verfolger hinter mir! Also gut: Horrorfilme sind gar nicht so unrealistisch, wie sie mir immer erschienen sind. Künftig würde ich diese Art Film sicher mit anderen Augen betrachten!

Endlich, die Tür war offen. Hastig riss ich sie auf und schlüpfte hinter das Steuer. Ehe ich den Schlüssel ins Zündschloss steckte, zog ich die Tür hinter mir zu und verriegelte von innen. Die Frage, wie ich jemanden, der durch Wände gehen konnte, damit aufhalten wollte, ließ ich gar nicht erst aufkommen.

Mühelos gelang es mir, den Wagen anzulassen. Ich legte den Gang ein und setzte zurück. Endlich auf der Straße, trat ich das Gaspedal durch und raste in ähnlich atemberaubendem Tempo wie Tess zuvor Cedars Creek entgegen. Kurz spielte ich mit dem Gedanken, zu Tess zu fahren, um mit ihr zu sprechen. Jetzt, da ich mich wieder ein wenig beruhigt hatte, tat es mir leid, wie ich sie behandelt hatte. Schon die Vorstellung, dass sie bei mir zu Hause gewesen sein musste, jagte mir einen Schauer über den Rücken. Nicht auszudenken, was alles hätte passieren können, wenn Nicholas ... Er musste sie dazu gebracht haben, zu Adrians Haus zu fahren und mich herauszulocken. Aber warum? Was bezweckte er damit? Was auch immer er Tess erzählt hatte, zweifellos hatte sie nur helfen wollen, und ich behandelte sie wie den Staatsfeind Nummer eins. Bestimmt war sie wütend auf mich und das mit Recht. Es war wohl das Beste, ihr – und mir auch – eine Nacht Auszeit zu geben. Gleich morgen Früh würde ich zu ihr gehen, um mit ihr zu sprechen.

13

Die Nacht verbrachte ich in einem kleinen Zimmer unter dem Dach des *Cedars Inn.* Ich lag im Dunkeln auf dem Bett und starrte an die Decke. Nicholas streifte so ruhelos durch meine Gedanken, wie er seit fünfzig Jahren in der Gegend des Friedhofs umhergeisterte. Es fiel mir noch immer schwer zu glauben, was er getan hatte. Festzustellen, dass er nicht der großartige Mann war, für den ich ihn hatte halten wollen, tat weh. Der Ausdruck in seinen Augen, als er von mir abgelassen hatte, wollte mir nicht aus dem Kopf gehen. Da war keine Gier gewesen, nur unendliches Bedauern.

»Blödsinn«, bemerkte ich in die Dunkelheit hinein. Er hatte mich umbringen wollen, um selbst wieder lebendig zu werden.

Ich gab mir alle Mühe, meine Gefühle zur Seite zu schieben und die letzte Begegnung mit Nicholas nur anhand der Fakten zu analysieren. Warum hatte er nicht versucht Adrians Atem zu nehmen? Antwort: Adrian war stärker als ich. Er hätte sich gewehrt. Klang logisch. Was aber sollten dann die Angriffe gegen Adrian? Das sah nicht gerade danach aus, als hätte er es auf seinen Atem abgesehen. Ich konnte es drehen und wenden, wie ich wollte. Das alles ergab einfach keinen Sinn. Warum ausgerechnet gestern? Während der letzten Tage hätte er unzählige Male die Gelegenheit gehabt, mich umzubringen. Er hätte es einfach tun können, während ich schlief. Ich hätte es nicht einmal gemerkt, ganz sicher hätte ich mich nicht wehren können. Hinter Nicholas' Verhalten steckte mehr und ich würde herausfinden, was es war.

Am nächsten Morgen stand ich im Bad vor dem Spiegel und betrachtete mein bleiches Gesicht. Meine Augenringe standen denen von Tess in nichts nach, außer dass es bei mir keine verlaufene Wimperntusche war. Ich wusch mir das Gesicht mit kaltem Wasser. Danach fühlte ich mich ein wenig frischer.

Während ich mir die Zähne putzte, wurde mir klar, dass wahrscheinlich kein Weg daran vorbeiführte, noch einmal mit Nicholas zu sprechen. Allerdings würde ich ihm nicht ohne Vorsichtsmaßnahmen gegenübertreten. Welche das sein sollten, wusste ich noch nicht. Vielleicht konnte Tess mir dabei helfen. Mit ihr wollte ich ohnehin zuerst sprechen. Allein schon, um mich zu entschuldigen. Vielleicht konnte sie auch ein wenig Licht in die Sache bringen, sodass ich gar nicht mit Nicholas sprechen musste. Es gab da einiges, was ich nicht verstand. Nicholas musste sie zu Adrians Haus geschickt haben. Aber wie und vor allem warum?

Die Fragen kamen in immer schnellerer Reihenfolge und meine Antworten bestanden lediglich aus sinnlosen Spekulationen. Mit einem entnervten Seufzer warf ich die Zahnbürste ins Waschbecken, sammelte meine Sachen zusammen und verließ das *Cedars Inn*.

Ich machte einen Abstecher ins Diner und ließ mir ein paar Croissants und zwei Becher Kaffee geben. Mein Friedensangebot an Tess. Bewaffnet mit einer Papiertüte und den Kaffeebechern, die in einem kleinen Papphalter steckten, damit ich sie mit einer Hand tragen konnte, machte ich mich auf den Weg zu Tess. Es war nicht weit und ich war früh dran, sodass ich beschloss, zu Fuß zu gehen. Ein wenig frische Luft würde mir guttun.

Als ich in die Hampton Road einbog, sah ich sofort, dass etwas nicht stimmte. Eine Menschentraube stand auf dem Gehweg. Mehrere Polizeiwagen mit blinkenden Blaulichtern parkten am Straßenrand. Zwischen den Leuten konnte ich das gelbe Band einer Polizeiabsperrung erkennen. Genau vor Tess' Haus. Ich wurde schneller, bis ich beinahe rannte.

Dann sah ich den Leichenwagen. Durch die Heckscheiben schimmerten die matten Umrisse eines Zinksargs. Meine Finger krampften sich um die Papiertüte. Ich hatte die Menschenmenge erreicht und drängte mich ohne auf den Protest der Leute zu achten durch. Gleich hinter der Absperrung stand der Sheriff. Ich stürmte vor, bis mich nur noch das gelbe Band von ihm trennte.

»Sheriff Travis!«, rief ich atemlos, kaum dass ich ihn erreichte. »Was ist hier passiert?«

Es dauerte einen Moment, ehe er mich erkannte. »Ms Mitchell.« Er schüttelte den Kopf. »Tut mir leid, ich kann

Ihre Neugier nicht stillen. Zu laufenden Ermittlungen darf ich keine Auskunft geben. Gehen Sie bitte weiter.«

Ich sah zum Haus – Tess' Haus –, wo eine Handvoll Polizisten mit weißen Handschuhen und kleinen Plastiksäckchen über den Rasen wimmelte. Mehrere von ihnen konzentrierten sich auf eine Stelle gleich vor dem Eingang. Immer wieder ließen sie verschiedene Dinge in ihren Tütchen verschwinden. So wie der Sheriff es vorgestern mit der Pistole des Landstreichers getan hatte. Beweismaterial. Mein Mund wurde trocken. Ich musste meinen Blick vom Leichenwagen, der noch immer am Straßenrand stand, fortzwingen. Lieber Gott, lass das nicht zu! »Sheriff, bitte. Eine Freundin von mir wohnt in diesem Haus. Tess Adams. Ich wollte gerade zu ihr.«

Sheriff Travis' Miene verfinsterte sich. Er duckte sich unter der Absperrung hindurch und kam auf meine Seite. »Kommen Sie, Ms Mitchell.«

Ich spürte seine Hand auf meinem Ellbogen, als er mich ein Stück von der Straße weg auf einen schmalen Weg zwischen der Garage und dem Nachbarhaus führte. Fort von den Menschen und den blinkenden Blaulichtern. Vor einer kniehohen Gartenmauer blieb er stehen. Hier war es schattig und still. Totenstill. Ich hielt es nicht länger aus. »Sagen Sie mir, dass ihr nichts passiert ist! Sheriff, Sie müssen …«

»Ms Mitchell.« Sein Tonfall war so eindringlich, dass ich augenblicklich verstummte. »Ihre Freundin ist tot.«

Kaffee und Croissants fielen mir aus der Hand. Meine Finger hatten einfach nicht mehr die Kraft, sie zu halten. Ebenso wenig wollten mich meine Beine länger tragen. Ich ließ mich auf die Gartenmauer sinken. Wie betäubt saß ich da und starrte den Sheriff an. »Sind Sie sicher, dass es Tess …«

»Es besteht kein Zweifel.«

Aber es mussten einfach Zweifel bestehen! Tess war meine Freundin! Ich hatte mich nicht einmal bei ihr entschuldigt! Sie konnte nicht tot sein! Das durfte einfach nicht sein! »Wie ist es passiert? Hatte sie einen Unfall?«

»Die genaue Todesursache muss der Gerichtsmediziner in einer Obduktion klären. Soweit wir es im Augenblick wissen, wurde sie erstickt. Ein Nachbar fand sie bei Sonnenaufgang vor dem Haus. Ms Mitchell, wann haben Sie Teresa Adams das letzte Mal gesehen?«

Wenn ich nicht bereits gesessen hätte, wären mir spätestens jetzt die Füße weggeknickt. Erstickt. Wie? Wurde ihr der Atem genommen? Meine Hände begannen zu zittern.

»Ms Mitchell?«

Ich fuhr mir durch die Haare. »Gestern Abend. Gegen halb elf. Ich war bei Adrian Crowley. Tess hat … sie hat mich abgeholt. Auf dem Heimweg haben wir uns gestritten. Ich bin ausgestiegen und zu Fuß nach Hause gegangen«, sprudelte es aus mir hervor. »Ich wollte gerade zu ihr, um mich bei ihr zu entschuldigen. Ich wollte mich entschuldigen … ich … wie soll ich das jetzt noch tun?«

»Worum ging es in diesem Streit?«

Ich sah auf. »Stehe ich unter Verdacht?«

Er schüttelte den Kopf. »Dazu gibt es keinen Anlass. Ich muss alles wissen, was uns helfen könnte, ihren Mörder zu fassen.«

Mörder. Warum versuchen Sie es nicht in meinem Haus? Legen Sie dem Geist von Nicholas Crowley Handschellen an! Nicholas war auch der Grund für unseren Streit, aber das konnte ich dem Sheriff wohl kaum sagen. »Ich weiß nicht mehr, worum es genau ging. Es war völlig banal. Ich war schlecht gelaunt. Das habe ich an ihr ausgelassen.«

Erstickt.

Der Sheriff nickte. »Das genügt mir fürs Erste. Soll ich jemanden anrufen, der sich um Sie kümmert? Einen Freund oder eine Freundin? Verwandte?«

Die einzige Freundin, die ich hier hatte, war tot. Ich dachte an Adrian, doch im Augenblick sah ich mich seiner Fürsorge nicht gewachsen. »Danke. Ich komme schon klar.«

»Brauchen Sie einen Arzt? Soll er Ihnen etwas zur Beruhigung geben?«

Ich schüttelte den Kopf. Keine Drogen, ich brauchte jetzt einen klaren Verstand.

»In Ordnung. Bleiben Sie einfach so lange hier sitzen, bis Sie sich besser fühlen.« Für einen Moment noch ruhte sein besorgter Blick auf mir, dann sagte er: »Das ist vielleicht nicht der geeignete Zeitpunkt dafür, aber ich brauche noch die Unterschrift auf Ihrer Aussage. Wegen des Landstreichers.«

»Kann ich das morgen machen?«

»Sicher. Ich wollte nur sichergehen, dass Sie es nicht vergessen.«

Wie könnte ich? Immerhin ging es um die Nacht, nach

der sich alles geändert hatte. »Ich komme morgen in Ihr Büro. Versprochen.«

Er nickte. »Geben Sie auf sich acht.«

Mein Blick folgte Sheriff Travis, als er zum Tatort zurückkehrte. Tatort. Allein das Wort klang grauenvoll. Dort war eine Freundin von mir gestorben. Wie konnte man dafür einen derart kalten und gefühllosen Begriff wählen?

Lange Zeit saß ich einfach nur da und starrte vor mich hin, ohne dabei etwas von meiner Umgebung wahrzunehmen. Ich war allein. Keine Polizisten, keine Spurensicherung, die zweifelsohne inzwischen aus Seattle eingetroffen war, keine Blaulichter. Niemand störte mich. Es war, als hätten die Schatten mich komplett verschluckt, und jetzt war ich nicht länger ein Teil dieser Welt. Natürlich war das Blödsinn. Trotzdem konnte ich mich nicht erinnern, dass ich mich je zuvor derart einsam und hilflos gefühlt hätte. Immer wieder gingen mir die Worte des Sheriffs durch den Kopf.

Erstickt.

Ich weigerte mich, den Gedanken weiterzuverfolgen, doch er ließ mich nicht mehr los. Wäre das dieselbe Todesursache gewesen, die man auch mir bescheinigt hätte, wenn Nicholas gestern nicht von mir abgelassen hätte? Ich hielt es für ziemlich wahrscheinlich. Gleichzeitig war es unmöglich. Nicholas konnte den Umkreis des Friedhofs nicht verlassen. Er konnte nicht einfach nach Cedars Creek marschieren und Tess umbringen!

Bis gestern hatte es zwei Menschen in meinem Leben gegeben, denen ich mich jederzeit bedenkenlos anvertraut hätte. Doch Tess war tot und Nicholas … Zum ersten Mal kam mir der Gedanke, dass auch ich in Gefahr sein könnte. Wenn Nicholas einen Weg gefunden hatte, sich frei zu bewegen, suchte er jetzt womöglich nach mir. Was, wenn er Tess' Leben genommen hatte, um lebendig zu werden? Ich war die Einzige, die wusste, wer er war und woher er kam. Die Einzige, die sein Tun aufdecken konnte.

Ich fragte mich gerade, ob Adrian ebenfalls in Gefahr war und ob ich ihn warnen sollte, als ich die Kälte spürte. Ein eisiger Hauch, der mich plötzlich wie ein Mantel umgab, ein vertrautes Gefühl, das während der vergangenen Tage mein ständiger Begleiter gewesen war. Jetzt, weit fort von meinem Haus und vom Friedhof, ließ es mich auffahren. Ich sprang auf und wich tiefer in die Schatten zwischen den Häusern zurück. Die frostige Kühle folgte mir. *Er* folgte mir.

Es kostete mich alle Kraft, die ich aufbringen konnte, nicht schreiend davonzulaufen. Das hätte bei den Polizisten einige Fragen aufgeworfen, die ich nie im Leben befriedigend hätte beantworten können. Um nicht doch zu schreien, schlug ich mir die Hand vor den Mund. Meine Finger zitterten so sehr, dass ich die eine Hand mit der anderen stützen musste.

So weit ich auch zurückwich, die Kälte verzog sich nicht. Zitternd und schwer atmend stand ich da, die Hand noch immer vor dem Mund. Ein Umstand, der längst nicht mehr nur meine Schreie unterdrücken sollte. Inzwischen war mir klar geworden, dass Nicholas – solange ich mir den Mund zuhielt – nur schwerlich imstande sein würde, meinen Atem zu nehmen. Ich würde mich nicht von ihm überrumpeln lassen, wie es ihm sichtlich bei Tess gelungen war!

Obwohl die Temperatur nicht anstieg, spürte ich, dass er auf Abstand blieb. Da war kein prickelnder Hauch auf meiner Haut, der von seiner Berührung zeugte, keine Kälte in meinem Gesicht. Nur die kalte Umgebung. Allmählich bekam ich meinen Verstand wieder klar.

Es mochte ihm gelungen sein, den Umkreis des Friedhofs zu verlassen und Tess zu ermorden. Doch lebendig war er noch immer nicht. Er konnte mich nicht berühren und mir nichts antun. Nicht, solange ich nicht zuließ, dass er meinen Atem bekam!

Zweifelsohne würde er versuchen, mich umzubringen. Nicht nur, um auf meine Kosten ins Leben zurückzukehren, sondern auch, um den einzigen Menschen aus dem Weg zu räumen, der wusste, wer er war und was er getan hatte.

An mir würde er sich die Zähne ausbeißen!

Es kam jetzt darauf an, dass ich schneller war als er. Ich musste einen Weg finden, seinen Geist zu bannen. Ob er dabei seinen Frieden fand, war mir vollkommen egal. Hauptsache, er war weg! Aber wie sollte ich das anstellen? Das geheime Archiv! Von dort hatte Tess das Buch mit den Beschwörungsformeln gehabt. Was man beschwören konnte, musste man auch wieder loswerden können. Ich brauchte Zugang zu den Büchern.

Das war der schwierige Teil. Ich konnte ja kaum zu Mr Owens marschieren und ihm auf den Kopf zusagen, dass ich in sein Archiv musste. Abgesehen davon, dass er mich nicht hineinlassen würde, würde ich damit einige Fragen provozieren und im schlimmsten Fall die Aufmerksamkeit des Sheriffs auf mich ziehen. Es musste einen Weg geben, ins Archiv zu gelangen, ohne Mr Owens in die Sache reinzuziehen. Mir fiel nur einer ein: Tess' Schlüssel.

Ich stöhnte leise, als mir klar wurde, was das bedeutete. Selbst wenn sie ihn nicht bei sich getragen hatte und der Schlüssel jetzt nicht mit ihr auf dem Weg ins Leichenschauhaus war, so lag er zumindest in ihrem Haus. Und das war von der Polizei umlagert. Aber irgendwann würde die Polizei wieder gehen. In ein paar Stunden wären sie fort. Dann war der Weg frei.

Ich nahm die Hände vom Mund und starrte dorthin, wo ich Nicholas vermutete. »Für das, was du getan hast, werde ich dich zur Hölle schicken!«, zischte ich in die Schatten. »Verlass dich darauf!«

Ein kühles Prickeln an meiner rechten Hand ließ mich zusammenfahren. Nein? Hatte er tatsächlich gerade Nein gesagt? »Das werden wir noch sehen.« Wenn er glaubte, ich würde mich irgendwo hinsetzen und warten, bis er mich auch umbrachte, hatte er sich geirrt. Ich hatte jetzt nichts mehr zu verlieren.

Mit schnellen Schritten kehrte ich auf die Straße zurück. Inzwischen waren weitere Polizeifahrzeuge angekommen und die Menschenmenge war noch größer geworden. Keine Chance, unbemerkt ins Haus zu gelangen. Ich musste warten. Also ging ich zur Main Street zurück und setzte mich ins Diner. Es waren nicht viele Leute hier, doch zumindest war ich nicht allein. Wenn Nicholas vorhatte, mich umzubringen, würde er keine Zeugen wollen. Er würde warten, bis wir allein waren. Den Gefallen wollte ich ihm nicht tun.

Ich verbrachte den restlichen Tag im Diner. Anfangs versuchte Rose immer wieder, mich in eine Unterhaltung zu verstricken. Erst als sie von einem anderen Gast hörte, was in der Hampton Road passiert war, ließ sie mich in Ruhe. Zum Glück war Mike nicht hier. Seine Reaktion zu sehen, wenn er von Tess' Tod erfuhr, hätte mir vermutlich den Rest gegeben.

Während der Stunden, die ich im Diner saß und aus dem Fenster starrte, bemühte ich mich, jeden Gedanken an Tess zu verdrängen. Ich lehnte Rose' Angebote ab, mir etwas zu essen zu bringen. Dafür trank ich Unmengen Kaffee. Das heiße Getränk half mir, die Kälte zu ignorieren, die mir ins Diner gefolgt war und immer wieder schneidend über meine Arme fuhr, als zerre Nicholas an mir.

Ein paarmal war ich versucht, Adrian anzurufen, um ihm zu erzählen, was passiert war. Vielleicht auch, um ihn zu bitten, auf der Hut zu sein. Sobald er jedoch erfahren würde, was geschehen war, würde er sich kaum davon abhalten lassen, zu mir zu kommen. Sosehr ich mich nach ein wenig Gesellschaft und Trost sehnte, so wenig wollte ich Adrian in der Nähe haben. Nicht, wenn die Gefahr bestand, dass er mein Vorhaben, in Tess' Haus einzudringen, durchkreuzen würde. Nicht in böser Absicht, sondern weil es mir womöglich nicht gelingen würde, ihn davon zu überzeugen, dass es tatsächlich einen Geist gab und dass dieser Geist gebannt werden musste. Nach einer Weile kam mir ein anderer Gedanke. Was, wenn Nicholas es auf Adrian abgesehen hatte? Ich schüttelte den Kopf. Er hatte Adrian mit seinem Bruder verwechselt. Wenn überhaupt, dann ... Adrian senior! War es das? Hatte Nicholas damals doch versucht, seinen Bruder umzubringen, und war gescheitert? Wollte er jetzt zu Ende bringen, was ihm damals nicht geglückt war? Tess hatte etwas von unerledigten Aufgaben erzählt, die einen Toten an die Welt binden konnten. Das war es! Nicholas würde so lange umhergeistern, bis er den Mord ausgeführt hatte, bei dessen Versuch er ums Leben gekommen war! Von wegen schlechtes Gewissen!

Ich redete mir ein, dass weder Adrian noch sein Großvater in Gefahr sein konnten, solange ich Nicholas in meiner Nähe spürte. Falls ich merkte, dass Nicholas nicht mehr da war, würde ich Adrian sofort anrufen und ihn warnen.

Am späten Nachmittag bog eine ganze Kolonne von Polizeifahrzeugen in die Main Street ein und fuhr in Richtung des Sheriffbüros. Für einen Ort wie Cedars Creek musste ein Mord ein erschütterndes Ereignis sein. Etwas, was es sonst nur in Filmen oder den Nachrichten gab. Entsprechend viele Menschen standen nun auf der Straße und beobachteten die Kolonne aus Polizeifahrzeugen bei ihrem Abzug.

Eine halbe Stunde später verließ ich das Diner und kehrte in die Hampton Road zurück. Nicholas folgte mir. Allmählich begann ich mir Sorgen zu machen. Im Diner hatte ich keine Angst gehabt, dass er mir etwas antun könnte. Sobald wir jedoch allein waren ...

Vor Tess' Haus waren ein paar Polizisten damit beschäftigt, die letzten Spuren ihrer Anwesenheit zu beseitigen. Ich blieb ein paar Häuser entfernt zwischen einigen Bäumen stehen und wartete. Bald würde es dunkel werden. Dann würde ich Nicholas sehen können. Ein Teil von mir fürchtete sich davor. Ich hatte Angst, dieselbe Bedrohlichkeit in seinen Zügen zu lesen, die ich schon gestern darin gefunden hatte. Trotzdem war es besser, wenn ich ihn sehen konnte. Das würde es ihm schwerer machen, mich anzugreifen. Ich würde seine Angriffe kommen sehen und konnte mich entsprechend wehren. Das hoffte ich zumindest.

Als endlich der letzte Polizeiwagen davonfuhr, dämmerte es bereits. Ich verließ mein Versteck zwischen den Bäumen und überquerte die Straße. Ohne mich umzusehen, folgte ich dem Weg, den mich der Sheriff heute Morgen zwischen den Häusern entlanggeführt hatte. Ich tat, als wäre es für mich das Normalste der Welt, hier zu sein. Keine Ahnung, ob mir die Nachbarn das tatsächlich abgekauft hätten. Zu meinem Glück sah mich niemand. Vermutlich saßen sie längst im Diner, in der Bar oder den anderen Lokalen und sprachen über den schrecklichen Mord. Tratschend und spekulierend, was wohl geschehen war.

In den Schatten zwischen den Häusern blieb ich stehen. Ich lehnte mich an die Garagenwand und nahm all meinen Mut zusammen. Dann huschte ich an der Wand entlang auf die Rückseite des Hauses. Ein mannshoher Holzzaun trennte das Grundstück von dem der Nachbarn dahinter, sodass ich mit ein wenig Glück unbemerkt bleiben würde. Ich schlich zum ersten Fenster und rüttelte daran. Was machte ich hier! Mir blieb beinahe das Herz stehen, als mir klar wurde, dass ich im Begriff war, in das Haus einer Ermordeten einzubrechen. Wenn mich jemand erwischte, stand ich schnell ganz oben auf der Liste der Verdächtigen. Mit dem Jackenärmel wischte ich über die Stellen, wo ich die Wand und das Fenster berührt hatte. Hoffentlich genügte es, um meine Fingerabdrücke zu verwischen.

Ich zog die Jacke aus und legte sie so über meine Hand, dass ich alles, was ich greifen würde, nur durch den Stoff berührte. Keine Fingerabdrücke. Keine Beweise. Nachdem ich es auch an den übrigen Fenstern und der Terrassentür vergebens versucht hatte, hob ich einen Stein auf. Ich sah mich kurz nach allen Seiten um, dann schlug ich die Scheibe der Terrassentür ein. Klirrend zersprang das Glas und rieselte in einem Scherbenregen zu Boden. Ich hielt den Atem an und lauschte. Alles war still. Niemand schien etwas bemerkt zu haben. Zitternd wandte ich mich der Tür zu. Scharfkantige Glassplitter ragten wie spitze Klingen aus dem Rahmen. Die Gefahr, mich daran zu verletzen, wenn ich mich vorbeizwängte, war groß. Sie aus dem Rahmen zu schlagen, wagte ich nicht. Bisher hatte ich riesiges Glück gehabt, dass mich niemand gehört hatte. Das wollte ich nicht weiter strapazieren, indem ich noch mehr Krach machte. Während ich noch auf die Tür starrte, sprang mir der einfachste und offenkundigste Weg nach drinnen förmlich ins Auge. Ich schob meine Hand – die mit der Jacke – um die Scherben herum und griff nach dem Riegel auf der Innenseite. Mit einem leisen Klicken schnappte das Schloss auf und ich konnte die Tür öffnen. Eine große Karriere als Einbrecher stand mir wahrlich nicht bevor. Abgesehen davon, dass meine Nerven das auf Dauer nicht mitmachen würden, stellte ich mich auch noch dämlich an.

Wie ein Schatten folgte mir die Kälte ins Wohnzimmer. Derselbe Raum, in dem ich mit Tess gesessen und ihr zum ersten Mal von Nicholas erzählt hatte. Alles hier erinnerte an sie. Die Kerzen, der leise Geruch von längst abgebrannten Räucherstäbchen, der noch immer in den Sitzkissen und Vorhängen hing. Die Braun- und Orangetöne der Einrichtung, die mir bei meinem ersten Besuch so warm und freundlich erschienen waren, wirkten jetzt schal und kalt. Tot. Ein Buch lag aufgeschlagen auf dem Tisch, als würde Tess jeden Moment zurückkommen, um weiterzulesen. *Geister und warum sie unter uns sind – Ein Ratgeber für rastlose Seelen.*

Der Anblick des verlassenen Wohnzimmers und das Wissen, dass sie nie wieder zurückkommen würde, waren beinahe zu viel. Das Buch, der Tisch, die Sitzkissen, alles verschwamm vor meinen Augen. Die Kälte um mich herum wurde durchdringender. Nicholas war näher gekommen! Ich zog den Kragen meines T-Shirts so weit nach oben, bis der Stoff über Mund und Nase lag. Jetzt sollte er mal versuchen, meinen Atem zu bekommen!

Mit zitternden Fingern wischte ich mir die Tränen ab. Ich musste den Schlüssel finden und dann nichts wie raus hier!

Wo würde ich den Schlüssel für ein geheimes Archiv aufbewahren? Vorausgesetzt, sie hatte ihn nicht bei sich gehabt, als sie gestorben war. Ich ging zum Schrank und riss die erste Schublade auf. Räucherstäbchen, Zündhölzer und

Kerzen. In der nächsten fand ich Schmuck. Eine gewaltige Sammlung der riesigen Ohrringe, die Tess so gern getragen hatte. Die Schublade darunter quoll beinahe über mit Fotos. Gleich das oberste zeigte Tess und Mike. Sie im knallroten Abendkleid, er im Smoking. Vermutlich der Abschlussball oder ein anderes Schulfest. Mike strahlte und auch Tess wirkte nicht gerade unzufrieden. Das war jetzt vorbei. Ich warf die Lade zu und wandte mich ab. Da stand plötzlich Nicholas vor mir!

Erschrocken fuhr ich zurück und stieß mit dem Rücken gegen den Schrank. Er kam näher. Ich zog das T-Shirt weiter hoch und wich zur Seite aus.

»Sam, bleib hier!« Er versuchte nach mir zu greifen, doch er konnte mich nicht fassen. Eisig fuhren seine Hände durch mich hindurch. Ich rannte an ihm vorbei zum Schreibtisch und riss die nächste Schublade auf. Schreibsachen. Im Schrank daneben nur Nähzeug.

»Sam!« Hinter mir brüllte Nicholas auf mich ein. Ich verdrängte sein Geschrei aus meinem Kopf und konzentrierte mich voll auf meine eigenen Gedanken. Immer wieder versuchte er jedoch, mich zu fassen zu bekommen. Solange ich meinen Atem für mich behielt, konnte er mir nicht gefährlich werden. Es war allerdings nicht ganz leicht, das auch im Gedächtnis zu behalten. Mehr als einmal, wenn ich einen Blick in sein Gesicht erhaschte, wäre die Panik beinahe mit mir durchgegangen. Seine Miene war so finster und zornig, dass ich nur noch wegwollte.

Nicht ohne den Schlüssel!

Dann fiel es mir plötzlich ein. Tess hatte mir selbst gesagt, wo sie ihn aufbewahrte. Im Schlüsselkasten! Ich rannte auf den Flur hinaus, den Ort, an dem ich ihn am ehesten vermutete, und tatsächlich: Er hing gleich hinter der Tür an der Wand. Ein kleines blau lackiertes Kästchen. Mit zwei großen Schritten war ich dort. Ich riss ihn so heftig auf, dass er beinahe von der Wand gefallen wäre. Da war er! Der Schlüssel zum geheimen Archiv. Daneben hing der Schlüsselbund zur Bibliothek. Ich packte beide und steckte sie in meine Jeanstasche.

Da wurde mir bewusst, wie still es geworden war. Das Geschrei, das meinen Kopf wie ein ständiger Trommelwirbel erfüllt hatte, war verstummt. Ich sah mich um. Nicholas war weder auf dem Gang noch im Wohnzimmer. Die Kälte war ebenfalls verschwunden. Lauerte er mir vor dem Haus auf?

»Du kriegst mich nicht.« Ich atmete noch einmal tief durch – die Luft unter dem T-Shirt wurde immer schaler –, dann trat ich an die Terrassentür und spähte nach draußen. Nicholas war nirgendwo zu sehen. Auch sonst niemand. Entschlossen schlüpfte ich hinaus und lief an der Wand entlang ums Haus herum.

Ich wartete eine Weile an der Ecke und beobachtete die Straße und die umliegenden Häuser. Als ich einigermaßen sicher war, dass niemand auf der Straße unterwegs war und kein neugieriger Nachbar aus dem Fenster sah, hastete ich zum Gehweg und schlug den Weg in Richtung Main Street ein.

14

Ich rannte die Hampton Road entlang. Jeden Moment rechnete ich damit, dass Nicholas plötzlich wieder auftauchen würde, doch er blieb verschwunden. Als mir klar wurde, was das bedeutete, hielt ich abrupt inne. Adrian! Mit fahrigen Bewegungen zog ich mein Handy aus der Hosentasche und wählte Adrians Nummer. Zum Glück war ich gestern Abend geistesgegenwärtig genug gewesen, sie zu speichern.

Das Freizeichen ertönte. Mit dem Handy am Ohr hastete ich weiter, bei jedem Klingeln wurde ich schneller. Warum ging er nicht ran? Das Haus war groß, versuchte ich mich zu beruhigen, da konnte es schon eine Weile dauern, bis er beim Telefon war. Was, wenn er es gar nicht hörte? Oder nicht mehr hören konnte? Nein! So schnell konnte Nicholas nicht sein. Er war vielleicht ein Geist, aber von Ort zu Ort wünschen konnte er sich deshalb auch nicht. Ebenso wenig konnte er sich einfach in ein Auto setzen und zu Adrian fahren. Wenn er tatsächlich zu ihm wollte, musste er wohl oder übel zu Fuß gehen – oder wie auch immer das bei einem Geist heißen mochte! Es würde also eine Weile dauern, bis er dort war. Mindestens eine

Stunde, vielleicht länger. Wenn ich in dieser Zeit ein Buch mit dem nötigen Ritual finden könnte …

In der Leitung knackte es. Ich blieb stehen. Dann endlich Adrians erlösende Stimme. »Hallo, hier ist Adrian Crowley. Ich kann leider gerade nicht ans Telefon gehen, aber Sie können mir gerne nach dem Signal eine Nachricht hinterlassen.«

Anrufbeantworter! Nein! Es piepste. »Adrian! Hier ist Sam!«, rief ich. »Halten Sie mich nicht für übergeschnappt, aber Sie sind in Gefahr!« Wie sollte ich ihn vor jemandem warnen, den er nicht sehen konnte? Es gab nur einen Weg, ich musste dafür sorgen, dass er so weit von Nicholas fortkam wie möglich. »Wenn Sie diese Nachricht hören, packen Sie Ihren Großvater und fahren Sie mit ihm fort! Hören Sie? Sie dürfen auf keinen Fall nach Cedars Creek kommen! Fahren Sie in die entgegengesetzte Richtung und halten Sie nicht an, bevor Sie nicht mindestens zwei Stunden gefahren sind! Tun Sie es einfach! Vertrauen Sie mir!« Ich hinterließ ihm noch meine eigene Handynummer, dann legte ich auf und rannte weiter.

Völlig außer Atem kam ich an der Bibliothek an. Es war erst kurz nach acht, sodass noch nicht geschlossen war. Das ersparte mir zumindest einen weiteren Einbruch. Was mir nicht erspart blieb, war die Frage, wie ich unbemerkt zur Kellertür gelangen sollte. Wenn ich es irgendwie schaffte, mich an Mr Owens vorbeizuschleichen, konnte ich mich zwischen den Regalen verstecken und warten, bis er nach Hause ging. Dann hätte ich freie Bahn.

Ich spähte durch die Milchglasscheiben und erhaschte

einen verschwommenen Blick auf den Empfangstresen. Dahinter konnte ich Mr Owens Umrisse ausmachen. Natürlich! Warum konnte ich nicht einfach Glück haben und er stünde auf, um aufs Klo zu gehen oder ein Buch wegzuräumen? Ganz gleich was, solange er nur vom Tresen verschwand. Ich drückte mein Gesicht näher an die Scheibe und sah mich um. Etwas an Mr Owens Haltung kam mir seltsam vor. Er saß nicht, vielmehr schien es, als sei er vornübergekippt. Nicholas!, schoss es mir durch den Kopf. Mit einem Satz war ich an der Tür und stürzte in die Bibliothek. Jetzt, ohne das störende Milchglas dazwischen, konnte ich es sehen. Mr Owens war tatsächlich nach vorne gekippt. Sein Kopf ruhte auf einem Buch, das aufgeklappt vor ihm lag. Plötzlich schlug mir das Herz bis zum Hals. Ganz langsam schob ich mich näher an den Tresen heran. Was sollte ich tun, wenn er tot war? Ich konnte unmöglich den Sheriff rufen. Erst der Landstreicher, dann der Mord an Tess und jetzt ein toter Bibliothekar! Sheriff Travis würde mich schneller verhaften, als ich »unschuldig« sagen konnte. Entweder das oder die Bewohner von Cedars Creek würden mich als Unglücksbringer aus der Stadt jagen. Beziehungsweise auf dem Scheiterhaufen verbrennen. Weitere Renovierungsarbeiten würden mir so oder so auf jeden Fall erspart bleiben.

»Scheiße«, murmelte ich und fuhr zusammen, als ich ein Geräusch hörte. Ein Scharren, es kam vom Tresen. Ich lauschte. Da war es wieder. Mr Owens schnarchte! Ich stieß erleichtert die Luft aus. Ein kurzer Blick nach allen Seiten, dann huschte ich am Tresen vorbei und verzog mich zwischen die Regale. Ich sah mich noch einmal nach Mr Owens um, doch er hatte sich noch immer nicht gerührt. Von Zeit zu Zeit war ein leises Schnarchen zu vernehmen.

Ich schlich an den Bücherregalen entlang in den hinteren Teil der Bibliothek. Immer wieder hielt ich inne, um zu lauschen. Jedes Mal erwartete ich, gleich Mr Owens hinter mir zu sehen – oder Nicholas. Aber immer, wenn ich mich umsah, war da nichts. Endlich erreichte ich die Tür unter der Treppe. Ich zog den Schlüsselbund aus der Hosentasche. Die Schlüssel klirrten leise. Erschrocken sah ich mich um. Alles ruhig. Vorsichtig legte ich meine Finger darum, um zu verhindern, dass die Schlüssel ständig aneinanderschlugen. Ich brauchte drei Versuche, bis ich den passenden Schlüssel gefunden hatte.

Die Tür knarrte leise, als ich sie aufdrückte. Diesmal hielt ich nicht an. Ich schlüpfte hindurch und drückte sie wieder hinter mir zu. Modrige Feuchtigkeit umwehte meine Nase wie schlechter Zombieatem. Jetzt erst wurde mir die undurchdringliche Dunkelheit bewusst, die vor mir lag. Ich versuchte mich zu erinnern, wo sich der Lichtschalter befunden hatte. Irgendwo links. Vorsichtig streckte ich die Hand aus und zuckte zurück, als meine Finger die Wand ertasteten. Was sich alles in der Dunkelheit verbergen konnte! Was, wenn Nicholas plötzlich vor mir stand? Aber es war nicht kalt, zumindest nicht kalt genug. Er war nicht hier, sondern auf dem Weg zu Adrian! Ich nahm meinen ganzen Mut zusammen und legte meine Hand erneut auf die Wand. Meine Finger fuhren über das raue Mauerwerk. Ein paar Spinnweben verfingen sich dazwischen. Ich unterdrückte einen Aufschrei und schüttelte sie ab. Endlich fand ich den Lichtschalter und betätigte ihn. Vor mir spuckte die Dunkelheit die enge Holztreppe aus. Ich stand dicht am Rand der obersten Stufe. Nur ein paar Zentimeter weiter in der Dunkelheit und ich wäre die Treppe hinuntergestürzt. Wenn ich mir dabei den Hals gebrochen hätte, könnte ich künftig auch als Geist herumspuken. Meine unvollendete Aufgabe wäre es, Nicholas daran zu hindern, seinen Bruder und seinen Großneffen zu töten. Ich schüttelte den Gedanken zusammen mit den restlichen Spinnweben ab, die noch zwischen meinen Fingern klebten.

Entschlossen setzte ich den Fuß auf die zweite Stufe. Das Holz knarrte leise. Der enge Gang war beklemmend. Viel beklemmender als damals zusammen mit Tess. Das Knarren, das jeder meiner Schritte auslöste, machte mich nervös. Noch nervöser machte es mich jedoch, dass die Dielen auch dann ächzten, als ich längst nicht mehr draufstand.

»Das ist normal«, sagte ich leise zu mir selbst. Holz ist lebendig. Es bewegt sich. Wie in Tante Fionas Haus. »Nichts Ungewöhnliches, Sam.« Trotzdem beeilte ich mich, die Treppe hinter mich zu bringen.

Unten wurde es nicht besser. Das dämmrige Licht floss von den Deckenlampen in den Gang, ohne die Wände vollends zu erreichen. Die dunklen Holztüren, die vom Gang abzweigten, lagen halb in den Schatten verborgen. Ich mied es, sie anzusehen, denn immer, wenn ich es tat, musste ich an einen weit aufgerissenen Rachen denken, der mich gleich verschlucken würde.

Um nicht ständig in die Schatten starren zu müssen,

richtete ich den Blick auf den Boden, wo meine Füße bei jedem Schritt feine Spuren im Staub hinterließen. Die wenigen weiteren Abdrücke, die ich sah, stammten wahrscheinlich vom letzten Mal, als ich mit Tess hier gewesen war.

Ich ging viel zu langsam. Wäre ich in einem Horrorfilm gewesen, wären als Nächstes die Glühbirnen durchgebrannt. Eine nach der anderen. Erst flackern und dann verlöschen, bis ich mich in völliger, undurchdringlicher Finsternis wiedergefunden hätte. Dieses Gefühl beschleunigte meinen Schritt so sehr, dass ich die letzte Tür in Windeseile erreichte.

Ehe mich mein gesammeltes Horrorfilmwissen zum Thema »Öffnen von alten Kellertüren« überfallen konnte, stieß ich sie auf. Die Scharniere quietschten grauenerregend. Ein kleiner Lichtschimmer vom Gang strömte in den Raum und verwandelte die Dunkelheit darin in eine nicht weniger unangenehme Düsternis. Spöttisch starrte mir das Halbdunkel entgegen, als wollte es sagen: Du traust dich nicht!

Ich traute mich. Nachdem ich einen letzten Blick in den Gang geworfen hatte, trat ich ein und betätigte den Lichtschalter. Zäher gelber Schimmer floss durch den niedrigen Raum, ohne ihn gänzlich der Dunkelheit zu entreißen. Sonnenlicht wäre mir zweifellos lieber gewesen, doch das war immer noch besser als zum Beispiel der spärliche Schein einer Taschenlampe.

Mein Blick fiel auf die Leintücher, die die Regale an den Wänden – und die Tür zum Tresorraum – verhüllten. Ich ging an den aufgestapelten Tischen vorbei, geradewegs auf die Laken zu. Mit einem entschiedenen Ruck griff ich nach einem und zog es weg. Dahinter kam ein schiefes Holzregal zum Vorschein. Falsches Laken. Ich packte das nächste und hielt die Luft an, als sich mir der Blick auf die Stahltür eröffnete. Höchste Zeit für den Geheimschlüssel.

Ich zog ihn aus der Hosentasche, steckte ihn ins Schloss und drehte ihn herum. Die Mechanik klickte vernehmlich. Ich betätigte den Mechanismus und zog die Tür auf. Sie war schwer und ließ sich nur mühsam bewegen. Kaum war der Spalt groß genug, schaltete ich das Licht an. Nie im Leben hätte ich geglaubt, dass grelles Neonlicht einmal eine derart beruhigende Wirkung auf mich haben könnte. Die Helligkeit war eine Erleichterung, die sofort wieder ein wenig von der beklemmenden Enge des Raumes zunichtegemacht wurde.

Eine Weile stand ich in der Tür und ließ meinen Blick über die beiden Regalreihen zum hinteren Ende wandern. Dort lagen die Bücher, die ich brauchte. Das hoffte ich zumindest inständig.

Endlich überwand ich mich und trat in den Tresorraum. Zum ersten Mal fragte ich mich, in welchen Sprachen derartige Schriften verfasst sein mochten. Waren sie modern genug, dass ich sie entziffern konnte, oder würde ich gleich auf Latein, Griechisch oder sonst etwas blicken, was ich nicht einmal ansatzweise verstehen konnte? Um das herauszufinden, gab es nur einen Weg. Nachsehen! Draußen knarrte eine Diele. Ich erstarrte mitten im Schritt.

»Holz bewegt sich, du dumme Kuh«, zischte ich mir selbst zu.

Allmählich machte mich meine eigene Angst wütend.

Täglich gingen Tausende von Leuten in dunkle Keller oder Gewölbe, ohne dass ihnen etwas zustieß. Die wenigsten würden sich überhaupt Gedanken über die Dunkelheit, knarrende Balken oder andere Geräusche machen. Nur ich stand hier und zuckte bei jedem noch so kleinen Laut zusammen. Zu meinen Gunsten ließ sich immerhin anführen, dass vermutlich außer mir niemand versuchte, ein Buch zu finden, das es ermöglichte, einen ausgesprochen realen und bedrohlichen Geist zur Hölle zu schicken. Die meisten gingen sicher bloß zum Kartoffelnholen in den Keller.

»Also an die Arbeit«, seufzte ich, nachdem ich mich wieder ein wenig beruhigt hatte, und wandte mich zuerst dem Regal zu, in dem ich das Buch gesehen hatte, das Tess für die Beschwörung benutzt hatte. Vielleicht würde mir das weiterhelfen. Ich ging zu der Stelle, wo es beim letzten Mal gestanden hatte, und bückte mich danach, als ein Schatten auf mich fiel.

Ich fuhr herum.

Nicholas stand im Eingang zum Tresorraum, groß und bedrohlich, das Gesicht in den Schatten zwischen Neonlicht und halbdunklem Keller verborgen. Mein Puls raste, meine Knie zitterten. Ich zwang mich zur Ruhe. Er konnte mir nichts tun. Trotzdem versetzte mich seine Anwesenheit in Panik. Ich musste hier raus! Am besten irgendwohin, wo viele Leute waren.

Ich riss das Buch aus dem Regal. Er versperrte mir den Weg. Das war mir egal. Ich war schon einmal durch ihn hindurchgelaufen. Meine Finger klammerten sich um das Buch. Auf die schneidende Kälte gefasst, stürmte ich auf ihn zu. Ich prallte gegen ihn und wurde zurückgeworfen. Das Buch fiel mir aus der Hand. Ich stolperte ein Stück zurück, bevor ich mein Gleichgewicht wiederfand. Entsetzt starrte ich ihn an.

Deshalb hatte ich die Kälte nicht spüren können! Er war … materiell. Körperlich. Ich konnte ihn berühren. Ich war geradewegs gegen ihn geknallt. Mein Puls begann zu rasen. Wenn ich ihn berühren konnte, konnte er es umgekehrt auch!

Er trat in die Kammer. Ich wich zurück.

»Sam, bleib stehen!«

Nichts da! Nicht, solange ich noch Platz nach hinten hatte. Ich spähte an ihm vorbei, suchte nach einer Möglichkeit, ihn zu umgehen, doch der Gang zwischen den Regalen war so eng, dass ich ihn erst aus dem Weg bekommen musste, wenn ich an ihm vorbeiwollte.

»Bitte«, sagte er leise und kam noch näher. »Ich will dir nichts tun. Ich will nur, dass du mich anhörst.«

»Hast du das auch zu Tess gesagt, bevor du sie …« Ich stieß mit dem Rücken gegen die Wand, trotzdem schob ich mich weiter nach hinten, presste mich immer enger an den kalten Stahl, während der Abstand zwischen Nicholas und mir schmolz. Dann hatte er mich erreicht. In diesem Moment sprang ich nach vorne. Ich legte all meine Kraft in diesen Angriff. Es musste mir einfach gelingen, ihn aus dem Gleichgewicht zu bringen. Nur so konnte ich an ihm vorbeigelangen. Doch Nicholas streckte die Arme nach mir aus und fing mich einfach in der Luft auf. Er packte mich bei den Schultern und drückte mich gegen die Wand.

»Hör mir zu!«, fuhr er mich an, ohne mich freizugeben. »Du bist in großer Gefahr.«

»Das sehe ich.« Mit Händen und Füßen wehrte ich mich gegen seinen Griff, doch er war zu stark. Tränen der Angst rannen über meine Wangen, während ich darauf wartete, dass er es zu Ende brachte. Nicholas tat nichts dergleichen. Er hielt einfach nur meine Schultern fest und wartete. Ich zitterte so heftig, dass es mir kaum gelang, ein scharfes Bild von ihm zu erhaschen.

»Gestern Abend habe ich deinen Atem genommen, um mich weit genug zu materialisieren, dass ich Tess anrufen konnte.«

»Und dann hast du sie umgebracht«, stieß ich hervor.

»Wenn ich das getan hätte, wäre ich jetzt lebendig!«

Und was bitte war er jetzt? Warum konnte er mich festhalten und zu Tode erschrecken?

»Sam, denk nach!« Er verlagerte seinen Griff ein wenig, sodass sich seine Hände nicht länger wie zwei Schraubstöcke in meine Schultern gruben. Doch er gab mich nicht frei. »Wenn ich Tess getötet hätte, um lebendig zu werden, wie hätte ich dir dann den ganzen Tag über als unsichtbarer Geist folgen können?«

Ich kämpfte noch immer gegen meine Panik an. Alles in mir schrie danach, einfach ohnmächtig zu werden. Egal was, Hauptsache, es wäre endlich vorbei. Aber die Dunkelheit wollte mich nicht. »Vielleicht kannst du deine Fähigkeiten behalten!«

»Wenn es mir darum ginge, lebendig zu werden«, sagte er sanfter, »hätte ich dich nicht geküsst, sondern dein Leben genommen. Was glaubst du, warum ich es nicht getan habe?«

»Woher soll ich das wissen? Vielleicht war ich ja nicht die Richtige, um dich ins Leben zurückzuholen, oder du hattest andere Pläne. Es gibt sicher tausend Gründe, warum du es nicht getan hast!«

»Einer davon ist, dass ich dich liebe und dir nie wehtun könnte.«

Seine Worte zogen mir den Boden unter den Füßen weg. Ich starrte ihn an. »Was ist das für ein grausames Spiel, das du mit mir spielst?«, flüsterte ich.

»Das ist kein Spiel.« Er nahm eine Hand von meiner Schulter und wischte mir mit dem Daumen die Tränen von den Wangen. »Wenn ich Tess zu dir nach Hause gelockt hätte, um sie zu töten, warum konnte sie dich dann noch abholen? Warum starb sie erst am nächsten Morgen und nicht noch in derselben Nacht? Und warum nicht in deinem Haus, wo ich sie mit meinem Anruf zweifelsohne hingelockt hätte, sondern bei sich?«

Darauf fiel mir keine Antwort ein. »Wenn du nicht vorhast, mich umzubringen, dann kannst du mich loslassen.«

Er schüttelte den Kopf. »Du siehst nicht aus, als könntest du im Augenblick aus eigener Kraft stehen.«

Ich konnte ja nicht einmal einen klaren Gedanken fassen! Seine Worte und sein Verhalten hatten mich in völlige Verwirrung gestürzt. »Ich verstehe das alles nicht.«

»Versprichst du mir, dass du nun keine Dummheiten machst?«, fragte er plötzlich.

Ich sah ihn an, forschte in seinen Augen nach einem

Hinweis, was ich denken oder fühlen sollte, doch ich war einfach zu durcheinander.

»Sam? Versprichst du es?«

Als ich nickte, hob er mich hoch. Ich schrie erschrocken auf, trotzdem ließ er mich nicht runter. Er trug mich aus dem Tresorraum in den Keller. Dort setzte er mich auf einen der Tische und blieb vor mir stehen. Sichtlich wollte er nicht das Risiko eingehen, dass ich ihm doch noch entwischte. Offen gestanden spähte ich tatsächlich an ihm vorbei und lotete meine Fluchtchancen aus. Noch im selben Augenblick wurde mir jedoch bewusst, dass ich nicht davonlaufen würde. Zum einen fürchtete ich, dass mir meine Beine ohnehin nicht gehorchen würden, und zum anderen war etwas in seinem Verhalten, das einen Funken des alten Vertrauens aufflammen ließ, das bisher zwischen uns geherrscht hatte. Seit ich den Keller betreten hatte, hatte er alle Zeit der Welt gehabt, mich zu töten. Ich war noch am Leben. Vielleicht sagte er wirklich die Wahrheit. Es kam auf einen Versuch an. Zumindest konnte ich so ein wenig Zeit gewinnen, um darüber nachzudenken, wie ich das Buch, das noch immer im Tresorraum lag, zu fassen bekommen und fliehen konnte.

»Wie kommt es, dass du mich anfassen kannst?« Das musste ich einfach wissen.

»Der Bibliothekar.«

»Oh mein Gott, du hast …«

»Ich habe ihn nicht umgebracht. Er hat geschlafen, da habe ich mir etwas von seinem Atem genommen. Anders hätte ich keine Chance gehabt, dich daran zu hindern, wieder vor mir davonzulaufen.«

»Aber …«, setzte ich an.

»Ich habe gesehen, dass du die Bibliotheksschlüssel genommen hast. Da war mir klar, wo du hinwolltest. In Tess' Haus warst du so sehr in Panik, dass ich nicht den Eindruck hatte, du würdest auch nur eines meiner Worte verstehen. Also wollte ich dich hier abfangen.«

»Worte?«, echote ich. »Du hast mich angebrüllt. Wie hätte ich da etwas verstehen sollen?«

»Ich wusste nicht, was ich tun sollte. Du hattest solche Angst vor mir. Ich fühlte mich so hilflos und hoffte, ich könnte dich dazu bringen, mir zuzuhören, wenn ich dich nur laut genug anschreie. Das war ein Irrtum. Ich habe dir nur noch mehr Angst gemacht.« Er streckte die Hand nach meiner Wange aus, zog sie dann aber wieder zurück, ohne mich zu berühren. »Es tut mir leid, Sam.«

Ich fand keine Lüge in seinen Augen, nur Wärme und Bedauern. Dennoch gab es einiges, was ich nicht verstand und was mich davon abhielt, ihm zu vertrauen.

Ich schloss für einen Moment die Augen. »Warum hast du Adrian angegriffen?«, fragte ich, als ich sie wieder öffnete.

»Weil er nicht das ist, wofür du ihn hältst. Er …«

»Halt! Warte!« Ich hob die Hand und brachte ihn zum Schweigen. »Ich weiß inzwischen, dass du denkst, er sei dein Bruder. Das ist er nicht, Nicholas. Dein Bruder ist über siebzig. Alt und schwer krank. Adrian ist sein Enkel.«

Nicholas schüttelte den Kopf. »Ich erkenne meinen Bruder, wenn ich ihn sehe.«

»Nein, tust du nicht. Ich habe ein Porträt deines Bruders gesehen, als ich bei Adrian war. Adrian ist ihm wie aus dem Gesicht geschnitten. Das ist der Grund, warum du ihn für deinen Bruder gehalten hast. Aber er ist es nicht.« Jetzt griff ich nach seiner Schulter und zwang ihn, mich anzusehen. »Du hast dich geirrt, das ist alles.«

»Hast du meinen Bruder gesehen?«

Ich schüttelte den Kopf. »Er hat schon geschlafen.«

»Nein, das hat er sicher nicht.« Er griff nach meiner Hand, die auf seiner Schulter lag. Seine Berührung war warm und fest. »Du kennst meinen Bruder nicht, Sam. Du weißt nicht, wozu er fähig ist.«

Nicholas war sein ganzes Leben lang eifersüchtig auf seinen Bruder. Deshalb hat er beschlossen, ihn zu töten. Das waren Adrians Worte gewesen. »Adrian sagt, du hättest versucht, deinen Bruder zu töten«, begann ich leise. »Ist das wahr?«

Er fuhr zurück, als hätte ich ihn geschlagen. »Das ist eine Lüge!«

»Dann würde ich jetzt gerne hören, was wirklich geschehen ist.« Ich musste es wissen. Andernfalls würde ich ihm niemals wieder vertrauen können.

Nicholas wirkte unentschlossen. Sein Blick wanderte durch den Raum, als wollte er die Erinnerung an die Vergangenheit einfangen. Schließlich richteten sich seine Augen wieder auf mich. »Also gut.« Zu meinem Erstaunen setzte er sich neben mich auf den Tisch. Einen Augenblick lang war ich versucht aufzuspringen und doch noch davonzulaufen. Meine Neugier und der Wunsch, jenen Nicholas zurückzubekommen, den ich kannte und liebte, waren stärker. Ich blieb sitzen und wartete.

»Vater hat das Haus auf dem Fundament des alten Baker-Hauses errichten lassen«, begann er endlich. »Er hielt die Geschichten über Hexen und böse Zauber für Aberglaube.« Mein Blick streifte den Tresorraum und heftete sich auf die Bücher, die darin lagerten. Nicholas bemerkte es. »Einige der Bücher, die du dort siehst, wurden gefunden, als die Bauarbeiter das Fundament erweitern sollten. Vater übergab sie dem Reverend. Aber es waren nicht alle.

Wir wohnten seit etwa zwei Jahren in dem Haus, als Adrian und ich das Buch fanden. Es war hinter einem losen Stein im Mauerwerk des Fundaments verborgen. Fernab von der Stelle, an der man die anderen Bücher gefunden hatte. Ich war damals sechzehn, Adrian zwölf. Obwohl die meisten Seiten völlig vergilbt waren und der Ledereinband es kaum noch zusammenhielt, war Adrian vollkommen fasziniert. Keiner von uns wollte Vater den Fund zeigen, doch während ich darauf bestand, es zu verbrennen, wollte Adrian es behalten.

Ich setzte mich schließlich durch. Wir schlichen uns mitten in der Nacht in die Küche und warfen es in den Ofen. Sobald die Flammen aufloderten, schloss ich die Klappe und ging. Zwei Jahre später fand ich heraus, dass Adrian es wieder aus den Flammen geholt hatte. Der größte Teil war verbrannt, dennoch hatte er es in seinem Zimmer versteckt und heimlich darin gelesen.« Nicholas stand auf und begann im Raum auf und ab zu wandern. Er lief so schnell hin und her, dass mir vom Zusehen fast schwindlig wurde. »Ich kam durch einen Zufall dahinter. Adrian war vierzehn und wünschte sich nichts sehnlicher, als zu einer Party zu gehen. Mutter hatte es ihm verboten. Jeder im Haus wusste das. Als mein Vater nach Einbruch der Dunkelheit das Haus verließ, dachte ich mir nichts dabei. Ich sah ihn nur von hinten, die breite Statur, den Mantelkragen hochgeschlagen, den Hut tief ins Gesicht gezogen. Erst als ich Vater keine Minute später mit einem Glas Brandy vor dem Kamin sitzen sah, wurde ich stutzig. Ich wollte Adrian fragen, ob ihm etwas Seltsames aufgefallen war. Deshalb ging ich in sein Zimmer.«

»Aber er war nicht da.«

»Das Zimmer war leer. Natürlich wunderte ich mich, denn Adrian hatte sich so unerträglich aufgeführt, als Mutter ihm verbot, zu der Party zu gehen, dass sie ihn auf sein Zimmer geschickt hatte. Soweit ich wusste, hatte er sich ihren Anordnungen sonst nie widersetzt. Vermutlich war er nur in der Küche oder im Bad. Ich wollte schon wieder gehen, als ich bemerkte, dass die Tür zum Wandschrank einen Spalt offen stand. Eigentlich hatte ich nur vorgehabt, sie zu schließen, doch als ich davorstand, öffnete ich sie stattdessen. Auf dem obersten Regal halb hinter Spielsachen verborgen sah ich eine Schachtel, die ich nicht kannte. Neugierig holte ich sie herunter und nahm den Deckel ab. Darin lag ein Buch. *Das* Buch.« Nicholas blieb stehen und sah mich an. In seinem Blick stand ein Spiegelbild des Schreckens, den er damals empfunden haben musste.

»Was ist dann geschehen?«, fragte ich, als er auch nach einer Weile nicht weitersprach.

»Ich habe es gelesen«, erwiderte er tonlos. »Zumindest die wenigen Dinge, die noch zu entziffern waren. Das Feuer hatte den größten Teil zerstört. Was jedoch intakt war, war eine Formel, mit der man sein Äußeres verändern konnte. Nicht in der Art, dass man das Aussehen einer anderen Person oder eines Gegenstandes annahm, aber es ermöglichte, sein eigenes Aussehen innerhalb einer gewissen Altersbandbreite zu verändern. Mein kleiner Bruder Adrian hatte sich in den erwachsenen Adrian verwandelt, in der Hoffnung, jemand, der ihn nur von hinten oder aus der Ferne sah, würde ihn allein wegen seiner Statur für Vater halten.

Als er nach Hause kam, habe ich ihn mit meinem Wissen konfrontiert. Er hat mich nur ausgelacht und mir gesagt, dass er das schon seit zwei Jahren so mache. Ich solle mich nicht so anstellen. Immerhin täte er nichts Böses.« Nicholas fuhr sich mit der Hand über die Augen, wie um die Erinnerung wegzuwischen. »Er war mein Bruder, mein bester Freund! Ich habe ihm geglaubt. Was hätte ich sonst auch tun sollen? Wenn er sich schon so lange dieses Zaubers bediente und bisher nichts geschehen war, würde wohl auch in Zukunft nichts passieren. Was mir weitaus mehr Sorgen bereitete, war der zweite Zauber, der sich noch in dem Buch befand. Angeblich eine Formel für ewiges Leben. Ich war überzeugt, dass etwas derart Großes auch einen hohen Preis kosten würde. Deshalb warnte ich ihn davor, sie anzuwenden. Er versprach mir, es niemals zu tun. Ihm war anzusehen, dass er tatsächlich kein Interesse daran hatte. Also ließ ich die Sache auf sich beruhen. Hätte ich ihn nicht hin und wieder dabei erwischt, wie er sich als »alter« Adrian aus dem Haus schlich, ich hätte das alles vielleicht einfach vergessen. So verdrängte ich mein Wissen lediglich.«

»Diese zweite Formel wurde zum Problem zwischen euch, nicht wahr?«

Er nickte. »Adrian war immer so lebendig und fröhlich, dass er nie auf den Gedanken gekommen wäre, dass auch sein Leben einmal enden könnte. Je jünger ein Mensch ist, umso unverwundbarer fühlt er sich. Mit neunzehn hatte er einen Autounfall, der ihn fast das Leben kostete. Das war der Moment, in dem ihm seine eigene Sterblichkeit bewusst wurde. Er schwor damals im Krankenbett, dass ihm das niemals passieren würde. Niemals wolle er alt werden und sterben. Anfangs hielt ich es für das inbrünstige Versprechen eines jungen Mannes, der dem Tod gerade noch einmal entronnen war. Ich ahnte nicht, wie ernst es ihm damit war.«

Nicholas schlug plötzlich so heftig mit der Faust gegen die Wand, dass ich zusammenzuckte. Doch sein Ausbruch war nichts weiter als ein Ventil für die Hilflosigkeit und Trauer, die ich in seinen Augen fand.

»Kurz danach muss er mit seinen Experimenten begonnen haben. Natürlich bemerkte ich, dass etwas nicht stimmte. Er hat sich oft stundenlang in einem der Kellerräume eingeschlossen. Unseren Eltern hat er erzählt, er richte sich dort ein Labor für den Biologieunterricht ein.

Er begann sich zu verändern. Er wurde kalt und skrupellos, erzählte den Leuten, was sie hören wollten, um zu bekommen, wonach ihm gerade der Sinn stand. Früher hatten wir unsere Freizeit fast immer gemeinsam verbracht. Wir hatten alles geteilt, doch jetzt sonderte er sich ab, wurde immer mehr zum Einzelgänger und schloss mich aus seinem Leben aus. Damit hätte ich vielleicht noch umgehen können, doch auch sein Wesen wandelte sich. Er war nicht länger der freundliche, gutmütige Bruder, den ich kannte. Adrian wurde jähzornig und aufbrausend. Zugleich schaffte er es, unsere Eltern so zu umgarnen, dass sie nichts davon bemerkten. Er war der perfekte Schauspieler. Ich war überzeugt, das Ganze müsste etwas mit seinen Experimenten zu tun haben und mit der Besessenheit, die ihn immer wieder in sein Kellerlabor trieb. Ich habe versucht, es ihm auszureden, doch Adrian wollte nicht auf mich hören. Es sei harmlos, hat er jedes Mal behauptet, wenn ich ihn zur Rede stellte, und falls ich dann noch immer nicht lockerließ, wurde er aufbrausend.« Nicholas schüttelte den Kopf. »Ich weiß nicht, wie lange er gebraucht hat, die Formel zu enträtseln. Die Seiten waren so vergilbt, dass man teilweise nur raten konnte.«

»Weißt du, woraus sie bestand?«

»Nein.« Er hatte aufgehört umherzulaufen und war mitten im Keller stehen geblieben. »Ein Teil bestand aus dem Wasser der Schwefelquelle, die sich auf der Rückseite des Hügels befindet.«

»Die Hexenquelle.« Das Wasser, dessen Geruch Prudence und Harmony den Ruf eingebracht hatte, sie seien Hexen. Nicht ganz zu Unrecht – auch wenn sich das erst sehr viel später herausgestellt hatte.

Nicholas sah mich an. »Du kennst die Geschichte?«

»Ich habe davon gehört.«

Es dauerte einen Moment, ehe er fortfuhr, als müsste er erst all seinen Mut zusammennehmen, um mir auch den Rest der Geschichte zu erzählen. »Ich habe nie herausgefunden, was genau die anderen Zutaten waren«, sagte er schließlich. »Nicht, dass ich es nicht versucht hätte. Ich wollte wissen, wie gefährlich es war, was er tat, doch nach jener Nacht, in der ich das Buch in seinem Zimmer fand, versteckte er es immer so gut, dass ich es nie wieder zu Gesicht bekam. Bis zum … bis zu dem Tag, an dem …«

»Der Tag, an dem du starbst?«, versuchte ich ihm zu helfen.

Er nickte. »Ich habe ihn bei einem Ritual erwischt.« Ich war mir nicht sicher, ob ich hören wollte, was jetzt kam. Doch Nicholas fuhr fort: »Er hatte vergessen, die Tür zu seinem Labor abzusperren. Unsere Eltern wären ohnehin nie hineingegangen, dafür hatte er ihnen zu deutlich gemacht, wie kostbar und wertvoll seine Versuchsanordnungen waren. Ich war auch schon lange nicht mehr unten gewesen. Als ich jedoch am Zugang zum Keller vorbeikam, hörte ich das Maunzen einer Katze. Wir hatten kein Haustier, also dachte ich an einen Streuner, der sich ins Haus verirrt hatte. Ich wollte ihn fangen und rauslassen. Die Geräusche führten mich zu Adrians Labor, und als ich die Tür öffnete, sah ich ihn.« Nicholas war anzusehen, wie schwer es ihm fiel fortzufahren. Ich wollte zu ihm gehen und nach seiner Hand greifen, doch ich blieb, wo ich war. Erst musste ich alles wissen. Ich wartete.

Er begann wieder im Keller umherzuwandern, diesmal

langsamer, nachdenklicher. »Adrian kniete in einem Kreidekreis, inmitten von Kerzen. Mit einer Hand drückte er die Katze zu Boden. In der anderen hielt er ein Messer mit großer gezackter Klinge. Er weidete das Tier bei lebendigem Leib aus.«

Nicholas fuhr so plötzlich zu mir herum, dass ich erschrak. Ich begriff nicht gleich, dass es mein entsetztes Keuchen war, das ihn hatte herumfahren lassen. Er musterte mich besorgt. »Ich hätte das nicht erzählen sollen.«

»Nein!«, rief ich hastig. »Sprich weiter. Bitte.«

»Ich war zutiefst entsetzt und wusste nicht, was ich tun sollte. Allein sein Blick genügte mir, um zu wissen, dass er nicht mit sich reden lassen würde. Da lag ein Wahnsinn in seinen Augen, der ... Das war nicht mehr mein Bruder, sondern etwas, zu dem er im Laufe der Jahre geworden war.«

Ich erinnerte mich daran, wie Nicholas über seinen Bruder gesprochen hatte, als er mir von ihm erzählte. Damals in meinem Wohnzimmer. War das wirklich erst eine Woche her? Er hatte so zärtlich geklungen, als wäre Adrian noch immer der Bruder, den er über alles liebte. War es verwunderlich, dass er es vorzog, sich an den Adrian seiner Kindheit zu erinnern als an den jungen Mann, der in seinem Keller eine lebendige Katze ausweidete?

»Als ich das Buch vor Adrian auf dem Boden sah, wusste ich, dass es der einzige Weg war. Wenn ich je eine Chance haben wollte, meinen Bruder zurückzubekommen, musste ich es vernichten.«

Das Ende der Geschichte war hinlänglich bekannt.

Trotzdem wollte ich wissen, wie es dazu gekommen war. »Du hast es genommen?«

Er nickte. »Ich hätte nicht gedacht, dass Adrian so schnell sein könnte. Kaum hielt ich das Buch in Händen, war er schon auf den Beinen. Seine Hände waren voller Blut, als er versuchte, es mir zu entreißen. Ich war stärker. Mit dem Buch in der Hand rannte ich die Treppen hinauf in die Eingangshalle. Ich wollte aus dem Haus. Draußen konnte ich ihn abhängen, und sobald ich das geschafft hatte, wollte ich das Buch ein für alle Mal verbrennen. Adrian war dicht hinter mir. Oben holte er mich ein und schnitt mir den Weg zur Tür ab. Mir blieb nichts anderes übrig, als weiter nach oben zu laufen. Ich wollte mich in meinem Zimmer einsperren und, wenn es sein musste, über den Balkon nach unten klettern. Adrian holte mich auf der Galerie ein. Es kam zu einem Gerangel. Wir zogen und zerrten an dem Buch und dann …« Nicholas biss sich auf die Lippe und schwieg.

Bei seinem Anblick schnürte es mir beinahe den Atem ab. Mein Herz hämmerte wie wild, als ich sagte: »Und dann bist du aus dem Fenster gestürzt«, vollendete ich seinen Satz leise.

»Es war kein Sturz«, sagte er. »Ich wollte es mir lange nicht eingestehen, doch die Wahrheit ist, dass er mich gestoßen hat. Als ich direkt vor dem Fenster stand, hat er aufgehört, am Buch zu zerren. Stattdessen verpasste er mir einen heftigen Tritt, der mich nach hinten schleuderte.«

»Er hat dich ermordet!« Ich krallte mich mit den Fingern an der Tischplatte fest, hätte ich das nicht getan, wäre ich wahrscheinlich einfach vom Tisch gefallen. Das alles war so unglaublich! Ich wollte ihm sagen, dass es nicht sein konnte! Es gab keine Zauberformeln und auch keine Hexerei. Das war Blödsinn! War es das wirklich? Vor mir stand ein Geist! Jemand, der seit über fünfzig Jahren tot war. Und ich zweifelte an dem, was er über Adrian und das Hexenbuch erzählte?

Nicholas sprach die Wahrheit. Alles passte zusammen. Adrian hatte ihn ermordet. Das war der Grund, warum Nicholas keine Ruhe fand. Nicht, solange sein Mörder nicht bestraft war!

»Warum hast du mir das nicht von Anfang an erzählt?«, fragte ich ruhig.

Nicholas lächelte freudlos. »Ist das nicht offensichtlich? Du hattest schon Schwierigkeiten, mit der Anwesenheit eines Geistes fertig zu werden. Was wäre passiert, wenn ich dir auch gleich noch von meinem Bruder dem Hexer erzählt hätte?«

Da hatte er nicht ganz Unrecht. Vermutlich wäre ich schreiend davongerannt. Oder ich hätte Nicholas für wahnsinnig gehalten und als gefährlich eingestuft. So wie ich es nach seinem in meinen Augen irrationalen Verhalten gestern Abend getan hatte. »Gleich am Anfang hätte mich eine derartige Geschichte sicher umgehauen«, räumte ich ein. »Warum hast du es mir nicht später erzählt? Ich hätte dir zugehört.«

»Zugehört. Vermutlich.« Er sah mir in die Augen. »Aber hättest du mir auch geglaubt?«

Ich schüttelte hilflos den Kopf. »Ich weiß es nicht.« Das wusste ich wirklich nicht. Etwas anderes konnte ich jedoch mit Gewissheit sagen: »Ganz bestimmt hätte ich dann anders auf Adrian reagiert. Und auf seine Geschichte über dich.«

Er hob eine Augenbraue. »Was genau hat er über mich gesagt?«

»Dass du immer eifersüchtig auf ihn – also auf deinen Bruder – warst und deshalb versucht hast, ihn umzubringen. Dabei bist du aus dem Fenster gestürzt.«

Nicholas' Miene verfinsterte sich. »Etwas Ähnliches hat er im Haus zu dir gesagt. Warum erzählt er solche Lügen? Was verspricht er sich davon?«

»Vielleicht fühlt er sich einfach besser, wenn er nicht als derjenige dasteht, der seinen Bruder ... Wer weiß schon, was in ihm vorgeht. Trotzdem, du hättest es mir sagen müssen! Das ist das fehlende Glied! Der Grund, warum du keinen Frieden finden kannst. Wieso hast du nicht selbst daran gedacht?«

»Ich kam gar nicht erst auf die Idee, dass es daran liegen könnte.«

»Was?« Ich konnte es nicht glauben. »Wie kannst du ... Warum ...«

»Ich dachte, Adrian hätte der Hexerei abgeschworen. Eines Nachts, ein paar Wochen nach meinem Tod, kam er an mein Grab. Er hatte das Buch dabei. ›Du wolltest immer, dass ich es vernichte‹, sagte er. ›Du sollst deinen Willen haben.‹ Adrian legte es in eine Blumenschale und verbrannte es zu Asche.« Nicholas schwieg einen Moment, dann schüttelte er den Kopf. »Ich habe geglaubt, er hat es getan, weil er sich wegen ... wegen dem, was geschehen war, schlecht fühlte. Wie hätte ich ahnen sollen, dass er längst ein anderes Buch hatte?«

Ich sprang auf. »Was?«

»Ich habe es gesehen. Letzte Nacht, als ich in seinem Haus war.«

Zum ersten Mal wurde mir bewusst, dass er mir zwar seine ganze Geschichte erzählt hatte, was jedoch vergangene Nacht geschehen war, wusste ich immer noch nicht. »Nicholas ...«

»Setz dich wieder hin, dann erzähle ich dir den Rest.«

Ich war mir nicht sicher, ob ich sitzen wollte. Ob ich es *konnte.* Plötzlich fror ich, doch die Kälte hatte nichts mit Nicholas zu tun. Sie kam aus mir selbst, entstanden aus dem Grauen, das seine Erzählung in mir weckte. Horrorfilme waren Kinderkacke! Ich schlang die Arme um den Oberkörper und wartete, dass er weitersprach.

»Sam.« Er tat einen Schritt auf mich zu. Gleich würde er mir den Arm um die Schultern legen und mich zum Tisch zurückführen. Doch er blieb stehen, gerade weit genug von mir entfernt, dass er mich nicht ohne Weiteres berühren konnte. Ich war mir nicht sicher, ob ich zugelassen hätte, dass er mich anfasste. Ein Teil von mir wünschte es sich, doch es gab auch noch eine andere Seite. Eine, die noch immer vor der unsichtbaren Mauer zurückschreckte, die die Ereignisse der vergangenen Nacht zwischen uns errichtet hatten. Nicholas schien diese Mauer ebenso zu spüren wie ich. Solange er sie nicht niederriss, indem er auch meine letzten Zweifel ausräumte, konnte ich nicht zulassen, dass er mein Herz erneut erreichte.

Ich ging zum Tisch zurück, doch statt mich zu setzen, lehnte ich mich nur dagegen. Es schien ihm zu genügen. Endlich fuhr er fort: »Als ich Adrian gestern bei dir sah, war mir sofort klar, dass er mein Bruder ist. Ich habe es gespürt. Du wirst jetzt einwenden wollen, dass ich mich irren könnte und mich in so einer Sache nicht nur von meinen Gefühlen leiten lassen sollte. Vielleicht stimmt das auch. Doch meine Gefühle waren nicht alles. Sämtliche Tatsachen sprechen dafür, dass Adrian junior mein Bruder ist.« Er sah mich an. »Wie viele Familien kennst du, in denen sich die Familienmitglieder aufs Haar gleichen?« Ich wollte ihm gerade sagen, dass es einige gab, doch er ließ mich gar nicht zu Wort kommen. »Nicht einfach nur *ähneln*, Sam. Wirklich aufs Haar gleichen, als wären sie Zwillinge!«

Ich schüttelte den Kopf. »So etwas habe ich noch nie gesehen.«

»Aber so ist es mit meinem Bruder und seinem angeblichen Enkel. Sogar Muttermale und die kleine Narbe oberhalb der Stirn, die sich mein Bruder geholt hat, als er beim Spielen von einem Baum gefallen ist, sind an exakt denselben Stellen. Hältst du das für wahrscheinlich?«

Ich schluckte. »Nein.« Aber wenn Adrian junior und sein Großvater ein und dieselbe Person waren, wozu dieser Aufwand? Doch im selben Moment kannte ich die Antwort: Um kein Misstrauen bei den Leuten in Cedars Creek zu wecken, musste er normal altern. Gleichzeitig kam er als sein eigener Enkel in den Ort, um angeblich das Erbe seines Großvaters anzutreten. In Wahrheit bereitete er sich auf sein eigenes Erbe vor. Nach allem, was ich in den letzten Minuten gehört hatte, hätte ich wetten können, dass noch niemand Adrian und seinen Großvater *zusammen* gesehen hatte.

»Adrian ist mein Bruder«, sagte Nicholas fest. »Und seit ich ihn das letzte Mal sah, ist er um keinen Tag gealtert. Über fünfzig Jahre, und er sieht noch immer aus wie damals! Ich gebe zu, dass ich unglaublich zornig war, als ich ihn sah. Abgesehen davon hatte ich Angst um dich. Ich erinnere mich zu gut daran, wie er … vor meinem Tod gewesen ist. Dass er den edlen Verehrer herauskehrt, passt zu seinen wechselnden Gesichtern, die ich von damals kenne. Ich wollte dich nicht in seiner Nähe wissen!«

»Du hast mich angegriffen, Nicholas.« Die Worte kamen mir nur schwer über die Lippen, aber es musste gesagt werden. Er sollte wissen, was er mir damit angetan hatte. Welche Angst er in mir ausgelöst hatte.

»Ich weiß.« Er wandte weder den Blick ab noch flüchtete er sich in Ausreden. »Es gab keine andere Möglichkeit. Ich wusste, du würdest mir nicht zuhören – nicht, nachdem ich vor deinen Augen versucht hatte, Adrian anzugreifen. Tess war meine einzige Hoffnung. Doch ich konnte das Haus nicht einfach verlassen, um zu ihr zu gehen.«

»Aber jetzt bist du doch auch …«

»Das verdanke ich Tess.«

»Nicholas!«, rief ich verzweifelt. »Ich verstehe kein Wort!«

»Ich bin auch noch nicht fertig.« Als er weitersprach,

wich er meinem Blick aus. »Ich habe deinen Atem genommen. Noch nie ist mir etwas schwerer gefallen als das. Ich hatte Angst, zu viel zu nehmen, und als ich die Panik in deinen Augen sah, hätte ich beinahe aufgehört. Doch ich brauchte deinen Atem, wenn ich dir helfen wollte.«

Plötzlich war die Erinnerung an seinen Angriff wieder da. Die Gier in seinen Augen, der unerbittliche Griff, mit dem er mich fest an sich gepresst hatte, und der Druck seiner Lippen auf meinem Mund. Das alles war fast zu viel. Ich schloss kurz die Augen und zwang mich, ein paarmal tief durchzuatmen. Als ich die Augen wieder öffnete, hatte ich mich ein wenig beruhigt.

Nicholas hatte sich nicht von der Stelle gerührt. Er stand einfach nur da und wartete, bis ich bereit war, mir auch den Rest anzuhören.

»Erzähl weiter«, bat ich leise.

»Nachdem du fort warst, habe ich Tess angerufen – zum Glück hing ihre Nummer an der Pinnwand. Als sie hörte, dass du in Gefahr bist, hat sie sofort alles stehen und liegen lassen und ist gekommen. Mithilfe eines Rituals hat sie es geschafft, den Bann zu lösen, der mich an den Umkreis des Friedhofs fesselte. Dann sind wir zu Adrians Haus gefahren. Während Tess dich rausholen sollte, blieb ich dort, um mich umzusehen.

Ich kann mit Sicherheit sagen, dass es keinen Adrian junior gibt. Adrian ist mein Bruder! Er hat noch immer das Labor im Keller, nur dass es heute weit besser ausgestattet ist als damals. Dort liegen eine Menge Bücher herum. Schwarze Magie. Satanismus. Hexerei. Adrian hat sogar eine Apparatur gebaut, mit der er seinen Trank braut. Den Trank, der ihm die Jugend erhält. In einem Nebenraum stehen riesige Käfigreihen voller Katzen.«

Allein bei der Vorstellung, wofür er die armen Tiere brauchte, sträubten sich meine Nackenhaare.

»Einige der Bücher lagen aufgeschlagen da. Ich habe nicht viel gesehen, doch es genügte, um eine Ahnung von dem zu bekommen, was er plant. Er hat einen Weg gefunden, die Wirkung dauerhaft zu machen. Alles, was er dazu braucht, ist das Blut einer Hexe oder deren Nachfahren.« Er hob den Kopf und sah mir in die Augen. »Sam, auf dem Tisch lagen einige Kopien alter Stammbäume der Baker-Familie. Darauf …«

Ich hörte seine Worte gar nicht mehr. In dem Augenblick, als die Worte Blut, Hexe und Nachfahren gefallen waren, verstand ich endlich die Zusammenhänge. Ich kippte vor Schreck fast hintenüber. Es gelang mir gerade noch, mich an der Tischkante aufzufangen. Nicholas war schnell zur Stelle. Er bekam mich bei den Schultern zu fassen und hielt mich fest. Ich hätte mich über seine Nähe freuen oder mich davor fürchten sollen, aber ich konnte an nichts anderes als an Adrian denken. An ihn und an Tess' Geschichte über die Baker-Schwestern. Vor allem aber dachte ich an die dritte Schwester, meine Urahnin Sarah Larson, die mit den beiden Hexen nie etwas zu tun haben wollte. *In deinen Adern fließt das Blut der Bakers!* Das waren Tess' Worte gewesen. Zugleich war es der Grund, warum Adrian nicht aufgehört hatte, mich zu umgarnen. Es hatte nichts mit meinem Charme oder der Tatsache, dass er mich mochte, zu tun. Er war kein bisschen an mir interessiert. Nur an meinem Blut!

Nicholas hielt mich noch immer fest. »Sam, diese Stammbäume …«

»Ich weiß.« Mehr brachte ich nicht raus. In meinem Kopf tobte ein Lärm, als raste eine ganze Schwadron Düsenjäger hindurch. Ich war in seinem Haus gewesen! Im Haus eines Mannes, der vorgehabt hatte, mich anstelle der Katzen für seine Experimente zu verwenden. »Hexenblut«, würgte ich schließlich mit einem schiefen Grinsen hervor. »Verrückt, nicht wahr?« Einen Moment noch lehnte ich mich an Nicholas, dann hatte ich mich wieder gefangen und löste mich aus seinem Griff. Allerdings nicht ohne mich nun vorsichtshalber doch hinzusetzen. »Was ist dann geschehen?«

Nicholas' Blick ruhte noch immer auf mir, prüfend, wie um herauszufinden, wie viel ich vertragen konnte. Nicht mehr viel, dessen war ich mir sicher. Doch das würde ich ihm nicht sagen. Schließlich nickte er. »Es gab noch andere Bücher. Bücher über Geister und übersinnliche Phänomene. Eines war voller Bannsprüche. Formeln, mit denen man Geister von seinem Haus fernhalten kann.«

»Soll das heißen, er versucht …«

»… zu verhindern, dass ich eindringen kann.«

Offensichtlich hatte Adrian Crowley meine Geschichte über den Geist seines Großonkels ganz und gar nicht für einen Scherz gehalten. »Das ist meine Schuld. Wenn ich nicht …«

»Du hattest Angst und hast nur versucht, Hilfe zu finden. Mach dir keine Vorwürfe«, sagte Nicholas sofort. »Abgesehen davon war ich ja in seinem Haus. Jetzt wissen wir zumindest, was er vorhat.«

»Hast du noch mehr gefunden?«

Nicholas schüttelte den Kopf. »Ich verließ den Keller und sah mich im restlichen Haus um. Als ich bemerkte, dass er nicht mehr da ist …«

Ich hielt den Atem an.

»Ich hatte schreckliche Angst um dich, deshalb bin ich als Erstes in die Maple Street zurück. Du warst nicht da und dein Wagen war fort. Dann bin ich zu Tess, weil ich dich dort vermutete. Als ich dort ankam … Sie stand vor dem Haus im Pyjama. Etwas – jemand – musste sie nach draußen gelockt haben. Ich wollte sie warnen, aber …«

»Du hast gesehen, wie es passiert ist«, keuchte ich.

»Ich konnte nichts tun, Sam. Ich habe es versucht. Ich habe ihn angegriffen, doch ich konnte ihn nicht berühren.« Die Worte verließen jetzt immer schneller seinen Mund. »Sie hat ihn nicht kommen sehen. Er hat sie niedergeschlagen und dann mit einer Tüte über dem Kopf erstickt.«

»Was?«

»Nachdem sie tot war, stand er über ihr und grinste. Kannst du dir das vorstellen? Er grinste! Und dann sagte er: ›Ich habe über Geister nachgeforscht, Bruderherz. Das mit dem Atem ist interessant. Wenn du ehrlich warst, hast du es Sam erzählt. Dumm von dir. Sie wird denken, dass du es getan hast. Du bist mir das letzte Mal in die Quere gekommen!‹ Dann wandte er sich ab und ging zu seinem Wagen, als sei nichts geschehen.«

Sollte das heißen, dass Adrian imstande war, Nicholas' Anwesenheit zu spüren? Eine ganze Weile brachte ich keinen Ton raus. Ich setzte immer wieder an, etwas zu sagen, doch es wurde nie mehr als ein Krächzen daraus. »Es tut mir leid, dass ich an dir gezweifelt habe«, brachte ich nach einer Ewigkeit endlich hervor.

Nicholas lächelte traurig. »Mit meinem Verhalten habe ich dir nicht gerade Grund gegeben, mir zu vertrauen. Das habe ich selbst zerstört.«

»Nicht zerstört«, erwiderte ich, »nur auf die Probe gestellt.« Die Erleichterung in seinem Blick war so aufrichtig, dass ich nicht anders konnte: Ich ging zu ihm.

Nicholas griff nach meinen Händen. »Ich wollte nie, dass du all das meinetwegen durchmachen musst«, sagte er leise.

Ich dachte an die Angst, die er mir eingejagt hatte. Und an Tess. Dann schüttelte ich den Kopf. »Nichts davon ist deine Schuld. Das alles ist einzig und allein Adrian zuzuschreiben.« Mein Vertrauen in Nicholas war wiederhergestellt und jetzt, da ich die ganze Wahrheit kannte, sogar noch größer als zuvor. Er hatte oft genug Gelegenheit gehabt, mich zu töten. Stattdessen hatte er versucht, mich zu beschützen. Als ich in seine Augen sah, fand ich die unerschütterliche Gewissheit: Er würde mir nie zu viel Atem nehmen.

Das war der Moment, in dem die Anspannung abfiel und meine Selbstbeherrschung wie ein Kartenhaus über mir zusammenbrach. Ich bemerkte erst, dass ich weinte, als Nicholas mich an sich zog und fest in die Arme schloss.

Lange Zeit standen wir so da, eng umschlungen, die tröstliche Nähe des anderen genießend. Selbst als ich mich wieder beruhigt hatte, löste ich mich nicht aus seiner Umarmung. Die ganze Zeit über wartete ich darauf, dass seine Berührung sich weniger fest anfühlen würde. Ich war darauf gefasst, dass die Wärme dieses Mannes jeden Augenblick schwinden und der gewohnten Kälte des Geistes Platz machen würde. Doch es geschah nicht.

»Sam«, begann er plötzlich und schob mich ein Stück von sich, »ich will, dass du Cedars Creek verlässt und nie wieder zurückkommst! Sofort!«

»Soll das ein Witz sein?« Jetzt befreite ich mich doch aus seinen Armen.

»Ich will nur verhindern, dass er dir etwas antun kann! Ich will dich in Sicherheit wissen!«

»Denkst du, er würde mich nicht suchen?« Ich konnte verstehen, was in Nicholas vorging, doch so einfach war es nicht. Es würde mir nichts helfen, mich in einem Loch zu verkriechen und zu hoffen, dass ich Adrian niemals wiedersehen würde. »Ich kann nicht einfach nach Boston gehen und so tun, als gäbe es ihn nicht. Ich würde ihn hinter jedem Busch und jedem Schatten vermuten.«

»Dann geh woandershin! Ändere deinen Namen, damit er dich nicht finden kann!«

»Es gibt kein Zeugenschutzprogramm für Leute, die von irren Hexern verfolgt werden.« In mir stieg plötzlich eine eisige Ruhe auf, die mit der Gewissheit einherging, dass ich den Weg kannte, der mir meinen Frieden zurückgeben konnte. Den einzigen Weg. »Er hat Tess ermordet. Ich werde nicht zulassen, dass er damit davonkommt.« Da fiel mir etwas anderes ein. Ich sah auf. »Was ist mit der Tüte, die er benutzt hat, um …«

»Er hat sie weggeworfen.« Als Nicholas erkannte, worauf ich hinauswollte, schüttelte er den Kopf. »Er trug Handschuhe.«

Also keine Fingerabdrücke.

»Du kannst auch nicht einfach mit einer Geschichte über Adrian, der Tess ermordet hat, zum Sheriff gehen. Er wird dir kein Wort glauben. Er wird nichts tun können.«

»Aber wir.«

Nicholas sog zischend die Luft ein. Das war beinahe das Erstaunlichste, sobald er sich materialisiert hatte, atmete er auch. »Was soll das heißen?«

»Das weißt du doch sicher längst.«

»Nein!«, rief er entsetzt. »Ich will nicht, dass du noch einmal in seine Nähe kommst!«

»Das ist der einzige Weg. Du wirst deinen Frieden finden und ich meinen. Frei zu sein, ist es nicht das, was du dir wünschst?«

Nicholas sah mich lange an. Schließlich setzte er sich auf den Boden, lehnte sich mit dem Rücken an die Wand und griff nach meiner Hand. Mit einem entschiedenen Ruck zog er mich zu sich nach unten. Ich setzte mich zwischen seine Beine und lehnte mich an seine Brust.

»Dann hast du sicher auch schon einen Plan«, vermutete er.

Ich wäre nicht so weit gegangen, es als Plan zu bezeichnen. Eher eine Idee. Oder eine vage Ahnung. Trotzdem hatte ich den Eindruck, dass es funktionieren könnte. »Was glaubst du, was passiert, wenn wir ihn lange genug von seinem Zaubertrank abschneiden? Ich könnte mir gut vorstellen, dass ihn sein wahres Alter dann sehr schnell einholt.« Horrorfilmwissen. In einem Film würde er einfach in Sekundenschnelle altern und zu Staub zerfallen. Einmal kurz gesaugt und feucht gewischt, und das Problem Adrian Crowley wäre endgültig gelöst. Auf Nimmerwiedersehen, Katzenquäler!

»Das könnte tatsächlich klappen!« Er nickte. »Als ich noch am Leben war und versucht habe ihn von seinen Experimenten abzubringen, sagte er einmal zu mir, er sei bereits zu weit gegangen, um jetzt noch zurückzukönnen. Vielleicht wollte er damit genau das sagen: dass er nicht mehr ohne den Trank leben konnte.«

Das war reine Spekulation. Aber ich tat den Teufel, Nicholas darauf aufmerksam zu machen. Es gab keinen Beweis und auch keine Garantie dafür, dass es tatsächlich so kommen würde, wie wir uns das vorstellten. Mein Gefühl jedoch sagte mir, dass wir auf dem richtigen Weg waren. »Und wenn wir schon dabei sind«, fügte ich hinzu, »zerstören wir auch gleich sein Labor. Den magischen Schnickschnack, die Bücher, alles! Was soll er dann noch anstellen?«

Er strich mit der Hand über meine Schulter, nachdenklich, ernst. »Sam, es gibt ein Problem.«

»Oje! Ich glaube, ich will es nicht wissen.«

»Solltest du aber. Ich war heute noch einmal beim Haus, doch ich konnte es nicht mehr betreten. Der Geisterbann wirkt.«

»Dann werde ich ihn entfernen.«

»Nein!« Er schob mich ein Stück von sich und sah mir fest in die Augen. »Ich will dich nicht einmal in der Nähe des Hauses wissen. Hörst du? Ich will, dass du in der Stadt bleibst, an einem Ort, an dem viele Menschen sind. Dort wartest du auf mich.«

»Nicholas, wie stellst du dir das vor?« Ich sah die Sorge in seinen Augen und die Angst, ich könnte seinen Plan mit wenigen Worten zunichtemachen, indem ich ihm aufzeigte, dass er ohne mich nicht durchführbar war. Genau das tat ich auch: »Selbst ohne diese Geisterabwehr oder wie immer man das nennen soll, könntest du allein nichts ausrichten.« Er wollte protestieren, doch diesmal ließ ich ihn nicht zu Wort kommen. »Wenn du als Geist ins Haus gehst, kannst du vielleicht unbemerkt eindringen, doch du kannst nichts berühren. Du kannst seine Bücher nicht zerstören und seine Arbeit nicht vernichten. Alles, was du tun kannst, ist zu beobachten. In deinem jetzigen Zustand«, ich tippte ihm mit der Hand gegen die Brust, »kannst du Dinge berühren. Aber du kannst nicht unbemerkt ins Haus gelangen. So oder so, du brauchst mich. Entweder um das Labor zu zerstören oder aber um Adrian abzulenken.« Ich persönlich zog die Version mit der Ablenkung vor. Das bedeutete zwar, dass ich dem Mann, der es auf mein Blut abgesehen hatte, persönlich gegenübertreten musste, zugleich jedoch wäre Nicholas materiell und konnte eingreifen, falls es für mich brenzlig werden sollte.

»Wir sollten lieber den Sheriff …«

»Vergiss es! Wir haben keinerlei Beweise gegen Adrian.

Mit dem richtigen Anwalt kommt er nicht einmal vor den Untersuchungsrichter«, widersprach ich. »Wir müssen das selbst in die Hand nehmen. Ich werde ihn anrufen und um ein Treffen bitten.«

»Du glaubst doch nicht, dass er darauf eingeht!«

Ich runzelte die Stirn. »Warum nicht? Er weiß nicht, dass ich inzwischen die Wahrheit kenne. Sicher denkt er, ich würde mich vor dir fürchten. Ich werde ihm von Tess' Tod erzählen und dass ich jetzt nicht allein sein möchte.« Ich hatte nicht einmal annähernd verdaut, was während der vergangenen Stunden geschehen war. Deshalb würde es mir sicher nicht schwerfallen, einen aufgelösten Eindruck zu erwecken. Dazu musste ich mich vermutlich nicht einmal verstellen. »Er hat es auf mein Blut abgesehen. Allein deshalb wird er dieses Treffen wollen. Ich werde zu ihm fahren und seine Geisterabwehr lahmlegen, damit du ins Haus kannst.«

»Nein, Sam. Vergiss den ganzen Plan. Es ist zu gefährlich.«

»Hast du eine bessere Idee?« Nicholas schwieg. »Ich auch nicht. Deshalb machen wir es so. Ich habe ein Pfefferspray, mit dem ich ihn mir vom Leib halten kann, falls es brenzlig wird.« Diesmal würde ich es in die Hosentasche stecken, nicht in meinen Rucksack, wo es gewesen war, als mich der Landstreicher überfallen hatte.

»Pfefferspray!«, schnaubte Nicholas. »Du solltest dir lieber einen Revolver besorgen.«

Abgesehen davon, dass ich keinen besaß und auch nicht wusste, wo ich einen herbekommen sollte, ohne unliebsame

Fragen zu provozieren, hätte ich ohnehin nicht damit umgehen können.

»Was ist, wenn du gar nicht die Gelegenheit bekommst herauszufinden, wie dieser Geisterbann ausgeschaltet werden kann? Was, wenn er dich sofort angreift und in sein Labor verschleppt?«, fragte Nicholas mit starrer Miene. »Dann kann ich dir nicht einmal helfen!«

»Dann werden wir einen Weg finden, dass er mich nicht sofort angreifen kann.«

»Wie soll das gehen?« Und mit verstellter Stimme sagte er: »Hallo, Adrian, ich bin gekommen, dir das Handwerk zu legen, aber tun kannst du mir in den nächsten zwanzig Minuten noch nichts!« Er wechselte wieder in seine normale Tonlage. »Das ist Wahnsinn!«

Ich schüttelte den Kopf. »Ist es nicht. Ich muss ihm nur glaubhaft versichern, dass der Sheriff weiß, wo ich bin und mich jeden Moment abholen kommen wird, weil er noch meine Aussage braucht.«

Nicholas starrte mich mit offenem Mund an. »Das ist brillant!«

Schade nur, dass sich das Wissen, in Adrians Haus zu müssen, nicht ganz so brillant anfühlte. Trotzdem zwang ich mich zu einem schiefen Grinsen, das mir allerdings recht schnell wieder verging, als mir etwas anderes einfiel: »Wie lange wird es dauern, bis du wieder … durchscheinend wirst?« Eine nicht ganz unerhebliche Frage.

»Ich habe viel von Mr Owens Atem genommen.«

»Wie viel?«

»Vielleicht genug für ein paar Stunden.«

»Vielleicht?«

»Genau weiß ich es nicht.«

Ich versuchte abzuschätzen, wie lange wir uns bereits im Keller aufhielten und wie viel Zeit Nicholas noch blieb, bevor er wieder zum körperlosen Geist wurde. Um es kurz zu machen: Ich hatte nicht die geringste Ahnung. »Wir müssen sichergehen. Am besten nimmst du noch etwas von meinem Atem.«

»Nein!«

Warum musste er immer Nein sagen, wenn ich etwas von ihm verlangte? »Gibt es einen anderen Weg?« Als er wie erwartet den Kopf schüttelte, sagte ich: »Dann tu es!«

»Sam, du weißt nicht, wie das ist. Das Gefühl von Leben, das plötzlich wieder durch die Adern fließt. Es ist so erschreckend berauschend. Der Drang, mehr zu nehmen … Ich habe Angst, dass ich mich nicht mehr beherrschen kann und zu viel nehme.«

»Du hast es bereits mehrmals getan und du wusstest immer, wann der Moment gekommen war aufzuhören«, sagte ich und brachte meine Lippen näher an seine. »Ich vertraue dir.«

Da zog er mich an sich und presste seine Lippen auf meinen Mund. Seine Hände hielten mich fest umfangen. Es gab kein Entkommen aus seinen kräftigen Armen. Genau wie gestern, als er mich im Flur überfallen hatte. In mir stieg ein Anflug der gestrigen Panik auf. Trotz meiner Angst zwang ich mich, mich nicht gegen seinen Griff zu stemmen und mich auch sonst nicht zu wehren. Ich verharrte still in seinen Armen und hauchte ihm meinen Atem ein. Was dazu gedacht gewesen war, ihm etwas von meiner Lebenskraft zu geben, wurde bald zu etwas anderem, Tiefergehendem. Er zog mich enger an sich und ich spürte, dass nicht nur er meinen Atem nahm, sondern mir zugleich ein wenig von seinem gab. Seine Lippen pressten sich nicht mehr so fest auf meinen Mund, die Berührung wurde weicher. Liebevoller. Als ich begriff, dass er mich küsste, schlang ich meine Arme um ihn und erwiderte seine Zärtlichkeit. Noch immer gab ich ihm meinen Atem, doch gleichzeitig begegneten sich unsere Lippen mit wachsender Leidenschaft. Ich spürte seine Zunge an meinem Mundwinkel, dann in meinem Mund. Er war so warm und lebendig, dass es mir schwerfiel zu glauben, dass ich in den Armen eines Geistes lag. Doch dieses Mal störte ich mich nicht daran. Ich hatte versucht ihn aus meinem Herzen zu bannen, und war dabei beinahe in den Fängen eines zwar lebenden, aber umso gefährlicheren Mannes gelandet. Was machte es da schon aus, dass Nicholas ein Geist war?

Meine Hände glitten über seinen Körper, in einer Mischung aus Sehnsucht und wunderbarer Freude darüber, dass ich ihn berühren konnte. Ohne seine Lippen von meinen zu lösen, hob Nicholas mich herum, bis ich auf ihm saß. Er schob seine Hände unter mein T-Shirt und strich über meine nackte Haut. Seine Berührungen wurden drängender. Unser beider Atem ging jetzt schneller. Mein Herz raste, und während ein Teil meines Lebens in ihn floss, wünschte ich mir nichts mehr, als mit ihm zu schlafen.

Plötzlich war es mir egal, unter welchem Zeitdruck wir standen. Mit einem Ruck öffnete ich seinen Gürtel und machte mich am obersten Knopf seiner Hose zu schaffen. Seine Hände waren jetzt überall; an meinem Rücken, meiner Taille, meinen Brüsten und meinem Hintern. Das genügte mir nicht. Der Hosenknopf war auf. Meine Hand wanderte tiefer. Seine Nähe war so intensiv, dass mir schwindlig wurde. Ich stöhnte. Dann wurde mir schwarz vor Augen und ich klappte in seinen Armen zusammen.

Augenblicklich löste er seine Lippen von meinen. »Sam!«

Eine Mischung aus grellroten und schwarzen Punkten tanzte wild vor meinen Augen auf und ab. Ich versuchte sie wegzublinzeln. Es dauerte eine Weile, ehe ich dahinter Nicholas' besorgtes Gesicht sehen konnte. Diese Augen – wirklich unglaublich! Noch ein wenig länger dauerte es, bis ich begriff, dass ich ohnmächtig geworden war.

»Deine Küsse können einen aber wirklich umhauen!«, keuchte ich und richtete mich in seinen Armen auf.

»Sam, ist alles in Ordnung? Fühlst du dich schwach? Schlägt dein Herz unregelmäßig? Kannst du atmen?« Ein ganzes Bombardement besorgter Fragen prasselte auf mich ein. Es folgten immer neue, ohne dass er mir ansatzweise Gelegenheit gegeben hätte, auch nur eine einzige zu beantworten.

Schließlich hielt ich ihm den Mund zu. »Genug! Das reicht!« Ich hätte fast gelacht angesichts seiner übertriebenen Fürsorge, doch die Furcht, die ich in seinen Augen fand, hielt mich davon ab. »Es geht mir gut, Nicholas. Du hast nicht zu viel von meinem Atem genommen.« Jetzt, da ich es sagte, war ich mir sicher, dass es stimmte. Der wahre Grund für meinen »Ausfall« war ein anderer. »Was heute passiert ist … das war einfach zu viel. Hier, ich habe noch genügend Atem.« Das bewies ich ihm, indem ich ein paarmal hintereinander tief ein- und ausatmete. »Und mein Herz schlägt auch noch. Vielleicht etwas schneller als gewöhnlich, aber das liegt wohl tatsächlich an dir.« Ich setzte mich endgültig auf und zog mein T-Shirt gerade. Der Ohnmachtsanfall hatte meinen Verstand wieder eingeschaltet. Nicht, dass ich nicht mehr mit ihm schlafen wollte, doch mir war jetzt bewusst, dass dies sicher nicht der geeignete Zeitpunkt war, um unserer Leidenschaft nachzugeben.

Nicholas betrachtete mich noch immer skeptisch. Ich wusste genau, dass er befürchtete, ich hätte ihm etwas vorgeschwindelt und würde jeden Moment doch noch tot umkippen.

»Es geht mir gut«, versicherte ich ihm nochmals, küsste ihn auf die Wange und stand auf.

Er war so schnell auf den Beinen, dass ich mich fragte, ob er nicht doch spezielle Fähigkeiten hatte. Während ich beobachtete, wie er seine Hose schloss, fragte ich mich, ob wir noch einmal Gelegenheit haben würden, da anzuknüpfen, wo wir eben aufgehört hatten.

»Und jetzt«, sagte ich schließlich, »legen wir Adrian das Handwerk.«

Nicholas sah mich an. In seinem Blick lag so viel Liebe, dass ich schon wieder weiche Knie bekam. »Bist du sicher?«

»Ja.« Ich zog mein Handy aus der Hosentasche. Ehe ich es mir doch noch anders überlegen konnte, wählte ich Adrians Nummer. Da ich nicht davon ausging, dass mein Warnanruf von vorhin ihn tatsächlich aus dem Haus getrieben hatte, versuchte ich es zunächst bei ihm zu Hause. Das Freizeichen ertönte. Mit jedem weiteren Klingeln wurden meine Handflächen feuchter. Was, wenn er nicht da war? Was, wenn …

Ein Klicken in der Leitung, das Freizeichen endete. Dann: »Hallo?«

»Adrian?« Mein Mund war plötzlich so trocken, als hätte ich seit Tagen nichts mehr getrunken. »Sind Sie das?« Natürlich war er das, wer denn sonst?

»Sam!« Ich bildete mir ein, neben Überraschung auch eine gewisse Freude in seiner Stimme zu hören. Kunststück. Das Hexenblut war dabei, sich geradewegs nach Hause liefern zu lassen.

»Haben Sie meine Nachricht bekommen?«, fragte ich, da ich nicht so recht wusste, wo ich ansetzen sollte.

»Ich habe den Anrufbeantworter noch nicht abgehört. Ist etwas passiert?«

Ich achtete genau auf jedes einzelne seiner Worte, suchte nach einem Anzeichen, dass er mir etwas vormachte, doch Adrian Crowley sah nicht nur perfekt aus, er konnte sich auch ebenso meisterhaft verstellen.

»Es ist etwas Schreckliches passiert!«, stieß ich schließlich hervor. Meine Stimme zitterte. Kein Wunder nach allem, was heute schon hinter mir lag. Und noch vor mir. »Kann ich vorbeikommen?«

»Natürlich. Ich bin da.«

»Okay. Bis gleich.« Ich legte auf und blickte zu Nicholas, der dem Gespräch mit steinerner Miene gefolgt war. »Holen wir ihn uns.«

15

Als ich vor Adrians Tür stand, war mir speiübel. Meine Finger zitterten so sehr, dass ich Mühe hatte, den Klingelknopf zu treffen. Das Schrillen der Klingel, das daraufhin ertönte, ließ mich zusammenfahren. Während ich wartete, dass er mir öffnete, kehrte mein Blick zum Käfer zurück.

Nachdem Nicholas durch meinen und Mr Owens' Atem für alle Welt sichtbar geworden war, hatte ich ihn auf dem Rücksitz des Wagens unter einer alten Decke versteckt. Ich war erstaunt und zugleich erleichtert, dass er nicht noch einmal versucht hatte, mir unser Vorhaben auszureden. Hätte er es getan, wären die Chancen nicht schlecht gewesen, dass ich es mir doch noch einmal überlegt hätte. Jetzt jedoch gab es kein Zurück mehr.

Sobald ich im Haus war, würde Nicholas den Wagen verlassen und zum Hintereingang schleichen. Dort wollte er warten, bis ich die Geisterabwehr unschädlich gemacht hatte. Nicholas meinte, er würde es spüren, wenn der Bann nicht länger wirkte. Ich hoffte, er irrte sich nicht.

Hinter mir wurde die Haustür geöffnet. »Sam!«

Ich fuhr herum. Wenn ich auch nur im Entferntesten so

elend aussah, wie ich mich fühlte, würde dies das überzeugendste Schauspiel werden, das ich je hingelegt hatte. »Ich wusste nicht, wo ich hinsoll«, sagte ich statt einer Begrüßung.

»Jetzt kommen Sie erst einmal herein.« Als er meinen Arm nahm, um mich nach drinnen zu führen, wäre ich fast vor ihm zurückgewichen. Nur mit Mühe gelang es mir, seine Berührung zu ertragen. Ich warf einen letzten Blick zum Käfer, dann betrat ich die Eingangshalle. Adrian schloss die Tür hinter mir. An der Türinnenseite hing eine Art afrikanische Stammesmaske. Die leeren Augenhöhlen starrten mir entgegen, als wollten sie mich verhöhnen. Ich konnte mich nicht erinnern, das Stück bei meinem letzten Besuch gesehen zu haben. Konnte das die ganze Geisterabwehr sein?

Ein hohes Piepen schreckte mich auf. Ich fuhr herum und sah, wie Adrian die Alarmanlage einschaltete.

»Das Haus ist groß, und seit diese Geschichte mit dem Landstreicher passiert ist, bin ich noch vorsichtiger geworden«, behauptete er rasch, als er meinen Blick bemerkte.

Damit, dass er die Alarmanlage aktivieren könnte, hatte ich nicht gerechnet. Jetzt würde er auf jeden Fall merken, wenn Nicholas ins Haus eindrang. Vielleicht konnte ich einen Weg finden, sie abzuschalten. Nun hieß es erst einmal schnell sein, falls ich verhindern wollte, dass er mich einfach niederschlug und in sein Labor schleifte.

»Der Sheriff braucht noch eine Aussage von mir«, begann ich. »Ich habe ihm gesagt, ich würde zu Ihnen fahren, und ihn gebeten, dass er hierherkommt, um die Aussage aufzunehmen.« Ich bedachte Adrian mit einem entschuldigenden Lächeln. »Ich hoffe, das macht Ihnen nichts aus.«

Es machte ihm etwas aus. Nicht, dass er es sich anmerken ließ. Jedenfalls nicht länger als für den Bruchteil einer Sekunde. Aber diesen einen winzigen Moment, in dem er von meiner Information überrumpelt wurde, entgleisten seine Züge. Bingo!

Adrian hatte sich jedoch sofort wieder unter Kontrolle.

»Das ist schon in Ordnung.« Er warf einen Blick auf die Standuhr am Ende der Eingangshalle. »Es ist kurz vor elf. Sind Sie sicher, dass der Sheriff um diese Zeit noch Ihre Aussage aufnehmen will?«

Seine Worte griffen wie eine eisige Hand nach mir. Er hatte mich!

»Ja«, behauptete ich trotzdem und hoffte, entschieden zu klingen. »Er sagte, er könne nicht fort, solange ... die Spurensicherung nicht fertig ist. Adrian«, stieß ich hervor, »Sie können sich gar nicht vorstellen, was passiert ist!« Es fiel mir immer leichter, verzweifelt zu klingen. Nach allem, was geschehen war – und vielleicht noch geschehen würde –, war das nicht weiter verwunderlich. Ich musste nur aufpassen, dass ich meinen Verstand genug beisammen behielt, um keinen Fehler zu machen. »Es war so entsetzlich. Ich ...«

Adrian führte mich ins Wohnzimmer. »Jetzt setzen Sie sich erst einmal und dann erzählen Sie mir in aller Ruhe, was passiert ist.«

Als ich ihm durch die Eingangshalle folgte, glitt meine Hand in die Hosentasche. Meine Finger schlossen sich kurz um das Pfefferspray, nur um mich zu vergewissern, dass es auch wirklich da war. Dann zog ich die Hand schnell wieder zurück. Ich war versucht, mich genauer in der Halle umzusehen, um nach seiner Geisterabwehr zu suchen, wagte es jedoch nicht, da ich fürchtete, Adrian könne es bemerken.

Im Wohnzimmer angekommen, setzte ich mich in den Sessel. Von hier konnte ich in die Eingangshalle schauen. Abgesehen davon konnte sich Adrian nicht neben mich setzen, sondern musste sich auf der Couch niederlassen. Nicht weit entfernt, aber immerhin konnte er mir nicht zu dicht auf die Pelle rücken.

»Sam?« Adrian beugte sich von der Couch zu mir herüber und griff nach meiner Hand.

Zu gerne hätte ich nach ihm geschlagen, doch ich rührte mich nicht. Ich saß einfach nur da und starrte ihn an. In seinen Augen glaubte ich etwas Lauerndes zu bemerken. Vielleicht bildete ich es mir auch nur ein. Tatsache war, dass er wohl glaubte, die Zeit überbrücken zu müssen, bis der Sheriff gekommen und wieder gegangen war, ehe er sich auf mich stürzen konnte. Um sein Schauspiel aufrechtzuerhalten, gab er weiterhin vor, der besorgte Freund zu sein, der nicht wusste, was geschehen war.

»Tess …«, würgte ich hervor. Allein bei der Vorstellung, Adrian von Tess' Tod zu erzählen, drehte sich mir fast der Magen um. Schauspiel hin oder her: Ich würde nicht vor

Tess' Mörder sitzen und ihm von den schrecklichen Ereignissen berichten, als wüsste ich nicht, dass er es getan hatte! Das würde ich nervlich nicht durchstehen. Außerdem ging es mir im Gegensatz zu ihm nicht darum, Zeit totzuschlagen. »Adrian, könnte ich bitte ein Glas Wasser haben?«, bat ich.

»Natürlich. Wie gedankenlos von mir.« Er stand auf. »Kann ich Ihnen sonst noch etwas anbieten? Haben Sie vielleicht Hunger?«

Ich wollte schon verneinen. Essen war so ungefähr das Letzte, woran ich im Augenblick denken wollte. Mir war schon schlecht genug. Je länger er jedoch aus dem Zimmer war, umso mehr Zeit blieb mir, um nach der Geisterabwehr zu suchen. »Wenn Sie vielleicht ein Sandwich oder etwas in der Art hätten … das wäre wirklich nett.«

Adrian nickte und verließ das Wohnzimmer durch eine Verbindungstür. Kaum war die Tür hinter ihm zugefallen, blickte ich mich um. Ich hatte nicht die geringste Ahnung, wonach ich Ausschau halten sollte. Wie sah eine Geisterabwehr aus? Ich wusste ja nicht einmal, ob sie sich an einem einzigen Ort befand, von dem aus sie auf das ganze Haus wirkte, oder ob sie das Haus an mehreren Stellen sicherte. Sollte ich vielleicht zuerst versuchen, die Alarmanlage auszuschalten? Mein Wissen über Alarmanlagen beschränkte sich auf das, was ich aus dem Fernsehen kannte. Vermutlich würde ich einen Code brauchen, um sie zu deaktivieren. Wenn ich es jetzt einfach ins Blaue hinein versuchte und das Ding losging, brachte mich das nicht weiter. Abgesehen davon, dass ich Schwierigkeiten haben würde, Adrian einigermaßen glaubhaft zu versichern, es sei ein Versehen gewesen, würde Nicholas draußen vor Sorge durchdrehen.

Unentschlossen saß ich da und ließ meine Augen durch

den Raum wandern, über Couch und Tisch, den Teppich entlang zu den Fenstern. Da entdeckte ich es: Handteller-große Holzschnitzereien, die wie Miniaturausgaben der Maske aussahen, die ich an der Haustür gesehen hatte, hingen an einem Lederband aufgereiht über dem Fensterrahmen. Ich hätte wetten mögen, dass ich ähnliche Masken an allen Türen und Fenstern des Hauses finden würde.

Der Anblick der Masken, mit ihren leeren Augenhöhlen und den weißen Streifen quer über die hölzernen Wangen, erinnerte mich derart an Voodoo, dass ich mich nicht gewundert hätte, jeden Augenblick auf eine Wachspuppe zu stoßen, in der ein paar Nadeln steckten. Am Ende bewachte noch eine Armee aus Zombies das Haus. Dann hätte er allerdings die Alarmanlage nicht gebraucht.

Ich kramte im Fundus meines geistigen Horrorfilmarchivs und suchte nach irgendetwas, was mir beim Thema Geisterabwehr helfen konnte. Es war eine Art Schutzzauber, so viel stand fest. In unzähligen Filmen hatte ich gesehen, wie Menschen einen magischen Kreis um sich herum zogen, wenn sie sich vor etwas schützen wollten. Abgesehen davon war es immer dasselbe. Der Kreis wurde gebrochen, der Schutz endete. Ich musste also vermutlich nichts weiter tun, als diesen Kreis zu durchbrechen, damit Nicholas ins Haus konnte. Aber ein paar Masken über Fenster und Türen waren noch lange kein Kreis. Es musste noch etwas anderes geben!

Meine Güte, was tat ich hier? Ich befand mich im Haus eines Mörders und machte mir fachmännische Gedanken über Zauberei, von der ich nicht mehr wusste als das, was ich aus Romanen und Filmen kannte. Dinge, von denen das meiste schlichtweg erfunden war, um Menschen zu unterhalten! Aber in allem steckt ein Körnchen Wahrheit, oder? Das konnte ich nur hoffen.

Meine Augen folgten dem Fenster zur Wand und streiften dann an der beige gestrichenen Wand entlang nach unten zu den dunkelbraunen Holzleisten, die den Übergang zwischen Wand und Boden abschlossen. Zuerst dachte ich, sie seien ziemlich staubig, dann jedoch fiel mir die Unregelmäßigkeit dessen auf, was ich zunächst für Staub gehalten hätte. Bei genauerem Hinsehen wirkte es eher wie dunkelgraues Pulver. Ich folgte dem Verlauf an der Wand entlang, um die Ecke und weiter in Richtung Tür. Das graue Pulver wand sich um den Türstock in die Eingangshalle hinaus. Das war der Kreis! Die Masken waren nur irgendein zusätzlicher Firlefanz.

Ich wollte gerade aufstehen und zum Fenster gehen, um den Kreis zu durchbrechen, als die Tür zur Küche aufflog und Adrian auf der Schwelle erschien. Er balancierte ein Tablett, auf dem ein Glas Wasser, eine Schale Cracker und Dip standen.

»Das Brot ist leider aus«, entschuldigte er sich.

Um ein Haar hätte ich gerufen, er solle noch einmal nachsehen, nur um ihn noch einmal aus dem Zimmer zu bekommen. Ich musste einen Weg finden, den Kreis unbemerkt zu durchbrechen. Nicholas würde es spüren, wenn ihn keine Barriere mehr davon abhielt, das Haus zu betreten. Dann musste ich Adrian nur noch so lange ablenken, bis Nicholas das Labor zerstört hatte. Der Haken an der

Sache war, dass Nicholas nicht unbemerkt ins Haus konnte, solange die Alarmanlage nicht deaktiviert war. Er würde zwar spüren, dass ihn der Geisterbann nicht länger behinderte, doch sobald er ins Haus eindrang, würde er einen Alarm auslösen. Fast hätte ich aufgestöhnt, als mir klar wurde, dass ich die Alarmanlage ausschalten musste, *bevor* ich den Geisterbann durchbrach. Da ich weder den Code kannte noch genau wusste, wie man den Alarm abschalten konnte, blieb mir nur eine Möglichkeit: Ich musste Adrian dazu bringen, es für mich zu tun.

Wenn ich vorgab, etwas aus dem Wagen holen zu wollen, musste er den Alarm abschalten, damit ich das Haus verlassen konnte. Sobald ich die Schwelle übertrat, würde ich das Pulver mit dem Fuß verwischen. Auf Wiedersehen, Geisterabwehr! Alles, was mir dann zu tun blieb, war, lange genug im Kofferraum zu kramen, dass Nicholas in der Zwischenzeit heimlich ins Haus konnte.

Das war bisher tatsächlich der brauchbarste Plan.

Adrian stellte das Tablett auf dem Tisch ab. Mein Blick fiel auf das Tablett. Obwohl ich sicher war, dass er es sich nicht erlauben konnte – immerhin glaubte er noch immer, der Sheriff käme jeden Moment vorbei –, mir etwas ins Wasser oder in den Dip zu mischen, würde ich ganz bestimmt nichts davon anrühren.

Adrian blieb vor mir stehen. Ein unangenehm süßlicher Geruch lag in der Luft. »Ich weiß immer noch nicht, was eigentlich los ist.«

Und ich wollte immer noch nicht über Tess sprechen. Nicht mit ihm!

»Es war schrecklich, Adrian.« Ich griff in meine Hosentasche. Nicht die mit dem Pfefferspray, sondern in die andere. »Oh! Ich habe mein Handy im Wagen liegen lassen. Ich hole es nur rasch für den Fall, dass der Sheriff anruft.« Ich sprang auf. Als ich aus dem Wohnzimmer in die Eingangshalle ging, kam ich ganz nah an dem grauen Pulver vorüber. Die Versuchung war groß, einfach mit dem Fuß auszuholen und die Linie zu durchbrechen. Doch damit hätte ich alles kaputt gemacht. Wenn ich das tat, würde Adrian sofort wissen, was ich vorhatte. Tapfer ging ich weiter.

»Warten Sie, Sam. Ich muss erst die Alarmanlage abschalten.« Hinter mir hörte ich Adrians Schritte. Er kam rasch näher, doch ich drehte mich nicht um. Auch nicht, als mir der süßliche Geruch von eben in die Nase stieg. Diesmal stärker.

Plötzlich packte er mich und presste mir ein feuchtes Tuch vor Mund und Nase. Der widerwärtig süße Geruch war jetzt so stark, dass ich die Luft anhielt. Doch es war zu spät. Ich hatte längst zu viel eingeatmet. Meine Knie gaben nach. Dann stürzte mir der Boden entgegen.

16

Als ich die Augen wieder öffnete, war es dunkel. Zumindest glaubte ich das zuerst. Es dauerte ein wenig, bis ich feststellte, dass es nicht dunkel, sondern nur weniger hell war als zuvor. Es war kalt. Ich lag auf dem Rücken und starrte auf eine niedrige Steindecke. Eine nackte Glühbirne hing von der Decke und verbreitete mehr Schatten als Licht. Ein Keller, schoss es mir durch den Kopf. Das Labor!

Obwohl ich lag, war mir schwindlig. Die Decke verschwamm immer wieder vor meinen Augen und ich blinzelte heftig aus Furcht, wieder ohnmächtig zu werden. Ich wollte mich aufsetzen, doch ich konnte mich nicht bewegen. Gefesselt! Dieser Mistkerl hatte mich gefesselt!

Ich wandte den Kopf, allein die Bewegung fiel mir entsetzlich schwer, und blickte an mir hinab. Ich lag auf dem Rücken ausgestreckt auf einem Tisch. Mein T-Shirt war bis zum BH hochgeschoben, kalte Kellerluft leckte über meine nackte Haut und ließ mich frösteln. Ich suchte nach den Stricken, die meine Arme und Beine gefangen hielten, doch da waren keine. Warum konnte ich mich dann nicht bewegen?

Ich versuchte es noch einmal, lenkte all meine Konzentration darauf, den Arm zu heben. Alles, was ich zustande brachte, war ein unkontrolliertes Zucken meiner Hand.

»Das liegt an der Betäubung.«

Adrians Stimme ließ mich zusammenfahren. Innerlich. Denn bewegen konnte ich mich noch immer nicht. Mit schier übermenschlicher Anstrengung drehte ich den Kopf. Dann sah ich ihn. Er stand auf der anderen Seite des Raumes vor einem großen Tisch und wandte mir den Rücken zu.

»Ich bin gleich bei Ihnen, Sam«, hörte ich ihn sagen. »Laufen Sie mir nicht weg.« Dann lachte er.

Ich dachte daran herauszufinden, ob meine Zunge mir noch gehorchte, indem ich ihn mit all den Beschimpfungen überhäufte, die mir gerade durch den Kopf gingen, ließ es dann aber doch bleiben. Keine unnötige Energie verschwenden. Wenn ich mich ruhig verhielt, gelang es mir vielleicht, meine Kräfte zurückzuerlangen. Und dann? Ich könnte ihn angreifen oder davonlaufen. Ich stöhnte frustriert. Im Augenblick konnte ich nicht einmal einen Arm heben. Was sollte ich da gegen Adrian ausrichten?

Adrian hantierte mit etwas, was ich aus meiner Lage nicht erkennen konnte. Es gelang mir lediglich, einen Blick auf ein paar Bücher und Glasgefäße zu erhaschen, die sich auf dem Tisch türmten. Ich hörte das Klirren von Metall auf Blech. Im nächsten Moment wandte er sich mir zu. Er trug einen weißen Laborkittel. Als er näher kam, sah ich unzählige alte Flecken, die seinen Kittel wie rostige Schatten überzogen. Ich dachte an Katzen und an Blut. Dann sah ich die Blechschale in seiner Hand. Er hielt sie tief genug, dass ich erkennen konnte, was darin war. Das Erste, was ich sah, war die schimmernde, messerscharfe Spitze eines Skalpells. Ich keuchte entsetzt auf. Daneben lagen noch andere Utensilien. Dinge, die ich abgesehen von zwei großen Spritzen, die mit einer gelblichen Flüssigkeit aufgezogen waren, noch nie gesehen hatte. Wäre ich in meinem Leben schon einmal in einem Operationssaal gewesen, hätte ich einiges davon sicher wiedererkannt.

»Keine Angst, Sam. Es wird nicht wehtun.« Adrian stellte das Operationsbesteck auf einem Rollwagen neben dem Tisch ab, dann trat er zu mir und legte mir eine Hand auf die Stirn. Ich wollte mich losreißen, doch wieder zuckte nur meine Hand. Um wenigstens von seinem Anblick verschont zu bleiben, wandte ich den Kopf ab.

»Ganz ruhig.« Kühl presste sich seine Hand auf meine Haut. »Es ist bald vorbei.«

Ich dachte an Nicholas und daran, dass er mir nicht helfen konnte. Der Geisterbann hinderte ihn daran, ins Haus zu gelangen. Solange ich nicht in der Lage war, mich zu bewegen, konnte ich nichts daran ändern. Ich musste Zeit schinden. Was auch immer Adrian mir gegeben hatte, die Wirkung würde irgendwann nachlassen. Wenn ich es schaffte, ihn lange genug abzulenken und meine stetig wachsende Panik zu beherrschen, hatte ich eine Chance. Aber wie sollte ich das anstellen? Mein Atem ging flach und stoßweise. Kalter Schweiß stand mir auf der Stirn, das sichere Zeichen eines Schocks. Es war ein Wunder, dass ich überhaupt halbwegs klar denken konnte.

»Warum spüre ich nichts?« Meine eigene Stimme klang schrill in meinen Ohren. Panisch.

»Eine Mischung aus Chloroform und Novocain«, erklärte er, als wäre es das Normalste der Welt, seine Gäste zu betäuben und in ein geheimes Kellerlabor zu schleppen. »Mit dem Chloroform habe ich Sie oben ruhiggestellt. Das Novocain habe ich Ihnen erst später gespritzt.«

Gespritzt! Heilige Scheiße, was für Gift hatte er mir sonst noch durch die Adern gejagt?

»Um Ihnen den Schmerz zu nehmen, hätte es eigentlich genügt, lediglich ein wenig in Ihren Bauch zu spritzen«, fuhr er ungerührt fort. »Da ich nicht möchte, dass Sie mir während der Operation vom Tisch springen, habe ich etwas mehr genommen.«

Das war also der Grund, warum ich mich nicht bewegen konnte. Dieser verdammte Mistkerl hatte mir so viel Betäubungsmittel gespritzt, dass es mich lähmte!

»Ach, Sam«, sagte er und holte eine große Glasflasche, »machen Sie sich keine Hoffnung. Nicholas wird nicht kommen. Er kann das Haus nicht betreten.«

Das wusste ich selbst.

»Ich sollte Ihnen danken, dass Sie mich vor ihm gewarnt haben.«

»Aber Sie haben mich ausgelacht«, stieß ich hervor. »Sie haben mir kein Wort geglaubt!«

Adrian stellte die Flasche auf dem Rollwagen ab und beugte sich über mich. »Anfangs habe ich tatsächlich gedacht, Sie würden scherzen. Dann jedoch habe ich Ihren Blick gesehen.« Er schüttelte den Kopf. Dabei lächelte er das strahlende Lächeln eines Traumprinzen, das jetzt nur noch kalt und leer auf mich wirkte. »Denken Sie wirklich, Sie könnten sich so gut verstellen, dass mir Ihr aufrichtiger Schrecken entgangen wäre? Im Gegensatz zu mir sind Sie eine erbärmliche Schauspielerin.«

Da musste ich ihm Recht geben. Er war so perfekt darin gewesen, mir etwas vorzumachen, dass ich ihm – wenn Nicholas nicht gewesen wäre – alles geglaubt hätte.

Einmal mehr strich er mir über die Stirn, dann über die Wange. Ich war so entsetzt, dass ich nicht einmal mehr den Kopf abwenden konnte. Das machte ohnehin keinen Unterschied. »Ich habe an Ihrem Blick gesehen, dass es die Wahrheit war, Sam. Alles, was ich dann noch tun musste, war, einen Weg zu finden, Sie von ihm fernzuhalten. Ich konnte doch nicht zulassen, dass er Ihnen erzählte, was damals wirklich geschah.«

»Und am einfachsten ging das, indem Sie mir Angst vor ihm machten.«

»Hat es nicht hervorragend funktioniert?« Adrian lachte sein fröhliches Lachen. »Als ich zu Ihrem Haus kam, spürte ich sofort, dass etwas nicht stimmte. Es war kalt und Ihr Verhalten war – gelinde gesagt – merkwürdig. Mein lieber Bruder hat Ihnen an diesem Abend sichtlich so einen Schrecken eingejagt, dass er Sie geradewegs in meine Arme trieb. Ich hätte es beenden können.«

»Wenn Tess Ihnen nicht in die Quere gekommen wäre«, ergänzte ich düster.

Adrian nickte. »Und wenn Sie mehr von dem Wein getrunken hätten.«

Er hatte mir etwas in den Wein gemischt! Deshalb hatte ich mich so komisch gefühlt! Mir wurde plötzlich heiß und kalt. Ich wollte mich aufbäumen, doch noch immer hatte ich keine Gewalt über meinen Körper. Da zuckte mein Bein. Ich hielt erschrocken den Atem an und fixierte Adrian. Er hatte es nicht gemerkt. »Warum waren Sie überhaupt so freundlich zu mir und haben bereitwillig so viele Geschichten über sich und Ihren angeblichen Großvater erzählt?« Zeit schinden! Während ich mich weiter zwang, ihm in die Augen zu sehen, kämpfte ich darum, meinen Fuß noch einmal dazu zu bringen, sich zu bewegen. Es war mühsam und anstrengend, doch schließlich gelang es mir nicht nur, dass mein Fuß zuckte, sondern ich schaffte es sogar, das Bein kontrolliert ein Stück anzuziehen. Hastig streckte ich es wieder aus und versuchte dasselbe mit dem anderen. Es funktionierte! Die Betäubung schien langsam nachzulassen.

»Wie hätte ich sonst Ihr Vertrauen gewinnen sollen, ohne Ihnen etwas über mich zu erzählen?« Er grinste gehässig. »Haben Sie sich nicht zu mir hingezogen gefühlt, weil ich genau wie Sie in einer Großstadt aufgewachsen bin? Sie sind ja schweißgebadet!«

Die Kraft, die es mich gekostet hatte, meine Beine zu bewegen, hatte mich tatsächlich zum Schwitzen gebracht. Adrian griff nach einem feuchten Tuch und wischte mir damit über die Stirn.

»Der Sheriff wird bald hier sein«, versuchte ich ein weiteres Ablenkungsmanöver. Warum zum Teufel brachte er mich hierher, wenn er fürchten musste, dass Sheriff Travis jeden Moment an seiner Tür läuten könnte? Die Antwort fand ich in seinem Blick. Er wusste es. Er wusste, der Sheriff würde nicht kommen. »Woher?«, fragte ich nur.

»Ich habe in seinem Büro angerufen, als ich in der Küche war. Natürlich unter falschem Namen. Deputy Wallace erzählte mir, der gute Ed sei längst zu Hause und sehe sich vermutlich gerade das Footballspiel im Fernsehen an. Quälen Sie sich nicht länger.« Er nahm das Tuch von meiner Stirn, legte es zur Seite und griff nach dem Skalpell. »Bringen wir es hinter uns.«

»Warten Sie!« Der Anblick der scharfen Klinge war so erschreckend, dass ich Mühe hatte, überhaupt einen Ton herauszubringen. Das Novocain hatte meine Arme und Beine lahmgelegt. Nun lähmte die Angst auch noch meine Zunge. Einzig das Wissen, dass ich nie mehr würde reden können, wenn ich jetzt den Mund hielt, quetschte die nächsten Worte aus mir heraus. »Habe ich nicht ein Recht darauf, wenigstens zu erfahren, warum Sie das alles tun?« Los, komm schon!, beschwor ich ihn im Stillen. Sei wie alle Bösewichte, die ich aus dem Fernsehen kenne! Eitel und selbstverliebt und so von dir überzeugt, dass du nicht umhin kannst, deinem Opfer triumphierend von deinem genialen Plan zu berichten!

»Hat Nicholas Ihnen etwa nichts von dem Buch erzählt?«

»Doch, hat er. Aber nur wenig. Ich weiß nur, dass es irgendeinen Trank …«

Ich brach abrupt ab, als er sich tief über mich beugte und mir in die Augen sah.

»Sie sind wirklich süß, wissen Sie das?« Sein warmer

Atem strich über mein Gesicht. Dann küsste er mich. Seine Lippen brannten auf meinen und ich widerstand nur sehr schwer dem Drang, ihn zu beißen. Hätte ich es getan, wäre das seiner Bereitschaft, mir mehr zu erzählen, sicher nicht zuträglich gewesen. Ich ließ seinen Kuss also über mich ergehen, ohne ihn zu erwidern. Endlich ließ er von mir ab und zog seinen Kopf ein Stück zurück. »Unter anderen Umständen ... zu schade. Ich hatte wirklich gehofft, dass Sie vorher zumindest noch mit mir schlafen würden. Immerhin fanden Sie mich doch ziemlich scharf, oder?« Plötzlich begann er zu kichern. Ein leises Glucksen, das immer lauter wurde, um dann abrupt zu enden. Er zuckte die Schultern. »Daraus wird wohl nichts mehr.«

Am liebsten hätte ich ihm ins Gesicht gespuckt. Stattdessen fragte ich: »Das alles wegen eines Tranks, warum?«

»Weil es mich umbringt, wenn ich nicht eine dauerhafte Lösung finde. Sehen Sie, Sam«, begann er und griff nach einem hellgrünen Gummihandschuh, »am Anfang war alles ganz einfach. Ich habe den Trank gebraut und er hat mich zehn Jahre nicht altern lassen. Natürlich musste ich vorher ein wenig experimentieren, bis ich die richtige Mischung hatte. Nach zehn Jahren brauchte ich eine zweite Dosis. Sie wirkte sieben Jahre. Mit jeder Wiederholung wurde die Wirkung kürzer. Jahre. Monate. Wochen. Schließlich Tage.«

Während er sprach, ließ ich ihn nicht aus den Augen. Es gelang mir, seinen Blick zu fesseln, sodass er nicht darauf achtete, wie ich langsam und vorsichtig versuchte, meine Arme zu bewegen. Es war mühsam, doch es ging schon ein wenig leichter als zuvor mit den Beinen. Nur noch ein wenig länger und ich würde mich wieder bewegen können.

Adrian zog den Gummihandschuh über und ließ ihn schnalzend los. Als er den zweiten in die Hand nahm, sagte er: »Inzwischen nehme ich es intravenös, doch auch hier werden die Abstände kürzer. Wenn ich es nicht rechtzeitig spritze, bekomme ich Schmerzen. Gicht. Rheuma. Arthritis. Wer weiß, was noch. Alles Erscheinungen meines wahren Alters, nur dass ich dabei hervorragend aussehe!«

Ich erinnerte mich an die Schmerzen, die er gehabt hatte, als wir beim Italiener waren. »Das war kein Migräneanfall im Restaurant.«

Adrian schüttelte den Kopf. »Die Wirkung des Tranks ließ nach.« Jetzt hatte er auch den anderen Handschuh an. »Das alles liegt nun hinter mir. Wenn morgen die Sonne aufgeht, werde ich nicht länger auf den Trank angewiesen sein. Dank Ihrer freundlichen Hilfe wird die Wirkung nach dieser letzten Dosis permanent anhalten.«

»Das Blut der Hexe.«

Wieder grinste er dieses schmierige Grinsen, das ich bei unserer ersten Begegnung für absolut traumhaft gehalten hatte. »Ich sehe, Sie haben Ihre Hausaufgaben gemacht.« Das Grinsen wich einem ernsten, fast zornigen Gesichtsausdruck. »Es hätte schon vor Wochen so weit sein sollen«, knurrte er. »Doch leider kam etwas dazwischen.«

»Nein!«, keuchte ich, als ich die Wahrheit hinter seinen Worten erkannte. »Tante Fiona!«

»Sie war nicht ganz so hart im Nehmen wie Sie. Als sie auf meinem Tisch zu sich kam, erlitt sie einen Schock. Sie ist mir unter den Händen weggestorben, ehe ich es zu Ende bringen konnte! Also brachte ich sie in die Main Street, wo man die Arme nach ihrem Herzinfarkt gefunden hat.« Sein Blick richtete sich auf die Schale mit dem Operationsbesteck. Er griff nach dem Skalpell. Ich dachte daran, wie Nicholas von der Katze erzählt hatte, die Adrian damals bei lebendigem Leib ausgeweidet hatte. Heute würde ich die Katze sein!

»Sie können sich nicht vorstellen, wie sehr es mich gefreut hat, Fionas Nichte kennenzulernen«, fuhr Adrian ungerührt fort.

»Elendes Schwein!«

Er erzählte mir vom Tod meiner Tante und sah mich dabei nicht einmal an! Seine Hand glitt jetzt über meinen Bauch, doch abgesehen von einem leichten Druck, den seine Berührung verursachte, spürte ich nichts. Ich hob den Kopf ein wenig, um zu sehen, was er vorhatte, doch das hochgeschobene T-Shirt verwehrte mir die Sicht. Da zog Adrian seine Hand zurück. Das Skalpell in seinen Fingern war voller Blut. Der Anblick ließ mich vor Entsetzen aufkeuchen.

Adrian wollte sein Werkzeug erneut ansetzen. Ich sammelte all meine Kraft und trat nach ihm. Mein Fuß traf ihn im Gesicht. Er taumelte ein paar Schritte zurück. Ich griff in die Hosentasche und riss das Pfefferspray heraus. Als Adrian wieder auf mich zukam, hielt ich die Flasche in die Höhe und drückte den Sprühknopf. Ein Zischen erklang, und einen Moment dachte ich, es würde nichts geschehen. Dann schoss ein kegelförmiger Strahl aus dem Ventil, Adrian geradewegs ins Gesicht. Er stieß einen lauten Schrei aus und ließ das Skalpell fallen, als er sich die Hände vor die Augen schlug.

»Verdammtes Miststück!«, brüllte er. Eine Hand hielt er über seine Augen gepresst, mit der anderen suchte er nach Halt. Dabei stieß er den Rollwagen um. Die Blechschale mit dem Operationsbesteck fiel scheppernd zu Boden. Adrian fluchte und brüllte. Keine Ahnung, ob mehr aus Wut oder Schmerz.

Ich ließ ihn nicht aus den Augen. Allein schon um sicherzustellen, dass er mir nicht zu nah kommen würde. Einmal erhaschte ich einen Blick auf seine Augen; ein zäher Tränenstrom rann unter seinen geschwollenen, knallroten Lidern hervor. Blind ertastete er sich seinen Weg in meine Richtung.

Ich setzte mich auf und stellte erleichtert fest, dass ich meine Arme und Beine wieder kontrollieren konnte. Ein wenig wacklig zwar, aber es würde genügen. Ein krampfartiger Schmerz in meiner Leibesmitte ließ mich zusammenzucken. Ich presste eine Hand auf meinen Bauch und spürte eine warme, klebrige Flüssigkeit zwischen meinen Fingern. Als ich die Hand hob, um meine Finger anzusehen, wäre ich um ein Haar vom Tisch gefallen. Die ganze Hand war voller Blut!

Entsetzt blickte ich auf den offenen Schnitt, der quer über meinen Bauch verlief. Der Schnitt war tief und ich

verlor erschreckend viel Blut. Wegen des Novocains spürte ich jedoch fast keinen Schmerz. Kaum schlimmer als Seitenstechen. Beim Anblick des Blutes und der klaffenden Öffnung in meinem Bauch wäre ich beinahe ohnmächtig geworden. Es gelang mir gerade noch, mich mit der Hand abzustützen und mich festzuhalten.

Ich schloss die Augen und zwang mich, bis zehn zu zählen und dabei tief durchzuatmen. Als ich bei drei war, riss ich die Augen wieder auf. Ich hatte keine Zeit für so was! Noch taumelte Adrian halb blind durch den Raum, doch schon bald würde die Wirkung des Pfeffersprays nachlassen. Wenn er erst wieder sehen konnte, würde er mich rasch zu fassen bekommen.

Eine Hand auf die klaffende Wunde gepresst, ließ ich mich auf der hinteren Seite vom Tisch gleiten. Meine Beine gaben nach. Hastig griff ich mit der anderen Hand nach der Tischkante und krallte mich daran fest. Adrian kam auf mich zu, die Arme nach vorne gestreckt versuchte er mich zu fassen zu bekommen. Er stieß hart gegen den Tisch, der wie ein Schutzschild zwischen uns stand. Ich duckte mich unter seinen ausgestreckten Armen hindurch und stolperte am Tisch entlang.

Adrian hätte mich um ein Haar erwischt, doch einen Herzschlag, bevor er mich zu fassen bekam, trat er auf den umgekippten Rollwagen. Er verlor das Gleichgewicht und knallte der Länge nach hin. Taumelnd stürzte ich an ihm vorbei auf die Tür zu. Meine Finger hinterließen blutige Abdrücke auf dem Türknauf, als ich die Tür aufriss.

Vor mir lag ein Gang, von einigen Türen gesäumt. Zu meiner Linken entdeckte ich eine Treppe, die nach oben führte. Ich musste mich mit der freien Hand an der Wand abstützen, um nicht umzufallen, die andere presste ich noch immer auf meinen Bauch. Ich fror erbärmlich. Eine beharrliche Stimme in meinem Kopf sagte mir, dass das am Blutverlust lag. So fühlte es sich an, wenn man langsam verblutete. Frieren, immer weniger Kraft und dann – Dunkelheit. Das Ende.

Nein! Das würde mir nicht passieren. Nicht wegen so eines lächerlichen Kratzers! Keuchend schleppte ich mich zur Treppe und griff nach dem Geländer. Stufe um Stufe zog ich mich nach oben. Mit jedem Schritt wurde es mühsamer. Die Betäubung ließ jetzt immer schneller nach. Innerhalb der Zeit, die ich brauchte, um von der untersten Stufe zur obersten zu gelangen, wurde aus dem anfänglichen Druckschmerz ein tobendes Inferno, von dem ich glaubte, es würde mir meine Eingeweide zerreißen. Falls die mir nicht längst irgendwo im Gang herausgefallen waren. Auf der obersten Stufe lehnte ich mich an die Wand und tastete nach der Tür.

Unten hörte ich Adrian auf den Gang kommen. Ich sah mich um. Die Wirkung des Sprays hatte bereits nachgelassen. Noch immer fuhr er sich ständig mit der Hand über die Augen, doch er sah jetzt wieder, wohin er ging. Zielsicher kam er auf die Treppe zu. Sein Gesicht war wutverzerrt und im dämmrigen Licht der Kellerlampen wirkten seine vom Pfeffer gereizten Augen, als würden sie rot glühen. Wie die eines Dämons!

Bei seinem Anblick schrie alles in mir danach, die Tür

aufzustoßen und nach draußen zu laufen, doch ich fand kaum die Kraft, mich auf den Beinen zu halten. Ich stützte mich an der Wand ab und suchte mit zitternden Fingern nach dem Türgriff. Hinter mir polterte Adrian die Treppe hinauf. Endlich! Die Tür war offen. Ich taumelte durch und fand mich in der Eingangshalle wieder.

Nicholas! Ich musste die Geisterabwehr unschädlich machen. Das war meine einzige Chance. Hinter mir erschien Adrian in der Tür. Ich machte einen Schritt nach vorne und stürzte. Der Schmerz, der durch meinen Körper raste, war jetzt kaum noch zu ertragen. Schreiend presste ich die Hände auf meinen Bauch in der Hoffnung, den Schmerz damit zu unterdrücken und das Blut, das immer noch viel zu schnell aus mir strömte, aufzuhalten.

Adrian kam auf mich zu.

Ich versuchte auf die Beine zu kommen und musste eine Hand zu Hilfe nehmen, um mich abzustützen. Dann war Adrian über mir. Er packte mich bei den Haaren. Ich riss meinen Kopf so heftig nach vorne, dass ihm mein Schopf entglitt. Dann holte ich aus und trat nach ihm. Er wich ein Stück zurück. Taumelnd kam ich hoch. Mich trennten höchstens noch drei Meter von der Eingangstür. Ich strauchelte vorwärts. Meine blutige Hand schrammte über das Türholz und griff nach der Maske, die dort hing. Adrian war dicht hinter mir. Ich spürte einen Luftzug, als er versuchte, mich zu packen. Im selben Augenblick gaben meine Knie nach. Ich stürzte und riss die Maske mit mir. Adrians Hände langten daneben. Sofort setzte er nach. Dieses Mal bekam er mich zu fassen und riss mich herum. Der Schmerz, der daraufhin wie eine Welle über mir zusammenschlug, raubte mir fast das Bewusstsein. Brüllend vor Qual schlug ich ihm die Maske an den Kopf. Adrian fuhr zurück. Ich wusste, dass ich nicht mehr auf die Beine kommen würde, um die Tür zu öffnen. Wenigstens den Geisterbann musste ich zerstören!

Ich rollte mich herum. Adrian griff nach mir. Dieses Mal versuchte ich nicht, mich zu wehren. Ich hatte ihm ohnehin nichts mehr entgegenzusetzen. Während er sich über mich beugte, streckte ich mein Bein aus, bis ich die Wand spürte. Mit heftigen Bewegungen kratzte ich mit der Ferse über den Boden, in der Hoffnung, es würde genügen, den Kreis zu durchbrechen.

Die Tür explodierte förmlich. Einen Herzschlag später stürmte Nicholas ins Haus und stürzte sich auf Adrian. Zur gleichen Zeit kreischte die Alarmanlage los. Ein grausiges Schrillen, das mir durch Mark und Bein fuhr und meine Schmerzensschreie und jeden anderen Laut im Haus übertönte. Nicholas riss Adrian von mir fort und drosch ihm die Faust ins Gesicht. Ich versuchte mich aufzurichten, um Nicholas zu helfen oder wenigstens zu sehen, was geschah, doch es gelang mir nicht. Der Schmerz raubte mir den Atem. Kraftlos sank ich zu Boden. Mir schwanden immer wieder die Sinne und jedes Mal, wenn ich wieder ein wenig von meiner Umgebung wahrnahm, war der Dauerkreischton der Alarmanlage das erste Anzeichen, dass ich wieder bei Bewusstsein war. Der Blutverlust hatte mir inzwischen so viel Kraft geraubt, dass ich nicht einmal mehr meine Hand heben konnte. Es war schon erstaunlich, dass meine

Augenlider mir überhaupt noch gehorchten. Bald wäre auch das vorbei.

Nicholas hatte Adrian so weit zurückgedrängt, dass er

jetzt zwischen Wand und Standuhr in der Enge saß. Adrian blutete aus einer Platzwunde über der Stirn. An Nicholas konnte ich keine Verletzungen erkennen. Während ich mich fragte, ob er überhaupt verletzt werden konnte, wurde es erneut schwarz um mich. Ich wehrte mich dagegen, klammerte mich an das Schrillen der Alarmanlage und daran, dass ich vielleicht nicht mehr aufwachen würde, wenn ich mich jetzt geschlagen gab. Aber was machte das schon aus? Alles, was ich noch wollte, war, dass dieser entsetzliche Schmerz endlich aufhörte, der meinen Körper entzweizureißen schien.

Keuchend kämpfte ich darum, bei Bewusstsein zu bleiben. Ich atmete stoßweise und versuchte die bleierne Müdigkeit zu verdrängen, die sich immer mehr in mir ausbreitete. Am anderen Ende der Halle schlug Nicholas gerade nach Adrian. Sein Hieb ging durch ihn hindurch. Mein Gott, dachte ich, die Wirkung meines Atems lässt nach! Wenn Nicholas nicht mehr materiell war, konnte er nicht verhindern, dass Adrian sich mein Blut – das bisschen, das noch davon übrig war – holen und unsterblich werden würde. Der nächste Schlag saß wieder und warf Adrian an die Wand zurück. Sichtlich war doch noch genug Atem in ihm. Nicholas nagelte Adrian an der Wand fest, dann sprang er vor. Doch statt nach Adrian zu schlagen, packte er ihn und riss ihn herum. Dann presste er seine Lippen auf den Mund seines Bruders und raubte ihm den Atem.

Der Anblick war so unglaublich, dass ich für einen Moment sogar vergaß, bewusstlos zu werden. Während Nicholas Adrians Leben in sich aufnahm, holte Adrian sein wahres Alter ein. Falten breiteten sich auf seiner Haut aus, erst dünne Linien, dann immer tiefere Runzeln. Graue Strähnen durchzogen sein Haar, verdrängten das Braun immer mehr, wurden schließlich weiß, dann schütter. Seine aufrechte, jugendliche Gestalt veränderte sich, beugte sich unter dem Alter, als wäre die Last zu viel. Von der Kraft der Jugend war nichts mehr geblieben. Bucklig und dürr sah er nun aus. Altersflecken überzogen seine Haut, die Fingernägel waren gelblich verfärbt. Das Weiße in seinen Augen wurde trüb, als wäre es vergilbt.

Als Nicholas ihn losließ, stürzte er zu Boden und blieb liegen. Ein alter Mann, dessen gebrochener Blick auf mich gerichtet war. Nicholas hatte ihm den Atem und damit das Leben entzogen. Nur langsam wurde mir die Tragweite dieser Erkenntnis bewusst. Einmal mehr erinnerte ich mich an Nicholas' Worte: Ich müsste töten, um wieder leben zu können.

Dann wurde es finster.

17

Als ich wieder zu mir kam, lag ich noch immer auf dem Boden. Meine Augenlider flatterten so sehr, dass es mir schwerfiel, die Decke über mir zu erkennen. Das Schrillen der Alarmanlage war verstummt und auch sonst war kein Laut zu hören. Es war totenstill. Ich fühlte mich, als hätte mich jemand in Watte gepackt. Alles um mich herum erschien dumpf und seltsam surreal. Selbst der Schmerz war verschwunden. Mir war nicht einmal mehr kalt.

Langsam klärte sich meine Sicht und da sah ich sie: Tess und Tante Fiona! Die beiden standen über mir und blickten auf mich herab. Tante Fiona wirkte besorgt, während mich Tess mit gewohnter Begeisterung ansah. Eine Kaugummiblase verließ ihren Mund und verursachte nicht das geringste Geräusch, als sie schließlich platzte. Niemand sagte ein Wort.

Plötzlich wichen Tess und Tante Fiona ein Stück zur Seite. Dann war Nicholas über mir. Er bewegte die Lippen und redete auf mich ein, doch ich konnte seine Worte nicht hören. Da war nur undurchdringliche Stille. Nicholas hob mich auf seine Arme. Ich spürte keine Kälte und ebenso wenig fühlte er sich durchscheinend an. Sein Griff war fest und sehr real. Adrians Atem hatte ihn tatsächlich ins Leben zurückgeholt.

Nicholas' wunderschöne Augen waren so ernst, dass ich mich fragte, warum er sich nicht freute. Er war lebendig! Ich würde ihn in den Arm nehmen und berühren können, wann immer ich wollte! Da sah ich die Tränen, die langsam über seine Wangen liefen, und endlich begriff ich es: Er weinte um mich!

Ich würde also sterben. Merkwürdigerweise machte es mir nicht einmal etwas aus. Hauptsache, ich musste den grauenvollen Schmerz nicht noch einmal ertragen. Abgesehen davon war alles erledigt. Adrian würde niemandem mehr schaden und Nicholas' ruheloser Geist war endlich befreit. Vor ihm lag jetzt das Leben, das ihm durch Adrian viel zu früh genommen worden war.

Einmal mehr senkte sich die Dunkelheit über mich. Ich ertappte mich bei dem Gedanken, dass ich noch nie einen Film gesehen hatte, in dem jemand über diese Ruhe vor dem Tod gesprochen hatte. Diese wundervolle Stille, die …

Schwärze.

Als ich die Augen wieder öffnete, gelang es mir kaum noch, etwas zu erkennen. Ich sah den blassblauen Himmel und schattige Baumkronen über mir und begriff, dass Nicholas mich aus dem Haus getragen hatte. Verwundert stellte ich fest, dass es bereits Morgen war. Noch immer hörte ich keinen Laut.

Ich verlor wieder das Bewusstsein und kam kurz darauf erneut zu mir. Nicholas trug mich vom Haus fort, die Straße entlang. Ich wandte den Kopf und sah das entfernte Blinken eines Blaulichts langsam näher kommen. Der Sheriff. Verwundert fragte ich mich, was er hier wollte. Die Alarmanlage musste ihn angelockt haben. Während mir das bewusst wurde, dämmerte ich weg. Jedes Mal, wenn ich wieder die Augen aufschlug, war die Welt weniger klar. Es fiel mir immer schwerer, mich am Leben festzuhalten. Ich konnte spüren, wie mir die letzte verbliebene Kraft zusammen mit dem Blut aus dem Leib sickerte und mir das Leben immer mehr entglitt.

Nicholas legte mich auf den Boden. Sehr sanft, ohne mich dabei aus den Armen zu lassen. Obwohl ich mir nichts mehr wünschte, als ihn zu sehen, gelang es mir kaum noch, die Augen zu öffnen. Aus halb offenen Lidern sah ich, wie er sich über mich beugte. Er küsste mich auf Stirn und Wangen, dann senkten sich seine Lippen auf meine. Sein Atem floss in meinen Mund und erfüllte meine Lungen. Als ich begriff, was er tat, versuchte ich, ihn von mir zu stoßen, doch ich konnte mich nicht bewegen. Ich wollte nicht zulassen, dass er auf sein Leben verzichtete, nur um mir meines zurückzugeben! Er sollte nicht meinetwegen …

Ich riss meinen Kopf herum und löste mich so von seinen Lippen. »Das bin ich nicht wert«, stöhnte ich.

Da plötzlich verschwand seine Berührung und ich konnte ihn nicht mehr sehen und auch seine Arme nicht mehr spüren. Nicholas war fort. Ich schloss für einen Atemzug – womöglich auch länger – die Augen, und als ich sie wieder
aufschlug, beugte sich eine Gestalt über mich. Doch es war nicht Nicholas, sondern Sheriff Travis. Das war der Grund

für Nicholas' Verschwinden! Er hatte den Sheriff kommen sehen und sich versteckt. Wenn er geblieben wäre, hätte er eine Menge unbequemer Fragen beantworten müssen. Mal ganz davon abgesehen, dass er sich nicht einmal ausweisen konnte. Einen Moment hatte ich tatsächlich geglaubt, er wäre wieder zum Geist geworden, den ich bei Tag nicht sehen konnte.

Der Schmerz, der mich so lange verschont hatte, schlug jetzt mit unerbittlicher Härte zu. Ich schrie auf und krümmte mich zusammen. Dann verlor ich endgültig das Bewusstsein.

18

Ein nervtötendes Piepen, das beinahe im Sekundentakt die Stille durchbohrte, riss mich aus der Dunkelheit. Ich öffnete die Augen und blickte ins grelle Licht einer Neonlampe. Weiße Wände und Decken und der beißende Geruch von Desinfektionsmittel. Aus einem kleinen Schlauch unterhalb meiner Nase strömte Sauerstoff in meine Atemwege. Mein Mund war trocken und mein Hals fühlte sich rau an. Das Piepen machte mich wahnsinnig! Ich drehte den Kopf zur Seite, um nach dem Grund zu suchen, und fand ihn in einem Monitor, auf dem eine kleine grüne Linie mein Leben anzeigte. Bei jedem Herzschlag hüpfte die Linie ein Stück nach oben und das Piepen ertönte erneut. Piepen war also gut. Piepen war Leben.

Die nächste Erkenntnis, die zu mir durchdrang, war, dass Leben Schmerz bedeutete. Zuerst spürte ich die Infusionsnadel in meinem Arm, ein stechender Schmerz, der mit jedem Tropfen der farblosen Flüssigkeit, die langsam durch die Kanüle in meine Venen rann, von einem leisen Brennen begleitet wurde. Dann kam der wirklich dicke Brocken. Der Schmerz, den ich in Adrians Haus verspürt hatte, war zurück. Ein wenig dumpfer und nicht ganz so entsetzlich, aber zweifellos vorhanden. Ich zog keuchend die Luft ein. Ein gedämpfter Laut, der vom Rauschen des Sauerstoffs, der durch den Schlauch in meine Nase strömte, übertönt wurde.

Krankenhaus also. Bedeutete das, dass ich überleben würde, oder war es nur eine Zwischenstation? Ich wandte den Kopf zur anderen Seite, da sah ich ihn. Mein Herz tat einen aufgeregten Satz, begleitet vom sofortigen Piepen des Monitors. Nicholas saß in einem Stuhl neben meinem Bett. Er hatte sich nach vorne gebeugt, die Arme auf die Knie gestützt und starrte auf den Boden. Ihn zu sehen, war schlicht überwältigend. All meine Ängste und Sorgen, er könne sein Leben weggeworfen haben, um meines zu retten, waren wie weggewischt. Bis auf einen winzigen, letzten Zweifel. Ich wollte die Hand nach ihm ausstrecken, um ihn zu berühren, doch die Bewegung fiel mir erschreckend schwer.

Nicholas sah auf. »Sam!« Für einen Moment schloss er erleichtert die Augen und fuhr sich mit der Hand übers Gesicht. »Gott sei Dank! Wie fühlst du dich? Hast du Schmerzen? Soll ich …«

Ich schüttelte den Kopf. »Durst.« Ich wollte mehr sagen, doch es ging nicht. Sprechen war also auch ein Problem. »Kannst du …«

In diesem Augenblick kam eine Schwester ins Zimmer.

Eine rundliche Frau mit freundlichen Augen. »Ah, Ms Mitchell, Sie sind aufgewacht!«

Als sie zum Bett kam, stand Nicholas auf und machte ihr

Platz. Sie ging um ihn herum und trat an meine Seite. Meine Augen folgten Nicholas. Vor dem Fenster blieb er stehen. Dahinter erkannte ich die Lichter einer nächtlichen Stadt. Zum ersten Mal fragte ich mich, wo ich war. Seattle? War dort das nächste Krankenhaus?

Nicholas hatte keinen Blick für die Stadt übrig. Er beobachtete mit verschränkten Armen und besorgter Miene, wie die Schwester den Tropf kontrollierte.

»Ich bin Schwester Betty«, sagte sie freundlich. »Wie ist es mit den Schmerzen? Erträglich? Oder soll ich die Dosis ein wenig erhöhen?«

Ich hörte ihr kaum zu. Alles, woran ich denken konnte, war, dass Nicholas es tatsächlich geschafft hatte. Er war am Leben! Dass die Schwester ihm ausgewichen war, war der letzte Beweis, den ich gebraucht hatte, um endgültig all meine Zweifel zu begraben.

»Machen Sie sich keine Sorgen. Das Schlimmste liegt jetzt hinter Ihnen«, hörte ich Schwester Betty sagen. »Es ist wirklich ein Wunder, dass Sie diesen immensen Blutverlust überstanden haben. Sie sind ein Glückskind, Ms Mitchell.«

Das war ich. Und der Grund meines Glücks stand am Fenster. Das wollte ich der Schwester sagen, ich wollte, dass sie wusste, ich hatte mein Leben einzig und allein Nicholas zu verdanken, doch mir kamen lediglich ein paar unartikulierte Laute über die Lippen. Ich sah die Schwester entsetzt an.

Schwester Betty schüttelte den Kopf. »Das sind nur die Schmerzmittel. Die können einen glatt umhauen. In ein paar Tagen, wenn Sie nicht mehr so viel brauchen, wird es besser werden.« Sie rückte mein Kissen ein wenig zurecht, dann hielt sie mir einen Becher Wasser an die Lippen und half mir, etwas zu trinken. Hinter ihr sah ich, wie Nicholas ein Stück näher an das Bett herantrat.

»Ruhen Sie sich aus.« Schwester Betty nahm mir den noch halb vollen Becher ab und stand auf. Sie bewegte sich so schnell, dass Nicholas ihr nicht mehr rechtzeitig ausweichen konnte. Doch statt dass ihr der Zusammenstoß den Becher aus der Hand geschleudert hätte, ging sie einfach durch Nicholas hindurch!

Da begriff ich es. Die Schwester hatte keinen Bogen um Nicholas, sondern lediglich um den Stuhl gemacht! Zum ersten Mal, seit ich aufgewacht war, spürte ich die Kälte im Raum.

*

Während der kommenden Tage, die ich im Krankenhaus – dem Virginia Mason Hospital in Seattle – verbrachte, wich Nicholas nicht von meiner Seite. Bei Tag spürte ich die Kälte und bei Nacht sah ich, sofern ich nicht schlief, wie er neben mir saß und über mich wachte.

Kurz nachdem ich das erste Mal aufgewacht war, hatte sich eine Horde Assistenzärzte unter den wachsamen Augen des Chefarztes auf mich gestürzt, um mich zu untersuchen. Sie schienen mit meinem Zustand zufrieden zu sein.

Der Chefarzt erzählte mir, ich sei drei Tage lang ohne

Bewusstsein gewesen. Er sprach von mehreren Bluttransfusionen und einer Operation, in der er die Wunde geschlossen hatte. In einem schonenden, wohl krankenhausspezifischen Es-gibt-da-noch-etwas-Ms-Mitchell-Ton sagte er mir, dass ich eine große Narbe quer über meinem Bauch zurückbehalten würde. Als ob mich das interessiert hätte. Alles, woran ich denken konnte, war, was Nicholas meinetwegen aufgegeben hatte.

Anfangs sprachen Nicholas und ich nur wenig. Ich war einfach zu schwach und schlief immer wieder mitten im Satz ein. Zweimal kam Schwester Betty dazu, gerade als ich Nicholas etwas fragte. Klar, dass sie sofort meine Temperatur überprüfte, als sie Zeugin meiner vermeintlichen Selbstgespräche wurde. Aber ich hatte kein Fieber.

Einmal fragte ich Nicholas, ob er in jener Nacht Tess und Tante Fiona gesehen hätte. Er verneinte. Außer ihm und mir sei niemand dort gewesen. Ich hätte mir gleich denken können, dass ich mir die Anwesenheit der beiden nur eingebildet hatte. Immerhin gab es keine Gespenster, oder?

Eines Morgens, als ich die Augen öffnete, saß Sheriff Travis an meinem Bett. Im selben Sessel, in dem Nicholas nachts immer saß. Ich musste zweimal hinsehen, um den Sheriff überhaupt zu erkennen, denn statt der gewohnten Uniform trug er Jeans und T-Shirt.

»Guten Morgen, Ms Mitchell«, begrüßte er mich mit einem warmen Lächeln. »Ich dachte, ich schaue mal vorbei, um zu sehen, wie es Ihnen geht. Wie fühlen Sie sich?«

Ich fühlte mich verwirrt. Das würde ich ihm jedoch nicht

sagen. Warum sollte ein nahezu Fremder zwei Stunden Autofahrt auf sich nehmen, nur um mich zu fragen, wie es mir geht? Dazu hätte er ebenso gut anrufen können. Nein, hinter seinem Auftauchen in Zivil hier musste etwas anderes stecken. Vermutlich hatte er seine Uniform im Schrank gelassen in der Hoffnung, ich würde ihm alles erzählen, wenn er hier den besorgten Privatmann herauskehrte. Da hatte er sich geschnitten. Seit die Ärzte die Dosis an Schmerzmitteln heruntergefahren hatten und ich wieder klar denken konnte, hatte ich mich des öfteren gefragt, wie lange es dauern würde, bis der Sheriff auftauchte. Während der letzten Tage hatte ich immer wieder versucht mir einzureden, dass er mir nichts anhaben konnte. Nicholas hatte mich den Hügel beinahe bis ganz nach unten getragen, ehe der Sheriff gekommen war. Ich war also weit genug von Adrians Haus entfernt gewesen, um behaupten zu können, jemand habe mich bei einem nächtlichen Spaziergang überfallen. Eine clevere Ausrede. Wäre nicht mein Blut überall in Adrians Haus gewesen – von der Leiche seines vermeintlichen Großvaters mal ganz abgesehen! Vielleicht war der Sheriff ja nicht im Haus, versuchte ich mich zu beruhigen. Doch diese Hoffnung wurde von der Erinnerung an die schrillende Alarmanlage rasch zunichtegemacht. Das Ding konnte er unmöglich überhört haben. Zweifelsohne würde er viele Fragen haben.

Vorsichtig versuchte ich mich aufzusetzen und verzog das Gesicht, als ein protestierender Schmerz durch meinen Bauch fuhr, so heftig, dass ich zischend die Luft einsog.

»Sie sollten lieber liegen bleiben!« Der Sheriff sprang auf

und einen Moment lang wusste ich nicht, ob er mir helfen oder mich wieder in die Kissen drücken wollte. Nach einem kurzen Zögern entschied er sich für Ersteres und rückte mir das Kissen so zurecht, dass ich es halbwegs bequem hatte.

Ich spürte einen kühlen Hauch an meiner Wange – eine unsichtbare Berührung voller Sorge – und wusste, dass Nicholas da war. »Es geht schon.« Obwohl ich den Sheriff ansah, waren meine Worte dazu gedacht, Nicholas zu beruhigen. Die Kälte zog sich ein wenig zurück, ohne vollständig zu weichen. »Immerhin lebe ich«, fuhr ich an den Sheriff gewandt fort. »Wenn Sie mich nicht gefunden hätten ...« Zum ersten Mal wurde mir bewusst, dass ich ihm tatsächlich mein Leben verdankte. Nicholas mochte mich aus dem Haus gebracht und durch seinen Atem am Leben erhalten haben, doch wenn der Sheriff mich nicht ins Krankenhaus gebracht hätte, wäre ich dennoch gestorben.

»Zu meinem Job gehört es eben nicht nur, Verbrecher zu jagen, sondern auch zu helfen.« Sheriff Travis ließ sich wieder im Stuhl nieder. »Ich habe Ihnen etwas gegen die Langeweile mitgebracht«, meinte er und deutete auf ein rechteckiges Päckchen auf meinem Nachttisch. Das Geschenkpapier konnte nicht darüber hinwegtäuschen, dass sich darin ein Buch befand.

»Danke.«

»Der Arzt sagte mir, dass Sie unglaubliches Glück gehabt hätten. Eine Verletzung wie Ihre ...«

»Hier ist jeder der Ansicht, es handle sich mindestens um ein mittleres Wunder, dass ich noch am Leben bin«, fiel ich ihm ins Wort. Ich wollte ihn gar nicht erst auf die Idee kommen lassen, es könne ein Geheimnis hinter meinem Überleben stecken. »Ich glaube allerdings, es liegt eher daran, dass Sie sich auf dem Weg hierher nicht viele Gedanken über Höchstgeschwindigkeiten und Verkehrsregeln gemacht haben.«

»Der Vorteil von Blaulicht und Sirene«, grinste er.

Sirene. Das war das Stichwort! Jetzt würde er einen geschickten Schwenk machen und die Alarmanlage ins Gespräch bringen. Stattdessen fragte er: »Haben die Ärzte schon gesagt, wie lange Sie hierbleiben müssen?«

»Vermutlich noch zwei Wochen.«

»Kommen Sie dann nach Cedars Creek zurück?«

War diese Frage die Vorstufe zu: »Solange die Ermittlungen laufen, bitten wir Sie, die Stadt nicht zu verlassen«? Ich nickte. »Das Haus ist noch nicht fertig. Sobald alles erledigt ist, werde ich nach Boston gehen.« Um ihn ein wenig von toten Fabrikbesitzern, Blut und schrillenden Alarmanlagen abzulenken, erzählte ich ihm von meinem Job bei Jameson Industries und davon, wie sehr ich mich darauf freute.

»Sagen Sie, Ms Mitchell, erinnern Sie sich daran, was passiert ist, bevor ich Sie fand?«, wechselte er plötzlich das Thema.

»Wollen Sie meine Aussage aufnehmen? So ganz ohne Uniform?« Plötzlich erinnerte ich mich an den Zwischenfall mit dem Landstreicher. »Ich habe die letzte noch nicht mal unterschrieben. Wollen Sie wirklich so viel Papier auf Ihrem Schreibtisch stapeln?«

Er schüttelte den Kopf. »Keine Aussage. Ich wollte nur wissen, was Ihnen zugestoßen ist.«

Und Kühe können fliegen. Ich war mir sicher, dass da ein lauernder Ausdruck in seinen braunen Augen lag. Er würde mich erzählen lassen, vermutlich mehrmals das Gleiche, und darauf warten, dass ich mir selbst widersprach. Ein kühler Luftzug fuhr über mich hinweg. Nicholas. Obwohl er sich während des Tages nur mit Ja oder Nein verständigen konnte, indem er über meine Hand strich, glaubte ich trotzdem zu verstehen, was er mir sagen wollte. *Pass auf, was du ihm erzählst.* Das würde ich ganz bestimmt. Ich hatte nicht vor, mich in einem heillosen Durcheinander von Hexenmeistern und Geistern zu verstricken.

»Um ehrlich zu sein«, begann ich, »kann ich mich an kaum etwas erinnern. Ich weiß noch, dass ich ein Stück den Hügel hinaufspaziert bin und dann ... da war plötzlich ein Geräusch.« Ich schüttelte den Kopf und hoffte, dass es aussehen würde, als versuchte ich vergeblich, meinem Gedächtnis auf die Sprünge zu helfen. »Es ging alles so schnell. Jemand kam aus dem Gebüsch und im nächsten Moment lag ich schon auf dem Boden. Ich bin ohnmächtig geworden, und als ich das nächste Mal die Augen aufgemacht habe, waren Sie da.« Was redete ich für einen Blödsinn! Das würde er mir nie im Leben abkaufen. Jeder Frischling lernte vermutlich gleich in seiner ersten Woche auf der Polizeiakademie, dass alle Leute, die sich angeblich an nichts erinnern können, automatisch zu den Hauptverdächtigen gezählt werden müssen. Jetzt würde er mich mit Fragen torpedieren! Vermutlich gab es eine Blutspur, die direkt vom Haus zu dem Ort führte, an dem er mich gefunden hatte. Darauf würde er mich hinweisen, nur um dann auf die Kampfspuren im Haus und Adrians Leichnam zu sprechen zu kommen. Ich saß in der Falle.

»Cedars Creek hat Ihnen bisher nicht viel Glück gebracht.«

Blinzelnd starrte ich ihn an und wartete darauf, dass er fortfuhr und mich endlich mit seinen Verdächtigungen konfrontierte. Als er nichts weiter sagte, glaubte ich, vor Anspannung zu platzen. »Wie meinen Sie das?«, fragte ich vorsichtig.

»Der Tod Ihrer Tante hat sie hergeführt. Das ist an sich schon wenig erfreulich. Kurz darauf werden Sie von einem Landstreicher überfallen, dann stirbt Ms Adams und zu allem Überfluss werden Sie ein weiteres Mal überfallen. Das meine ich mit ›wenig Glück‹.«

Jetzt kam es! Gleich würde er mir erzählen, dass mein Name seit meiner Ankunft öfter in seinen Unterlagen auftauchte als der jedes anderen Einwohners. Damit hätte er nicht einmal Unrecht. Drei Verbrechen und immer war ich entweder selbst betroffen oder aber zumindest eine Freundin des Opfers. »Ich hätte nie gedacht, dass eine friedliche Kleinstadt derart gefährlich sein könnte.«

»Dann habe ich gute Nachrichten für Sie. Wilbur Perkins aus dem Heimwerkermarkt sagte mir, ich solle Ihnen ausrichten, er hätte einen Interessenten, der eventuell bereit wäre, Ihr Haus zu kaufen.«

»Das ist großartig«, sagte ich, obwohl es mir im Augenblick ziemlich egal war. Warum fragte er nicht endlich nach Adrian? Wollte er mich auf die Folter spannen? Mich mürbemachen, bis ich ihm freiwillig alles sagte, was er wissen wollte? Und das, lange bevor er überhaupt danach fragte?

Sheriff Travis verzog keine Miene. In seinen Augen lag eine Freundlichkeit, die mich nur umso misstrauischer machte. Der Drang herauszufinden, wie viel er wusste, wurde immer größer. Dennoch hielt ich den Mund. Ich fragte ihn weder wie weit seine Suche nach Tess' Mörder vorangeschritten war noch ob er Nachforschungen wegen des Überfalls auf mich angestellt oder zufällig eine Leiche in Adrians Haus gefunden hatte. Auch er sagte nichts dazu. Stattdessen wollte er wissen, wie weit ich mit meinen Renovierungen war. Er gab mir sogar ein paar Tipps und empfahl mir einen Makler für den späteren Verkauf, falls es mit Mr Perkins' Interessenten doch nicht klappen sollte. Eine Weile plauderten wir über unverfängliche Dinge, bis ich mich zu fragen begann, ob er womöglich wirklich nichts von Adrian Crowleys Tod wusste. War die Alarmanlage ausgegangen, ehe der Sheriff sie bemerkt hatte? Falls es eine direkte Verbindung zwischen der Alarmanlage und dem Büro des Sheriffs gab, hatte Adrian sie vermutlich nicht aktiviert. Ganz sicher hatte er das nicht getan! Er hatte den Alarm eingeschaltet, damit ihm nicht entging, falls Nicholas versuchte, ins Haus zu gelangen. Die Aufmerksamkeit des Sheriffs wollte er damit ganz sicher nicht auf sich ziehen. Darauf hätte ich auch früher kommen können! Erleichtert sank ich in meinen Kissen zusammen.

Der Sheriff stand auf. »Ich sollte jetzt besser gehen. Sie sind sicher müde.«

Ich nickte. »Vielen Dank, dass Sie hier waren.« Danke,

dass Sie mich von meiner Angst befreit haben, in den nächsten Tagen wegen Mordverdachts festgenommen und verhört zu werden.

Auf dem Weg zur Tür blieb er noch einmal stehen. »Geben Sie auf sich acht, Ms Mitchell. Ich kann nicht jedes Mal da sein, um Sie wieder zusammenzuflicken.«

Jedes Mal? Da erst wurde mir bewusst, dass er mich ja schon verarztet hatte, als der Landstreicher mir eines übergezogen hatte. Ich wollte noch etwas erwidern, doch er war schon gegangen. Mein Blick fiel auf das Buch, das er mir mitgebracht hatte. Neugierig griff ich nach dem Päckchen und wickelte es aus. Es war ein Krimi. Das Cover war nichtssagend, doch der Titel ließ mich innehalten: *Wer die Wahrheit kennt.*

*

Nach Einbruch der Dunkelheit sprach ich mit Nicholas über meine Befürchtungen. Er hielt es für Zufall und war der Meinung, es gebe unzählige Bücher, deren Titel auf meine Situation passten. Das klang vernünftig. Je länger ich darüber nachdachte, desto mehr gelangte ich zu der Überzeugung, dass er vermutlich Recht hatte. Der Sheriff hatte keinen Grund, mich zu verdächtigen.

Nachdem ich mich endlich dazu durchgerungen hatte, mein Misstrauen aufzugeben, musste ich daran denken, was er gesagt hatte: Wilbur Perkins hatte womöglich einen Käufer für mein Haus. Die Renovierung würde ich nun wohl doch einer Firma überlassen müssen. Ich wusste ja nicht einmal genau, wie lange ich noch im Krankenhaus bleiben musste und ob ich danach so schnell wieder imstande wäre, mich an die Arbeit zu machen. Boston rückte mit jedem Tag näher, doch meine Freude war gedämpft.

Zu Beginn der zweiten Woche meines Krankenhausaufenthalts rang ich mich dazu durch, Mom anzurufen. Ein Teil von mir sträubte sich dagegen, da ich nicht wusste, wie ich ihr erklären sollte, was geschehen war. Ich konnte ihr unmöglich von Nicholas und den wahren Hintergründen erzählen. Zugleich sehnte ich mich danach, ihre Stimme zu hören. Als ich schließlich mit ihr telefonierte, erzählte ich ihr dieselbe Geschichte, die ich auch dem Sheriff aufgetischt hatte. Zum ersten Mal seit Monaten war Boston kein Thema zwischen uns. Mom war zu Tode erschrocken. Ich spielte meine Verletzung herunter, andernfalls wäre es mir nie gelungen, sie davon abzuhalten, sich in den nächsten Flieger zu setzen und zu mir zu kommen. Natürlich hätte ich mich gefreut, sie zu sehen. Allerdings war mir rasch klar geworden, dass sie nicht ohne mich nach Minneapolis zurückkehren würde. Die wenige Zeit, die mir noch in Cedars Creek blieb, wollte ich unbedingt mit Nicholas verbringen. Deshalb setzte ich alles daran, ihr zu versichern, dass es mir gut gehe und ich keine Unterstützung brauche. Nachdem es mir gelungen war, sie in Minneapolis zu halten, telefonierten wir täglich. Ich sprach auch mit Sue, doch im Gegensatz zu Mom fielen mir die Gespräche mit ihr wesentlich schwerer. Dass ich ihr nicht sagen konnte, was wirklich geschehen war, stand wie eine unsichtbare Mauer zwischen uns. Das tat weh.

Als ich langsam wieder zu Kräften kam, beschloss ich, es sei an der Zeit, die Fragen zu stellen, die mich beschäftigten, seit ich zu mir gekommen war. Ich wollte wissen, warum Nicholas auch nach Adrians Tod noch immer keine Ruhe fand. Darauf wusste er keine Antwort. Natürlich war ich erleichtert, dass er nicht fort war. Zugleich schmerzte es mich, dass ihm sein Frieden auch weiterhin verwehrt zu bleiben schien.

»Mach dir keine Vorwürfe, Sam«, sagte er, als er bemerkte, wie sehr mich die Frage mitnahm. »Es macht mir nichts aus.«

»Ich verstehe es einfach nicht! Wir haben doch alles getan!«

»Wer weiß schon, woran es liegt. Vielleicht an der Beschwörung. Vielleicht auch daran, dass ich für kurze Zeit wieder lebendig war.« Er zuckte die Schultern. »Genau genommen interessiert es mich nicht.«

»Es *interessiert* dich nicht?«, echote ich fassungslos.

Er erwiderte meinen Blick fest. »Ich habe dir schon einmal gesagt, dass ich mir nicht sicher bin, ob ich überhaupt noch wegwill.«

Darauf wusste ich nichts zu erwidern. Ich würde bald nach Boston gehen. Was wurde dann aus ihm?

Es gab noch etwas, was mir auf der Seele brannte. »Du hast einmal gesagt, du könntest spüren, wenn jemand sterben muss«, begann ich, und als er nickte, fragte ich: »War meine Zeit gekommen?«

»Als du Adrians Haus betreten hast, habe ich nichts gespürt.«

Ich nahm meinen ganzen Mut zusammen, um fortzufahren. »Und später?«

Er sah mich nur an, ohne etwas zu sagen.

»Ich sollte tot sein, nicht wahr?« Schwester Betty hatte es ein Wunder genannt, dass ich trotz des großen Blutverlusts überlebt hatte. Doch es war kein Wunder, sondern ein Opfer. Nicholas' Opfer. Der Gedanke, dass er meinetwegen sein neu gewonnenes Leben gegeben hatte, ließ mich schier verzweifeln. Ich spürte, wie mir die Tränen in die Augen schossen. Sofort streckte er die Hand nach mir aus, um mich zu trösten, doch alles, was ich spürte, war ein kühler Hauch. Das machte mich nur noch trauriger.

»Warum hast du es getan?«, fragte ich leise und wischte mir die Tränen ab. »War dir denn nicht klar, was das für dich bedeutet?«

»Doch, das wusste ich.« Seine Augen ruhten auf mir, ernst und so voller Liebe, dass mir ganz schwindlig wurde. »Aber es war nicht wichtig. Alles, was für mich wichtig ist, bist du. Welchen Wert hätte es für mich zu leben, wenn du nicht mehr da bist? Ich hätte dir weniger Atem geben können, vielleicht wäre ich dann lebendig geblieben. Aber ich wusste nicht, ob es für dich reichen würde. Ich wollte sichergehen, dass ich dich nicht verlieren würde.«

Keiner von uns stellte die Frage, was werden sollte, wenn ich das Krankenhaus verlassen durfte.

19

Drei Wochen nachdem Adrian versucht hatte mich zu töten, wurde ich aus dem Krankenhaus entlassen und kehrte nach Cedars Creek zurück. Lange vor Mittag erreichte ich Tante Fionas Haus und konnte es kaum erwarten, dass es endlich dunkel wurde. Ich spürte, dass Nicholas bei mir war, doch ich wollte ihn sehen, wollte endlich wieder in der vertrauten Umgebung, außerhalb der kalten Krankenhauswände, mit ihm sprechen. Es gab einiges, was ich ihm zu sagen hatte. Dinge, die mir auf der Busfahrt von Seattle hierher klar geworden waren. Eines davon war, dass wir noch einmal in Adrians Haus zurückmussten, um das Labor zu zerstören.

Eine Weile saß ich im Wohnzimmer auf der Couch, die Beine hochgelegt, und versuchte die Stille zu genießen. Noch immer hatte ich die Worte des Sheriffs im Ohr, als er mir gesagt hatte, dass es einen Interessenten für das Haus gäbe. Schließlich hielt ich es nicht länger aus, tatenlos herumzusitzen. Ich stand auf und machte mich an die Arbeit.

Während ich begann, Kartons mit Tante Fionas Sachen zu füllen, war ich mir deutlich Nicholas' Anwesenheit bewusst. Ich glaubte förmlich, seine Sorge zu spüren. Zum einen darüber, dass ich mir zu viel zumuten könnte, und zum andern, dass ich ihn bald verlassen würde.

Bis zum Einbruch der Dunkelheit war ich reichlich geschafft. Ich stand inmitten von halb vollen Kisten und sah mich keuchend um, um herauszufinden, wo ich als Nächstes weitermachen sollte. Da erschien Nicholas plötzlich im Raum. Anfangs noch durchscheinend, gewann er immer mehr an Substanz, bis ich ihn vollständig sehen konnte.

»Himmel, Sam!«, rief er entsetzt. »Du siehst total erschöpft aus! Das ist doch viel zu viel für dich!« Hilflos machte er einen Schritt auf mich zu, dann schüttelte er den Kopf. »Ich kann dir nicht einmal helfen.«

»Wozu auch?«, meinte ich leichthin. »Ich kann mir mein Zuhause schon selbst einrichten.« Gespannt wartete ich auf seine Reaktion.

»Zuhause? Einrichten?« Fast hätte man denken können, er schnappe nach Luft. »Sam, ich dachte, du ...«

Mir selbst war erst während der letzten Tage klar geworden, dass Boston und Minneapolis inzwischen so weit entfernt waren, als gehörten sie zum Leben eines anderen Menschen. Mein Leben war jetzt hier in Cedars Creek. Bei Nicholas. »Was dachtest du? Dass ich dich verlassen würde? Dass ich auch nur einen Tag ohne dich sein könnte?« Ich schüttelte den Kopf. »Du spukst schon lange nicht mehr nur in meinem Haus, Nicholas Crowley.«

»Ich kann dich doch nicht einmal berühren!«, rief er verdrossen.

»Du berührst mich mehr, als es je zuvor ein Mensch getan hat.« Der Frosch, der vor mir stand, war vielleicht anders, als ich mir das immer vorgestellt hatte. Trotzdem hätte ich keinen anderen haben wollen.

Nicholas streckte die Hand nach mir aus. Ein kühler Luftzug streifte über meinen Arm. Da trat ich auf ihn zu. Als ich dicht vor ihm stand, atmete ich aus und schloss die Augen. Zwei Atemzüge später spürte ich seine Lippen auf meinen. Dann zog er mich in seine Arme. Dieses Mal würde ich mich nicht mit einem Kuss zufriedengeben. Ich sah Nicholas an und lächelte.

Das Haus an der Maple Street war ein Traum.